Ein Tausend Li
Der erste Halt

Ein Roman über Kultivation
Buch 2 der Ein Tausend Li Reihe

Von

Tao Wong

Übersetzt von Tamara Lemke

Copyright

Dieses Werk ist Fiktion. Namen, Personen, Institutionen, Orte, Ereignisse und Vorkommnisse sind entweder der Fantasie des Autors entsprungen oder werden in einem fiktiven Rahmen verwendet. Jegliche Übereinstimmung mit realen Personen, lebendig oder verstorben, oder tatsächlichen Ereignissen ist rein zufällig.

Dieses eBook ist nur für den Privatgebrauch lizensiert. Dieses eBook darf nicht weiterverkauft oder an Dritte weitergegeben werden. Wenn Sie dieses Buch gemeinsam mit einer anderen Person nutzen wollen, so kaufen Sie sich bitte je ein zusätzliches Exemplar für jeden Rezipienten. Sollten Sie dieses Buch lesen, ohne es käuflich erworben zu haben oder wurde es nicht ausschließlich für Ihren Gebrauch erworben, so geben Sie es bitte an Ihren bevorzugten eBook-Verkäufer zurück und erwerben Sie ein eigenes Exemplar. Wir danken Ihnen, dass Sie auf diese Weise die harte Arbeit des Autors respektieren.

Bücher der Ein Tausend Li Reihe

Der erste Schritt

Der erste Halt

Der erste Krieg

Die zweite Expedition

Die zweite Sekte

Der zweite Sturm

Andere Serien von Tao Wong

Die System-Apokalypse

Abenteuer in Brad

Verborgene Wünsche

Inhalt

Kapitel 1 1

Kapitel 2 12

Kapitel 3 24

Kapitel 4 34

Kapitel 5 51

Kapitel 6 70

Kapitel 7 87

Kapitel 8 106

Kapitel 9 120

Kapitel 10 137

Kapitel 11 150

Kapitel 12 162

Kapitel 13 183

Kapitel 14 204

Kapitel 15 217

Kapitel 16 229

Kapitel 17 248

Kapitel 18 261

Kapitel 19 288

Kapitel 20 306

Kapitel 21 323

Kapitel 22 337

Kapitel 23 354

Hinweis des Autors..365

Über den Autor 367

Über den Verlag 368

Glossar...369

Was bisher geschah

Long Wu Ying, ein ehemaliger Reisbauer aus dem Staat der Shen, wurde im Alter von sechzehn Jahren in die Armee eingezogen. Durch eine Reihe unglücklicher Begegnungen zog Wu Ying die Aufmerksamkeit eines Ältesten der Sekte des Sattgrünen Wassers auf sich und wurde dort als Mitglied der äußeren Sekte aufgenommen.

Als naiver Neuling in der Welt der Kultivatoren sind dem ehemaligen Bürger Fehler im Protokoll unterlaufen, womit er die Ältesten und Adeligen der Sekte verärgerte. Während Wu Ying einen Auftrag für einen Ältesten ausführte, zu dem er zur Entschädigung gezwungen worden war, traf er auf Dämonenbestien, Banditen und aufmüpfige Wachen, schloss auf dem Weg jedoch auch Freundschaften, bevor er schließlich zur Sekte zurückkehrte.

Nach Erfüllung des Auftrags nahm Wu Ying sein Training für den jährlichen Wettkampf der äußeren Sekte auf. Zum Kampf gezwungen, um seinen Platz in der äußeren Sekte zu behalten, verärgerte Wu Ying Yin Xue, den adeligen Sohn eines Lords, der über Wu Yings Dorf herrscht. In der finalen Runde des Wettkampfes stellte sich Wu Ying einem Zweikampf mit Yin Xue, um einen der acht Plätze in der inneren Sekte, die in diesem Jahr verfügbar waren, für sich zu gewinnen. Wu Ying wurde gemeinsam mit Tou He, einem befreundeten Ex-Mönch, in der inneren Sekte aufgenommen.

Da Wu Ying zu den schwächsten Mitgliedern der inneren Sekte zählte, hatte seine Reise als Kultivator gerade erst begonnen.

Kapitel 1

Die Ruhe an den üppigen, grünen Hängen wurde von einem Chor von Glockenschlägen unterbrochen, der Wu Ying aus seiner Kultivation riss. Die Glocken dienten den Kultivatoren der Sekte des Sattgrünen Wassers als Indikator der Tageszeit. Jeder Glockenschlag war wunderschön und erklang harmonisch in Eintracht mit dem Geräusch des nicht endenden Stroms des mit Gletscherwasser gespeisten Wasserfalls.

Wu Ying stand auf und klopfte seine Roben vom Staub frei, während er den Innenhof seines Hauses verließ. Obwohl ihm noch eine Viertelstunde bis zum Unterrichtsbeginn blieb, wohnte Wu Ying doch im kleinsten, schlechtesten und abgelegensten Haus der inneren Sekte. Es würde die ganze Viertelstunde in Anspruch nehmen, bis er am Klassenzimmer ankäme — wenn er bei seiner Ankunft nicht so aussehen wollte, als sei er den ganzen Weg gerannt.

"Frühstück, mein Herr?", fragte Ah Yee, die ein Tablett hochhielt.

"Nein, vielen Dank. Heute nicht. Und bitte hört damit auf, mich Herr zu nennen", antwortete Wu Ying, dessen Magen sich zu einem engen Knoten zusammenzog. Er war zwar nun ein Mitglied der inneren Sekte, doch er war auch noch immer ein gewöhnlicher Bürger und als Herr bezeichnet zu werden, fühlte sich für ihn nicht richtig an.

"Natürlich, werter Herr Long." Ah Yee verbeugte sich noch einmal, bevor sie Wu Ying aus dem Weg ging.

Der Kultivator seufzte und verließ das Haus, um den Berg hinaufzuschreiten. Egal, wie sehr er versuchte, seine Dienerin zu korrigieren, war sie doch genauso stur wie er selbst. Nicht einmal die Erläuterung, weshalb er kein Herr war — Wu Ying war weder ein Adeliger noch ein Kultivator des Kerns oder ein Magistrat — hatte geholfen. Doch wenn Ah Yee glaubte, er würde die Sache aufgeben, so würde sie noch überrascht werden. Wu Ying war ein Farmer, und eine Sache, die allen Farmern gemein war, war die Sturköpfigkeit. Das musste man sein, wenn man nicht verhungern wollte.

Wu Ying schaute sich auf dem stillen, staubigen Pfad um, der zu seinem Haus führte, und lächelte. Das Haus, in dem er lebte, war luxuriöser als alles, was Wu Ying bisher in seinem Leben erlebt hatte. Es erstaunte ihn, wie schnell er sich an diesen neuen Level an Luxus gewöhnte und er fühlte sich irgendwie schuldig, wenn er an sein schäbiges, dreijochiges Elternhaus zurückdachte. Dennoch würde das Geld, das er an seine Eltern schickte, deren Lebensstil verbessern. Falls irgendwie möglich, hoffte Wu Ying, irgendeine Medizin zu finden, die bei der Heilung des Beins seines Vaters half und ihm seine volle Beweglichkeit zurückgeben konnte. Aber dieser Hoffnungsschimmer war für den Moment schwach. Jegliche Medizin, die jahrzehntealte Verletzungen am Körper eines Körperreinigers heilen konnte, wäre katastrophal teuer, selbst für ein Mitglied der inneren Sekte, wie er es war.

Während Wu Ying den Pfad entlang eilte, wandte der Kultivator seine Gedanken von seiner Familie ab und unmittelbareren Sorgen zu. Die dringlichste unter ihnen – rechtzeitig anzukommen. Die Sekte des Sattgrünen Wassers spannte sich über die gesamte Fläche eines enormen Berges und die unzähligen Gebäude, die Vorlesungshallen mit eingeschlossen, waren über einen weiten Bereich verteilt. Die Mitglieder der äußeren Sekte lebten auf den unteren Ebenen des Berges, wobei sich ihre Unterkünfte, Speisesäle und Dienstleistungen am unteren Ende befanden. Doch in der inneren Sekte lagen diese weiter oben auf dem Berg, wo sich die wichtigen Gebäude befanden.

Jedes Gebäude, an dem Wu Ying vorbeikam, bestand aus teurem Hartholz und war mit detailreichen Schnitzereien entlang der abgeschrägten, unterteilten Dächer verziert. Dies verlieh den Gebäuden eine anmutige, mitreißende Gestalt und stellte sicher, dass die Gebäude während der schwülen Sommermonate im Inneren kühl blieben. Egal, wohin Wu Ying schaute, erblickte er Mitglieder der äußeren Sekte, die hart arbeiteten und die wunderschöne Architektur und das Gelände pflegten. Die Mitglieder der äußeren Sekte führten ihre niederen Tätigkeiten aus, vom Putzen der Straßen über das Erneuern des Anstrichs bis hin zum Schleppen von Vorräten. Dinge, die die Sekte makellos am Laufen hielten.

Bald kam der Kultivator an einer Weggabelung an, wo er dem rechten Pfad folgte. Der linke Pfad führte weiter nach oben, aber für heute musste er auf der mittleren Ebene der inneren Sekte bleiben. An der Abzweigung traf Wu Ying auf ein bekanntes Gesicht.

"Tou He!", grüßte Wu Ying seinen glatzköpfigen Freund, den ehemaligen Mönch.

Der lächelnde Mann, der in seine orangen Mönchsroben gekleidet war, verbeugte sich vor Wu Ying. Dass der Jugendliche immer noch die Roben seiner alten Zugehörigkeit inmitten der inneren Sekte tragen durfte, zeugte sowohl vom Einfluss seines protegierenden Ältesten als auch dem allgemeinen Respekt, der dieser religiösen Vereinigung entgegengebracht wurde.

"Wu Ying. Du bist auch hier", sagte Tou He mit einem Lächeln.

"Sollten das nicht eher meine Worte sein? Du warst nun seit Wochen verschwunden", entgegnete Wu Ying. "Was ist passiert?"

"Nichts Schlimmes", antwortete Tou He und kratzte seinen geschorenen Kopf. "Mein Gönner war der Ansicht, ich bräuchte mehr Training."

"Mehr Training?" Wu Ying hob überrascht die Augenbrauen.

Tou He war eines der größten Naturtalente in der Kampfkunst, die Wu Ying je gesehen hatte – wenn nicht sogar das größte. Ohne es auch nur zu versuchen, hatte Tou He es geschafft, Verständnisebenen von

Kampfkunststilen zu erreichen, auf die andere mit Schweiß und Blut hinarbeiteten. Tou He war es gelungen, der inneren Sekte in seinem ersten Jahr beizutreten, während er die ganze Zeit über so wenig Arbeit wie möglich investiert hatte.

"Ja. Wir mussten uns auf unserer Expedition einigen Dämonenbestien stellen", erklärte Tou He, während die beiden zu den Vorlesungshallen gingen. "Eine Ausrottung am Huang Roh Wald. Der dortige Lord hat für unsere Einmischung bezahlt, und der Älteste war an einem bestimmten Dämonenstein interessiert. Wir mussten uns fast eine Woche lang in den Wald hineinbewegen, ehe wir Spuren der Bestie gefunden haben."

"Das klingt aufregend", bemerkte Wu Ying.

"Nicht wirklich. Oh, es kam zu Kämpfen, aber überwiegend war es nur gehen und lagern. Das einzig Gute daran war die Menge Dämonenfleisch, die wir essen konnten." Ein Lächeln hellte das Gesicht des ehemaligen Mönchs auf. "Hast du jemals das Fleisch eines Dämonenebers auf der dritten Stufe gekostet?" Auf ein Kopfschütteln Wu Yings hin fuhr Tou He fort: "Es ist so viel besser als das der zweiten Stufe. Der Geschmack ist viel reichhaltiger und intensiver und das Fett–"

Wu Ying kicherte, als Tou He ihn mit der Beschreibung des Fleisches, das sie gegessen hatten, erfreute. Bei der Vorlesungshalle angekommen, führte er Tou He um eine Ecke und steuerte auf einen Seiteneingang zu, der sie zur Spitze der Halle führte. Die Sparren waren fast vollkommen frei, nur einige andere waren anwesend. Der Großteil der Mitglieder der inneren Sekte, die der Vorlesung beiwohnten, befanden sich unten, wo man mehr hören konnte und auch besser gehört wurde.

"Worum geht es in dieser Vorlesung?", fragte Tou He leise.

Wu Ying kicherte, da nicht er es war, der uninformiert war. Nachdem Wu Ying sich erholt hatte, hatte Liu Tsong sich einige Tage nach seiner

Aufnahme aufgeopfert, um sicherzustellen, dass er diesmal alle notwendigen bürokratischen Schritte einhielt. Währenddessen hatte Wu Ying es auch geschafft, mehr darüber zu erfahren, wie die innere Sekte funktionierte.

"Es ist eine der Einführungsvorlesungen", erklärte Wu Ying. "Warum bist du hier, wenn du nichts davon wusstest?"

"Ich bin den anderen gefolgt. Was ist eine Einführungsvorlesung?"

"Du weißt, dass es drei verschiedene Arten von Vorlesungen gibt?", fragte Wu Ying und Tou He schüttelte seinen Kopf. "Nun, es gibt private Vorlesungen, an denen man nur mit der Einladung eines Ältesten teilnehmen kann. Sie sind größtenteils für jene gedacht, die bereits zu den Schülern des Ältesten zählen. Dann gibt es da noch die kostenpflichtigen Vorlesungen. Die Ältesten dozieren bei diesen zu ihren Expertenfeldern, doch diese Vorlesungen sind für mehrere Schüler zugänglich und weniger persönlich.

Zu guter Letzt gibt es noch die öffentlichen Einführungsvorlesungen. Die Ältesten, die diese dozieren, rotieren ständig, da sich die Vorlesungen wiederholen. Aber sie stellen eine gute Einführung in verschiedene Tätigkeiten, Kampfstile und Grundwissen dar, die ein seriöser Kultivator benötigt."

"Und das hier ist solch eine Einführungsvorlesung", schloss Tou He, als sie beide Platz nahmen. Die Vorlesungshalle hatte die Form eines kleinen Halbovals mit zwei Stockwerken, die auf das schlichte Podium hin ausgerichtet waren. "Zu welchem Thema?"

"Die Kultivation in der Phase der Energiespeicherung", antwortete Wu Ying.

Da die Sekte keine Schule und der Zulauf neuer Mitglieder in die innere Sekte spärlich war, wurden die Einführungsvorlesungen niemals so gestaltet, dass sie an die Bedürfnisse neuer Mitglieder angepasst wurden. Stattdessen wurde von den neuen Mitgliedern der inneren Sekte erwartet, dass sie sich mithilfe ihrer protegierenden Ältesten oder anderer ranghöherer Mitglieder das nötige Wissen aneigneten. Natürlich fanden auch Einführungsvorlesungen zu den Grundlagen einer jeden Tätigkeit statt, doch diese verteilten sich oft über ein ganzes Jahr, während sich die Nachfragen dafür anhäuften.

"Wer hält die Vorlesung?"

Ehe Wu Ying sein Unwissen zur Schau stellen konnte, trat ihr Dozent an das Podium heran. Wu Ying riss die Augen auf und kniff sie dann zusammen, während er sich innerlich tadelte. Natürlich war die Fee Yang die geeignetste Kandidatin. Diese Vorlesung war nicht nur extrem grundlegend, sondern die Fee Yang war auch die neueste Älteste innerhalb der Sekte. Solch einfache Aufgaben wurden offensichtlich auf sie abgewälzt.

Yang Fa Yuan war die jüngste und beliebteste Älteste der Sekte. Den Großteil ihres Rufes verdankte sie ihrer Schönheit – ihre bleiche, helle Haut wurde von langen Wimpern und glänzend schwarzem Haar, einem zierlichen Kiefer und einer wohlgeformten, langgliedrigen Figur hervorgehoben. Ihr Titel "Fee" war unbestreitbar, und viele Kultivatoren schwelgten in stundenlangen Tagträumen mit der kühlen, herrischen Schönheit.

"Die heutige Vorlesung dreht sich um den Anfang der Energiespeicherung und deren Unterschiede zur Kultivation auf der Stufe der Körperreinigung. Diese Vorlesung ist für jene unter euch, die sich bereits auf den fortgeschrittenen Stufen befinden, eher wenig von Nutzen." Fa Yuan machte eine Pause, offensichtlich wartete sie darauf, dass einige Kultivatoren aufstanden und gingen. Ihr Blick wurde noch kälter, während dieser über die adeligen Mitglieder, die blieben, streifte, ehe er zu den Sparren wanderte, wo sie Wu Ying und die anderen erblickte. In ihrer Position als seine Ranghöhere und eine weitere Schülerin, die vom Ältesten Cheng unterstützt wurde, hatten die beiden eine engere Beziehung als die meisten anderen.

"Die Energiespeicherung, im Gegensatz zur Kultivationsstufe der Körperreinigung, ist um einiges gefährlicher. Das rührt daher, dass die Meridiane der Energiespeicherung im Körper eines Kultivators im Gegensatz zu den zwölf Meridianen, die im Verlauf der Körperreinigungsstufe geöffnet werden, vollkommen geschlossen sind. Daher muss ein Kultivator bei der Öffnung eines neuen Meridians zusätzliches Chi verwenden, um diese Meridiane zu durchbrechen und zu reinigen", erklärte Fa Yuan. "Verwendet ein Kultivator zu wenig, wird er vom Rückstoß des in den Dantian und die Meridiane zurückfließenden Chis getroffen. Verwendet er zu viel, kann dies seinen Energiemeridian schädigen."

Das sanfte Kratzen von Tinte auf Papier hallte durch die Halle wider, während die Kultivatoren sich Notizen machten. Wu Ying lehnte sich mit zusammengefalteten Händen nach vorne, während er aufmerksam zuhörte. Bisher hatte die Fee nichts erwähnt, was er nicht ohnehin schon wusste, obwohl sein Mangel an Notizen auch im Mangel seines Kapitals begründet lag. Tou He ließ schweigend Gebetsperlen durch seine Hände gleiten, während er zuhörte.

"Nun, die Menge an Energie, die jemand braucht, variiert stark nach Typ und Aspekt des persönlichen Chi. Daher wird die Anwesenheit eines Ältesten während der ersten Versuche, in die Stufe der Energiespeicherung vorzudringen, stets empfohlen", fuhr Fa Yuan fort. "Jedoch haben sich mit der Zeit gewisse Tatsachen herauskristallisiert. Bei der Verwendung der Kultivationsmethode des Gelben Herrschers kann erschlossen werden, dass die meisten Kultivatoren die doppelte Menge an Chi, die sie für den Durchbruch der zwölf Meridiane gebraucht haben, benötigen, um den ersten Meridian der Energiespeicherung zu öffnen.

Um die Frage zu beantworten, welcher Meridian zuerst geöffnet werden sollte, ist dies selbstverständlich eine Frage eures Kultivationsstils. Allerdings bieten die meisten Stile verschiedene Wege der Öffnung. Dies unterscheidet sich von den Stufen der Kernformung, wo die Entwicklung eures Kerns in genauen Schritten festgelegt ist. In Anbetracht dessen sind die Kanäle der Energiespeicherung und ihr Einsatz wie folgt ..."

Wu Ying konzentrierte sich darauf, zuzuhören und sich alles zu merken, so gut er konnte. Ein Großteil seines Wissens war theoretisch, aber Wissen konnte auch immer einen Moment der Erleuchtung bringen. Trotzdem merkte sich ein Teil von Wu Ying, dass es wichtig war, seine eigene Kultivation zu beschleunigen. Als Köperreiniger auf der Stufe 8 war er der schwächste Kultivator der inneren Sekte. Und das um mindestens einen ganzen Level. Obwohl es unwahrscheinlich war, dass man ihn aus der inneren Sekte warf, würde ein Mangel an Fortschritt im nächsten Jahr mit Sicherheit Konsequenzen nach sich ziehen.

***

Nach einer Stunde war die Vorlesung vorüber. Während Wu Ying sich zum Gehen bereitmachte, schreckte er überrascht auf, als eine Stimme an sein Ohr drang.

"Kommt herunter. Wir sollten uns unterhalten", sagte Fa Yuan, die ihm ihre Stimme per spiritueller Kommunikation zusandte.

Es war das erste Mal, dass Wu Ying diese Art der Kommunikation erlebte, aber er stellte fest, dass er automatisch nickte.

"Ich muss mich mit der Ältesten Yang treffen", teilte er Tou He mit.

"Kein Problem. Ich muss die innere Verwaltungshalle aufsuchen", erwiderte Tou He. "Treffen wir uns dort?"

"Möglich. Das hängt davon ab, was die Älteste Yang von mir wünscht", sagte Wu Ying.

Tou He nickte selbstverständlich und die beiden gingen getrennte Wege. Wu Ying ging die Treppe nach unten zum Rand des Podiums. Als er sich der Fee näherte, spürte er die neidischen Blicke der Adeligen im Nacken, die es nicht gewagt hatten, sich der Ältesten direkt zu nähern und im Hintergrund verweilten.

"Älteste Yang", sagte Wu Ying und verbeugte sich zur Begrüßung.

"Adept Long." Fa Yuans Worte erregten Aufsehen unter den Mitgliedern der inneren Sekte, von denen viele nichts von ihrer Beziehung zueinander wussten. Die Blicke wurden nur noch hitziger, als Fa Yuan fortfuhr. "Der Älteste Cheng hat die Sekte fürs Erste verlassen. Er hatte erwähnt, dass Ihr vielleicht Hilfe während dieser Zeit benötigt."

Wu Ying verbeugte sich erneut und lächelte. Der Älteste Cheng galt gewissermaßen als exzentrisch und sein Glaube an das Schicksal übertrumpfte manchmal das, was viele als gesunden Menschenverstand empfanden. Dass er diese Angelegenheit sogar Fa Yuan mitgeteilt hatte, war ungewöhnlich und deutete vermutlich darauf hin, dass der Älteste Cheng immer noch dachte, er würde Wu Ying ein bisschen Karma schulden. "Vielen Dank, Älteste Yang. Ich wäre für jede Unterstützung dankbar, die Ihr mir anbieten könnt."

"Also gut", sagte Fa Yuan anerkennend. "Kommt. Ich habe viel zu tun. Sagt mir, habt Ihr bereits Eure unterstützende Tätigkeit gewählt?"

"Nein, Älteste", antwortete Wu Ying. "Ich ... nun, ich informiere mich noch darüber."

Fa Yuan summte in Gedanken versunken, während sie beide aus der Vorlesungshalle traten und sich der Bergspitze zuwandten. "Es ist wichtig, sich eine gute unterstützende Tätigkeit auszusuchen. Während einige

Wunderkinder oder Personen mit ausreichenden Ressourcen die Möglichkeit haben, in zwei oder drei unterstützenden Tätigkeiten aufzugehen, ist für einen Großteil die Meisterung einer einzigen Tätigkeit das Limit. Eine kluge Entscheidung jetzt kann Kummer in der Zukunft vermeiden."

"Jawohl, Älteste."

"Die Sekte des Sattgrünen Wassers kann nur in einigen unterstützenden Tätigkeiten, die im Königreich in großer Zahl zur Verfügung stehen, auch Fachwissen vorweisen. In der Sekte befindet sich eine große Zahl an Experten der Schmiedekunst, Pillenverfeinerung und Kampfkünste", erklärte Fa Yuan. "Des Weiteren ist der Älteste Wang ein berühmter Meister der himmlischen Formung des vierten Rings. Er ist derjenige, der die verteidigenden Formationen um die Sekte aufrechterhält."

Wu Ying ließ seinen Blick über die Umgebung schweifen. Natürlich konnte er die vielen Veränderungen der Landschaft nicht erkennen, da er nicht in der himmlischen Formung geübt war. Viele Formationen für eine langzeitige Verteidigung wurden durch Veränderungen der natürlichen Landschaft eines Ortes errichtet, anstatt kurzzeitige Formationsflaggen zu nutzen. Da die Formationen Teil der natürlichen Landschaft waren, war es für Ungeübte unmöglich, ihren Standort zu entdecken, bis sie aktiviert wurden.

"Wir haben keine aktive Abteilung der Seelenbestienzähmung mehr, was in großen Teilen dem Verlust des Ältesten Cho geschuldet ist. Sein Tod und der Tod seiner Hauptschüler im Krieg vor einem Jahrzehnt hat die Abteilung massiv beeinflusst", sagte Fa Yuan, deren Gesicht sich mit einem leichten Stirnrunzeln in Falten legte. "Wir müssen noch immer einen passenden Ersatz für den Ältesten finden. Interessiert Euch eine der genannten Tätigkeiten?"

"Ich weiß es nicht", antwortete Wu Ying ehrlich. "Ich habe gehört, die Pillenverfeinerung ist sowohl lukrativ als auch nützlich für die Kultivation."

"Das ist sie", bestätigte Fa Yuan. "Es ist allerdings auch eine unfassbar kostspielige Tätigkeit. Um Expertenwissen in der Pillenverfeinerung zu gewinnen, muss man gewillt sein, unzählige Male bei der Produktion zu scheitern. Zahlreiche Kräuter und Kerne werden von Neulingen in der Pillenverfeinerung verschwendet. Könnt Ihr Euch einen solchen Verlust leisten?"

Wu Yings Miene trübte sich auf ihre Worte hin. Fa Yuan hatte Recht. Er hatte nicht den nötigen Hintergrund, um ein Pillenverfeinerer zu werden, da ihm sowohl Wissen als auch Kapital fehlte.

"Denkt bei der Wahl Eurer Zweittätigkeit nicht nur gut darüber nach, was möglicherweise leicht zugänglich ist, sondern bezieht auch Euren letztendlichen Dao mit ein. Eure unterstützende Tätigkeit muss zu Eurem Dao beitragen, anstatt ihn zu schmälern. Zu viele scheitern wegen Fehltritten auf der finalen Stufe auf dem Weg dorthin", erläuterte Fa Yuan und hielt an, als sie an einer Kreuzung ankamen. Am Ende der einen Straße befand sich die Bibliothek der inneren Sekte. Die andere Straße führte zu den Residenzen der Ältesten. "Recherchiert zu diesem Thema, bevor wir erneut darüber sprechen."

"Vielen Dank, Älteste", sagte Wu Ying und verbeugte sich.

Sie nickte und drehte sich um, dann stieß sie sich locker vom Boden ab und bewegte sich rasend schnell und mit wenig Anstrengung den Hügel hinauf. Wu Ying blieb zurück und drehte seinen Kopf von einer Seite zur anderen. Er überlegte, ob er sich seinem Freund anschließen oder Fa Yuans Ratschlag sofort nachkommen sollte. Letzten Endes stieß Wu Ying einen Seufzer aus und ging in Richtung Bibliothek.

Tou He würde das verstehen. Wu Ying konnte keine Zeit verschwenden, wenn er sich weiterentwickeln wollte.

Kapitel 2

Die Bibliothek der inneren Sekte war ähnlich gebaut wie die Bibliothek der äußeren Sekte, war aber beinahe doppelt so groß. Der Fundus an Schriftrollen und Büchern mit grundlegenden historischen Texten, bis hin zu Abhandlungen über bestimmte Kultivationsstile erstreckte sich über drei Stockwerke. Anders als in der Bibliothek der äußeren Sekte, arbeiteten hier unzählige Gelehrte und sprachen oder halfen Wu Ying mit Vergnügen bei seiner Suche.

Interessanterweise war der Älteste Ko, von dem Wu Ying dachte, er sei der Leiter der Bibliothek der äußeren Sekte, in Wahrheit der Älteste, der für alle Bibliotheken verantwortlich war. Das hatte er im Laufe der letzten Monate festgestellt. Er bewegte sich je nach Bedarf zwischen den verschiedenen Bibliotheken hin und her, kümmerte sich um Ersatzangestellte und -gelehrte und nahm Beratungsanfragen entgegen, wenn er anwesend war. Selbstverständlich arbeiteten auch andere Älteste in den Bibliotheken, aber der Älteste Ko gehörte gewissermaßen zum Inventar und war am beliebtesten. Viele Kultivatoren verdankten ihren fortwährenden Erfolg seiner Leitung.

"Ihr wollt etwas über unterstützende Tätigkeiten lernen?", fragte der Angestellte, der durch seinen langen Bart strich, als Wu Ying sich ihm näherte. Der Gelehrte mittleren Alters lächelte. "Wie würde es Euch gefallen, ein Gelehrter zu sein? Wir können Nachwuchs immer gut gebrauchen."

"Vielen Dank, aber ich weiß nicht genug, um zu wissen, ob solch ein Weg passend für mich ist", antwortete Wu Ying.

"Ah, aber Ihr wisst genug, um in die Bibliothek zu kommen!", entgegnete der bärtige Angestellte mit einem Lächeln. "Das ist der Kern eines guten Gelehrten – die Suche nach Wissen. Hier, in unseren Bibliotheken, werdet Ihr das gebündelte Wissen der Menschheit finden."

"Ja. Dennoch würde ich zuerst gerne einige Nachforschungen anstellen", sagte Wu Ying.

"Also gut. Lasst mich mal sehen. Die Abhandlung Khoos zu den fünf Tätigkeiten sollte ein guter Anfang sein", sagte der Angestellte.

Die beiden liefen gemeinsam in die gewölbte Bibliothek und gingen die Bände im unteren Stock durch, die aus profanen Handbüchern zusammengestellt waren. Unglücklicherweise war es unmöglich, ein Dokument oder Buch zu finden, das eine vollzählige Auflistung der unterstützenden Tätigkeiten, die einem Individuum zur Verfügung standen, auflistete. Einige Abhandlungen behandelten bestenfalls die Unterschiede und Vorteile jeder Tätigkeit im Vergleich mit anderen, doch größtenteils war das Zusammentragen einführender Anleitungen das beste, was Wu Ying und der hilfsbereite Angestellte tun konnten.

Für die Haupttätigkeiten der Sekte standen viele Bücher zur Verfügung, aber schon bald fand sich Wu Ying mit anderen Dokumenten konfrontiert, die kleinere Tätigkeiten beschrieben, welche die Sekte einstmals angeboten hatte oder die ein Ältester derzeit praktizierte und hoffte, auszuweiten. Es gab viele solcher kleineren Tätigkeiten, die zum Beispiel die Gelehrten, Tänzer, Musiker, Sammler und viele weitere umfasste. Die Fähigkeiten, die jede dieser unterstützenden Tätigkeiten anbot, konnten einen Kultivator stärker machen und auch ihren letztendlichen Dao leiten.

"Seid Ihr sicher, dass ich die hier haben kann?", erkundigte sich Wu Ying mit weit aufgerissenen Augen.

"Natürlich. Das sind keine Kultivationsanleitungen", sagte der Gelehrte. Wir haben mehrere Kopien all dieser Dokumente. Wenn Ihr diese Kopien jedoch nicht zurückgebt, werdet Ihr ein neues Dokument kopieren müssen. Gemäß unseren Standards."

Wu Ying nickte in Anerkennung der Drohung hastig. Wenn man bedachte, dass sie alle geübte Gelehrte waren, musste das benötigte Level der Vervielfältigung anstrengend sein. Außerdem war es eine wirksame Drohung – obwohl der Großteil der Bücher, die er las, nach Blockdruck[1] aussahen, wäre das Kopieren eines Buchs von Hand aufwendig und reine Zeitverschwendung. Natürlich waren gewisse Veröffentlichungen, wie beispielsweise Kultivationsanleitungen, meist von Hand geschrieben. Abgesehen von der Kultivationsanleitung zur Körperreinigung des Gelben Herrschers, die an alle Dorfbewohner verteilt wurde, waren Kultivationsanleitungen ein wohlbehütetes Geheimnis. Eine gedruckte Kopie dieser Werke anzufertigen, wäre der Geheimhaltung ein Dorn im Auge.

An einem Tisch las sich Wu Ying die Werke vor ihm durch. Zunächst konzentrierte er sich auf die Haupttätigkeiten, die in der Sekte verfügbar waren. Er empfand die Aufzeichnungen als fundiert und ausführlich. Jede Anleitung hatte augenscheinlich eine eigene Neigung und führte den Leser mehr an die Schmiedekunst, die Pillenverfeinerung oder sogar an die Kampfspezialisierung heran. Auf diese Weise wurden auch die Schwächen hervorgehoben, die eine Fokussierung auf die jeweiligen Stile mit sich brachte.

Die Pillenverfeinerung war, wie die Älteste Yang angemerkt hatte, unfassbar teuer. Es gab zwei hauptsächliche Fachbereiche, die sich ein Pillenverfeinerer aneignen musste. Erstens: Das Wissen über und ein Verständnis für die verschiedenen Kräuter und alchemistischen Komponenten, die zu einer Pille vermischt wurden. Zweitens: Der

---

[1] Die ersten Tintenabriebe wurden im Antiken China um 220 v. Chr. hergestellt. Der Blockdruck verbreitete sich etwa ab dem 8. Jahrhundert n. Chr. Die mobile Blockdruckpresse wurde etwa im 10. Jahrhundert n. Chr. gebaut. Bücher waren in China für lange Zeit erheblich weiter verbreitet als im Westen.

eigentliche Prozess der Pillenverfeinerung und dessen Techniken. Ein Scheitern in einem dieser Bereiche bedeutete ein Scheitern in der Zubereitung von Pillen. Das war der Grund, weshalb schon eine spirituelle Pille des niedrigsten Grades so teuer war – man bezahlte nicht nur für das Material, das für die Pille selbst benötigt wurde, sondern auch für alle Pillenmixturen des Verfeinerers, die gescheitert waren oder noch scheitern würden.

Für die Meisten bildete das Studium der Kräuter den ersten Schritt der Pillenverfeinerung. In der Sekte wurden den Pillenverfeinerern zu Beginn Aufgaben in der Pillenapotheke zugewiesen, wo sie als Aushilfskräfte arbeiteten und angeforderte Kräuter aus den Lagerräumen holten. Auf diese Weise hatten Lehrlinge der Pillenverfeinerung Zugang zu Kräutern und suchten diese unter der Aufsicht fortgeschrittenerer Kultivatoren aus.

"Also nicht unmöglich", sagte Wu Ying leise zu sich selbst. Zwar mochte er nicht das Kapital besitzen, um Kräuter zu kaufen, aber er konnte seine Zeit damit verbringen, Wissen über Kräuter anzuhäufen. Ein möglicher Weg der Entwicklung.

Der größte Vorteil, den die Pillenverfeinerung gegenüber anderen hauptsächlichen Tätigkeiten hatte, war ihre Vielseitigkeit. Sowohl talentierte Schmiede als auch Pillenverfeinerer konnten davon ausgehen, mithilfe ihrer Fähigkeiten einen Haufen Tael zu verdienen. Aber Pillenverfeinerer konnten Gebräue herstellen, die auf dem Weg der Kultivation halfen und die den Körper von Giften reinigten oder heilten. Pillen konnten die Kampfkraft einer Person stärken oder eine Eigenschaft erweitern, was bessere Vorteile schaffte. Auf den höheren Stufen halfen gewöhnliche Gebräue den Kultivatoren, ihre Sinne zu erweitern und eins mit ihrem Dao zu werden. Dies leitete sie in ihrem Bestreben nach Erleuchtung.

Schmiede hingegen waren eingeschränkter. Unter den Kultivatoren gab es im Allgemeinen zwei Arten von spezialisierten Schmieden – Rüstungsmacher und Waffenschmiede. Zu Beginn lernte ein Anfänger der Schmiedekunst selbstverständlich beide Arten und übte sein Handwerk allgemein. Schmiede wurden immer gebraucht, da die Waffen, die sie anfertigten, die Stärke eines Kultivators ergänzten. Zusätzlich war es um einiges günstiger, die Schmiedekunst aufzunehmen – missglückte Anfertigungen konnten mehrere Male wieder eingeschmolzen werden.

"Allerdings glaube ich nicht, dass ich gerne eine Waffe kaufen würde, die zuvor eingeschmolzen wurde", sagte Wu Ying. Er erinnerte sich an die billigen Waffen, die er gesehen hatte – kerbige Waffen oder solche, die leicht verbogen waren. Ramschwaffen wurden oft an Farmer verkauft, die es entweder nicht besser wussten oder, in manchen Fällen, keine andere Wahl hatten, als diese Waffen zu kaufen. Allein der Gedanke daran schmerzte Wu Ying, er schüttelte für den Moment jedoch seine Bedenken ab.

Die Schmiedekunst war eine Option, aber da sie weniger Kosten verursachte und die mentalen Anforderungen geringer waren, war sie auch beliebter als die Pillenverfeinerung. Sie setzte außerdem enorme physische Stärke und ein Feuerattribut im Chi voraus. Wenn Wu Ying ein wahrhaftiger Schmied werden wollte, so müsste er sich darauf festlegen, ein Nutzer des Feuer-Chi zu werden.

Was die Kampfkunstspezialisten betraf, so waren sie am gefährlichsten. Auf den fortgeschrittenen Stufen konnten Kampfkunstspezialisten sich sogar noch weiter auf Team-Kampfformationen oder Armee-Kampfformationen spezialisieren und so zu Anführern unzähliger Individuen werden. Solche Individuen konnten die Effektivität eines einzelnen Kultivators um ein Vielfaches multiplizieren. Im Einzelnen betrachtet wurden Kampfkunstspezialisten häufig Protektoren einer Sekte, also zu einer Person, die mit der allgemeinen Sicherheit der Sekte beauftragt wurde. Bis dahin war es für Kampfkunstspezialisten schwer, ihre Kultivation voranzutreiben, denn es fehlte ihnen an speziellen Fähigkeiten, die zusätzliches Kapital generierten, um die Kultivation weiterzuentwickeln. Dies führte zu unzähligen Toden unter den Kampfkunstspezialisten, da sie gefährliche Missionen annahmen, um sich das benötigte Kapital und die Kultivationsmittel anzueignen.

Durch seine anfänglichen Studien im Schwertstil der Familie Long und eigene Erfahrung wusste Wu Ying, dass er zur Kampfkunstspezialisierung neigte. Obwohl die meisten Kultivatoren wissen mussten, wie man kämpfte, waren die Kampfkunstspezialisten engagiert und talentiert. Und Wu Ying befürchtete, dass er an diesen Punkten scheitern würde. Anders als sein Freund Tou He war Wu Ying nicht besonders talentiert. Oh, er war besser als die meisten auf seinem Level, daran bestand kein Zweifel. Aber in seinem tiefsten Herzen wusste Wu Ying, dass dies der ständigen Übung anstatt irgendeiner besonderen Begabung geschuldet war.

"Die Bibliothek schließt." Die Stimme unterbrach Wu Yings Grübelei.

Der Kultivator legte die Bücher, die er gelesen hatte, zum Einsortieren beiseite und nahm den Stapel anderer Bücher mit sich und lagerte sie in seinem Ring ein, während er sich auf den Weg nach Hause machte. Im Augenblick reizte Wu Ying keine der Nebentätigkeiten. Vielleicht würde er irgendwo in diesem Dokumentenstapel etwas Nützlicheres finden. Während es anfangs leichter war, in einer gut gestützten Tätigkeit voranzukommen, war, wie die Älteste Yang erwähnt hatte, der eigene Dao wichtiger. Wenn man sich jetzt falsch entschied, konnte einem die Möglichkeit entgehen, aufzusteigen.

***

Die nächsten Tage verbrachte Wu Ying abgeschottet in seiner Residenz, wo er sich abwechselnd kultivierte und lernte. Ah Yee fiel die Aufgabe zu, Wu Ying zu benachrichtigen, falls sich irgendwelche nützlichen Vorlesungen ergaben, wodurch es ihm möglich war, sich ganz auf seine Studien zu konzentrieren.

Einige Tätigkeiten waren leicht auzuschließen. Zum Beispiel hatte er weder die Zeit noch das Bedürfnis, ein Arzt zu werden. Oder ein Tänzer. Die Musik als unterstützende Tätigkeit war faszinierend, aber sie benötigte ein gewisses Level an Fähigkeiten und Talent, die es der Musik ermöglichten, zur Waffe zu werden. Obwohl Wu Ying auf dem Ernte- und Frühlingsfest singen durfte – und auch gesungen hatte – war er nie für sein Können gelobt worden. Er hatte die Stimme eines Bauern – in der Gruppe zumutbar, aber auf sich alleine gestellt jämmerlich. Und was Instrumente betraf, war seine Familie noch nie musikalisch gewesen.

Andere Tätigkeiten hatten einige faszinierende Möglichkeiten. Das Gelehrtentum forderte zu Beginn nur wenig von seinen Schülern. Allerdings war es ein mühsamer und langer Weg und die Menge an Wissen, die man sich aneignen musste, stieg ständig an. Aber es hatte den untergeordneten Vorteil, dass es die Möglichkeit eröffnete, an der Prüfung des Königreichs[2] teilzunehmen, was ein anständiger Notfallplan war. Sofern man einen solchen benötigte. Es wäre für Wu Ying sicherlich ein Weg, um in der Nähe seiner Familie zu sein und im Königreich zu verweilen, sollte er es nicht schaffen, mit seinen Studien als Kultivator voranzukommen.

Die himmlische Formung war ein weiteres interessantes Feld. Die verfügbare Dokumentation war spärlich und für Wu Ying nicht ausreichend,

---

[2] Diese Prüfung ähnelt der Beamtenprüfung des antiken Chinas, die den Weg zur kaiserlichen Bürokratie eröffnete. Die weitläufige kaiserliche Bürokratie in China gewährte oft so viel Einfluss, dass er mit dem Einfluss des Kaisers selbst konkurrieren konnte.

um sie wirklich zu verstehen. Aber es schien, dass sie sowohl Talent in diesem Bereich als auch die Bereitschaft erforderte, viel Zeit mit dem Studium der natürlichen Welt zu verbringen. Dennoch war die Macht, welche die Formungskraft verleihen konnte, beachtlich. Wu Ying fand heraus, dass es zwei Arten der Formung gab – die speziell angefertigte Formung wie die Verteidigungsformationen der Sekte und die Formung über Formationsflaggen, die man an verschiedene Orte transportieren konnte, jedoch deutlich schwächer waren.

Die Bestienzähmung war unmöglich, auch wenn sie spannend war. Wu Ying mochte Tiere, aber ohne einen geeigneten Mentor war dies kein Bereich, den er erforschen konnte. Und Tiere einfach nur zu mögen unterschied sich stark davon, sich ein Leben lang ihrer Pflege und Entwicklung zu widmen. Andere Tätigkeiten, wie das Wahrsagen, die Werkzeugherstellung und die Puppenspielerei, wurden nicht länger in der Sekte praktiziert, obwohl die Bücher darüber noch verfügbar waren.

Dann waren da selbstverständlich noch die "profanen" oder "gewöhnlichen" unterstützenden Tätigkeiten, die durch die Nutzung spiritueller Kraft und Gegenstände fremdartiger wurden. Seelenstein-Bergarbeiter begaben sich in tiefe Minen, die sich oftmals in den gefährlichsten Teilen der Wildnis befanden, um Seelenadern abzubauen und so Steine zu gewinnen, die auf natürliche Weise mit Seelen gefüllt waren. Es amüsierte Wu Ying sogar noch mehr, als er Verweise auf Seelenfarmer fand – Bauern, die mit von Chi erfülltem Reis, Kräutern oder anderem Gemüse arbeiteten. Diese Zutaten zusammen mit Fleisch von Dämonenbestien – die von Kampfkunstspezialisten genauso wie von Dämonenbestienjägern gejagt wurden – zu essen, konnte die Chi-Absorptionsrate eines Kultivators steigern.

Wu Ying seufzte und warf das letzte Buch mit den Hinweisen zu Dämonenbestienjägern auf den Tisch in seinem Arbeitszimmer und verschränkte frustriert die Arme. "Muss denn wirklich jede Tätigkeit das Wort 'Seele' an den Anfang ihres Namens stellen, um ihr mehr Ansehen zu verleihen?"

"So in etwa."

Wu Ying wandte sich um und erblickte Liu Tsong, die sich gegen die Wand lehnte und beschwichtigend die Hände hob. Die lächelnde Kultivatorin war in die dünnen Roben der inneren Sekte gekleidet, die ihre schmale, fast schon jungenhafte Figur umspielten.

"Verehrte Lee!" Wu Ying sprang auf und verbeugte sich vor ihr. "Ich wusste nicht, dass du hier bist."

"Ah Yee muss ausgegangen sein. Ich habe geklopft, jedoch keine Antwort erhalten, daher habe ich mich selbst hereingelassen", erklärte Liu Tsong. "Jedenfalls wünschen sich die meisten Tätigkeiten, dass ihnen mehr Ansehen entgegengebracht wird. Und mit den eintausendundein Daos in diesem Universum können die meisten Tätigkeiten irgendeinen namhaften Kultivator oder Unsterblichen ausfindig machen, der ihre Behauptungen bestätigt."

Wu Ying ballte die Fäuste, während Zorn in ihm aufstieg. Es war so töricht, nach der Vergangenheit zu greifen und sich den Namen eines Unsterblichen zunutze zu machen, um seine eigene Arbeit besser dastehen zu lassen. Wenn die eigene Arbeit selbst in den eigenen Augen nicht gut genug war, dann war die persönliche Existenz nur von Elend geprägt, denn keine Bestätigung von Außen wäre jemals genug. Die Regenwolken fragten die Bauern ja auch nicht, ob es ihnen gerade recht war. Sie erschienen und verschwanden, wie es ihnen passte.

"Bei manchen Tätigkeiten funktioniert das besser als bei anderen, versteht sich. Und einige, wie die Pillenverfeinerung, Dämonenbestienzähmung und Schmiedekunst, sind untrennbar mit der Kultivation verbunden. Bei anderen ist sie zweitrangig."

Wu Ying schaute über die Handbücher. "Hast du irgendeine Empfehlung für mich?"

"Du bist so förmlich", spottete Liu Tsong. "Es wird nicht schaden, sich zunächst auf die Kampfkunst zu spezialisieren, während man sich mit den verschiedenen Tätigkeiten vertraut macht, die angeboten werden. Selbst wenn du es nicht weit bringen kannst, ist es von Vorteil, die Grundlagen der Schmiedekunst und Pillenverfeinerung zu kennen."

"Ich schätze, es wäre nicht schlecht, die unterschiedlichen Tätigkeiten auszuprobieren", gestand Wu Ying, als ihm klar wurde, dass seine Nachforschungen nicht auf die Bibliothek beschränkt waren. "Vielen Dank für deine Leitung."

"Gut. Gut", sagte Liu Tsong mit einem Lächeln. "Aber denk daran, zuerst mit den Angestellten in der Verwaltungshalle zu sprechen! Wenn du mit der Pillenverfeinerung beginnen willst, solltest du dich an einem Auftrag in der Apotheke versuchen, allerdings ist die Konkurrenz groß. Wenn du nicht die nötige Gunst oder den Rückhalt eines Ältesten hast, kannst du es dir aus dem Kopf schlagen, dort einen Platz zu bekommen."

"Oh."

"Schau nicht so betrübt. Du musst nur ordentlich lernen. Es mag zwar länger dauern, aber wenn du Zeit damit verbringst, die Grundlagen zu studieren, wirst du deine Lernfähigkeit steigern", sagte Liu Tsong. "Außerdem bewerben sich viele während der Wintermonate auf einen Platz in der Apotheke. Aber das ist der schlechteste Zeitpunkt, um dort zu sein, da die Zahl an neuen Verfeinerern dann auf ihrem Höchstpunkt ist."

"Ist das nicht etwas Gutes? Mehr Arbeit?", frage Wu Ying verwirrt.

"Mehr Arbeit derselben Art. Jeder versucht, die gleichen Pillen der Knochenreinigung, Meridianöffnung und Seelenverstärkung herzustellen. Nachdem man die Kräuter zum zehnten Mal gepflückt hat, kann man sie auch mit verschlossenen Augen erkennen. Dann gibt es da noch die Pillen der Frostbindung, Erkältungs- und Eisabwehr."

"Du scheinst verbittert?", fragte Wu Ying.

Liu Tsong zeigte ihrem Freund ein schiefes Lächeln. "Ja. Ich gehörte auch zu den 'Glücklichen'. Man ist so beschäftigt, dass man nie eine Gelegenheit hat, sich die anderen, eingelagerten Kräuter anzusehen. Im Frühling und Sommer geben viele der Verfeinerungsadepten, die Selbstbewussten, auf. Zu dieser Zeit gibt es außerdem noch mehr saisonale Pillen, sodass man mehr zu erledigen hat."

"Das Wetter macht einen Unterschied?", fragte Wu Ying neugierig.

"Selbstverständlich! Für die richtige Herstellung bestimmter Pillen ist es wichtig, das richtige Chi heranzuziehen. Man kann Seelenformationen errichten oder benutzen, um das Chi und die Umgebung zu regulieren, aber diese Räume von der Sekte zu mieten ist teuer. Es ist besser, man richtet sich nach den Jahreszeiten", erklärte Liu Tsong.

Wu Ying nickte. Er war dankbar über das Wissen, das sie ihm vermittelte.

"Wenn du das Lernen also wirklich ernst nimmst, solltest du eine Ausgabe von *Das Buch heilender Kräuter*[3] kaufen."

"Ist das in der Bibliothek verfügbar?", fragte Wu Ying.

Liu Tsong schüttelte den Kopf. "Dort gibt es nur eine handvoll Kopien, und diese sind nicht kommentiert. Du musst dir eine eigene Kopie zulegen

---

[3] Auch bekannt unter dem Namen "Kompendium der Materia Medica". Es handelt sich hierbei um ein echtes Buch, das vom Gelehrten Li Shizhen im 16. Jahrhundert verfasst wurde. Das Buch wurde hier selbstverständlich angepasst, um in die Welt der Kultivation zu passen.

und anfangen, Kommentare einzufügen. Obwohl es verständlich ist, gibt es darin Fehler sowie vieles, das nicht behandelt wird."

"Oh. Hast du eines?" Als Liu Tsong andeutete, dass sie eine Ausgabe besaß, fragte Wu Ying unbedacht: "Kann ich es mir dann borgen?"

"Nein!" Liu Tsong verschränkte die Arme. "Würdest du anderen dein Kultivationshandbuch zeigen?"

Wu Ying zuckte zusammen und verbeugte sich tief, um sich überschwänglich zu entschuldigen. Kurz darauf spürte er, wie er einen leichten Schlag auf den Hinterkopf bekam.

"Steh auf. Ich weiß, dass du keine böse Absicht hattest. Dennoch ist das etwas, das dir ein Verfeinerer unter keinen Umständen zeigen wird."

"Jawohl."

"Gut. Also, wohne nächste Woche auf jeden Fall meiner Lehrstunde bei."

"Deiner Lehrstunde?"

"Nun, eigentlich ist es die Lehrstunde meiner Meisterin. Aber da sie für Anfänger konzipiert ist, hat sie mir die Aufgabe übertragen, die Grundlagen der Kräuterkunde zu präsentieren", erklärte Liu Tsong und brüstete sich ein wenig.

"Meine Glückwünsche. Ich werde sicher kommen. Und ich werde meine eigene Ausgabe des Kompendiums mitbringen."

"Gut, gut. Also, wie läuft es ansonsten bei dir?"

"Naja ..."

Schon bald verfielen die beiden in den üblichen Tratsch über das Leben in der Sekte. Aber in Wu Yings Hinterkopf verweilte das Verlangen, sowohl seine Kultivation als auch seine Zweitlaufbahn zu entwickeln.

Kapitel 3

Das Klingen von Hämmern, die auf Eisen schlugen, dröhnte durch das Gebäude, als die brühende Hitze der angefeuerten Schmiedeöfen die Kultivatoren an diesem winterlichen Tag zum Schwitzen brachte. Zwei Tage nach Wu Yings Unterhaltung mit Liu Tsong hatte er sich für die Schmiedekunst eingeschrieben und in die neueste Gruppe von Schmiedelehrlingen gedrängt. Tatsächlich gab es zwei verschiedene Kurse, die heute begannen. Die eine Gruppe, die überwiegend aus Mitgliedern der inneren Sekte bestand, stand an der Seite und lauschte den Worten des ranghöheren Schmiedes, der die heutigen Ziele erläuterte. All diese Personen hatten Vorkenntnisse in der Schmiedekunst und bekamen nun eine Reihe an Projekten zugeteilt, um die Einschätzung ihrer Expertise abzuschließen.

Wu Ying war Teil der anderen Gruppe, die aus einigen weiteren, neuen Mitgliedern der inneren Sekte und einer handvoll Mitglieder der äußeren Sekte bestand. Als Wu Ying sich umschaute, amüsierte ihn die Feststellung, dass viele der Schmiede muskulös und kräftig waren, anders als die schlanken und bleichen Gelehrten – die in der Sekte üblich waren. Genauer gesagt war der Schmied, der zu ihnen sprach, sogar oberkörperfrei, seine Sektenroben waren um seinen Unterkörper gebunden, während der Schweiß auf seiner Brust glänzte und sich in seinen dichten, dunklen Brusthaaren sammelte.

"Ihr habt euer Interesse an der Schmiedekunst bekundet. Das heißt aber nicht, dass wir auch an euch interessiert sind", brummte der Schmied. "Ich, Gan Ji Ang[4], werde eure Eignung überprüfen. Jeder von euch wird einem Schmiedebalg zugewiesen. Für heute werdet ihr an den Bälgen arbeiten und dabei den Anweisungen des zuständigen Schmiedes folgen. Wenn ihr versagt, wenn ihr stoppt, werdet ihr des Kurses verwiesen. Habt ihr das verstanden?"

---

[4] Ganjiang ist ein Schwert in den chinesischen Sagen und hat eine tragische Geschichte.

Der Chor an Zustimmung brachte Ji Ang zum Lächeln und sein ungepflegter, kurzer Bart, der von verbrannten Stellen durchzogen war, drückte gegen seine Lippen. Der Schmied teilte die einzelnen Schüler den Schmiedeöfen zu. Wu Ying fand sich selbst tief im Gebäudeinneren und weit von den geöffneten Türen entfernt wieder. Während er sich weiter nach innen bewegte, fühlte Wu Ying, wie er aufgrund der enormen Hitze am ganzen Körper in Schweiß ausbrach.

"Heiß ...", sagte Wu Ying.

"Ihr habt keinen Feueraspekt", bemerkte ein Kultivator, der zu ihm trat. Dieser Kultivator war breiter als die meisten Gelehrten, aber nicht so muskulös wie die anderen Schmiede. Trotzdem konnte Wu Ying spüren, dass der Kultivator stark war. Er befand sich mindestens auf der mittleren Stufe der Energiespeicherung.

"Nein", bestätigte Wu Ying, überrascht darüber, dass er es bemerkt hatte. Seit er mit der Ausübung der Auraverstärkungstechnik begonnen hatte, konnten nur wenige andere, abgesehen von den Ältesten, seine Kultivation genau erfassen.

"Dann achtet darauf, dass Ihr genug Wasser trinkt", sagte der Kultivator. "Es wäre lästig, wenn Ihr während der Arbeit ohnmächtig werdet."

"Jawohl. Mein Name ist Long Wu Ying", stellte er sich mit einer Verbeugung vor.

"Wang Bao Cong." Der Schmied bewegte sich etwas um den Schmiedeofen herum, bevor er sich zu Wu Ying drehte. "Holt mehr Kohle. Schnell!"

Als Wu Ying mit der Kohle zurück war – nachdem er sich nach dem Weg in das Kohlelager erkundigt hatte – war Bao Cong mit der Inspektion der Werkstätte fertig. Innerhalb kürzester Zeit wies Bao Cong Wu Ying dazu an, mehr Kohle hineinzuschütten und den Balg zu blasen. Während Wu Ying arbeitete, legte Bao Cong das Roheisen aus, das eingeschmolzen und geformt werden sollte.

"Hört gut zu. Ihr müsst überwiegend das Feuer auf eine hohe Temperatur bringen und dort halten. Wir werden die Temperatur später sogar noch weiter erhöhen. Lasst nicht nach und blast den Balg. Ich gebe Euch Bescheid, wenn Ihr aufhören oder Euch mehr anstrengen sollt", warnte Bao Cong ihn.

Für die nächsten Stunden arbeitete Wu Ying unter Bao Congs Anleitung. Schon bald schmerzten selbst Wu Yings muskulöse Arme, während der Schweiß an seinem Gesicht hinunterlief. Wu Ying lernte schon bald, den Wasserschlauch in der Nähe zu behalten, damit er allzeit bereitlag, sobald er einen kurzen Moment Pause hatte. Aus den Augenwinkeln beobachtete Wu Ying den gesamten Prozess, so gut er konnte.

Das Schmieden bestand aus mehreren Abschnitten. Es fing damit an, das Roheisen zu schmelzen und die Schlacke, den unbrauchbaren Teil des Metalls, zu entfernen. Danach goss Bao Cong das geschmolzene Eisen in Formen, um es zu Barren erkalten zu lassen. Dann war es zur Weiterverarbeitung bereit. Sobald die Barren ausreichend abgekühlt waren, fing Bao Cong mit dem eigentlichen Prozess des Schmiedens an, indem er das Metall im Schmiedeofen erhitzte, ehe er es in seine Form schlug. Die nächsten Stunden über nahm Bao Cong das Metall heraus, schlug es flach, erhitzte das Metall dann erneut, falls es zu sehr abgekühlt worden war, und schlug den Eisenbarren in die gewünschte Form.

Zunächst fand Wu Ying den ganzen Ablauf faszinierend. Aber schon bald wurde dem Kultivator langweilig. Wu Ying verstand nicht, warum Bao Cong das Metall zu bestimmten Zeitpunkten herauszog, auf es einschlug und es wieder in den Schmiedeofen legte, weil ihm die nötige Bildung und auch eine Erklärung dazu fehlten. Zwar konnte Wu Ying erkennen, dass Bao

Cong in bestimmten Winkeln auf das Metall einschlug, doch er verstand die Bedeutung dieser Winkel nicht. Ebensowenig verstand er den Bewegungsrhythmus oder warum der andere Kultivator die Stirn runzelte und das Metall in den Schmiedeofen zurücklegte.

Da er keine Erklärung erhielt, stellte Wu Ying fest, dass seine Aufmerksamkeit schwand. Er hörte mit einem Ohr auf die Anweisungen Bao Congs und gab sich damit zufrieden, den Balg gemäß diesen Anweisungen zu blasen. Er bewegte sich fast schon automatisch. Die meiste Zeit aber war er in Gedanken versunken und tastete nach seinem Dantian, um ihn zu lokalisieren.

Wu Yings Chi wurde überwiegend in seinem unteren Dantian gespeichert, wo es unter und hinter seinem Bauchnabel gezügelt wurde und sich im Kreis bewegte. Hier floss das Chi – diese Kraft der Natur und der Schöpfung – das Wu Ying gesammelt und sich zu eigen gemacht hatte, drang in seine Meridiane und bewegte sich auf den Energiepfaden in seinem Körper entlang. Das Meiste davon geschah automatisch, es war so einfach und unbewusst wie das Schlagen eines Herzens.

Die Kultivation war die Kunst, dieses Chi auf aktive Weise zu lenken. Es war die Kunst, das Chi aus der Außenwelt in seinen Körper zu ziehen, es Teil seiner Existenz werden zu lassen, und es zu nutzen, um blockierte und verschmutzte Meridiane zu reinigen. Der Prozess war bei richtiger Ausführung sowohl ein filternder als auch reinigender Prozess. Es war, als würde man Wasser filtern und dieses dann benutzen, um Abflussrohre zu säubern, die durch wiederholte Nutzung verunreinigt worden waren. Da das meiste Chi aus der Umgebung auf die eine oder andere Weise aspektiert war, war es für einen Menschen wichtig, dieses Chi zu verändern und es zu seinem eigenen zu machen, indem das Chi im Körper transformiert wurde.

Auf der Stufe der Körperreinigung hatte das Chi für einen Kultivator wie Wu Ying, abgesehen von der Reinigung und Stärkung des Körpers, nur wenig Nutzen. Jeder gereinigte Meridian erhöhte die Stärke, da es dafür sorgte, dass man selbst in den alltäglichsten Bewegungen immer mehr Chi nutzen konnte. Natürlich benötigte man für die Reinigung eines Meridians eine ausreichende Menge an Chi, die durch diesen fließen musste, ansonsten musste man ihn erneut reinigen.

In jedem Fall führte die Mehrzahl der Kultivatoren die Kultivation im Stillstand aus. Die Konzentration und Vorsicht, die man benötigte, um das Chi durch den Körper zu bewegen, war so groß, dass sie es nicht wagten, sich währenddessen zu bewegen. Ein Fehltritt während der Kultivation konnte den Kultivator verletzen oder sogar lähmen, ganz besonders dann, wenn dieser Kultivator das Chi in einem Moment der Erleuchtung einsaugte. Aber dank seines vorangegangenen Trainings zählte Wu Ying nicht zu diesen Personen.

Vielmehr fand es Wu Ying oft vorteilhaft, sich zu kultivieren, während er sich bewegte. Er zog es vor, zu rennen und sich in Areale mit frischem Chi zu begeben. Daher war es weniger optimal, sich in der Schmiede aufzuhalten und den Blasebalg zu bedienen. Doch zu Wu Yings Überraschung stießen die konstanten Flammen eine große Menge an Feuer-Chi gemeinsam mit Strängen von Metall-Chi in die Umgebung. Wu Ying arbeitete daran, dieses Chi zu absorbieren und durch seinen Dantian zu zerren, um das aspektierte Chi zu konzentrieren und es wieder hinauszudrängen und nur den unaspektierten Teil in seinem Körper zu behalten. Dieser Prozess des Zerrens am Chi war für Körper und Geist anstrengend und zwang Wu Ying dazu, noch größere Mengen an Wasser zu sich zu nehmen.

Die beiden arbeiteten für die nächsten Stunden über gemeinsam. Als Bao Cong sein erstes Werk vollendet hatte und sich an ein anderes Projekt machte, verweilte Wu Ying am Schmiedeofen und blies den Balg in kameradschaftlicher Stille. Sie begannen, sich im Einklang zu bewegen, und Wu Ying erlangte unbewusst ein grobes Verständnis für Bao Cong und seine Bedürfnisse. Wenn Wu Ying es genau analysierte, so war es mehr ein Verständnis für Bao Congs Körpersprache und dafür, wie er das Eisen anschaute und es behandelte, als ein Verständnis für den Prozess an sich.

Als der Tag sich dem Ende zuneigte, ließ Bao Cong endlich sein letztes Projekt erkalten. Nachdem er das Werk neben seine anderen Projekte gelegt hatte, drehte er sich zu Wu Ying und erklärte ihm, wie man den Schmiedeofen löschte. Wu Ying verlangsamte seine Kultivation und stoppte sie dann. Er dehnte seine schmerzenden Muskeln und lockerte seinen Rücken, während er sich vollständig aufrichtete.

"Gut. Nun legt die restlichen Kohlen hinein und – was ist das für ein Geruch?", rief Bao Cong aus, als er sich Wu Ying näherte.

Bao Cong trat zurück und hielt seinen Unterarm vor seine Nase, während er verzweifelt versuchte, durch den Mund zu atmen. Da Bao Cong nicht mehr ausschließlich auf seine Arbeit konzentriert war, kam der Gestank von Wu Yings Schweiß durch die Kultivation, der in der Hitze der Schmiede schnell getrocknet war, zur Geltung. Der Geruch, der gebrannt und konzentriert war, war eine Mischung aus faulen Eiern, aufgewühltem Stallmist, Eiter und abgestandenem Sumpfwasser.

"Ah ... das bin dann wohl ich." Wu Ying rümpfte die Nase, während er die Dachfenster weiter öffnete.

"Sich kultivieren, während man in der Schmiede arbeitet. Und das, obwohl Ihr kein Feuer-Chi anwendet", sagte Ji Ang, dessen Stimme sanft war, während er zu ihm hinüberlief. "Ihr habt Eure Zeit in meiner Schmiede auf interessante Weise genutzt."

"Ältester." Wu Ying machte es Bao Cong nach und verbeugte sich vor ihm.

"Ihr zwei habt lange genug gebraucht, um eure Arbeit zu beenden. Die anderen sind bereits fertig", erklärte Ji Ang und wies mit der Hand durch die Schmiede.

Auf den ersten Blick konnte Wu Ying keinen der Kultivatoren erblicken, mit denen er am Morgen die Schmiede betreten hatte. Die Schmiede war aber keinesfalls menschenleer. Andere Schmiede hatten die Plätze an den Schmiedeöfen eingenommen und arbeiteten an ihren eigenen Projekten.

"Dann lasst mal sehen, was wir hier haben", sagte Ji Ang.

Wu Ying begann, sich ihm zu nähern, ehe er böse Blicke erntete. Der Kultivator hielt sich peinlich berührt zurück, während er noch immer auf die drei Projekte schielte, an denen Bao Cong an diesem Tag gearbeitet hatte. Das erste war ein einfaches und geradliniges Messer, bei dem noch der Griff fehlte. Der Erl zog sich über die leichte Wölbung und bildete den Griffschutz. Das zweite war ein offener Topfhelm, von dem Wu Ying wusste, dass er aus zwei Teilen bestand, die mithilfe eines dritten, an der Naht verhärteten Eisenstreifens zusammengeklopft worden waren. Das dritte war vermutlich das schönste Stück unter den dreien – die Klinge eines Jian. Selbst aus seinem Blickwinkel konnte Wu Ying erkennen, dass das Schwert von etwas besserer Qualität war als die Stücke, mit denen er vor seiner Zeit in der Sekte gearbeitet hatte.

Ji Ang nahm sich ziemlich viel Zeit, um die Stücke zu begutachten. Er überprüfte sie auf Gussnähte und unfertige Stellen, auf Gewicht und Verformungen. Er bog sogar die Klinge des Schwertes mit bloßen Händen, bevor er sie wieder losließ und den Winkel erneut prüfte. Während Ji Ang mit den Projekten beschäftigt war, beobachtete Bao Cong den Ältesten mit teilnahmslosem Gesichtsausdruck. Aber Wu Ying, der hinter ihm stand, sah, wie der Kultivator die Hände zu Fäusten ballte, wie er sie jedes Mal noch enger zusammenpresste, wenn Ji Ang innehielt oder etwas eingehender begutachtete.

Ji Ang legte die Arbeiten zur Seite. "Gerade noch ausreichend. Das Temperieren hätte besser sein können. Die Hitzezufuhr war kaum ausreichend. Das Eisen, das Ihr verwendet habt, wurde nicht angemessen veredelt. Und bei allen dreien habt Ihr die einfachste Hämmertechnik verwendet. Ihr hättet lieber die Drei-Blatt-Technik für den Dolch und die Technik der Sieben Winde und Zwei Blüten für das Schwert nutzen sollen. Und was den Helm betrifft, nun, für einen gewöhnlichen Bürger wäre er akzeptabel. Niemand sonst würde solch ein hässliches Stück tragen."

"Ja, Ältester", sagte Bao Cong, der sein Haupt senkte, während er gerügt wurde.

"Nehmt Eure Arbeiten und bringt sie zum Laden. Sie werden einen Preis festlegen und sie für Euch verkaufen. Kommt morgen wieder. Wir werden an Eurer Technik feilen", wies Ji Ang ihn mit einem Winken an.

Bao Cong verbeugte sich und hob die drei Stücke auf. Wu Ying neigte seinen Kopf auf die Worte des Ältesten hin zur Seite, ehe ihm wieder einfiel, dass die Arbeiten, die die Schmiede herstellten, ihnen gehörten. Alle Schmiede bezahlten die Miete für die Schmiede mit ihren Sekten-Beitragspunkten und konnten sich aussuchen, ob sie das Material mit ihren Punkten oder mit echtem Geld bezahlten. Daher wurden das Material und die Endprodukte als ihr Eigentum angesehen.

Wu Yings Grübelei wurde unterbrochen, als Ji Ang sich ihm zuwandte und ihn anstarrte. "Ihr seid nicht aspektiert, richtig?"

"Jawohl, Ältester."

"Hmm ... Der Feueraspekt eignet sich gut für das eigentliche Schmieden. Aber lasst Euch nicht beirren. Es ist keine Voraussetzung. Auch

Metallaspekte sind sehr nützlich – die Resonanz mit Erzen und Metallen verleiht einem Schmied eine ordentliche Basis."

"Vielen Dank für Euren Rat, Ältester."

"Gut. Was nun Eure Arbeit betrifft", sagte Ji Ang mit finsterem Blick. "Wer hat Euch angewiesen, Euch zu kultivieren?"

"Ich ... also ... Niemand, Ältester."

"Narr. Euer Job war es, nicht nur den Tag zu überstehen, sondern auch, etwas zu lernen! Habt Ihr die unterschiedlichen Kohlefärbungen verstanden? Habt Ihr gesehen, was für einen Unterschied die Temperatur und Luftzufuhr gemacht haben? Und was ist passiert, als Bao Cong seine Arbeiten aus dem Schmiedefeuer gezogen hat?"

"Ich konnte es aber nicht erkennen!"

"Natürlich konntet Ihr das nicht! Habt Ihr erwartet, dass Ihr sofort lernen würdet, wie man schmiedet? Das Lernen besteht aus wiederholten Versuchen. Je aufmerksamer Ihr zuseht, desto schneller werdet Ihr es lernen. Wenn Ihr nicht am Lernprozess interessiert seid, nützt Ihr mir nichts."

"Ich entschuldige mich, Ältester." Wu Ying verbeugte sich und zuckte zusammen, als er sich selbst dafür schalt, dass er sich die Sache so einfach gemacht hatte. Er wusste es eigentlich besser. Was Ji Ang ihm gesagt hatte, unterschied sich kein Bisschen von dem, was sein Vater ihm zuvor schon beigebracht hatte.

"Ihr werdet in drei Tagen zurückkommen und Euch der Klasse anschließen. Ihr werdet allein am Blasebalg arbeiten. Wenn Ihr es nicht schafft, den Blasebalg einen ganzen Tag allein zu bedienen, während der Rest der Klasse lernt, fallt Ihr durch. Wenn Ihr Euch kultiviert oder Eure Konzentration nachlässt, fallt Ihr durch. Habt Ihr verstanden?", verkündete Ji Ang und beugte sich vor, um Wu Ying mit seinem Blick zu fixieren.

"Ja, Ältester. Ich danke Euch, Ältester."

"Gut." Ji Ang stolzierte davon.

Sobald der Älteste gegangen war, gingen die beiden Schmiede, die gewartet hatten, zu dem nun freien Schmiedeofen und warfen Wu Ying Blicke zu, die teils bemitleidend, teils verachtend waren. Mit verzogenem Gesicht huschte Wu Ying davon. Seine Wangen glühten vor Scham darüber, dass sie die Standpauke mitbekommen hatten.

Wenigstens war er nicht ausgeschlossen worden. Er musste sich nur mehr anstrengen.

Er würde sich mehr anstrengen, schwor Wu Ying sich, als er davoneilte, um die Scham von sich zu waschen. Und den Schweiß.

Kapitel 4

"Vielen Dank, dass du mir den Weg gezeigt hast", bedankte sich Wu Ying, als sie den steinernen Weg entlanggingen. An diesem Morgen waren Wu Ying und Tou He zum Trainingsplatz unterwegs, der den Mitgliedern der inneren Sekte vorbehalten war. Genauer gesagt waren sie auf dem Weg zum zweitgrößten Trainingsplatz – der inoffiziell für die Kampfkunstspezialisten reserviert war. "Und entschuldige bitte noch einmal, dass ich dich zurückgelassen habe."

"Du brauchst dich nicht zu entschuldigen", versicherte Tou He. "Ich musste sowieso noch eine Menge Papierkram erledigen. Allerdings bin ich überrascht, dass du dich für die Kampfkunstspezialisierung interessierst."

"Wieso?" fragte Wu Ying mit gerunzelter Stirn. "Es scheint gut zu meinem Familientraining zu passen."

"Oh, du hast sicher Übung", sagte Tou He und nickte. "Aber du bist nicht ... naja, du wirst sehen."

"Ich bin nicht nützlich." Als Tou He sich weigerte, seine kryptische Behauptung näher auszuführen, fügte Wu Ying hinzu: "Und was ist mit dir? Was hat dich zu den Kampfkunstspezialisten geführt?"

"Mein Gönner hat sie geschickt, um mich zu finden", sagte Tou He und verdrehte die Augen. "Scheinbar dachte er, ich würde gut zu ihnen passen."

"Und, tust du?"

"Die Übungskämpfe machen Spaß."

Wu Ying schüttelte auf die Aussage seines Freundes hin den Kopf. "Wirst du es zu deiner unterstützenden Tätigkeit machen?"

Tou He schüttelte den Kopf. "Zu anstrengend. Ich dachte daran, mich auf Teezeremonien zu spezialisieren."

Wu Ying stockte und drehte sich um, um Tou He anzustarren. Wu Ying klappte die Kinnlade herunter, aber er brachte kein Wort heraus, bevor er seufzte und seinem Freund auf den Rücken klopfte. "Dann erwarte ich, dass ich zu mehr Teepartys eingeladen werde."

"Dann müssen wir noch einen Dritten finden", sagte Tou He.[5]

Wu Ying erblickte ein Vierergespann von Adeligen, die auf dem Weg einherschlenderten und ein jeder von ihnen war so farbenfroh gekleidet, wie es die Sektenroben zuließen. Ganz besonders fiel Wu Yings Blick auf das Jian eines Adeligen, das an seiner Seite baumelte. Es war sowohl am Griff als auch am Heft mit Juwelen und Gold bedeckt und erschien in Wu Yings erfahrenen Augen ungeeignet für den Kampf. Seine Lippen kräuselten sich bei diesem Anblick.

"Was gibt es zu sehen?", knurrte der fragliche Adelige.

"Nichts", sagte Wu Ying reflexartig, bevor es ihm dämmerte und er sich aufrichtete. Er war kein gewöhnlicher Bürger und auch kein Mitglied der äußeren Sekte mehr. Obwohl sie vielleicht einen besseren Status haben mochten, war dies nur um Haaresbreite. "Überhaupt nichts."

"Nennst du mich einen Lügner?" Der Adelige trat näher, bevor sein Freund ihn mit seinem Fächer aufhielt. Der Blick des Adeligen mit dem Jian sprang zu Tou He und es zeichnete sich in seinem Gesicht ab, dass er ihn erkannte, bevor er seinen Kopf zu seinem Freund und ehemaligen Anführer wandte.

"Ihr beide seid die neuen Körperreiniger, die neulich aufgenommen wurden, oder?", fragte der Anführer der ihnen gegenüberstehenden Kultivatoren.

"So ist es", antwortete Tou He.

---

[5] Ein Chinesisches Sprichwort besagt, dass es am Besten ist, zu dritt Tee und zu viert Wein zu trinken. Drei für den Tee, um eine anständige Konversation führen zu können. Vier für Wein, sodass zwei weitermachen können, wenn einer zu betrunken ist und nach Hause gebracht werden muss.

"Lasst sie in Ruhe", erklärte der Anführer. "Wir haben nichts davon, uns mit Körperreinigern abzugeben."

Der Kerl mit dem juwelenbesetzten Jian grinste spöttisch über die Worte seines Freundes, aber dennoch zog die Gruppe ab. Wu Ying presste die Lippen zusammen und er schloss und öffnete die Hand, die an seiner Seite baumelte, dann schüttelte er den Kopf. Diese verdammten Adeligen hielten sich für so viel besser ...

"Lass uns gehen, Tou He", sagte Wu Ying.

Sein Freund lächelte schief und führte ihn weiter, bis sie ohne weitere Zwischenfälle auf dem Trainingsplatz angelangt waren. Als Wu Ying ankam, zog der eindrucksvolle Anblick seine gesamte Aufmerksamkeit auf sich. Der Trainingskomplex bestand aus drei zweistöckigen Gebäuden, die das Gelände umringten. Im nördlichen Areal grenzte die Bogenschießanlage an den Berghang. Im Zentrum des Trainingsplatzes waren mehrere erhöhte Kampfbühnen auf traditionelle Weise in einem Hexagramm angeordnet. Die Bühnen, die sich am weitesten vom Eingang entfernt befanden, schimmerten in der Morgensonne, als ihre Chi-Barrieren die Sonnenstrahlen brachen. Die Chi-Barrieren waren errichtet worden, um die Angriffe, die im Inneren ausgeführt wurden, nach außen hin abzuschwächen. Die Bühnen, die näher am Eingang waren, beinhalteten diesen Luxus nicht, da sie für diejenigen angedacht waren, die profane Techniken üben wollten oder ihr Chi noch nicht projizieren konnten.

Schon am frühen Morgen streiften unzählige Gestalten über den Trainingsplatz. Einige trainierten auf dem blanken Boden im Westen des Geländes mit verschiedenen Übungspuppen aus Holz[6], während andere

---

[6] Im Chinesischen "mu ren zhuang" genannt. Ihr habt sie bestimmt schon in Ip Man gesehen, aber der "menschenförmige Holzpfosten" hat unterschiedliche Formen, um den Trainingsanforderungen der Kampfkünste gerecht zu werden. Er kann ein oder zwei Hände, Sprungfedern, Gewichte und Schaukeln aufweisen.

wiederum von einem aufgezeichneten Fußabdruck zum nächsten liefen, hüpften, sprangen, und sich auf andere Weise fortbewegten. In einem anderen Teil des Geländes wurden unterschiedliche Kugelhanteln und Eisentöpfe verwendet, um Stärke aufzubauen. Einige der passionierteren Individuen wurden mit Stöcken geschlagen, während sie diese Töpfe trugen.

Alles in allem war der Trainingsplatz mit muskulösen, enthusiastischen, und konzentrierten Leuten gefüllt. Zwar war die Mehrzahl männlich, doch es gab auch eine beachtliche Zahl an Frauen, die ihrer Routine nachgingen. Die meisten von ihnen führten irgendeine Waffe bei sich.

"Bruder Tou He!", rief eine heitere Stimme aus dem Trainingsplatz herüber, als die beiden sich ihren Weg nach unten bahnten. Der Besitzer der Stimme hatte das längste Haar, das Wu Ying je bei einem Mann gesehen hatte. Es fiel ihm bis zur Mitte seines Gesäßes und war sorgfältig geflochten. Abgesehen von seinem bemerkenswerten Haar war der Mann recht schlicht, hatte braune Augen und eine flache Nase. "Wie ich sehe, habt Ihr einen Gast mitgebracht."

"Verehrter Ge", grüßte Tou He sein Gegenüber mit einem Lächeln. "Das ist mein Freund Wu Ying. Wu Ying, das ist unser Ranghöherer Ge Chao Kun. Der verehrte Ge ist ein Mitglied der Kernsekte."

"Und ziemlich fortgeschritten in seiner Energiekultivation", bemerkte Wu Ying mit Bewunderung. Selbst in diesem Moment fühlte er den Druck, der von Chao Kuns Aura ausging. Es war nicht zu übersehen, dass Chao Kun nahe daran war, den Prozess der Kernassimilation zu beginnen, wenn er nicht sogar schon dazu bereit war. "Danke, dass ich hier sein darf."

"Kein Grund, so förmlich zu sein. Hier interessieren wir uns nur dafür, ob Ihr kämpfen könnt", sagte Chao Kun. "Seid Ihr dazu bereit?"

"Ja", antwortete Wu Ying.

"Gut. Wir nehmen Bühne drei", erklärte Chao Kun, ehe er zu besagter Bühne hinüberschritt.

Als das Paar, das die Bühne gerade belegte, bemerkte, dass Chao Kun zu ihnen herüberkam, hielten sie inne, bevor sich ein Lächeln auf ihre Lippen zauberte und sie sich respektvoll voneinander entfernten. Jedoch verließen sie die Bühne nicht, sondern flüsterten einander zu.

Innerhalb kurzer Zeit hatte Chao Kun Wu Ying zur Bühne geleitet, wo er dann nach oben wies. "Bitteschön."

"Ähh ... verehrter Ge?", brachte Wu Ying zögernd heraus.

"Ihr sagtet, Ihr wärt bereit zu kämpfen. Na, dann los", sagte Chao Kun, der die Arme verschränkte.

Tou He belächelte Wu Yings verwirrten Blick und ergriff seinen Arm, um ihn die Stufen hinauf zu führen. "Schon gut. Bring nur keinen um."

"Aber ich habe mein Übungsschwert nicht zur Hand!", widersprach Wu Ying, der das Schwert berührte, das an seiner Hüfte baumelte. Seit er der inneren Sekte beigetreten war, hatte er seine minderwertige Waffe gegen eine der besseren eingetauscht, die er von den Händlern geschenkt bekommen hatte. Das Jian war das schlichteste unter ihnen, aber dennoch war es für Wu Yings persönlichen Geschmack noch zu extravagant geschmückt. Aber ein Geschenk blieb ein Geschenk.

"Wir trainieren hier nicht mit Übungswaffen", antwortete Chao Kun. In seiner Stimme lag die Spur eines höhnischen Grinsens. "Die sind für Kinder und für die, die sich selbst nicht unter Kontrolle haben."

"Das ist nicht richtig", murmelte Wu Ying. Aber die Art, wie alle Chao Kuns Worten nickend zustimmten, machte Wu Ying klar, dass er hier niemanden von der Angemessenheit von Übungsausrüstung überzeugen konnte. Stattdessen schaute er zwischen den Zweien auf der Bühne hin und her.

Wu Ying erweiterte seine Sinne bis zu ihren Auren, um ein Gespür für ihre Stärke zu gewinnen. Beide waren Anfänger auf der Stufe der Energiespeicherung, was Sinn ergab, da die beiden zusammen trainiert hatten. Der eine führte ein Jian bei sich – das geradlinige Schwert, das auch Wu Ying bevorzugte – während der andere ein Dao hielt, das leicht gebogen war. Man konnte es fast für ein Jian halten, wäre da nicht der Wirbel an seinem Ende, welcher der Waffe mehr Gewicht verlieh. Keiner von beiden hatte seine Waffe während ihrer Übungsrunde gezogen, da sie ihre unbewaffnete Kampfkunst trainiert hatten.

"Wirklich? Der da?", sagte derjenige mit dem Dao stirnrunzelnd. Unter der Trainingskleidung, die er trug, konnte Wu Ying die ausgeprägten Muskeln entlang seiner Arme erahnen. "Er kann nicht weiter als auf der mittleren Stufe der Körperreinigung sein."

"Tou He hat ihn mitgebracht. Hört auf, Euch zu beschweren, und kämpft gegen ihn, Ah Rong. Oder lasst jemand anderen ran", sagte Chao Kun.

Das hielt seine Beschwerden für den Moment auf. "Also gut, bringen wir es hinter uns."

Jin Rong bewegte sich vom Rand der Bühne aus vorwärts und zog währenddessen sein Dao. Wu Yings Blick war auf die Waffe gerichtet und er konnte nicht anders, als dessen vortreffliche Schönheit zu bewundern. Es glänzte mit einem Funkeln, das er nur bei wenigen anderen Schwertern gesehen hatte, und seine Schneide fing das Licht mit jeder Bewegung ein. Wu Ying konnte an der Art, wie Jin Rong die Waffe handhabte, sofort erkennen, dass er ein ordentliches Verständnis für die Waffe hatte.

"Zieht Euer Schwert", befahl Jin Rong ungeduldig.

Wu Ying presste die Lippen gereizt zusammen. Wegen seiner Gereiztheit nahm er sich noch mehr Zeit, um Jin Rong abzuschätzen, während er die Hand auf sein Jian legte. Jin Rong besaß vermutlich genauso wie er das

Gespür des Schwertes. Der erste Schritt, das wusste Wu Ying, bestand darin, herauszufinden, ob er auch das Herz besaß. Sollte dies der Fall sein, hätte Wu Ying selbst mit nicht unterdrückter höherer Kultivation keine Chance. War dies nicht der Fall, konnte er eine angemessene Show abliefern, solange es bei einem Übungskampf blieb. Vielleicht konnte er sogar etwas lernen.

"Kommt schon!"

Wu Ying schüttelte den Kopf und schob jeglichen Gedanken, die Sache noch weiter hinauszuzögern, beiseite. Er konnte erkennen, dass selbst Chao Kun ungeduldig aussah, während sich eine kleine Gruppe um sie versammelt hatte. Tou He warf Wu Ying ein aufmunterndes Lächeln zu, während dieser sein Schwert zog und die Eröffnungshaltung seines Stils einnahm.

"Dao-Kämpfer sind aggressiv. Sie müssen sich dir nähern, um anzugreifen, denn ein Schnitt hat weniger Reichweite als ein Stoß. Diejenigen, die dich unterschätzen, werden sich schnell nähern, um sofort ihren Rhythmus zu finden."

Die Stimme seines Vaters wanderte durch Wu Yings Geist, ehe Chao Kun den Kampf eröffnete. Gut vorbereitet sah Wu Ying, wie Jin Rong sich etwas zu weit nach vorne lehnte, wie seine Knie sich beugten, als Chao Kuns Worte zu Ende waren. Wu Ying ließ sich sofort fallen und streckte seine Hand aus, als er seinen Körper hinter seiner Verteidigung versteckte. Die Bewegung fing Jin Rongs explosionsartigen Stoß ab und zwang sein Gegenüber dazu, entweder aus dem Gleichgewicht zu kommen oder sich selbst auf dem Jian aufzuspießen. Während Jin Rong zum Stehen kam, fiel Wu Ying nach vorne und hieb sein Jian nach oben, um die Seite des Dao zu treffen. Dies brachte seinen Gegner noch weiter aus dem Gleichgewicht, bevor Wu Ying mit einer Reihe von Schlägen aus dem Handgelenk schloss, die auf den Hals seines Gegners gerichtet waren, jedoch nicht trafen.

So schnell, wie er begonnen hatte, war der Kampf vorbei. Jin Rong trat mit einem unzufriedenen Blick auf seinem Gesicht zurück, er brachte jedoch leise hastige Glückwünsche an Wu Ying heraus, während er die Bühne verließ. Wu Ying richtete sich auf, überrascht darüber, dass es ein solch leichtes Ende gefunden hatte.

Der Jian-Kämpfer ging vorwärts und zog währenddessen sein Schwert. "Ich werde Euch nicht wie Jin Rong unterschätzen. Er fällt sein Urteil immer zu schnell." Die Haut seines Gegners war sogar noch dunkler als die Wu Yings, sie schien richtig braungebrannt, wodurch sie sich mit seinem rabenschwarzen Haar vermischte. "Lasst uns anfangen."

Wu Ying hob seine Waffe, um sein Gegenüber zu grüßen. In dem Moment, als sich seine Klinge senkte, setzte sein Gegner ihm nach. Von Beginn an fühlte Wu Ying sich durch das Jian seines Gegners bedrängt, der sich stets gerade so außerhalb seiner Reichweite aufhielt. Es war ein aufstachelnder Fechtstil, der von seinem Gegner verlangte, dass er vollkommenes Selbstvertrauen in seine Fähigkeit, Wu Yings Bewegungen einzuschätzen, hatte. Der Stil war entmutigend, aber es war die Art, wie sich das Jian seines Gegners bewegte, die Wu Ying kalte Schauer über den Rücken jagte. Jedes Senken und Abziehen, jede Drehung, die Wu Ying ausführte, wurde von seinem Gegner zielsicher verfolgt. Es war, als wäre ihm jede Handlung, jede Bewegung seines Stils bekannt. Ganz egal, was Wu Ying tat, er bekam seine Waffe nicht frei.

Über eine angespannte Minute lang spielten die beiden die extreme Reichweite ihrer Waffen aus. Während dieser Minute brach Wu Ying ins Schwitzen aus und er wurde kurzatmig, während seine Gedanken zu den unzähligen Öffnungen huschten, die er seinem Gegenüber bot. Und jedes Mal, wenn er eine Angriffslinie blockierte, hatte sein Gegner bereits die nächste Öffnung entdeckt.

Sein Gegner lächelte, sein Schwert löste sich aus dem tödlichen Tanz. Wu Ying blinzelte und fiel aufgrund dieser plötzlichen Bewegung zurück. Als er sich erholte und sein Geist seine Reflexe aufgeholt hatte, bewegte sich das Jian seines Gegners direkt auf sein linkes Auge zu. Diesmal war der Angriff seines Gegners keine Finte, denn er kam näher und bedeckte Wu Yings Jian mit seinem eigenen, wodurch Wu Yings Klinge aus der Bahn geworfen wurde.

Wu Ying gab seine Klinge mit zusammengepressten Lippen auf. Stattdessen ließ er sich tief fallen, indem er *Der Kranich reckt sich im Wasser* aus dem Trittstil der nördlichen Shen nutzte, um unter der Waffe hinwegzugleiten. Oder zumindest versuchte er das, denn das Schwert seines Gegners verfolgte seine Bewegung präzise und die Spitze bewegte sich im letzten Moment nach oben. Anstatt die Form zu Ende zu führen, zog Wu Ying sein Schwert an seine Seite und schützte sich damit, während er sich aus der Form löste.

"Ich habe verloren", sagte Wu Ying. Als er sicher sein konnte, dass sein Gegner ihn gehört hatte und die Spitze seiner Waffe sinken ließ, tat Wu Ying es ihm gleich. "Dürfte ich nach Eurem Namen fragen?"

"Wir nennen ihn Hei Mao[7]", antwortete Chao Kun. "Bruder Mao liebt es, mit seinen Gegnern zu spielen, bevor er sie fertigmacht."

"Ich habe Euch doch gesagt, Ihr sollt mich nicht so nennen", beschwerte sich Hei Mao, während er sein Schwert in die Scheide steckte. Allerdings bot er Wu Ying keinen anderen Namen an. "Macht Euch keine Sorgen. Das war keine schlechte Niederlage. Ihr braucht mehr Zeit, um Euer Gespür des Schwertes zu verbessern. Euch fehlt noch ein weiteres Lǐ[8]."

---

[7] Das bedeutet wörtlich schwarze Katze.

[8] Bei diesem Lǐ handelt es sich um ein anderes Lǐ als das im Titel verwendete. Das Lǐ hier ist ein Millimeter. Der Unterschied liegt in der Betonung und ergibt mehr Sinn, wenn man sich das Chinesische als eine piktografische Sprache bewusst macht. Die Schriftzeichen dieser beiden Wörter sehen anders aus, wenn sie mit den traditionellen Chinesischen Schriftzeichen geschrieben werden und klingen aufgrund ihrer unterschiedlichen Betonung anders.

"Ich danke Euch." Wu Ying erschauderte und schaute Hei Mao hinterher, während er von der Bühne hinunter und auf Jin Rong zuging.

Ehe Wu Ying sich ebenfalls von der Bühne hinunterbewegen konnte, erschien eine neue Gegnerin darauf, die ihn angrinste, während sie einen dicken Stab auf ihre Schulter stützte.

"Wo wollt Ihr hin? Ich lasse Euch noch nicht gehen", sagte die Frau, während sie den Stab von ihren Schultern nahm und damit auf Wu Ying zeigte. "Kommt! Ich hätte gerne eine Kostprobe Eures Schwertes."

Um die Bühne herum drang ein Räuspern, aber Wu Ying hatte keine Zeit, um sich der belustigten Menge zuzuwenden. Er hatte kaum Zeit, sein Schwert zur Verteidigung zu heben, ehe der Stab in Richtung seines Gesichts geschwungen wurde. Wu Ying blockte die Attacke hastig ab und zog sich zurück, während er damit kämpfte, die Dynamik des Kampfes wiederzuerlangen. Während er seinen Rückzieher machte, sah er, wie Tou He am Rand glückselig lächelte und zufrieden zuschaute.

***

Zweieinhalb Stunden später wurde Wu Ying von einem Schlag zweier Fäuste getroffen, der ihn quer über die Bühne schleuderte. Wu Ying rollte sich ab, als er auf dem Boden aufprallte, konnte sich aber nicht rechtzeitig erholen, um zu verhindern, in die Ecke einer anderen Arenabühne zu krachen. Wu Ying hob auf dem Rücken liegend müde sein Jian, nur um festzustellen, dass sich ihm niemand näherte. Warum auch? Er befand sich endlich außerhalb des Rings.

Als sein Kopf klarer wurde und der Schmerz in seiner Brust nachließ, wühlte Wu Ying herum, um seine Waffe wegzustecken. Er rollte sich auf sein Knie und hielt inne, als ihm vor Erschöpfung schwindelig wurde. Wu

Ying nahm eine Flut von Chi zuhilfe, die er durch seinen ausgelaugten Körper schickte. Sein Kopf klärte sich, als das Chi seine Muskeln erquickte und seine Energie wieder auffüllte. Schließlich drückte Wu Ying sich nach oben und unterdrückte seinen Chi-Fluss, während er seinem Freund müde zuwinkte.

Chao Kun nickte Wu Ying zu. "Ihr habt Euch wacker geschlagen. Eure Technik ist noch unausgefeilt, sie enthält zu viel Bewegung und nur wenig Zusammenführung der beiden Stile. Aber Euer Kampfstil weist brillante Momente auf. Ihr hattet gutes Training und besitzt gute Instinkte."

"Ich danke Euch", sagte Wu Ying.

"Dann ist er auch willkommen, um hier zu trainieren?", fragte Tou He.

"Ja. Wu Ying hat bestanden", erklärte Chao Kun. "Die erste Aufgabe eines jeden Sektenmitglieds ist, stärker zu werden, um die Sekte zu schützen. Alles andere ist nebensächlich. Diejenigen mit Kampfgeschick, diejenigen mit der Disziplin, sich selbst zu verbessern, oder diejenigen mit dem Bedürfnis, andere zu beschützen, sind hier alle willkommen. Wir werden das Level all unserer Brüder und Schwestern in der Sekte als Kampfkunstspezialisten steigern!"

Wu Ying blinzelte auf diese Verkündung hin und blickte zu Tou He, der ihm ein friedvolles Lächeln entgegenbrachte.

"Vielen Dank", sagte Wu Ying, als er sich erneut verbeugte. "Wenn Ihr gewillt seid, würdet Ihr mir dann vielleicht ein paar Hinweise geben? Ich fürchte, ich bin mir meiner nächsten Schritte zur Weiterentwicklung unsicher."

"Übt. Übt Eure Stile weiter und kämpft mit uns", antwortete Chao Kun. "Ihr seid noch nicht dazu bereit, einen dritten Stil zu lernen. Obwohl die innere Sekte ein sehr weites Feld an Stilen hat, unter denen einige effektiver sein mögen, müsstet Ihr diese Stile mit Beitragspunkten kaufen. Und auf der

Stufe der Körperreinigung wären die Verbesserungen, die Ihr spüren würdet, minimal."

"Minimal?" Wu Ying runzelte die Stirn.

"Im Vergleich zur völligen Integration des Stils in Eure Kampfform und dessen Ausübung in einem stressreichen Umfeld? Auf jeden Fall", erklärte Chao Kun mit erhobenem Zeigefinger. "Andere sagen Euch vielleicht, dass ein bestimmter Stil besser als ein anderer ist. Aber wenn Ihr einen Stil nicht anständig ausübt, ist es unwichtig, wie stark er in der Theorie sein mag. Nur wenn der Stil Euch in Fleisch und Blut übergeht und Ihr mindestens ein mittelmäßiges Verständnis für einen Stil entwickelt, werdet Ihr wahre Resultate sehen."

"Er hat Recht", stimmte Tou He zu. "Bei der Körperreinigung ist es wichtiger, die Erleuchtung des Körpers zu erlangen und zu formen, als der Stil selbst."

"Ihr erwähnt ständig die Körperreinigung", bemerkte Wu Ying. "Ändert sich das bei der Energiespeicherung?"

"Ja. Sogar noch mehr bei der Kernformung", bestätigte Chao Kun. "Sobald Ihr Chi projiziert, wird es wichtig, nicht nur eine Kampfform zu finden, die von Natur aus effizient ist, sondern eine Form zu finden, die Euer spezielles Chi und Element am effektivsten nutzt. Da jeder Mensch ein unterschiedliches Schicksal trägt, ist jeder Stil verschieden. Das ist der Grund, weshalb wir solch eine große Bibliothek von Stilen unterhalten."

"Wie die Kultivationsanweisungen", sagte Wu Ying.

"Genau", bekräftigte Chao Kun.

Wu Ying verstummte und dachte über das Gesagte nach. Es ergab Sinn. Der menschliche Körper konnte sich nur auf eine begrenzte Art und Weise bewegen und verbiegen. Obwohl viele Anweisungen eine lückenhafte Darstellung der Themen aufwiesen, auf die sie sich fokussierten, war die

Anwendung der Fertigkeiten oftmals ähnlich – es sei denn, die Anweisungen lagen völlig daneben. Der wahre Unterschied zwischen den Anweisungen auf der Stufe der Körperreinigung, abgesehen von fehlenden Informationen, lag in der Philosophie und Anwendung der Techniken. Um sie zu verstehen, benötigte man die Erleuchtung in der Technik und dem Stil selbst, was mit etwas Übung durchaus zu erreichen war.

Ehe Wu Ying sich weiter erkundigen konnte, zog ein Tumult am Eingang des Trainingsplatzes die Aufmerksamkeit aller auf sich. Tou He war offenkundig erheitert, während Trainierende überall auf dem Gelände ihre Kämpfe unterbrachen. Selbst Chao Kun lächelte und klopfte Wu Ying auf die Schulter.

"Kommt. Das Mittagessen ist da!", sagte Chao Kun.

"Mittagessen?", wiederholte Wu Ying überrascht. Es war noch immer zu früh für die gewöhnliche Mittagsstunde.

"Ja. Da die Sekte den Wert unserer Arbeit erkennt, sorgen sie dafür, dass unser Essen jeden Tag als erstes geliefert wird", erklärte Chao Kun.

"Das Mittagessen wird hier wirklich früh serviert", stimmte Tou He zu. "Wenn du danach immer noch hungrig bist, ist es nur ein kleines Stück bis zu den Hauptspeisesälen. Und ein Imbiss wird ebenfalls um drei Uhr zum Trainingsplatz geliefert, ehe das Abendessen serviert wird."

"Es scheint, du hast die Zeiten ziemlich gut verinnerlicht", bemerkte Wu Ying argwöhnisch.

"Ich?" Tou He schaute zu Wu Ying, seine Augen waren von tadelloser Unschuld geweitet.

"Du sabberst", sagte Wu Ying.

Tou He rümpfte die Nase und drehte den Kopf von seinem neckischen Freund weg, bevor er verstohlen nachsah.

"Ich werde Euch allen vorstellen", verkündete Chao Kun. "Ich bin sicher, dass einige mit Euch sprechen wollen."

Nach kurzer Zeit schlossen sich die drei der Menge an. Obwohl es keine Schlange gab, verhielt sich die Menge zuvorkommend und jeder nahm sein Mittagessen der Reihe nach entgegen, bevor sich die Mitglieder auf den Boden oder eine Steinbank setzten. Das Mittagessen bestand aus einem Brötchen aus lockerem Reis, das in der Pfanne gebraten worden und mit Schnittlauch, Bohnen, Sprossen, Zwiebeln und anderem Gemüse sowie mit großen Schweinefleischstücken gefüllt war. Jedes Sektenmitglied erhielt zwei dieser Brötchen, die sie eifersüchtig hüteten.

Wu Ying fand schon bald den Grund hierfür heraus, als er sah, wie zwei Sektenmitglieder ein improvisiertes Duell um das zusätzliche Brötchen des einen Kombattanten eröffneten. Ein Schwall von Blocks, Riegeln und Griffen wurde ausgeführt, als die beiden versuchten, das Brötchen in ihren Mund zu stopfen. Wu Ying erfasste schnell die ungeschriebenen Regeln dieses Kampfes – keine Bewegung der Beine, keine Schläge auf Körper oder Gesicht und kein übermäßiger Gebrauch von Spucke waren erlaubt.

"Keine Sorge", sagte Tou He, der Wu Ying mit seiner Schulter anstieß, als er bemerkte, wie fasziniert sein Freund von dem Schauspiel war. "Es ist dein erster Tag. Sie werden dich noch nicht drangsalieren. Außerdem kannst du nur Gleichrangige zum Kampf um das zweite Brötchen herausfordern."

"Aber die Straße weiter gibt es eine Stunde später Mittagessen", entgegnete Wu Ying verwirrt.

"Es geht nicht ums Essen", erklärte Chao Kun. "Es geht um die Ehre und persönliches Training. Wenn ein Mann nicht einmal sein eigenes Essen beschützen kann, dann kann er auch seine Freunde nicht beschützen."

"Hört nicht auf diesen Idioten", unterbrach sie eine liebliche Stimme.

Chao Kun sträubte sich, während Wu Ying sich umdrehte, um seine Aufmerksamkeit der Sprecherin zuzuwenden. Es war seine erste weibliche Herausforderin mit der unglücklichen Ausdrucksweise.

"Chao Kun verbringt mehr Zeit damit, mit seinen Muskeln anstatt mit seinem Kopf zu denken", sagte sie. "Die Essenskämpfe dienen dem Spaß. Wenn Ihr signalisiert, dass Ihr nicht teilnehmen wollt, wird Euch niemand Euer Essen stehlen."

"Vielen Dank, Ranghöhere", sagte Wu Ying. "Ich bin Long Wu Ying, ein neues Mitglied der inneren Sekte."

"Ich weiß. Lee Li Yao", stellte sich Li Yao vor.

Nun, da sie nicht versuchte, ihm mit ihrem Stab den Schädel einzuschlagen, fiel Wu Ying auf, dass Li Yao ziemlich hübsch war. Auf die Weise, wie viele der Kampfkunstspezialisten schön waren. Schlank, in Form, und den Konturen ihrer Arme und Beine nach zu urteilen hatte sie feste Muskeln. Wu Ying erweiterte seine Sinne für einen Moment, tastete nach ihrer Aura, und schloss, dass sie sich in der frühen Phase der Energiespeicherung befand. Sie war stärker als er, jedoch nicht allzu viel.

"Und ich bin nicht wirklich ranghöher. Ich gehöre zum Zulauf vor Eurem."

"Ich verstehe, verehrte Lee", sagte Wu Ying.

Li Yao schien jung zu sein, sie hatte helle Haut und Rückstände von Babyspeck an ihren Wangen. Selbstverständlich würde Wu Ying es nie wagen, sie nach ihrem genauen Alter zu fragen, obwohl ihn die Tatsache tröstete, dass die Sekte nur selten Mitglieder unter sechzehn Jahren aufnahm.

Es war eine Frage der Zweckmäßigkeit für die Sekte, um den Zulauf zu begrenzen, wie sein Vater ihm aufgezeigt hatte. Die Sekte konnte nur eine begrenzte Zahl an Mitgliedern unterstützen und erst, wenn man die Energiespeicherung erreicht hatte, konnte man wirklich von sich behaupten, den Weg der Kultivation begonnen zu haben. Mit diesem Wissen, und in Abwägung der Notwendigkeit der Sekte, Talentierte früh ausfindig zu machen – ehe andere dies taten – sorgte die Altersgrenze dafür, dass die Talentlosen in ihrer Kultivation zurückfielen. Anstatt wertvolle Ressourcen für untalentierte Individuen zu verschwenden, war es eine bessere Wahl, sich die Bevölkerung selbstständig mit der Anleitung des Gelben Herrschers beschäftigen zu lassen. Zusätzlich war es besser, dass die Familien von Adeligen, die den Großteil jener ausmachten, die die Chance und Ressourcen hatten, um sich zu entwickeln, den Preis anstelle der Sekte zahlten.

"Ich habe Euren speziellen Stil noch nie zuvor gesehen", bemerkte Li Yao, die überschwänglich mit einer Hand, in der sie ein Brötchen hielt, winkte, während sie Wu Yings Bewegungen mit dem Jian imitierte. "Er erinnert mich an den Stil der Wasserschlange der Drei Kirschblüten, aber er ist es nicht, oder?"

"Nein. Es ist mein Familienstil", erklärte Wu Ying.

"Ah, deshalb erschien er so schlangenhaft! Drache[9], Schlange, das ist alles dasselbe." Li Yao nickte wissend und nahm einen großen Bissen von ihrem Essen.

Wu Ying bemerkte, dass er eine kurze Atempause hatte, und ahmte ihre Bewegungen nach.

Li Yao redete mit vollem Mund weiter. "Aber mich mit meinem Stab aus der Distanz zu bekämpfen, war eine schlechte Idee. Mein Eisernes Gebüsch wird Eure Schlange – verzeiht, Euren Drachen – nicht an mich heranlassen. Verehrter Ge, Ihr müsst damit aufhören, so schnell zu essen!"

Wu Ying war dankbar darüber, dass er noch immer am Kauen war, als sie sprach. Chao Kun hatte weniger Glück und versuchte nun, seine Lungen

---

[9] Zur Erinnerung – Das Long in Wu Yings Namen wird mit dem Schriftzeichen für "Drache" geschrieben. Daher ihre Anspielung.

von dem Essen zu befreien, welches er in den falschen Hals bekommen hatte.

"Urgh! Wie dem auch sei, die verehrte Liu ruft mich. Ich werde ein andermal gegen Euch kämpfen!", erklärte Li Yao und winkte Wu Ying zum Abschied. Sie hüpfte davon und stopfte sich einen weiteren Bissen ihres Brötchens in den Mund, während sie ging.

"Ist es ihr bewusst?", fragte Wu Ying, nachdem er geschluckt hatte.

"Wir sind uns nicht sicher", erklärte Chao Kun leise. "Wir denken nicht. Falls doch, dann ist sie der Teufel höchstpersönlich."

"Teufel? Welche Art von Teufel?", fragte Tou He. "Ich habe nicht die segnenden Hände meines Meisters, aber ich habe einige Taoistischen Psalme, die helfen könnten."

Chao Kun und Wu Ying schauten sich gegenseitig an, bevor sie sich dem Ex-Mönch zuwandten und lächelten, als sie im Einklang antworteten. "Es ist nichts."

"Long Wu Ying, richtig?", unterbrach eine andere Stimme sie, bevor Tou He reagieren konnte.

Wu Ying drehte sich um und lächelte, als ein weiterer seiner Sparringspartner zu ihnen kam, um sich vorzustellen. Schon bald fand sich Wu Ying in einer freundlichen Unterhaltung mit seinen ehemaligen Sparringspartnern wieder. Sie tauschten Tipps und Komplimente aus. Jedoch, so bemerkte der ehemalige Farmer, suchten ihn einige nicht auf und hielten sich im Hintergrund, von wo aus sie die ganze Szene mit abweisenden Blicken beobachteten.

Ihr Verhalten trübte Wu Yings überwiegend positiven Eindruck von den Kampfkunstspezialisten nicht. Sie waren größtenteils mehr auf die Entwicklung ihrer Kampfkunstformen und Fähigkeiten als auf externe Angelegenheiten wie das Geburtsrecht bedacht. Hier regierte die Faust, nicht das Blut.

Kapitel 5

Einige Tage später huschte Wu Ying in die Vorlesungshalle, in der Liu Tsongs Vorlesung stattfinden sollte. Während der letzten Tage hatte Wu Ying mit Erfolg an den Schmiedekursen teilgenommen und die Balge auf eine Weise bedient, die den Ältesten Wang zufriedengestellt hatte. Außerdem hatte Wu Ying Zeit mit den Kampfkunstspezialisten verbracht. Sein anfänglicher Eindruck hatte sich zu seiner Freude bestätigt. Die Gruppe war sogar noch weniger hochnäsig als die Schmiede, und um das bisschen Feindseligkeit, das Wu Ying gegenüber seiner Abstammung gespürt hatte, kümmerten sie sich direkt auf den Duellbühnen, was er mit Vergnügen akzeptierte.

Daher waren das verächtliche Naserümpfen, die "versehentlichen" Stöße mit dem Ellbogen und die unhöflichen Antworten auf Fragen über die Verfügbarkeit freier Plätze in der Vorlesungshalle für Wu Ying umso irritierender. Wo Kampfkunstspezialisten offenkundig, aber auf freundliche Weise, rivalisierend und Schmiede rivalisierend, aber herzlich sein mochten, waren die Pillenverfeinerer einfach nur rivalisierend.

Schließlich fand Wu Ying einen Platz in den oberen Reihen der Vorlesungshalle, der ihm einen der schlechtesten Blickwinkel bot. Glücklicherweise jedoch war dieser Bereich ziemlich leer. Mit einem Block Papier neben sich und seinem Pinsel in Griffweite nahm Wu Ying sich einen Moment, um die Halle erneut zu begutachten. Dafür, dass es sich um einen Anfängerkurs handelte, herrschte in der Vorlesungshalle äußerst reger Betrieb. Während Wu Ying versuchte, den Grund dafür herauszufinden, sah er unzählige Individuen, die abgenutzte Ausgaben des *Buchs der heilenden Kräuter* hervorholten. Wu Ying zuckte zusammen, als er bemerkte, dass er vergessen hatte, sich eine eigene Kopie davon zuzulegen.

Ehe er sich weiter dafür tadeln konnte, trat Liu Tsong auf die Bühne. Sie hielt eine große Holzbox in den Händen, die sie auf den Steintisch stellte, bevor sie sich den Teilnehmern zuwandte. Ihr Blick glitt über die Gruppe. Sie erfasste all ihre Gesichter und wartete, bis alle still waren, bevor sie sprach.

"Mein Name ist Liu Tsong und ich bin als Vertretung meiner Meisterin, der Ältesten Wei, hier. Dieser Kurs ist für jene vorgesehen, die die Grundlagen der Pillenverfeinerung studieren möchten, und wird die meisten grundlegenden Kräuter und Pflanzen behandeln, die ihr kennen müsst, wenn ihr mit dem Verfeinern beginnt", erklärte Liu Tsong. "Nun schlagt Seite achtzehn eurer Bücher auf."

Was über die nächsten vier Stunden folgte war eine Vorlesung über verschiedene, im Buch aufgeführte Pflanzen, ihrer Charakteristika, wie sie im Buch erläutert waren, sowie über falsche, irreführende oder fehlende Informationen und geläufige Fehler. Beispielsweise konnte der nördliche Yu-Ginseng wegen der Art, wie die unteren Blätter wie beim südlichen Shen-Ginseng an einem tieferen Punkt am Stiel zu sprießen begannen, mit eben diesem leicht verwechselt werden. Beim nördlichen Yu-Ginseng sprossen sie allerdings alle von einem einzigen Punkt aus. Zusätzlich sah auch der Ginseng selbst während der verschiedenen Wachstumsphasen anders aus, in denen die Anzahl der zusammengesetzten Blätter variierten.

Über die Identifikation der Pflanze hinaus ging Liu Tsong bezüglich der Unterschiede in Wirkungsgrad und Effekt, der auftrat, wenn die Pflanze zu unterschiedlichen Zeiten geerntet wurde, ins Detail. Da jede Pflanze auch unzählige Teile – vom Blatt über den Stiel bis hin zur Wurzel und, natürlich, die verschiedenen Beeren, Nüsse oder Blüten, die an ihr wachsen konnten – hatte, die man entweder verwenden oder nicht verwenden konnte, dauerte jede Diskussion über eine Pflanze bis zu vierzig Minuten.

Wu Ying machte sich ununterbrochen Notizen. Die schiere Menge an Details, die Liu Tsong ihnen vermittelte, ermöglichte es keinem der

Anfänger, sich alles zu behalten. Schnell wurde klar, dass einige der Teilnehmer sich nur gelegentlich Notizen in ihren Büchern machten, während andere, wie Wu Ying, verzweifelt versuchten, alles festzuhalten. Und das, obwohl jeder in der Halle Liu Tsongs Worten konzentriert zuhörte. Es bedurfte nur weniger Spekulation, um festzustellen, dass einige unter ihnen erfahrene Pillenverfeinerer waren, die hier waren, um die Details ihrer vorangegangenen Notizen zu kontrollieren und möglicherweise etwas dazuzulernen. Selbstverständlich passten sie immer dann besser auf, wenn Liu Tsong über Wechselwirkungen und mögliche Komplikationen sprach.

Die Stunden vergingen wie im Flug und Wu Ying bedauerte seinen Mangel an Papier und Vorbereitung. Gegen Ende war Wu Ying dazu gezwungen, seinen Pinsel beiseite zu legen und sich auf Liu Tsong zu konzentrieren und sein Bestes zu geben, um sich all die relevanten Details zu merken. Wenn Wu Ying einen Vorteil hatte, so war es seine Vorgeschichte. Während einige der neueren Adeligen die Stirn runzelten und Luft durch ihre Zähne sogen, sobald Liu Tsong kleine Abweichungen einer Pflanze beschrieb oder aufzeigte, fiel es Wu Ying leicht, diese Unterschiede zu erkennen. Eine Kindheit, die aus Herumrennen in nahen Wäldern und auf flachem Land bestand, oftmals mit dem Auftrag, wilde Kräuter und Gemüse zu finden, die dem familiären Kochtopf hinzugefügt werden konnten, zahlte sich aus. Obwohl er vielleicht manche Begriffe, die Liu Tsong verwendete, nicht verstand, erkannte er die meisten Pflanzen in den meisten Fällen im Grunde wieder. Und deren Variationen.

Zu beobachten, wie sie die unterschiedlichen Wege diskutierte, mit denen man die Abweichungen erkennen konnte, vergnügte ihn, während er sich an die unbeholfeneren Methoden erinnerte, die die Dorfbewohner benutzten. Überprüfen, ob eine Pflanze am dritten Tag des neuen Mondes blühte? Warum nicht lieber ein Blatt abreißen und es am Rand seines Armes reiben?

Wenn die Haut innerhalb weniger Minuten zu brennen begann, handelte es sich um Flaschenfarn. Wenn nicht, konnte man so viel davon pflücken, wie man wollte.

Natürlich musste Wu Ying zugeben, dass er auch einiges dazulernte. Mit den exakten Methoden, die Liu Tsong kurz behandelte, konnte man Pflanzen voneinander unterscheiden, von denen Wu Ying noch nie gehört hatte, und sie alle waren um einiges sicherer und weniger belastend für den Körper eines Kultivators.

"Also, der langohrige, doppelschwänzige, gepunktete Pilz ähnelt dem langohrigen, einschwänzigen, gepunkteten Pilz. Ihr könnt den Unterschied an der Knolle erkennen. Während der einschwänzige Pilz ungiftig ist und oft von Bauern verwendet wird, um ihr Essen zu würzen, ist der langohrige, doppelschwänzige Pilz hochgiftig. Allein schon der Verzehr eines viertel Huts dieses Pilzes kann einen Kultivator auf der Stufe der Energiespeicherung bereits töten", erläuterte Liu Tsong, tippte auf das Korkbrett und wies auf die Unterschiede zwischen den beiden Pilzen.

Wu Ying lehnte sich nach vorn und beachtete besonders den letzteren Pilz. Tatsächlich war der Unterschied leicht zu erkennen, da die Punkte recht zahlreich waren. Natürlich setzte dies voraus, dass die Pilze unversehrt waren. Wenn sie zerstampft waren, war es schwerer festzustellen.

"Was den doppelschwänzigen Pilz betrifft –" Liu Tsong hielt inne, als das Läuten der Glocken andeutete, dass eine weitere Stunde vergangen war. Sie richtete sich auf und entließ die Gruppe mit einer Handbewegung. "Das wäre alles für heute. Die nächste Vorlesung findet nächste Woche statt. Bitte geht eure Notizen bis dahin noch einmal durch."

Alle erhoben sich gleichzeitig und verbeugten sich vor Liu Tsong, einige gingen sogar so weit, ihren Dank auszusprechen. Danach strömten sie aus der Halle, während Liu Tsong ihre Muster zusammenpackte. Zwei verwegene männliche Studenten schlossen sich Liu Tsong auf der Bühne an und konkurrierten darum, der Schönheit zur Hand zu gehen, während sie sich gegenseitig böse Blicke zuwarfen. Während Wu Ying dem Wettkampf der beiden zusah, verwarf er sein Vorhaben, auf Liu Tsong zuzugehen, und winkte ihr stattdessen flüchtig zum Abschied, als er damit fertig war, sein eigenes Material zusammenzupacken. Es würde ihm vermutlich nur noch mehr Schwierigkeiten bereiten, wenn ihre Verehrer ihn als weiteren Konkurrenten betrachteten.

Außerdem sollte er sich wirklich auf den Weg in die Stadt unterhalb der Sekte machen, um sein eigenes Exemplar des Buchs zu kaufen. Liu Tsong wäre nicht erfreut darüber, zu erfahren, dass er nicht auf ihren Rat gehört hatte. Auch wenn es sich wirklich nur um ein Versehen handelte.

***

"Auf dem Weg nach unten?", fragte der Älteste Lu Xi Qi, der Torwächter der Sekte, Wu Ying, als der junge Mann am Paifang ankam, der den Eingang zur Sekte überblickte. "Habt Ihr Euren Pass?"

"Ja, Ältester. Ich möchte nur etwas einkaufen gehen." Wu Ying zeigte Xi Qi den schlichten, hölzernen Pass, den er sich in der Auftragshalle besorgt hatte. Als Mitglied der inneren Sekte war der Pass, der das Betreten der Stadt erlaubte, nicht zwingend nötig, da die Stadt noch als Teil der Sekte angesehen wurde. Andererseits war es gegenüber Xi Qi und allen anderen Ältesten, die für Wu Ying verantwortlich waren, höflich, den Pass zu besorgen und es vermied jegliche Missverständnisse unten in der Stadt.

"Gut", sagte Xi Qi. "Seid Ihr nun zufriedener, da ihr keine Reissäcke mehr für den Ältesten Huang schleppen müsst?"

"Ich war niemals unzufrieden", entgegnete Wu Ying. Über die eigenen Ältesten – und die Ältesten im Allgemeinen – schlecht zu reden, zeugte immer von schlechtem Benehmen. Aber da Xi Qi ihm zuvor bereits ausgeholfen hatte, erläutere Wu Ying die Sache noch weiter. "Ich lebe mich als Mitglied der inneren Sekte ein. Es fühlt sich seltsam an, nicht für den Ältesten Huang arbeiten zu müssen, aber ich habe noch einen Monat, bevor ich eine feste Aufgabe finden muss. Wenn ich dazu bereit bin, Sektenpunkte einzutauschen, sogar noch länger."

"Eine schlechte Idee. Aber das wisst Ihr selbst", bemerkte Xi Qi.

Wu Ying stimmte sofort zu. Es war so schon schwer genug, Sektenbeitragspunkte in ausreichender Menge zu sammeln. Sie für mehr Zeit einzutauschen, um zu zögern, war töricht.

"Es sei denn, Ihr habt vor, ein Kampfkunstspezialist zu werden", sagte er. "Für jemanden Eures Standes ist das keine schlechte Wahl. Viele aus der Unterschicht entscheiden sich für diesen Weg, da ihnen die Bildung oder Beziehungen fehlen, um sich in anderen Tätigkeiten hervorzutun."

"Ich habe mit ihnen trainiert", bekannte Wu Ying. "Aber ..."

"Aber?"

"Ich weiß nicht, ob das wirklich mein Dao ist. Nein. Ich denke, das ist es nicht. Ein Teil davon, aber mehr nicht."

Xi Qi fixierte Wu Ying mit seinem Blick und prüfte die Gewichtung und Überzeugung in Wu Yings Blick, bevor seine Hand durch seinen langen Bart fuhr. "Es ist gut, seinen eigenen Pfad zu kennen, wie trüb er auch sein mag. Aber Ihr seid noch jung. Was Euch wie Euer Dao in jungen Jahren erscheinen mag, könnte sich mit zunehmenem Alter ändern."

"Wenn sich der Dao ändert, ist es dann nicht der wahre Dao?"

"Har! Glaubt Ihr, der Dao, den wir finden, ist gleich *dem* Dao[10]?", fragte Xi Qi mit Belustigung in der Stimme, während er an seinem Bart zog. "Der Dao selbst ändert sich selbstverständlich nie – außer er tut es. Aber die Daos, nach denen wir greifen, an denen wir arbeiten, um die Unsterblichkeit zu erlangen? Sie sind nur ein Teil des wahren Dao. Der Mensch ist wandelbar. Der Mensch ist sterblich. Wenn wir uns nicht verändern, welche Art von Wahrheit können wir dann begreifen?"

Wu Ying blinzelte, denn Xi Qis Worte schienen etwas tief in ihm zu bewegen. Für einen Moment stand Wu Ying still, während das Flüstern der Erleuchtung durch seine Seele tanzte. Aber wie still Wu Ying auch hielt, hob sich das Flüstern nicht an und verschwand letztendlich. Dennoch, eine halbe Erinnerung einer Resonanz blieb zurück.

Xi Qi saß währenddessen stumm da und fuhr sich weiterhin durch den Bart. Als Wu Ying wieder zu Bewusstsein kam, verbeugte er sich tief vor dem Torwächter, während er seinen Dank aussprach.

"Ach. Geht. Ihr haltet den Verkehr auf", sagte Xi Qi und scheuchte Wu Ying weg.

"Danke sehr, Ältester", antwortete Wu Ying erneut.

Als er wegging, rief Xi Qi hinter ihm: "Und wenn Ihr könnt, macht beim Tabakladen Halt. Ihr wisst, welchen!"

***

Die Stadt unter der Sekte des Sattgrünen Wassers war im Vergleich mit den Städten, die Wu Ying auf seinen kürzlichen Reisen gesehen hatte, klein. Sie wurde von knapp einhundert Einwohnern bewohnt, eine Zahl, die Wu Ying

---

[10] Zur Erinnerung: Dao bedeutet wörtlich "der Weg". Es wird zwischen dem wahren Dao (dem wahren Weg) und dem Dao (die kleineren Wege, die Teil des größeren, wahren, Dao sind) unterschieden.

vormals den Atem verschlagen hätte. Jetzt wusste Wu Ying, dass sie klein war. Dank seiner unzähligen Ausflüge in die Stadt, um die Reissäcke abzuholen, beeindruckte Wu Ying ihre Größe nicht mehr und er war sehr vertraut mit ihrem Grundriss.

Wu Yings erster Halt bildete der Tabakladen, um eine Rolle Tabak für den Ältesten zu holen. Er verzog das Gesicht, als er die Münzen für den Tabak übergab, weil er wusste, dass er das Geld nie wieder sehen würde. Aber der Älteste hatte ihm geholfen, indem er ihm von sich aus Ratschläge angeboten hatte, und letztendlich waren es nur Münzen. Wu Ying musste nicht für das Gehalt arbeiten, das die Sekte ihm auszahlte. Oder zumindest war das die Art, wie Wu Ying sich selbst tröstete.

Als nächstes war die Buchhandlung an der Reihe. Wu Ying musste den Tabakladenbesitzer nach dem Weg und nach einer Empfehlung fragen, da er vorher noch nie ein Buch hatte kaufen müssen. Der Laden befand sich abseits der östlichen Hauptstraße in einer Seitengasse. Unmittelbar außerhalb des Ladens standen Kästen voll Bücher, einige davon in Form von Schriftrollen, andere in gebundener Form. Alle waren abgenutzt und gebraucht. Wu Ying schaute eine Weile über die Schriftrollen und Bücher, während er beiläufig ihre Titel las. *Richter Wu und die Drei Roten Tore*, etwa fünf Bücher aus den Frühlings- und Herbstannalen, *Der Traum der Roten Kammer*, *König Yan und die Sechzehn Kerzen*[11]. Wu Yings Finger glitten über die Bücher und Schriftrollen, während er sie durchsah.

"Alle Bücher in den Kästen kosten je zehn Münzen", rief der Inhaber und lächelte Wu Ying an. "Seid nicht schüchtern. Wenn Ihr mehr davon sucht" – ein Finger berührte den *Traum der Roten Kammer* – "Ich habe hinten noch mehr davon."

---

[11] Hiervon sind einige reale Bücher. Andere sind eher weniger real.

Wu Ying errötete und schüttelte den Kopf. "Nein. Nein. Nach so etwas suche ich nicht."

"Nur keine Scham. Nur keine Scham. Die Kultivation ist einsam, bis man seinen Dao-Gefährten findet", sagte der Inhaber mit einem Lächeln. Er rieb sich über die kahle Stelle auf seinem Kopf. "Und manchmal sogar selbst dann."

"Herr!", beschwerte sich Wu Ying und trat zurück.

"Schon gut, schon gut. Entschuldigt bitte. Ich sollte nicht so direkt sein. Das sind die Worte meiner Frau. Lasst mich Euch einen Rabatt auf diesen Kasten geben. Fünf Münzen!", sagte der Inhaber.

"Fünf Münzen?" Wu Ying betrachtete den Kasten. Das war ein gutes Angebot. Dann schüttelte er seinen Kopf und erinnerte sich selbst daran, warum er hier war. "Nein. Es tut mir leid, aber ich bin wegen etwas anderem gekommen. *Das Buch der heilenden Kräuter.* Ein gebrauchtes Exemplar wäre auch in Ordnung."

"Gebraucht, sagt er", bemerkte der Inhaber mit einem Schnauben. "Ihr könnt von Glück reden, dass ich ein Exemplar habe."

"Aber Ihr habt eines."

"Glaubt Ihr, Onkel Bu hätte keines?", sagte Bu und schniefte. "Wenn ich keines habe, hat es auch kein anderer. Es ist aber teurer. Eine halbe Schnur.[12]"

"Eine halbe!", japste Wu Ying. "Das ist unmöglich. Viel zu teuer."

"Eine halbe ist mein bestes Angebot", erwiderte Bu. "Das ist das einzig übrige Expemplar in der Stadt."

---

[12] Chinesische Münzen wurden durch ihr Loch in der Mitte auf einer Schnur aufgezogen. Eine Schnur ergab prinzipiell ein Tael, also ist eine halbe Schnur ein halbes Tael.

"Das glaube ich nicht", sagte Wu Ying mit verschränkten Armen. "Neue Exemplare kommen offensichtlich ständig nach. Ich kann es jederzeit in einer anderen Buchhandlung bestellen."

"Ah, aber die haben Wartelisten", entgegnete Bu triumphierend. "Sie reichen nie aus. Ihr müsst vielleicht einen Monat warten. Vielleicht sogar zwei."

"Ich kann warten."

"Könnt Ihr das wirklich? Die Älteste Wei hat doch bereits mit ihren Vorlesungen begonnen", forderte Bu ihn heraus. "Was habt Ihr bisher gemacht? Auf Papier mitgeschrieben? Wie viel Papier benötigt Ihr? Und meine Ausgabe beinhaltet Zeichnungen."

Wu Ying blitzte Bu an. Er wusste, dass er ertappt worden war. Er wollte das Buch, aber mit einem halben Tael war es mindestens fünfmal so teuer, wie es sein sollte. Selbst wenn *Das Buch der heilenden Kräuter* dick war, sollte es nicht so viel kosten. Ein halbes Tael entsprach einem Monatsgehalt eines inneren Sektenmitglieds, was bedeutete, dass er an seine mageren Ersparnisse gehen musste, um die Kosten abzudecken.

Andererseits war es nicht so, dass Wu Ying das Geld nicht zur Verfügung hatte. Die Geschenke, die er zuvor bekommen hatte, und seine Ersparnisse würden die Kosten decken. Aber es schmerzte, so offensichtlich über den Tisch gezogen zu werden.

Während er zögerte, zog ein Geräusch aus dem Inneren des Ladens ihrer beider Aufmerksamkeit auf sich.

"Ah Bu! Ich bin fertig. Schickt die Kästen wie immer nach oben." Die Stimme klang nörglerisch und hoch, was sowohl das Alter als auch die weibliche Natur der Sprecherin verriet. "Versucht Ihr etwa, einen weiteren von Weis Studenten übers Ohr zu hauen?"

Eine gebückte alte Frau, die in Sektenroben gekleidet war, was sie als eine Älteste zu erkennen gab, trat aus dem düsteren Inneren. Sie hatte einen rustikalen, hölzernen Stock in der einen Hand, obwohl Wu Ying bemerkte, dass sie ihn nicht als Gehhilfe nutzte. Ihr langes, weißes Haar, das ausgedünnt war, war zu einem einfachen Knoten in ihrem Nacken zusammengebunden. Da sie so gebeugt ging, reichte sie dem Inhaber nur bis zur Brust. Wu Ying reichte sie nicht einmal bis dahin.

"Hmm ... Ihr seid einer der neuen Rekruten der inneren Sekte, oder?", fragte die Älteste.

"Ja, Älteste. Ich bin Long Wu Ying", antwortete Wu Ying, nachdem er sich aus seiner Verbeugung erhoben hatte.

"Spart Euch die Formalitäten. Ich kann sie nicht ausstehen", sagte die Älteste.

"Selbstverständlich. Wie darf ich Euch denn ansprechen?"

"Ich bin die Älteste Li Qiu Xia", sagte die Älteste. "Gehört Ihr zu Weis neuen Studenten?"

"Ich bin nur ein Gasthörer[13] in den Vorlesungen für Anfänger", erklärte Wu Ying. Unter diesen Umständen konnte man Wu Ying nicht wirklich als einen Studenten der Ältesten Wei bezeichnen. Man konnte jedoch auch nicht behaupten, dass er der Ältesten Wei nicht das bisschen Respekt schuldete, das einem Lehrmeister zustand. Daher war die Älteste Wei für Wu Ying eine "halbe Lehrerin".

"Natürlich. Wei nimmt nie jemanden auf, bevor sie zumindest das erste Level als Verfeinerer erreicht haben", sagte die Älteste Li. "Also lernt ordentlich."

"Jawohl, Älteste."

---

[13] Gasthörer sind Studenten, die nicht unmittelbar vom Lehrer unterrichtet werden. Sie sind "Zuhörer" in den Vorlesungen.

Die Älteste Li nickte den beiden kurz zu und ging. Ihr Stock klopfte auf dem Boden.

"Also. Ein halbes Tael. Nehmt Ihr es?", fragte Bu.

"Aber die Älteste –"

"Hat gefragt, ob ich Euch abzocke. Hat sie mir gesagt, ich solle damit aufhören?", bemerkte Bu.

Wu Ying blinzelte und drehte sich zur dahinschwindenden Gestalt der Ältesten Li um. Er öffnete seinen Mund, dann schloss er ihn wieder, da er es nicht wagte, die Älteste zu hinterfragen. Wu Ying hatte eine tiefe und bleibende Furcht davor entwickelt, die Ältesten zu verärgern.

"Nehmt Ihr es?"

"Ich ..." Wu Ying seufzte geschlagen. "Ich werde auch mehr Papier benötigen. Und ich erwarte, hier nicht betrogen zu werden!"

"Natürlich, natürlich", sagte Bu und grinste Wu Ying an.

Kurze Zeit später verließ Wu Ying die Buchhandlung mit seinem neu erworbenen *Buch der heilenden Kräuter*, einem großen und leeren Notizbuch und einem kostenlosen Buch. Dass Ah Bu ihm zweideutig zugeblinzelt hatte, als er das Buch in die braune Papiertüte gesteckt hatte, verriet Wu Ying genau, was sich darin befand.

Um ehrlich zu sein, wusste Wu Ying nicht, was er von der gesamten Erfahrung halten sollte. Es gab zwei ausgeprägte Ideologien zur Selbstbefriedigung, beide davon waren umfassend dokumentiert und enthielten Stile, die jeweils voneinander profitierten. Die erste Ideologie empfahl die völlige Abstinenz. Der Glaube bestand darin, dass jegliche Extraktion von angeborenem Chi hinderlich für die letztendliche Erlangung der Unsterblichkeit war. Der Grund dafür war, dass jedes Individuum diese Welt mit einer angeborenen Menge an lebensnotwendigem Chi betrat. Es war eine Art von Chi, die anders und spezifisch für die Menschheit war.

Dieses Chi durch die Selbstbefriedigung oder den männlichen Orgasmus auszustoßen, schadete dem gesamten Kultivationsprozess.

Das zweite Glaubensmuster schlug eine ökologischere Sichtweise auf die Selbstbefriedigung und Orgasmen vor. Es nahm an, dass der Prozess natürlich und, wenn er wie vom Dao vorgegeben in Maßen ausgeführt wurde, unschädlich war. Daher war es nicht schlimmer als Atmen, Baden oder den Darm zu entleeren. Innerhalb dieses Glaubensmusters nahmen einige die Sichtweise ein, dass die Findung eines Dao-Gefährten erforderlich – ja, sogar vonnöten – war, um den letzten Schritt zur Erlangung der Unsterblichkeit zu tun.

Wie es meistens beim Dao der Fall war, gab es gelungene Beispiele für die Unsterblichkeit bei beiden Ideologien. Es war wenig überraschend, dass Streitigkeiten zwischen den beiden Lagern ziemlich hitzig werden und sogar in Raufereien enden konnten. Die zweite Gruppe von Gläubigen trug oft den Sieg davon, da das Vorbild der völligen Abstinenz weniger Anhänger hatte. Wäre es nicht Tatsache, dass die Zahl der Unsterblichen, die während ihres Aufstiegs abstinent geblieben waren, höher war, wäre die Schadenfreude weniger zurückhaltend.

Wu Ying dachte über diesen seltsamen Zwiespalt nach, um sich von seinem knurrenden Magen abzulenken. Leider hatte der unerwartet teure Preis des *Buchs der heilenden Kräuter* Wu Yings Pläne, in der Stadt zu essen, zunichtegemacht. Zwar konnte er es sich noch immer leisten, jedoch hob der kostenbewusste Bauer in ihm hervor, dass kostenloses Essen ihn erwartete. Auch wenn sich dieses auf dem Gipfel des Berges befand.

Wu Ying winkte und grüßte die zahlreichen Lastenträger, denen er im Rennen auf seinem Weg begegnete. Er sah sogar einige Mitglieder der äußeren Sekte, die er kannte und die sich mit Taschen auf den Rücken auf den Weg den Berg hinauf machten, um die unersättlichen Kultivatoren mit

Nahrung zu versorgen. Die Kultivation war – zumindest während der Phase der Körperreinigung und Energiesammlung – eine extrem hungrig machende Tätigkeit. Das war vermutlich ebenfalls ein Grund, weshalb nur wenige Farmer es weiter als bis auf die unteren Level der Kultivation schafften. Drei- bis viermal so viel wie "gewöhnlich" zu essen würde höchstwahrscheinlich größere Probleme verursachen, ganz besonders während der Hungermonate.

"Bruder Long!", rief einer der Lastenträger nach Wu Ying, als der Kultivator schon fast an ihm vorbeigegangen war.

"Ja, ähhh, Liu Chin, richtig?", sagte Wu Ying.

"Liu Chan", korrigierte ihn der Lastenträger. "Ich bringe gerade Briefe nach oben und habe gesehen, dass einer an Euch adressiert ist. Möchtet Ihr ihn gleich haben?"

"Gerne", antwortete Wu Ying mit einem Lächeln.

Er kramte in seiner Tasche und kurze Zeit später hielt Wu Ying den Brief in Händen, auf dem er die makellose Kalligrafie seiner Mutter erkannte. Nachdem er ihn in seinem Oberteil verstaut hatte, bedankte sich Wu Ying und gab seinem Bekannten ein Trinkgeld, bevor er mit schnelleren Schritten wieder aufbrach. Er konnte es kaum erwarten, den Brief zu lesen.

***

Pläne konnten leicht von der Realität vernichtet werden. Wu Ying hatte zuhause kaum seine Schuhe ausgezogen, bevor Ah Yee auftauchte.

"Die verehrte Liu wartet in der Teestube auf Euch", teilte sie Wu Ying mit.

"Oh! Danke. Könnt Ihr das bitte in mein Zimmer bringen?" Wu Ying gab ihr seine Tasche und behielt nur den Brief seiner Eltern bei sich.

Wu Ying machte sich rasch zur Teestube auf und erblickte Liu Tsong, wie sie galant auf einem Stuhl saß, vor ihr auf dem Tisch lag eine Schriftrolle ausgebreitet.

"Verehrte Liu", grüßte Wu Ying sie, als er eintrat. "Bitte entschuldige, dass du warten musstest."

"Nicht nötig." Liu Tsong rollte die Schriftrolle zusammen und ließ sie verschwinden, indem sie sie im Ring der Aufbewahrung verstaute, der an ihrem Finger glänzte. "Ich habe dir nicht gesagt, dass ich kommen werde."

"Trotzdem danke, dass du gewartet hast. Was kann ich für dich tun?", fragte Wu Ying.

"Wie war ich?", fragte Liu Tsong abrupt mit schüchternem Blick.

"Wie?"

"Bei der Vorlesung, Idiot!"

"Sehr gut." Als Liu Tsong immer unglücklicher dreinschaute, fügte Wu Ying hinzu: "Ich sage das nicht aus Höflichkeit. Du warst sehr gut. Du hast dich klar und kompetent ausgedrückt. Ich kann nicht behaupten, dass ich mir alles gemerkt habe, aber das ist nicht deine Schuld."

"Oh, gut." Liu Tsong lächelte und entspannte sich, ehe sie einen kleinen Stein in ihrer Hand erscheinen ließ. Sie warf ihn Wu Ying direkt an den Kopf. Die Handlung überraschte Wu Ying so sehr, dass er dem Stein nicht auswich und ihn erst auffing, als er in seine Hand fiel.

"Autsch! Wofür war das denn?"

"Du hast dir das *Buch der heilenden Kräuter* nicht gekauft."

"Oh. Entschuldigung. Ich war beschäftigt."

"Mit Kämpfen."

"Ja, verehrte Liu", gab Wu Ying zu.

"Pah! Pass bei diesen Idioten auf. Sie reden gerne davon, stark zu werden, weil alle Kultivatoren die Sekte beschützen müssen, aber in Wahrheit sind sie kampfwütig. Sie alle", sagte Liu Tsong. "Wenn du zu viel Zeit mit ihnen verbringst, werden sie anfangen, dich auf Expeditionen einzuladen, um Dämonensteine zu beschaffen. Und dann wirst du gefressen."

"Danke für deinen Rat", sagte Wu Ying.

Liu Tsong schenkte Wu Ying ein Lächeln. Es war keineswegs so, dass Wu Ying das nicht sowieso schon bemerkt hatte, deshalb waren seine Worte nicht spöttisch. "Gut. Nun, hast du irgendwelche Fragen zu dem, was ich unterrichtet habe?"

"Fragen?" Wu Ying blinzelte, dann kratzte er sich am Kopf. Also ... "Um ehrlich zu sein, ja. Das Ginko-Blatt, das du erwähnt hattest, ist anders als das, welches ich kenne ..."

***

Einige Stunden später war Wu Ying allein in seinem Schlafzimmer. Er war mental erschöpft und ließ sich auf seinen Stuhl fallen, während er sich das Gespräch mit Liu Tsong durch den Kopf gehen ließ. Nach einem kurzen Moment der Faulheit ordnete er seine Einkäufe, bevor er sich dem Brief zuwandte und dessen Wachssiegel brach. Wu Ying blinzelte, als er sich an das schlichte, exquisit gefertigte Jadesiegel erinnerte, das sich in der Schublade des Nachttischschränkchens seines Vaters befand. An die Male, die er sich hineingeschlichen hatte, um seine Finger über das Siegel gleiten zu lassen, und das eine Mal, als er mit dem Stock geschlagen wurde, weil sein Vater ihn gefunden hatte, wie er damit gespielt und es in den Schlamm auf dem Boden gedrückt hatte. Es war eines der wenigen teuren Gegenstände, die seine Familie nach ihrem Fall aus der Ehrbarkeit in ein bäuerliches Leben besaß.

Wu Ying schüttelte den Kopf und schob die Erinnerungen beiseite, dann schaute er auf den Brief im Inneren. Beide Elternteile hatten etwas niedergeschrieben, aber der Großteil des Briefes war mit der wunderschönen Kalligrafie seiner Mutter beschrieben. Die seines Vaters war kürzer und knapper. Als herausragender Schwertkämpfer hatte sein Vater nie gelernt, seine Fertigkeiten mit der Waffe auf den Stift zu übertragen.

Ah Ying,

Vielen Dank für deinen Brief und das Geld. Du musst uns nicht so viel senden. Selbst nach den zusätzlichen Kriegssteuern haben wir genug, um über den Winter zu kommen. Wir werden mit deinem Geld mehr Fleisch und etwas Fisch kaufen. Die Preise wurden wegen des Krieges und der Niederlage bei Yuna schon wieder erhöht. Wir haben einen Teil der diesjährigen Reisernte außerdem mit den Lohs geteilt. Ihr ältester Sohn kam verwundet zurück. Er hat einen Arm verloren und erholt sich noch immer, aber wir freuen uns alle, ihn zu sehen.

Der Krieg geht weiter, dennoch sind wir froh zu wissen, dass die Armee, die das Dorf bedroht hat, besiegt wurde und sich über den Winter nach Wei zurückgezogen hat. Dieses Jahr kam sie dem Dorf bis auf über einhundert Li nahe. Ah Hui hat viel in der Armee geleistet und wurde zum Truppenführer befördert. Sein Leutnant hat seine Taten und die Art, wie er seine Größe einsetzt, gelobt. Dein Tantchen Peng ist sehr besorgt darüber, dass Ah Hui nicht zurückkommen könnte, nachdem sie ihn entlassen werden. Vielleicht kannst du Fa Hui schreiben, um ihn davon zu überzeugen, nicht bei der Armee zu bleiben. Du weißt, er hat immer auf dich gehört.

Was das Dorf betrifft, konnten wir dank des Geldes, das du uns geschickt hast, dieses Jahr mehr zum Dorfkapital beitragen. Anstatt das Fohlen, welches das Pferd des Ältesten Qiu auf die Welt gebracht hat, zu verkaufen, haben wir beschlossen, es aufzuziehen. Wir sollten bald zwei Pflugpferde haben, die wir einsetzen können, was das Pflügen beschleunigen wird. Selbstverständlich hat sich Su Chin über die zusätzlichen Futterkosten beschwert, aber du weißt ja, wie er ist.

Die Hühner deines Tantchens Pu ...

Wu Ying las sich den Rest des Briefs seiner Mutter schweigend durch und genoss die Erinnerungen an das Dorfleben, an die Gemeinschaft, die er zurückgelassen hatte, aber zu der er als Sektenmitglied noch immer beitragen konnte. Zu wissen, dass das Geld, das er nach Hause schickte, sinnvoll genutzt wurde, erwärmte ihm das Herz. Die kleine Politik und die Alltagsstrapazen des Farmlebens erdeten Wu Ying und sorgten dafür, dass er sich entspannte und lächelte.

Der nächste Teil des Briefs war weniger herzerwärmend, doch Wu Ying wusste, dass dies die Art seines Vaters war.

Es scheint, dass du das Herz des Schwertes noch nicht erlangt hast, obwohl du bereits das Gespür dafür hast. Das wird in deinem Alter auch nicht erwartet, und ohne angemessene Erleuchtung wirst du beim Streben nach Verständnis scheitern. Ich gehe davon aus, dass du nun einige Schwerter in deinem Besitz hast. Falls nicht, tausche das Schwert, das du bei dir trägst und mit dem du jeden Tag trainierst. Das wird dein Gespür für das Jian vertiefen und dich dazu bringen, nach seinem wahren Herzen zu suchen. Denk daran, es ist in Ordnung, einen Schnitt abzubekommen, aber den Schnitt zu fürchten, entspricht nicht dem Weg eines Schwertkämpfers.

Bezüglich deiner Frage zum Übergang zwischen der Umarmung des Drachen und den Zähnen des Drachen könnten dir die folgenden vier Übungen besonders von Nutzen sein. Jede beginnt am Ende der Umarmung, bei dem dein Jian sich über deiner untersten freien Rippe befindet. Selbstverständlich solltest du diese Übungen auf verschiedenen Höhen versuchen, nachdem du dich an sie gewöhnt hast. Zuerst ...

Wu Ying las sich die Übungen zuerst schnell, dann noch einmal langsamer durch. Danach stand der Kultivator auf und zog sein Schwert aus der Scheide, um die Bewegungen wie beschrieben zu wiederholen. Wu Yings Bewegungen waren während der ersten Male langsam, bevor er schneller wurde und sich jede Bewegung erst komplett einprägte, bevor er sich an den anderen Übungen versuchte. Jede Wiederholung half dabei, die Übungen in Erinnerung zu behalten. Es dauerte nicht lange, bis Wu Ying den Brief nahm und sich in seinen Innenhof aufmachte.

Egal, wie dunkel es war oder wie müde er auch war, stellte Wu Ying fest, dass er vor Energie strotzte. Die Übungen konnten ihm womöglich die Einsicht geben, die er benötigte, um sich weiterzuentwickeln. Sein Vater hatte ihn bisher noch nie in die Irre geführt. Wenn er es schaffte, die Bewegung zu begreifen, stünde ihm ein weiteres, mächtiges Werkzeug zur Verfügung.

Kapitel 6

Wu Ying hatte sich endlich seinen Weg zum Anfang der Schlange in der Auftragshalle gebahnt, nachdem er zwanzig Minuten mit Anstehen verbracht hatte. Selbst am frühen Morgen war die Halle wie gewohnt überfüllt mit Kultivatoren. Wu Ying, der noch immer energiegeladen war, lächelte den starren Angestellten an. Der Angestellte erwiderte dies mit einem leeren Blick und wartete darauf, dass Wu Ying ihm sein Sektenabzeichen übergab, dann zog er es über das Seelenstein-Tablett. Nach einigen Minuten, nachdem er sich Wu Yings Namen und seiner Position vergewissert hatte, ging er davon, um Wu Yings Akte zu holen.

Anders als in der äußeren Sekte, wo jeder Tisch eines Angestellten eine bestimmte Anzahl von Aufträgen hatte, die sie besetzen mussten – was bedeutete, dass es manchmal eine Frage des Glücks war, eine gute Ausschreibung zu finden – war in der inneren Sekte alles individualisiert. Das war ein weiterer kleiner Vorteil, der den Mitgliedern der inneren Sekte geboten wurde. Wu Ying wusste, dass dieser Vorteil auch genauso sehr der Sekte zugutekam. Niemand wollte, dass ein vielversprechender Pillenverfeinerer zur Gilde der Maler geschickt wurde.

"Long Wu Ying. Euch bleibt noch etwa eine Woche, bis Eure Befreiung für die Bewerbung abläuft. Ihr habt Euch Zeit gelassen, was?", bemerkte der Angestellte mit leicht abfälliger Stimme.

"Mir wurde gesagt, dass das kein Grund zur Sorge wäre, solange ich vor Ablauf der Befreiung komme?", fragte Wu Ying mit steigender Beunruhigung.

"Es gibt keine offiziellen Auswirkungen. Aber Euer Gönner hätte Euch darüber informieren müssen, dass wir die Aufgaben der Reihenfolge nach zuweisen: Wer zuerst kommt, mahlt zuerst. Daher kommen die meisten Neulinge vorbei und fangen sofort mit ihren Aufträgen an, selbst wenn es nur auf Teilzeit ist. So bekommen sie die Ausschreibungen, die sie wollen.

Oder zumindest die, die sie am wenigsten hassen", erklärte der Angestellte. "Nun muss ich etwas unter dieser kargen Auswahl für Euch finden, das Ihr nicht zu sehr hassen werdet."

Bei den letzten Worten des Angestellten gestikulierte dieser auf ein Häufchen von hölzernen Stäben, die er vor sich ausgelegt hatte. Auf jedem Stab standen die Details des Auftrags beschrieben, der darauf wartete, besetzt zu werden. Da nur wenige Mitglieder der inneren Sekte häufig ihre Aufträge wechselten, ermöglichte diese Methode den Angestellten, alle offenen Aufträge sowie die Akten der Antragssteller zu überblicken.

Der Angestellte las sich für eine Weile Wu Yings Sektenschriftrolle durch, bevor er sie beiseitelegte und die Stäbe sortierte. Viele legte er sofort beiseite. Er flüsterte dabei so leise, dass Wu Ying die Unterhaltung selbst mit verstärkten Sinnen als unverständlich empfand.

"Also gut." Nach zehn Minuten blickte der Angestellte zu Wu Ying auf. "Ich bin fertig mit Sortieren. Gibt es Etwas, das Ihr gern tun möchtet?"

Wu Yings fragender Blick fiel auf den Stapel der beiseite gelegten Stäbchen.

Als der Angestellte dies bemerkte, seufzte er. "Ihr seid ein wahrlicher Unruhestifter, oder?"

"Das liegt nicht in meiner Absicht."

"Ich habe alle Anfragen beiseitegelegt, die für Kultivatoren auf der Stufe der Energiespeicherung gedacht sind. Dann habe ich diejenigen Anfragen beiseitegelegt, für die Ihr keine Eignung aufweist. Diese umfassen Unterhaltungsanfragen, hohe wissenschaftliche Anfragen und andere Anfragen, die einen hohen künstlerischen Wert oder Beziehungen voraussetzen", sagte der Angestellte. "Ist meine Arbeit zufriedenstellend?"

"Mehr als zufriedenstellend. Bitte entschuldigt." Wu Ying verbeugte sich zur Entschuldigung und zuckte innerlich zusammen. Zu paranoid zu sein würde ihn genauso in Schwierigkeiten bringen wie zu unvorsichtig zu sein. "Ich weiß nicht genau, wie die übliche Vorgehensweise ist. Kann ich mir aussuchen, welcher Aufgabe ich zugewiesen werde?"

"Als Mitglied der inneren Sekte? Ja, bis zu einem gewissen Grad. Ihr sagt mir, woran Ihr Interesse habt und was Eure Kriterien sind und ich schaue, ob etwas dazu passen würde. Ich warne Euch, es gibt keine Plätze mehr in der Pharmazie oder im Kräutergarten, also vergesst diese."

"Kräutergarten?", fragte Wu Ying neugierig.

"Ja, der Kräutergarten. Das Gebäude, das mit der Hauptpharmazie verbunden ist? Wo wir die Kräuter pflegen und züchten, die wir regelmäßig brauchen?", antwortete der Angestellte und verdrehte dabei die Augen.

Wu Ying wurde rot und erinnerte sich an das Gebäude und dass Liu Tsong es während ihrer Vorlesung erwähnt hatte. Es verstand sich von selbst, dass die Zahl derer, die im Garten arbeiten konnten, gering war. Außerdem hatte Liu Tsong ihn von der Bewerbung abgehalten, da der Kräutergarten – zumindest für diejenigen auf seiner Stufe – aus denselben paar Komponenten bestand, die innen produziert wurden. Es würde viele Jahre dauern, bis es ihm erlaubt wäre, sich um die wichtigeren und wertvolleren Kräuter zu kümmern, wenn er dem Hauptkräutergarten beitreten würde.

"Was, wenn ich vor allem nach mehr Beitragspunkten strebe?" fragte Wu Ying.

Der Angestellte horchte auf. "Ah! Ich hätte da ein paar ausgezeichnete Aufträge, die gut dazu passen würden. Sie haben sowohl eine Beauftragungsbelohnung als auch eine Belohnung für eine Langzeitanstellung." Er arbeitete sich schnell durch den Haufen und legte drei Zettel auf die Theke. Nach kurzem Zögern holte der Angestellte einen vierten Zettel hervor und legte ihn dazu. "Das sind sie. Lest sie, ich kann Euch gerne die Details erläutern."

"Abfallentsorgung." Wu Ying schüttelte den Kopf. Er hatte irgendwie das Gefühl, dass es sich um mehr als einfache Abfallentsorgung handelte – die Mitglieder der Sekte kümmerten sich um den täglichen Abfall.

"Seit der Bestienzähmer von uns gegangen ist, hat sich der Abfall der gezähmten Bestien angesammelt. Wir suchen verzweifelt nach jemandem, der weiß, wie man fachgerecht mit ihrem Abfall umgeht", erklärte der Angestellte und beugte sich zu ihm vor. "Aber da Ihr schon abgelehnt habt, kann ich Euch sagen, dass dies eine gute Wahl war. Ohne angemessene Vorsicht und Handhabung ist ihr Abfall giftig."

"Übungskämpfe mit dem Ältesten Hsu", sagte Wu Ying, als er den nächsten Zettel zur Hand nahm. Sein Blick wanderte nach unten, wo er die Beitragspunkte sah. "Dieser hier hat nur einen geringen Einstellungsbonus, aber eine hohe Dauerzahlung."

"Ja." Der Angestellte hielt seinen Blick völlig neutral, bis Wu Ying die Details von ihm erfragte. "Der Älteste Hsu praktiziert den bloßen Faustkampf. Er studiert den Kampfstil der Saugenden Schnecke. Als Körperreiniger auf einem hohen Level solltet Ihr in der Lage sein, einmal die Woche mit ihm zu üben."

"Und?"

Der Angestellte blieb weiterhin komplett neutral, was Wu Yings Misstrauen verstärkte. Er schob den Zettel in eine Ecke. Er konnte ihn sich später noch einmal ansehen, aber jemandes Sandsack zu sein, war alles andere als ideal. Schließlich hatte er schon einmal gegen einen Kernkultivator gekämpft und wäre dabei um ein Haar gestorben. Und obwohl es unwahrscheinlich war, dass dieses Training genauso gefährlich war, musste es einen anderen Grund dafür geben, dass es keine Bewerber gab.

"Medizinproband für den Ältesten Qi. Nein", sagte Wu Ying sofort und schob den Zettel beiseite. Ohne zu zögern. Welcher Narr würde ungetestete, unerprobte Medizin zu sich nehmen? Vielleicht, wenn Wu Ying wirklich keine anderen Optionen blieben, aber so verzweifelt war er nicht.

"Seid Ihr sicher? Selbst ein einziger Test würde Euch so viel wie drei Monatslöhne für andere Aufträge einbringen", meinte der Angestellte.

"Gewiss." Wu Ying ignorierte den Angestellten, als er sich dem letzten Zettel zuwandte. Es war der, den der Angestellte nur zögerlich angeboten hatte. "Kräuter sammeln. Hier sind keine Beitragspunkte vermerkt."

"Ich weiß", entgegnete der Angestellte. "Es hängt ganz von Euch ab, wieviel Ihr verdient. Ihr könnt beachtliche Summen an Beitragspunkten verdienen, aber es ist auch gefährlich, nach diesen Kräutern zu suchen."

"Oh ..." Wu Ying schaute auf die Zettel. "Aber es könnte auch sicher sein?"

"Ja. Aber denkt daran, es gibt eine bestimmte Anzahl an Punkten, die Ihr der Sekte jeden Monat für Eure Auslagen zurückgeben müsst. Wenn Ihr es Euch zu leicht macht, werdet Ihr nicht in der Lage sein, Eure Unterhaltskosten zu begleichen", warnte ihn der Angestellte, der auf den Zettel tippte. "Ich habe diesen Auftrag hinzugefügt, weil Ihr damit viel verdienen könnt und weil Ihr Interesse an der Pillenverfeinerung gezeigt habt. Dennoch ist es keine beliebte Aufgabe. Sie verlangt von Euch, das Terrain hinter dem Berg zu durchstreifen."

Wu Ying zuckte zusammen. Zwar war die Sekte selbst auf dem Berg erbaut worden und bestand daher aus zahlreichen Gipfeln, aber die meisten Gebiete zwischen ihnen wurden nicht patrouilliert oder anderweitig gepflegt. Schließlich arbeitete und lebte der Großteil der Sekte auf dem Hauptgipfel. Nur die Verteidiger der Sekte, die Hallenmeister und andere wichtige Persönlichkeiten residierten auf den anderen Gipfeln. Ihre abgelegenen

Residenzen ermöglichten es ihnen, das Chi der Umgebung in ihren Heimen zu konvergieren, was ihre Kultivation beschleunigte – etwas, das sie in der Hauptsekte nicht tun könnten. Und keine Bestie war töricht genug, diese Ältesten anzugreifen, wenn sie zum Hauptgipfel zurückreisten.

Daher war ein beachtlicher Teil des Geländes "im hinteren Bereich" der Sekte unberührt. Darüber hinaus war da noch die Wildnis, die an die Sekte angrenzte. Die bloße Anwesenheit der Sekte war bereits für das Königreich nützlich, denn sie hielten die Dämonen- und Seelenbestien davon ab, zivilisiertes Land zu überfallen.

Wu Ying verstand die Folgen des Kräutersammelns an solchen Orten. Das Hinterland, in dem er zuvor unterwegs gewesen war, lag zwischen Wegpunkten der Zivilisation, daher war die Zahl an Bestien geringer gewesen. Aber im Hinterland der Sekte gab es solche Wegpunkte nicht, dort gab es keinen zivilisierten Einfluss.

Wu Ying tippte auf den letzten Zettel, ehe er ihn verwarf. So neugierig er auch war, die Arbeit anzunehmen, fielen ihm zwei Probleme auf. Zunächst einmal hatte er gerade erst begonnen, die Pflanzen kennenzulernen, die für Alchemisten nützlich waren. Selbst wenn er einige Vorteile dank seiner Herkunft hatte, bedeutete das nicht, dass er davon überzeugt war, irgendetwas nützliches zu finden. Und außerdem klang die Aufgabe so, als verlangte sie von Wu Ying, sich jedesmal für einen längeren Zeitraum außerhalb der Sekte aufzuhalten. Das ergab für Wu Ying keinen Sinn, der sich gerade erst an das Leben in der Sekte gewöhnte.

"Entscheidet Ihr Euch für die Übungskämpfe mit dem Ältesten Hsu?", fragte der Angestellte, der alles in allem noch immer zu neutral wirkte.

Wu Ying kniff seine Augen zusammen. Er wusste, dass da etwas faul war. Eine Falle innerhalb des Auftrags. Andererseits musste Wu Ying zugeben, dass selbst der kleine angebotene Bonus genug war, um es gegen einige dringendst benötigte Kultivationsressourcen eintauschen zu können. Vielleicht ein paar Pillen der Meridianreinigung oder Ausrüstung. Obwohl seine Schwerter für die Ausrüstung eines Sterblichen recht passabel waren, würden sie nicht lange halten.

"Die Kampfregeln besagen, dass man nicht getötet werden darf, ist das richtig? Und man wird keine bleibenden Schäden davontragen?", fragte Wu Ying und drückte somit seine größten Bedenken aus.

"Überhaupt nicht. Der Älteste Hsu wird Euch nicht töten. Der Heiler hatte bisher keine Probleme, die entstandenen Verletzungen zu behandeln", antwortete der Angestellte. "Tatsächlich hat der Älteste Hsu zu Verstehen gegeben, dass er für jegliche Heilung seiner Sparringspartner sorgen wird, um sicherzustellen, dass sie für jede Übungseinheit in Topform sind."

Wu Ying blinzelte und legte den Kopf schräg. Das war ... nun, das war seltsam. Aber besser als gar nichts. Wu Ying schob den Zettel entschlossen nach vorne. Wenn es gefährlich und schmerzhaft war, naja, das hatte er beides schon überstanden. Ein Kultivator konnte sich nicht in einem Glashaus verkriechen. Er musste die weite Welt erkunden und alles unter dem Himmel erleben. Nur dann konnte er darauf hoffen, seinen letztendlichen Dao zu finden.

***

Einige Tage später stand Wu Ying vor dem Haus des Ältesten. Es zählte zu den größeren Gebäuden in diesem Teil des Bergs, befand sich unter den Residenzen der Ältesten und war viel höher gelegen als die Gegenden, in denen sich Wu Ying normalerweise aufhielt. Trotzdem lag es noch ein Stück vom Anwesen des Ältesten Cheng entfernt, aber da sein Gönner die Sekte für den Moment hinter sich gelassen hatte, war Wu Ying nicht bei diesem

Gebäude gewesen. Die Residenz des Ältesten Hsu lag ein gutes Stück den Berg hoch und hatte große Flächen Land um sich. Nachdem Wu Ying seine Entscheidung gefällt hatte, war der übrige Papierkram ohne viel Aufsehen erledigt worden. Erst letzte Nacht hatte Ah Yee ihm den Brief gebracht, der ihm signalisiert hatte, dass er heute zu seinem ersten Kampf erscheinen sollte.

Nach kurzer Zeit führte ein Diener des Ältesten Wu Ying auf die Rückseite des Gebäudes. Dass es sich bei dem Diener sowohl um ein Mitglied der inneren Sekte als auch einen Schüler des Ältesten handelte, war für Wu Ying bei nüchterner Überlegung vollkommen nachvollziehbar. Was für ihn nicht nachvollziehbar war, war die Art, wie der kleinwüchsige, untersetzte und breite Schüler Wu Ying ansah. Die bloße Menge an Mitleid, das in seinem Blick mit Freude vermischt war, war abschreckend. Tragischerweise war es bereits zu spät, um auszusteigen.

Stattdessen fand sich Wu Ying dem Ältesten Hsu gegenüber wieder. Er versuchte, seine Überraschung ob des ersten Blicks auf den Ältesten zurückzuhalten. Nur dank der Tatsache, dass er bereits eine andere Person aus dem fernen Norden gesehen hatte, konnte Wu Ying das fremdartige Aussehen des Ältesten in einen Zusammenhang setzen. Der Älteste Hsu war mindestens aus dem Königreich der Yan, vielleicht kam er sogar noch weiter aus dem Norden als aus diesem abgelegenen Staat. Er hatte diesen untersetzten Körperbau, gebräunte Haut, einen langen, geflochtenen Spitzbart und Haar, das für die Leute, die aus dem tiefsten Norden kamen, üblich war. Zusätzlich, und das überraschte ihn mehr, war da die Tatsache, dass der Älteste Hsu kein Oberteil trug. So halb bekleidet stellte er seine hervortretenden, elastischen und geölten Muskeln zur Schau.

"Adept Wu Ying übermittelt seine Grüße an den Ältesten Hsu", sagte Wu Ying und verbeugte sich tief.

"Ihr seid der neue Sparringspartner?", fragte der Älteste Hsu, dessen Blick auf eine Art über Wu Yings Gestalt wanderte, die ihn erzittern ließ. "Eine sehr geringe Kultivation." Wu Ying hielt seinen Kopf gesenkt, weshalb er erschrocken hochfuhr, als der Älteste Hsu seine Stimme erhob und ihn anschnautzte. "Na dann, beeilt Euch. Zieht Euer Oberteil aus und macht Euch bereit!"

"Mein Oberteil?"

"Wie sollen wir sonst kämpfen? Schnell jetzt. Ich mag es nicht, zu warten."

Wu Ying zuckte zusammen, dann drängte er die Verwirrung zurück. Er war hier, um zu trainieren, und wenn es oberkörperfrei und mit bloßen Knöcheln sein musste, dann sollte es so sein. Es war eigenartig, aber die Kinder im Dorf hatten dies hin und wieder getan, um zu verhindern, dass sie ihre wertvolle Kleidung verschmutzten oder zerrissen. Das mit dem Öl war allerdings neu für ihn.

Als Wu Ying sich aus seinen Roben schälte und ohne Oberteil und Waffe zu ihm trat, wurde er zu einem nahegelegenen Eimer geführt. Der Kultivator verzog das Gesicht, fasste jedoch hinein und griff nach dem Schwamm. Er rieb zuerst die Hände daran, bevor er damit anfing, das Öl großzügig auf seinen Körper aufzutragen.

"Nicht so viel. Ihr wollt Euch doch nicht kochen", tadelte der Älteste Hsu ihn.

"Entschuldigt bitte", sagte Wu Ying und griff nach einem Stück Stoff in der Nähe, um das überschüssige Öl abzuwischen.

Nach wenigen Sekunden stand Wu Ying erneut vor dem Ältesten Hsu. Ein Teil von ihm fand die Gesamtsituation amüsant. Auf gewisse Weise betrachtet waren die beiden nämlich vom selben Schlag. Beide hatten Muskeln, die durch körperliche Arbeit während der Stufe der

Körperreinigung gestählt worden waren, und gebräunte Haut. Der einzige Unterschied war, dass der Älteste Hsu in seinen Dreißigern zu sein schien, beziehungsweise konnte er als Kernkultivator auch locker doppelt so alt sein, und Wu Ying einfach nur ein bartloser Teenager war. Er war ebenfalls weniger gebräunt und etwa dreimal kleiner als der Älteste.

"Bereit?", fragte der Älteste Hsu.

"Ja."

"Wenn Ihr bereit seid, berührt mit den Händen den Boden", sagte der Älteste Hsu, ließ sich tief fallen und platzierte beide Hände auf dem Boden.

Wu Ying tat es ihm zögerlich gleich. Für das, was als nächstes geschah, und für die Geschehnisse des restlichen Nachmittags brauchte Wu Ying etliche Stunden des Grübelns, um es klar zu verstehen.

Der Älteste Hsu ließ sich vornüber gebeugt noch weiter sinken, während er sein rechtes Knie Richtung Boden und sich selbst in dem Moment in die Erde drückte, in dem Wu Yings Hände den Boden berührten. Dann schnellte er mit ausgestreckten Armen nach vorn und seine Schulter krachte auf Wu Yings Schienbein. Anstatt Wu Ying an oder über dem Knie zu treffen, was die größte Auswirkung gehabt hätte, war der Älteste nett genug, seine Knie zu verschonen. Aber die bloße Geschwindigkeit und Wucht der Attacke warf Wu Ying nach hinten, während sich die ausgestreckten Arme des Ältesten fest um seine Füße schlossen, was seinen Körper dazu brachte, sich wie ein Hebel zu drehen, wodurch sein Kopf Richtung Boden zischte.

Nur dadurch, dass er instinktiv den Rücken beugte und den Kopf einzog, sowie seine Hände, die sich vor dem Aufprall in den Boden gruben, bewahrte Wu Ying sich vor einer Gehirnerschütterung. Bevor sich der Kultivator befreien konnte, bemerkte er, wie der Älteste Hsu an seinem Körper hinaufkroch. Sein gesamter muskulöser und eingeölter Körper war eng an den Wu Yings gepresst. Der Älteste war so nah und hielt ihn so fest, dass

Wu Yings erfolglose Bewegungen keinen Ausweg zu schaffen vermochten. Jede versuchte Bewegung, um eine Hand frei zu bekommen oder den Ältesten Hsu mit einem Bein zu schlagen, um ihn abzustoßen, wurde von dem zupackenden, sich windenden Nordmann vereitelt.

So an ihn gepresst, begann der Älteste, ihn langsam zu ersticken. Selbst seine Erfahrung aus den Ringwettkämpfen im Dorf und von Raufereien mit seinen Freunden nutzte Wu Ying nur wenig. Jede einzelne Abwehr wurde verhindert, jede Möglichkeit wurde ihm genommen, während der Älteste sich an Wu Yings Körper heftete. Das zählte nicht einmal zu "richtigem" Ringen, da der Älteste ihn nicht mit einer Gelenk- oder Halssperre unterwarf, sondern Brust und Körper langsam und invasiv zermalmte.

Nachdem er Wu Ying endlich losgelassen hatte, legte dieser sich erschöpft auf den Boden. Als der Älteste Hsu sich entfernte, wich Wu Ying zurück. Seine neu entdeckte Klaustrophobie machte sich bemerkbar. Eine Saugende Schnecke, in der Tat.

"Ihr seid also fertig?", fragte der Älteste Hsu, als er sich in seiner Hälfte des Rings umdrehte.

Wu Ying rang mit sich selbst. Er hatte die Beitragspunkte zum Einstieg schon erhalten. Er hatte erlebt und gelernt, was die anderen fürchteten. Nicht nur die Niederlage gegen den Ältesten Hsu – kein Mitglied der inneren Sekte rechnete damit, einen Ältesten schlagen zu können. Wenn man nicht gerade ein Naturtalent war. Nein. Es war die erniedrigende, halbnackte, klebrige Niederlage, die jeder Würde beraubt war. Es war das langsame Ersticken der Entschlossenheit, der tröpfelnde Entzug von Energie und der komplette Gesichtsverlust. Aber ...

Konnte man Würde essen?

"Nein, Ältester." Wu Ying rollte sich zur Seite und stemmte sich auf die Füße, während er einen tieferen Atemzug nahm.

Der tief in den Knochen sitzende Starrsinn eines Bauers stieg in ihm auf und brachte Wu Ying dazu, sich dem Ältesten zuzuwenden. Wenn das die Saugende Schnecke war, dann sollte Wu Ying testen, wie sich der Trittstil der Nördlichen Shen dagegen behaupten konnte.

***

Eine Stunde später kraxelte Wu Ying auf seine Füße und verzog das Gesicht, als seine strapazierten Muskeln und erschöpften Glieder zitterten. Die Antwort auf die Frage, wie gut sich der Stil der Nördlichen Shen dagegen schlug, war: Nicht gut. Wu Ying konnte fast schwören, dass der Stil der Saugenden Schnecke darauf ausgelegt war, den der Nördlichen Shen zu bekämpfen, so wie er den Großteil seiner Möglichkeiten blockierte.

Das Vorgehen des Ältesten Hsu war schnell und explosiv und resultierte fast immer darin, dass er ihm ein oder sogar beide Beine wegzog. Da der gesamte Körper des Ältesten sich fast senkrecht zum Boden nach vorne schob, gab es von Kopf bis Fuß keine Schwachstelle. Selbst wenn Wu Ying einen Tritt auf den heranschnellenden Körper landen konnte, verlor er danach wegen des Rückpralls sein Gleichgewicht. In den meisten dieser Fälle war der Älteste Hsu zu nahe, als dass Wu Ying hätte ausweichen oder nochmals angreifen können, sobald er seine Balance wiedergefunden hatte – oder auf dem Boden aufkam. Und dann fand er sich in derselben Lage wieder – zu Tode gequetscht zu werden.

In den wenigen Fällen, in denen Wu Ying es schaffte, dem Ältesten Hsu auszuweichen, ermöglichte der Trittstil der Nördlichen Shen es ihm, den Ältesten aus dem Gleichgewicht zu bringen. Leider war es schwer, seine Gliedmaße zu ergreifen und zu blockieren, da der Älteste seine Hände relativ nah an seinem Körper hielt. Manchmal bot der Älteste ihm sogar eine seiner

Gliedmaßen in der Absicht an, diesen anfänglichen Kontakt herzustellen, damit er sich näher zu Wu Ying winden konnte.

Ganzkörperwürfe waren aufgrund der Fähigkeit des Ältesten, den Kontakt zu nutzen, um sich an Wu Ying zu klammern, umso gefährlicher. Schnelle, kurzweilige Kontakte schienen erfolgreich zu sein, aber diese machten es natürlich schwerer, einen Wurf auszuführen. Es erwies sich als effektiver, die Balance und den Rhythmus des Ältesten Hsu zu stören, diese Taktik verschaffte Wu Ying allerdings nur mehr Zeit. Sie verschaffte ihm jedoch nur wenige Gelegenheiten auf einen Sieg.

Letztendlich war die einzige Errungenschaft, die Wu Ying nach der ganzen Übungseinheit sein eigen nennen konnte, dass er es geschafft hatte, die Zeitspanne zu vergrößern, die es brauchte, bis der Älteste Hsu es schaffte, ihn zu würgen. Es war eine klägliche Errungenschaft, aber eine, die Wu Ying als Lorbeerblatt für seine Ehre so fest wie möglich hielt.

"Das reicht", sagte der Älteste Hsu, als er den wankenden Wu Ying beäugte.

"Aber der Auftrag war für zwei Stunden", sagte Wu Ying sturköpfig.

"Ihr könnt kaum stehen. Euer Nutzen ist für heute erschöpft und jeder weitere Kampf wäre nur umso schneller zu Ende. Ich werde nichts daraus lernen, wenn ich einen erschöpften Gegner schlage", erklärte der Älteste Hsu.

Wu Ying schleppte sich zum Wasserfass. Er trank drei Becher, bevor er innehielt, um das Öl und den Sand von seinem Körper zu waschen. Wu Ying verzog das Gesicht, als vieles vom Öl und dem Sand auch nach mehrmaligem Waschen weiter an seinem Körper haftete.

"Geht ins Bad", leitete der Älteste Hsu ihn an.

Als der Kultivator den Kopf drehte, sah er den Ältesten, der zu einem abgesperrten Bereich wies.

"Ich danke Euch, Ältester", sagte Wu Ying.

Nachdem Wu Ying endlich dorthin gelangte, war er überrascht, eine hölzerne Badewanne vorzufinden, die so konstruiert war, dass mindestens vier Erwachsene darin Platz hatten. Nur ein kleines Stück entfernt befand sich eine Freiluftdusche, die Wu Ying nutzte, um Sand und Öl abzuwaschen. Eine ausgelegte Bürste und Seife halfen bei diesem Vorhaben sehr und so blieb ein sauberer Wu Ying zurück, der das dampfende Bad betrachtete. Er runzelte die Stirn und dachte darüber nach, ob der Älteste Hsu meinte, dass er auch die Badewanne benutzen sollte oder ob er nur die Dusche benutzen durfte.

Letzten Endes siegte die Verlockung über die Vorsicht. Wu Ying stieg in die Wanne und seine Unterhosen saugten sich mit Wasser voll, als er sich hineingleiten ließ. Die Hitze und das mineralisierte Wasser saugten den Schmerz aus seinen Muskeln, was es Wu Ying ermöglichte, sich zu entspannen und seine Augen zu schließen. Schon bald ruhte sein Kopf auf dem Rand der Wanne. Die sündhafte Wärme ließ Wu Ying vergessen, wo er gerade war.

Ein Wasserschwall brachte Wu Ying dazu, die Augen aufzureißen. Er blinzelte und ihm klappte die Kinnlade herunter, als der Älteste Hsu mit in die Wanne stieg.

Als er bemerkte, dass Wu Ying ihn ansah, grinste der Älteste breit. "Wie ich sehe, habt Ihr Euch dazu entschlossen, mein heißes Wasserbad zu genießen."

"Ja, Ältester." Wu Ying entschied sich, nicht um Vergebung zu bitten, da es nicht den Anschein hatte, dass der Älteste glaubte, dass es etwas zu vergeben gab. Er sollte besser nicht auf einen möglichen Fauxpas Aufmerksam machen.

"Ihr habt Euch für Eure erste Übungseinheit gut geschlagen", sagte der Älteste Hsu. "Der Stil der Nördlichen Shen ist allerdings nicht sehr geeignet."

"So schien es", gab Wu Ying zu.

"Das liegt daran, dass er für den gerüsteten Kampf auf dem Schlachtfeld entwickelt wurde", erklärte der Älteste Hsu. "Die Saugende Schnecke ist ein Duellstil, der dafür gedacht ist, ihn gegen einen einzelnen Gegner einzusetzen."

"Wirklich?", fragte Wu Ying neugierig. "Aber ..."

"Wozu etwas lernen, das keinen praktischen Nutzen hat?", fragte der Älteste Hsu.

"Das würde ich nicht sagen, Ältester."

"Das sagen viele", entgegnete der Älteste Hsu. "Das ist unwichtig. Ich studiere den Stil, weil er Teil meines Daos ist, nicht des ihren."

"Und Ihr profitiert, indem Ihr mit, nun ja, mir trainiert?", fragte Wu Ying, der sich entschlossen hatte, seine Grenzen auszutesten, solange sich der Älteste Hsu weiterhin so offen zeigte.

"Das tue ich."

Wu Ying öffnete den Mund, um ihn zu fragen, wie, doch dann schloss er ihn wieder. Offen oder nicht, hätte der Älteste Hsu es erläutern wollen, dann hätte er das getan. Letztendlich war dies nicht der Ort, an dem ein Mitglied der inneren Sekte einen Ältesten befragen sollte. Wu Ying erinnerte sich an eine Situation aus seiner Kindheit, als sein Vater ihn zu sich gerufen und ihn gescholten hatte, nachdem seine Lehrerin das Dorf verlassen hatte. Das war zustande gekommen, weil seine Lehrerin so nett gewesen war. Sie hatte mit den Kindern gespielt und all ihre Fragen beantwortet. Sie schien so nett, dass Wu Ying es gewagt hatte, sie nach ihrer Vergangenheit zu fragen und was eine hübsche, junge Dame in ihrem kleinen Dorf machte. Die Schläge mit dem Rohrstock, die Wu Ying danach über sich hatte ergehen lassen müssen, hatten die Lektion noch verstärkt.

"Ältester, wenn der Stil der Nördlichen Shen sich nicht gegen Euren Stil behaupten kann, was wäre dann effektiver?", fragte Wu Ying nach einer Weile, als die Stille zwischen ihnen zu sengend wurde, fast so wie die Hitze aus der Wanne.

"Die beste Lösung für einen Ringstil ist ein anderer Ringstil", antwortete der Älteste Hsu, dessen Augen vor Enthusiasmus strahlten. "Ihr als ein Mitglied der inneren Sekte und mit Euren Körperproportionen habt unzählige Optionen, aus denen Ihr wählen könnt. Ihr seid ein Schwertkämpfer, richtig?"

"Ja, Ältester."

"Dann wollt Ihr nicht unnötig lange am Boden liegen. Ihr solltet so schnell wie möglich wieder auf die Beine kommen. Der Stil der Nördlichen Shen eignet sich gut zum Ausweichen von Angriffen, aber er lehrt einem nichts darüber, wie man sich aufrappelt oder sich aus einem Griff befreit. Ihr könntet Euch das Wälzende Schwein von Kunlun oder den Zuschlagenden Bambus näher ansehen. Beide enthalten Methoden, um Gegner schneller aus der Fassung zu bringen und sind für Schwertkämpfer besser geeignet. Allerdings seid Ihr ziemlich stark. Ihr baut besser jetzt Muskeln auf, sodass Ihr mehr Platz für das Chi habt, sobald Ihr Euren Kern erlangen werdet. In diesem Fall passen der Grandiose Elefantenstoßzahn oder die Schlange des Jadesees auf dem Morgentau besser zu Euch."

Wu Ying nickte und merkte sich die Namen der Stile, die er erwähnte. Er musste später die Zeit dazu finden, über sie zu recherchieren.

"Aber Ihr habt noch kein fortgeschrittenes Verständnis des Trittstils der Nördlichen Shen entwickelt, oder?"

"Noch nicht."

"Dann ist es besser, wenn Ihr bis dahin wartet", empfahl der Älteste Hsu, der sich nach hinten fallen ließ und seine Arme auf dem Rand der Wanne ablegte. Als er dies tat, bemerkte Wu Ying, dass der Älteste Hsu eine schwache Narbe an der Stelle hatte, an der sich sein Herz befand.

"Ja, Ältester."

"Zuerst müsst Ihr lernen, Euch in angemessenen Situationen zu entspannen."

"Entspannen?" Wu Yings Augen weiteten sich überrascht.

"Ja, entspannen", wiederholte der Älteste Hsu. "Das Ringen bedeutet, zu lernen, wann es angebracht ist, entspannt zu sein und in den nicht entspannten Zeiten stark zu sein."

"Vielen Dank für Euren Rat, Ältester", bedankte Wu Ying sich. Es ergab Sinn und den Rat, mindestens ein fortgeschrittenes Level zu erreichen, hatte er auch schon von anderen bekommen. Wu Ying hatte das Gefühl, dass er nah daran war, diesen Status zu erreichen.

"Kommt fürs Erste in einer Woche wieder."

"In einer Woche?" Wu Ying runzelte die Stirn. Das würde die Zahl an Sektenpunkten, die er verdienen konnte, erheblich beeinflussen.

"Eine Woche. Euer Verständnis des Stils der Shen und Eure Kultivation sind zu gering, als dass sich ein deutlicher Fortschritt sowohl in Eurer Verteidigung gegen meinen Stil als auch in Eurer eigenen Entwicklung zeigen würde, wenn Ihr früher wiederkämt", erklärte der Älteste Hsu.

"Jawohl, Ältester."

Das restliche Bad verging in Stille und erlaubte es Wu Ying, den Kampf zu überdenken und über die kleinen, undeutlichen Fetzen zu grübeln, an die er sich erinnern konnte. Währenddessen versuchte er, herauszufinden, was er lernen konnte. Letzten Endes musste Wu Ying zugeben, dass die Aufgabe gar nicht so schlecht war, wie er befürchtet hatte. Nun musste er nur noch die schwache Klaustrophobie überwinden, die er davongetragen hatte.

Kapitel 7

Nachdem er sich endlich um seine Aufgabe in der inneren Sekte gekümmert hatte, hatte Wu Ying nun einen vollständigen Zeitplan. Er rotierte täglich zwischen den verschiedenen Kursen zur Schmiedekunst und Pillenverfeinerung, während er seine Kampfkunst- und Kultivationsübungen fortsetzte, die von seinen wöchentlichen Besuchen beim Ältesten Hsu unterbrochen wurden.

Unter diesem anstrengenden System brach der späte Winter an und bedeckte den Berg bei Nacht mit einer kalten Frostschicht, die am Tag unter den wärmeren Sonnenstrahlen dahinschmolz. Das letzte Herbstlaub wurde hinweggefegt, während im unteren Tal die zweite Reisernte gepflanzt wurde. Während dieser Zeit ließ der gelegentliche, starke Regenfall die Kultivatoren bis auf die Knochen frösteln.

Im Laufe dieser starken Regenperioden erkannte Wu Ying den Unterschied zwischen wahren Kultivatoren und denen, die sich noch immer damit abmühten, die anfänglichen Schritte der Unsterblichkeit zu überwinden. Als das Wasser die gepflasterten Straßen hinunterlief und Wu Yings Stoffschuhe durchnässte, beobachtete er neidisch die Ältesten mit einem Kern und jene, die sich auf den höheren Stufen der Energiespeicherung befanden und über dem Wasser dahinflogen. Die Fähigkeit, ihre Körper durch Qinggong-Techniken und Chi-Streuung leichter zu machen, ermöglichte es ihnen, die Pfade mit trockenen Füßen zu überwinden.

Wu Ying seufzte, als ein weiterer seiner Kollegen aus der inneren Sekte an ihm vorbeiflitzte, während er den Berg hinauftrottete. Er sah, wie seine Füße kaum den regennassen Boden berührten, bevor sie sich wieder abstießen. Eine tiefe Eifersucht nagte an seinem Herzen, als er sie so fliegen sah. So verlockend der Versuch auch war, eine Qinggong-Technik zu studieren, hatte er für den Moment alle Hände voll mit dem Stil der

Nördlichen Shen und dem Familienstil der Long zu tun. Und ohne einen Meridian der Energiespeicherung konnte er die Fähigkeiten nicht in vollem Ausmaß einsetzen.

Als Wu Ying weiter nach oben lief, erblickte er einen Kultivator, der mit ausgestreckter Hand dastand. Sein Blick war auf die Regentropfen fixiert, die auf seiner Handfläche landeten. Jeder Regentropfen platschte auf die stillstehende Gestalt und prallte ab, sodass der Kultivator komplett durchnässt wurde, da sein Regenschirm neben ihm auf dem Boden lag. Um den Kultivator herum floss das Chi der Umgebung in solchem Ausmaß, dass das Chi mit Wasser- und Luftaspekt wirbelte und Ringe aus Wasser um den Kultivator formte. Es reagierte auf seinen Moment der Erleuchtung. Die Erleuchtung mochte zwar selten sein, aber unter so vielen Kultivatoren, die auf der Suche nach ihrem Dao waren, war ein Kultivator, der den wahren Dao berührte, kein seltener Anblick innerhalb der Sekte.

"Wu Ying!" Tou Hes erfreute Stimme rief nach dem Kultivator, als Wu Ying sich endlich seinen Weg zum Trainingsplatz gebahnt hatte.

Wie immer kämpften Kampfkunstspezialisten ohne Pause und schenkten dem Regen nur spärlich ihre Aufmerksamkeit. Einige der begabteren auf der Stufe der Energiespeicherung hatten sogar einen dünnen Schleier aus Chi, der ihre Aura umgab und so sie selbst und ihre Kleidung trocken hielt. Anders als der Trainingshof des Ältesten Hsu war der Trainingsplatz mit ausreichend Regenrinnen ordentlich konstruiert worden. Der Älteste Hsu schien es zu genießen, im kalten, fröstelnden Regen zu trainieren und Wu Ying zu packen und sein Gesicht in das Wasser zu drücken, das sich am Boden gesammelt hatte. Das letzte Mal, als sie sich ineinander verhakt hatten, wäre Wu Ying beinahe im Regenwasser ertrunken, was seine anwachsende Klaustrophobie nur noch weiter verstärkt hatte. Wären die regelmäßigen Meditationseinheiten nicht gewesen, hätte er schon längst aufgegeben, dessen war sich Wu Ying sicher.

"Wu Ying?", wiederholte Tou He.

"Entschuldige. Eine schlechte Erinnerung." Wu Ying zitterte und schüttelte den Gedanken ab.

"Wieder der Älteste Hsu?", fragte Chao Kun.

Wu Ying schenkte ihm ein müdes Lächeln, während er den älteren Kultivator grüßte.

"Har. Ich habe noch nie jemanden kennengelernt, der gewillt war, sich so vielen Schmerzen auszusetzen", sagte Chao Kun. "Zumindest niemanden, der nicht auch Schüler werden wollte." Chao Kun entfernte sich und sprach die Frage nicht aus.

"Das tue ich nicht", sagte Wu Ying bestimmt. Er konnte die Verlockung verstehen, aber das war nichts für ihn.

Der Älteste Hsu galt als einer der Hauptbewerber auf die Stelle des Sektenschützers, sobald sich die nächste freie Position eröffnete. Natürlich konnte das auch erst in einigen hundert Jahren der Fall sein. Alle Sektenschützer waren mindestens fortgeschrittene Kernkultivatoren und hatten deren verlängerte Lebensdauer. Dennoch, ein Schüler von jemandem zu sein, der so respektiert wurde, würde Wu Ying beachtliche Vorteile verschaffen.

"Wu Ying mag seinen Essig sauer", sagte Tou He mit funkelnden Augen.

"Har. Und du deinen bitter[14]", antwortete Wu Ying.

"Genug. Von euch beiden", sagte Chao Kun und verdrehte die Augen. "Wir sind hier, um zu trainieren."

---

[14] Das ist ein Paarwitz über das berühmte "Weinverköstiger"-Gemälde, das Konfuzius (sauer), Buddha (bitter) und Laozi (süß) darstellt, wie sie um einen Bottich Essig herumstehen, um diesen zu verköstigen. Es ist eine Allegorie auf ihre Sichtweisen auf das Leben und die Menschheit sowie auf ihre Prinzipien.

"Süß!", skandierten die beiden lachend, bevor sie zum nächstgelenenen Duellring rannten. Chao Kun folgte ihnen dicht mit erhobener Faust.

"Ich werde euch zeigen, wie süß meine Fäuste sind!"

***

Abfangen, heranziehen und das Gewicht nach unten verlagern, um die Kontaktfläche zum Gegner zu vergrößern. Nach vorne beugen und sich mit dem Gegner mitbewegen, sobald sich dieser bewegt und seine Stabilität zunichtemachen. Wu Ying drehte sich und beobachtete Chao Kun, der damit kämpfte, sein Gleichgewicht zu halten. Dann beendete er seinen Angriff, indem er sich noch tiefer fallen ließ, während er mit dem Fuß nach vorne und dann zur Seite gegen Chao Kuns Fuß trat. Da seine Stabilität bereits beeinträchtigt war, brachte dieser neue Impuls Chao Kun völlig aus dem Gleichgewicht und ließ ihn auf den Boden knallen. Im letzten Moment ließ Wu Ying Chao Kuns Arm los, anstatt ihn weiter festzuhalten. Er wusste, dass er Bänder und Sehnen zerren würde, wenn er dies täte, da der Arm seines Gegners überstreckt worden wäre.

Tou He lachte und klatschte in die Hände. Er dehnte sich. Seine schnellen, fliegenden Fäuste hatten die Öffnung in Chao Kuns Verteidigung geschaffen, die es Wu Ying erlaubt hatte, sich ihm zu nähern.

"Das wären fünf Stürze", jauchzte Tou He. "Zeit fürs Abendessen."

"Na schön", murrte Chao Kun leise, als er sich auf die Füße rollte. "Gegen euch beide gleichzeitig anzutreten ist inzwischen unmöglich geworden."

"Das liegt daran, dass wir viel besser geworden sind", erklärte Tou He.

"Darin, zusammenzuarbeiten", stellte Wu Ying klar, als er sich aufrappelte und seinem Freund zugrinste.

Das waren sie wirklich. Seitdem sie angefangen hatten, mit Kultivatoren der Energiespeicherung zu trainieren, war die Koordination der beiden um einiges besser geworden. Egal, ob mit Waffen oder Fäusten, verstanden und "fühlten" sie die Öffnungen, die der andere angreifen würde. Dadurch stellten sie sicher, dass sie sich selten gegenseitig behinderten.

"Es ist nicht nur das", bemerkte Chao Kun. "Du hast die Form der Nördlichen Shen in deine Kampfkunstform integriert, oder?"

Wu Ying nickte und versuchte ein Lächeln zu verstecken, was ihm nicht gelang. Es war letzte Nacht passiert, während er die Form zum x-ten Mal geübt hatte, als sich alles auf einmal zu fügen schien. Oh, Wu Ying war der Schwelle schon zuvor nahegekommen und hatte es sogar, für einige Momente, geschafft, diesen exklusiven Hauch von Können zu erlangen. Aber erst letzte Nacht hatte er es geschafft, ihn aufrechtzuerhalten.

"Gut. Dann bist du für heute fertig", sagte Chao Kun.

"Fertig?"

"Natürlich!" Chao Kun wies zum Ausgang. "Geh. Besorg dir einen besseren Stil. Es schmerzt meine Augen, zu sehen, wie du dich abmühst."

"Was?" fragte Wu Ying.

"Schnell jetzt, geh."

"Aber ... warum?"

Tou He und Chao Kun tauschten Blicke aus, bevor Chao Kun seufzte und eine Hand auf Wu Yings Schulter legte. "Wu Ying, du hast den Trittstil aufgenommen, während du ein Mitglied der äußeren Sekte warst, richtig?"

"Ja."

"Und du weißt, dass wir die grundlegensten Stile auf diesem Level führen, ja?"

"Ja."

"Warum benutzt du ihn dann noch immer? Verlangt es dich nicht nach einem besseren, effizienteren Stil?"

"Natürlich tut es das. Aber du hast mir gesagt, ich soll mir keinen zulegen!", protestierte Wu Ying.

"Bis du ein fortgeschrittenes Level erreicht hast."

"Ja ..."

"Wenn man dieses Level erreicht, integriert man den Stil in seinen eigenen. Man versteht ihn, erfasst seine Grundlagen, und es fühlt sich nicht mehr so an, als müsste man über jede Bewegung, jede Aktion, nachdenken, oder?"

"Ja", bestätigte Wu Ying. Bei seinem Jian war es in dem Moment gewesen, als er den Griff nicht mehr in seiner Hand gespürt hatte, als er sich nicht mehr darum sorgte, das Schwert im richtigen Winkel zu halten und ob die Schneide auf der korrekten Linie lag. Als das Schwert ein Teil von ihm wurde. Für den Stil der Nördlichen Shen bedeutete ein fortgeschrittenes Verständnis, dass das Strecken und Bewegen, die Griffe und Würfe nicht mehr länger etwas waren, was er sich bewusst machen musste, bevor er es ausführte. Sie waren nur ein weiteres Werkzeug seines Kampfstils.

"Glaubst du, dass du aus Versehen jede Bewegung vergessen wirst, wenn du damit anfängst, einen neuen Stil zu lernen? Oder sie verwechselst? Insbesondere, wenn beides Tritt- oder Griffstile sind?", fragte Chao Kun.

"Oh ..." Wu Ying kratzte sich am Kopf. Nun, das ergab Sinn. Zu viel Sinn. Wu Ying zog peinlich berührt den Kopf ein, als seine beiden Freunde kicherten.

"Mach dir darüber keine Sorgen. Das rührt daher, dass du nur einige wenige Stile gelernt hast, richtig?", fragte Tou He. Als Wu Ying zustimmend grunzte, fuhr Tou He fort. "Darum haben sie bisher nie darüber mit dir geredet. Nur in Sekten und Klöstern, wo man uns verschiedene Stile lehrt, ist das ein Grund zur Sorge. Darum wissen wir das und es ist unsere Aufgabe, unsere Untergeordneten zu unterrichten."

"Natürlich ... Moment. Seit wann bin ich dir untergeordnet?", fragte Wu Ying und blickte Tou He scharf an.

Der Mönch lächelte gelassen.

"Also, gehst du?", hakte Chao Kun nach und lenkte das Gespräch auf das ursprüngliche Thema zurück.

"Gut, gut. Wir reden später weiter darüber", sagte Wu Ying.

"Natürlich. Untergeordneter."

Wu Ying warf die Hände in die Luft und stapfte davon, obwohl ein leichtes Lächeln noch immer seine Lippen umspielte. Tou He mochte nervig sein, aber Wu Ying konnte nicht anders, als über die vielen Stile nachzudenken, die er lernen könnte. Was sollte er als nächstes studieren? Einen Griffstil, um nicht so viel Wasser schlucken zu müssen? Vielleicht eine Qinggong-Technik? Welcher Kultivator wollte nicht gerne über Schnee oder Wasser fliegen?

***

"Vergesst es", sagte der Älteste Ko. Der Leiter der Bibliotheken mit tiefer Stimme war heute in der Bibliothek der inneren Sekte anwesend, wodurch Wu Ying seine Kultivationspunkte für eine weitere Sitzung mit dem kenntnisreichen Ältesten eintauschen konnte.

"Ältester?"

"Qinggong ist sowohl eine physische als auch Chi-basierte Fertigkeit. Es gibt zwar viele Fertigkeiten, die Ihr erlernen könnt, um einige Aspekte des Qinggong zu imitieren – und Fähigkeiten, die ich Euch nicht empfehlen würde, näher zu studieren – aber Ihr seid noch nicht einmal auf der Stufe der Energiespeicherung. Warum seid Ihr dazu bereit, dringend benötigtes Chi für solch eine frivole Fähigkeit zu verschwenden?", fragte der Älteste Ko, dessen Stimme in Missfallen getränkt war. "Nur, um anzugeben und zu vermeiden, auf den geebneten Wegen zu gehen?"

Wu Ying zuckte zusammen, als der Älteste seine egoistischen Wünsche ansprach. "Ja, Ältester Ko. Was würdet Ihr stattdessen vorschlagen?"

"Nun, sagt mir, was Ihr lernen wollt", antwortete der Älteste Ko. "Oder habt Ihr vergessen, wie das hier abläuft?"

"Nein, Ältester. Entschuldigt bitte." Wu Ying nahm sich einen Moment, um seine Bedürfnisse zu überdenken. Was wollte er lernen?

Hinsichtlich Waffenstilen war der Familienstil der Long für Wu Ying ausreichend. Zwar gab es Argumente dafür, etwas mit einer größeren Reichweite zu studieren, wie zum Beispiel eine Stangenwaffe oder sogar den Bogen, aber Wu Ying hatte das Gefühl, dass es ihm auf lange Sicht mehr Nutzen bringen würde, sich auf sein Jian zu konzentrieren als die kurzzeitigen Vorteile, die das Erlernen des Umgangs mit einer neuen Waffe mit sich brächten. Das Jian zu meistern und dessen Herz zu erlangen würde seine Kampfkraft so viel mehr erhöhen als eine neue Waffe aufzunehmen. Zu gegebener Zeit, vielleicht. Aber nicht jetzt.

Im Nahkampf bot ihm der Trittstil der Nördlichen Shen Würfe und Griffe für den Fall, dass ein Angreifer es hinter die ausgeweitete große Reichweite seines Schwertes schaffte. Natürlich gab es eine Lücke zwischen den Störungen, Griffen und Würfen, die der Trittstil in den Vordergrund stellte, und der Spitze seines Schwertes. Es war eine Lücke, die von einem Stil, der sich rein auf Tritte und Faustschläge konzentrierte, profitieren konnte.

Und natürlich, wie er aus seiner Erfahrung mit dem Ältesten Hsu gelernt hatte, wusste Wu Ying, dass ihm umfangreiches Wissen über das

Bodenringen fehlte. Der Griffstil, den der Trittstil der Nördlichen Shen hervorhob, war für das Schlachtfeld gedacht und dafür, sich auf den Beinen zu halten, nicht aber etwa dafür, einen einzelnen Gegner langsam zu Tode zu würgen. Darüber hinaus konnte Wu Ying nicht anders, als die Anmerkungen des Ältesten Hsu in Betracht zu ziehen, seine Stärke als Körperreiniger zu steigern. Fertigkeiten waren wichtig, aber an einem gewissen Punkt wurden sie von roher Kraft und Gewalt geschlagen.

Eine andere Sache, die ihm seine Kämpfe mit dem Ältesten Hsu vergegenwärtigt hatte, war Wu Yings fehlende Verteidigung. Das hatte sich bereits beim Wettkampf verdeutlicht. Ganz egal, wie gut er werden würde, am Ende würde Wu Ying Schläge kassieren. Vielleicht sollte er sich darum kümmern, seine Defensive zu verbessern, anstatt nach einem rein offensiven Kampfstil zu suchen. Entweder das, oder er sollte sich etwas ansehen, das ihm helfen würde, sich nach dem Kampf schneller zu heilen.

Als Wu Ying dies alles dem Ältesten Ko erklärte, lächelte der Älteste friedlich. "Keine Kultivationsstile?"

"Nein, Ältester", bestätigte Wu Ying mit einem Kopfschütteln. "Ich werde aufsteigen, indem ich die Methode des Gelben Herrschers mindestens so lange weiterverwende, bis ich die Kernkultivation erreicht habe."

"Interessant", bemerkte der Älteste Ko und neigte seinen Kopf zur Seite, während er Wu Ying prüfte. "Ich hätte nicht gedacht, dass Ihr so zögerlich seid, Entscheidungen zu fällen."

Wu Ying lächelte schwach. Er hatte keine andere Ausrede hierfür als das Gefühl, dass es ein Fehler wäre, sich auf ein bestimmtes Element festzulegen. Als Wu Ying weiter schwieg, griff der Älteste Ko nach vorne. Seine Hand blieb einige Zentimeter vor Wu Yings Körper stehen und zuckte. Sie fuhr über seine Aura und brachte den Kultivator aufgrund dieser unangenehmen und einzigartigen Berührung zum Erzittern.

Nach einem Augenblick zog der Älteste Ko seine Hand mit einem leisen *hmmm* zurück. "Nun. Es scheint, als hättet Ihr zumindest die Auraverstärkungstechnik weiter geübt. Seid vorsichtig damit, weitere Kultivationsübungen zur Auraverstärkung in Euer Repertoire aufzunehmen. Tatsächlich solltet Ihr mit weiteren Kultivationsübungen warten, bis Ihr zumindest den Größeren Erfolg mit Eurer aktuellen Technik erreicht."

Wu Ying spürte, wie sich seine Mundwinkel zu einem Lächeln verzogen. Er war froh, zu hören, dass er wenigstens die Sphäre des Kleineren Erfolgs erreicht hatte. Im Falle der Auraverstärkungstechnik war es für Wu Ying schwer, seinen Erfolg einzuschätzen, da die Auswirkungen durch das Verstärken der Barriere zwischen seiner Aura und der Umwelt sehr subtil waren.

"In diesem Fall scheint es, dass wir uns nur um Eure Kampfkunsttechniken kümmern müssen." Der Älteste Ko tippte sich für einen Moment an die Lippen, bevor er sich abrupt von Wu Ying abwandte und zu den Regalen ging.

Der Älteste führte sie zügig zu der Abteilung, die sich mit unbewaffneten Techniken beschäftigte. Er machte mokierende Geräusche, während er die Sammlung durchblätterte und Schriftrollen oder Bücher aufnahm und wieder tauschte. Er ging sogar so weit, dass er seine Enttäuschung zischend zum Ausdruck brachte. Der Älteste Ko bewegte sich von der Abteilung mit den unbewaffneten Stilen zu anderen Bereichen der Bibliothek und übergab Wu Ying immer weitere Schriftrollen und Bücher, die er tragen sollte.

Als der Älteste endlich fertig war, hielt Wu Ying einen Haufen Bücher in Händen, die er durchsehen sollte. Diesmal bot der Älteste Ko keine Erklärung über deren Inhalt an. Stattdessen schickte er Wu Ying weg, um sich ihren Inhalt zu Gemüte zu führen und gab nur soweit nach, dass er versprach, alles zu erklären, was Wu Ying nicht verstand.

"Aber ..."

"Ihr seid ein Mitglied der inneren Sekte. Ihr werdet gezwungen sein, mehr und mehr Situationen abzuwägen und Eure Zeit nicht nur damit zu verbringen, Techniken der Kultivation und Kampfkunst, sondern auch Euren eigenen Dao zu analysieren. Sich auf seine Lehrer zu verlassen ist für ein Mitglied der äußeren Sekte schön und gut, aber Ihr müsst als Mitglied der inneren Sekte lernen, Angelegenheiten zu beurteilen. Wir können nicht in Euer Herz schauen, sondern Euch lediglich leiten.

Es gibt keinen bessern Zeitpunkt als jetzt, um damit anzufangen."

Wu Ying senkte anerkennend den Kopf, aber als der Älteste Ko hinter einem Stapel verschwand, konnte Wu Ying nicht anders, als sich zu fragen, ob der Älteste es leid war, sich um ihn zu kümmern. In jedem Fall hatte Wu Ying einen Haufen Bücher, die er durchgehen musste.

***

Für den Anfang sah sich Wu Ying die Anleitungen durch, die sich mit Energiegewinnung beschäftigten. Sie konnten in drei Kategorien unterteilt werden.

Es gab einfache Anleitungen, die sich mit Stärkungsübungen des Körpers befassten. Man konnte diese nur schwer als Kampfkunststile bezeichnen, da sie aus einer Reihe zunehmend schwieriger werdenden Übungen bestanden. Sie erstreckten sich über solche, die Gewichte einsetzten, bis hin zu jenen, bei denen das eigene Körpergewicht genutzt wurde. Viele der Anfangsübungen waren Wu Ying durch langjährige Übung wohlbekannt, allerdings war es das erste Mal, dass er sie in solch einer durchdachten Form niedergeschrieben sah.

Nach weiterem Blättern legte Wu Ying ein bestimmtes Buch zur Seite. Es fokussierte sich auf die Entwicklung von Stärke, ohne Gewichte und betonte Dehnungen zu nutzen. Wenn Wu Ying es schaffte, seinen Körper noch flexibler zu machen, könnte er vielleicht sogar das Gespür des Stils der Nördlichen Shen erreichen.

Die nächsten beiden Bücher konzentrierten sich auf eine völlig andere Art der Energiegewinnung. Das eine behandelte die innere Kraft und die Mobilisierung von Chi beim Zuschlagen und Kämpfen in einem Zustand, den man als extrem entspannt bezeichnen konnte. Die Kultivation von innerer Stärke war eigentlich eine Kultivationsübung, was Wu Ying amüsierte, da er erkannte, dass der Älteste Ko sich selbst widersprach, indem er ihm dieses Werk gegeben hatte. Aber Wu Ying erkannte auch, dass es etwas anders war. Während sich die Auraverstärkungstechnik auf ihren namensgebenden Aspekt konzentrierte, fokussierte sich diese Technik auf den eigentlichen Fluss des Chi durch den Körper, wodurch Wu Ying lernen konnte, das Chi schneller zu bewegen und zu projizieren. Sie erhöhte nicht die Menge des Chi; sie machte es ihm nur einfacher, es für einen Angriff nutzbar zu machen. Weiter betonte das Buch die Verbindung zwischen Körper und Geist des Kultivators, ein Aspekt, der den Fortschritt seiner anderen Stile unterstützen könnte.

Die dritte Art von Anleitungen konzentrierte sich auf die Kraft von Außen. Hier überschnitten sich die Energiegewinnungsübungen mit dem vorherigen Buch über Muskelzuwachs, waren aber weniger detailliert. Stattdessen ging es in diesen Anleitungen mehr um die Positionierung und Struktur und sie gingen genauer auf den richtigen Körperbau ein und darauf, welche Muskeln aktiviert werden mussten, um das höchste Level der Energiegewinnung mit jeder Bewegung zu erreichen. Es war faszinierend und selbst die groben Informationen, die Wu Ying gelesen hatte, ließen ihn mehr darüber nachdenken, wie er sich bewegte. Keine der anderen Anleitungen schien so weit ins Detail zu gehen, obwohl einige der Werke die Worte seiner Lehrer nochmals betonten.

Dennoch bemerkte Wu Ying, dass jede dieser Anleitungen eine Vergeudung des "kostenlosen" Stils sein würde, den er durch die Beratung des Ältesten Ko erhalten hatte. Er zuckte innerlich zusammen, da er erkannte, dass der Älteste Ko wieder einmal einen Weg gefunden hatte, um Wu Ying dazu zu bringen, den Großteil seiner hart verdienten Punkte auszugeben.

Wu Ying legte die Anleitungen zur Körperverstärkung und Gewinnung äußerer Stärke zur Seite und wandte sich der nächsten Reihe an Büchern zu, bei denen es sich um tatsächliche Kampfkunstanleitungen handelte. Das erste befasste sich mit dem Ringstil des Darat-Klans. Nachdem er durch das Dokument über das Ringen geblättert hatte, runzelte Wu Ying die Stirn. Es schien, als käme der Leitfaden zu Ringstilen von einem Kultivator, der den Stil nur sporadisch praktiziert hatte, wodurch die endgültige Anleitung sowohl auf seiner Lebenserfahrung als auch seinen persönlichen Beobachtungen basierte. Es war alles andere als brillant und ließ Wu Ying an der tatsächlichen Effektivität des Kampfkunststils zweifeln.

Wu Ying machte sich auf, um den Ältesten Ko zu finden, der auf einem eigenen Stuhl saß und daran arbeitete, den Inhalt einer verwitterten Schriftrolle in ein Buch zu übertragen. "Warum habt Ihr diese Anleitung ausgewählt, verehrter Ältester?"

"Der Darat-Klan?", fragte der Älteste Ko, ohne überhaupt zu ihm aufzusehen. "Zwei Gründe. Der Älteste, der diese Anleitung beigesteuert hat, war für seine Fähigkeiten im Ringen sehr bekannt. Daher sollten die Techniken effektiv sein, auch wenn der Stil selbst nicht komplett authentisch ist. Zum anderen legen die Darat Wert auf Stärke in den Beinen und eine erhöhte Position, aus der gekämpft wird. Das wird Euch mehr Anpassungsfähgikeit als bei anderen Ringstilen verschaffen."

Wu Ying dankte dem Ältesten und kehrte auf seinen Platz zurück. Es schien tatsächlich so, dass es eine Reihe an Techniken gab, um sich, wenn schon nicht auf den eigenen Beinen, dann zumindest auf seinem Gegner zu halten. Wu Ying legte die Anleitung beiseite und wandte sich seiner nächsten Option zu.

Den gesamten Tag über blätterte Wu Ying durch den kleinen Haufen mit unbewaffneten Stilen, die verfügbar waren. Es war ermüdend, jede Anleitung so weit zu studieren, um ihre Vor- und Nachteile zu verstehen, ohne zu viel Zeit mit einer einzelnen Anleitung zu verschwenden. Es strapazierte auch seinen Verstand bis aufs äußerste, denn manchmal waren die Schwachstellen und Nachteile eines Stils nicht sofort klar.

Letzten Endes grenzte Wu Ying die Liste mit offensiven Stilen auf einen Trittstil und einen Fauststil ein. Selbstverständlich deckten sie, wie andere Kampfkunststile auch, die grundlegenden Angriffstechniken mit anderen Gliedmaßen ab, was aber oberflächlich blieb. Wu Ying bezweifelte, dass er viel Zeit dafür investieren würde, diese Abschnitte zu lesen, selbst wenn er sich die Bücher genauer ansehen würde.

Nein. Worauf sie Wert legten, war interessant und wichtig. Das anfängliche Konzept des Trittstils der Roten Schärpe stammte von der Art, wie die wehende rote Schärpe seiner Begründerin sich während einer Starkwindphase bewegte. Von diesem Moment der Erleuchtung an formte diese Dame den Kern des Stils, der schnelle, schneidende Tritte beinhaltete, die oftmals während des Angriffs ihre Bahn änderten. Es war ein kniffliger Stil und die Angriffe gingen häufig vom in die Luft erhobenen Fuß aus. Selbstverständlich hatte dies den wesentlichen Nachteil, dass dem abschließenden Schlag ein gewisses Maß an Kraft fehlte. Außerdem musste der Angreifer während dieser Zeit still stehenbleiben.

Was Wu Ying zu diesem Trittstil hinzog, waren die spezifischen Finten und viele der Ausgangspositionen. In diesen erkannte Wu Ying einige der Vorstöße, Rückzüge und Ausweichpositionen seines Familienstils. Wenn er diesen Stil in den Jian-Stil der Long aufnehmen konnte, könnte er womöglich einen weiteren Defensivwall hinzufügen.

Und was den Fauststil betraf ... Wu Yings Lippen zuckten, als er den Titel noch einmal las. Die Bergbrechende Faust hatte einen denkwürdigen Namen, und der Stil gab sein Bestes, um diesem Namen gerecht zu werden. Der Stil unterschied sich von der Art, wie Wu Ying normalerweise kämpfte. Er verließ sich auf bloße Kraft und eine einzige, mächtige Attacke, um einen Kampf zu beenden. Zwar war die *Wahrheit des Schwertes* der charakteristische Zug der Familie Long, aber es war ebenso Wu Yings einziger Abschlussangriff. Der Großteil des Familienstils der Long arbeitete damit, sich auf unzählige kleine, schnelle Angriffe zu stützen, anstatt alles in einen Angriff zu legen. Die Bergbrechende Faust verwarf ein solches Konzept und fokussierte sich auf einzelne, kraftvolle Angriffe, denen man besser auswich, als sie abzublocken.

In Wahrheit war Wu Ying sich unsicher, ob der Stil zu ihm passen würde. Aber es war eben diese Unsicherheit, die ihn faszinierte. Sich weiterzubilden, seinen Kampfstil auszudehnen, konnte ihm nicht nur eine neue Dimension seiner Kampfkunstspezialisierung eröffnen, sondern ihm ebenfalls zusätzliche Vorteile für seine anderen Formen bieten. Zumindest hoffte Wu Ying darauf.

Zuletzt waren da noch die defensiven Anleitungen. Hier war Wu Ying etwas ratlos und daher dankbar, dass es bedeutend weniger Bücher zu studieren gab. Eine Anleitung bildete eine Kombination aus einer

Kultivations- und physischen Übung und zog internes Chi heran, um Muskeln zu stärken. Der Stil der Schuppen des Drachen mochten zwar ähnlich wie sein eigener Familienstil der Long klingen, aber sie hatten wenig miteinander zu tun. Die Schuppen des Drachen fokussierten sich darauf, die Haut eines Kultivators zu verstärken, indem seine Stärke durch Chi erhöht wurde, das in überlappenden Schuppen über seine Aura gelegt wurde. Abermals war Wu Ying überrascht, diesen Stil nach den Anmerkungen des Ältesten Ko unter den bereitgestellten Anleitungen zu finden. Wu Ying begann sich zu fragen, ob das ein Test oder ein Versehen war. Auf jeden Fall reizte die Übung Wu Ying aufgrund seiner zusätzlichen Arbeit an der Aura wenig.

Unter den anderen beiden Büchern war eines eine Reihe schmerzhafter Körperverstärkungstechniken, die sich darauf konzentrierte, die inneren Organe eines Kultivators zu stärken. Wu Ying sortierte die Anleitung schnell aus, da die Methode den Verzehr von immer giftigeren Substanzen erforderte. Der Stil hatte den nebensächlichen Vorteil, den Anwender immun gegen diese und andere ähnliche Gifte zu machen, aber Wu Ying hatte einen einfachen Grund, diese Anleitung zu verwerfen. Geld. Die Kräuter und Gifte zu kaufen, die dieser Stil verlangte, wäre für einen armen Ex-Bauern zu teuer.

Was die andere Methode betraf, so kniff Wu Ying nachdenklich die Augen zusammen. Die Eisenverstärkten Knochen war eine einfachere, primitivere Methode. Anstatt Gifte zur Verstärkung des Körpers zu nutzen, verlangte dieser Stil, dass der Anwender litt. Unter erheblichem Zwang wurden Knochen gebrochen oder neu geformt. Die Technik der Eisenverstärkten Knochen nutzte die heilenden und regenerativen Eigenschaften des Körpers und lehrte den Anwender, wie er seinen Körper verstärken konnte. Selbstverständlich war es ohne Zweifel die schmerzhafteste Methode, wenn man zwischen den Zeilen las. Obwohl es keine Voraussetzung war, seine Knochen zu brechen, um eine Wirkung zu spüren. Ebenso war es die langsamste Methode, denn sie verstärkte den Körper des Kultivators stufenweise.

Wu Ying lehnte sich eine Weile zurück und dachte über die verschiedenen Übungen und Kampfkunststile nach. Er stellte sich vor, wie er sie anwendete. Seine Lippen kräuselten sich, als er in Gedanken eine immer größer werdende Zahl maskierter Feinde bekämpfte, sie mit seiner eindrucksvollen Schwertarbeit einschüchterte und mit dem Stil der Roten Schärpe zur Seite trat. Dann führte er einzelne, mächtige Schläge aus, die Knochen und Waffen zerbrachen und seine Feinde zur Seite schleuderten. Selbst als seine Gegner es schafften, ihn zu treffen, prallten ihre schwachen Schläge von den Drachenschuppen und seinen robusten, verstärkten Knochen ab.

Wu Ying schwelgte einen Moment in der fremdartigen Fantasie, ehe er ein kurzes Lachen ausstieß. Solche Gedanken waren äußerst idiotisch. Es konnte mehrere Jahre dauern, jeden einzelnen dieser Stile zu meistern. Selbst so jemand talentiertes wie Tou He konnte vielleicht viele Stile bis zu einem grundlegenden oder sogar fortgeschrittenen Verständnis lernen, aber würde seine Zeit darauf verwenden, das höchste Verständnis in einigen wenigen Stilen zu erlangen. Nur die Ältesten konnten Wu Yings Fantasie-Ich nahekommen, und selbst dann würden es nur wenige wagen, sich auf so viele Bereiche zu spezialiseren.

Nein. Es war besser, sich auf einen eingeschränkten Bereich zu konzentrieren und darin zu wachsen.

Also.

Defensive oder Offensive? Eine Schlag-, Tritt- oder Greiftechnik?

Wu Ying ließ seine Wirbel knacken und schaute sich um. Ihm fiel auf, dass er allein in der Bibliothek war. Alle anderen Kultivatoren waren gegangen und die Bibliothek wurde von einigen wenigen Lampen beleuchtet. Ohne, dass er es gemerkt hatte, hatte sich der Tag dem Ende zugeneigt und es war spätabends geworden.

Kein Greifen. Wu Ying schob das Buch beiseite. Er lernte bereits aus seinem Austausch mit dem Ältesten Hsu. Schlagen oder Treten, oder doch eine Verteidigungsmaßnahme? Die Drachenschuppen ergaben in Kombination mit seinen derzeitigen Studien keinen Sinn. Kein Gift, also blieb nur die Technik der Eisenknochen übrig. Ihr Vorteil war, dass er sie lernen konnte, während er andere Dinge tat – wie seine Stärke auszubauen.

Was die Offensive betraf ...

***

"Seid Ihr endlich fertig?", fragte der Älteste Ko, der seinen Pinsel vorsichtig zur Seite legte, bevor er Wu Ying ansah.

Der Älteste blickte auf die Bücher in seiner Hand und nickte abwesend, ehe er unter seinen Tisch griff, um leere Anleitungen hervorzuholen. Er nahm die Bücher aus Wu Yings Hand und bewegte erst diese und dann die leeren Anleitungen mit zusammengezogenen Brauen über einen Seelenstein. Wu Ying konnte spüren, wie der Älteste Ko den Seelenstein und die Anleitungen mit seinem Chi erfüllte. Er überflutete beide damit, dann versiegelte er sie mit gekritzelten Wörtern.

"Ältester?", fragte Wu Ying, der seinen Kopf zur Seite neigte, als er die vormals leeren Anleitungen entgegennahm.

"Ich habe die Bücher in Eurer Hand mit Kopien der Anleitungen gefüllt. Die Originale bleiben in der Sekte, und Eure Ausgaben können nicht über die Grenzen der Sekte hinausgebracht werden. Sie werden dabei verschwinden", erklärte der Älteste Ko.

Wu Ying blinzelte, öffnete die Anleitung und fühlte den leichten Druck des Chi darin. Er runzelte die Stirn, unglücklich darüber, dass seine Tätigkeiten auf diese Weise begrenzt wurden, aber er verwarf seinen Ärger. In Wahrheit erhielt er seltene Anleitungen für nichts weiter als ein paar Arbeitssstunden. Was war also falsch daran, dass die Sekte ihre eigenen Regeln hatte?

"Eine interessante Wahl. Ihr fokussiert Euch darauf, Stärke anstatt Schnelligkeit zu entwickeln." Der Älteste Ko tippte auf das Buch über die Bergbrechende Faust und die anderen beiden Anleitungen, die Wu Ying gekauft hatte. "Gibt es einen Grund für die Umstellung?"

"Stärke ist Schnelligkeit", antwortete Wu Ying mit einem Schulterzucken. "Je stärker ich werde, desto schneller kann ich auch werden. Und mir ist aufgefallen, dass meine Stärke bereits höher als bei anderen ist — ausgenommen bei der Benutzung von Chi."

"Ja. Physische Stärke ist großartig, aber vergesst nicht, dass richtig angewandtes Chi selbst die größte physische Stärke überwältigen kann", warnte der Älteste Ko ihn.

Mit diesen Worten schickte der Älteste Ko Wu Ying mit einer Handbewegung aus seiner Bibliothek. Ein angedeutetes Lächeln umspielte seine Lippen, als er beobachtete, wie der junge Kultivator sich auf den Weg machte.

Kapitel 8

"Ihr seid Narren. Allesamt."

Diese einzige Verkündung der Fee Yang, die die Bühne betrat, löste eine Welle geflüsterter und entsetzter Ausrufe durch die Vorlesungshalle aus.

Als niemand die Stimme erhob, um zu widersprechen, fuhr die Fee Yang fort. "Was ist das wichtigste beim Hausbau? Das Fundament, das Dach oder die Seitenwände?" Sie wartete nicht auf Freiwillige, sondern zeigte auf eines der Sektenmitglieder.

"Das Fundament, Älteste."

"Exakt. Das Fundament. Das Fundament der Kultivation ist die Körperreinigung. Und dennoch habt ihr euch alle durch den Prozess gehetzt, gierig darauf, die Stufe der Energiespeicherung zu erreichen. Wie viele von euch haben sich die Zeit genommen, neue Kultivationsübungen zu erlernen? Wie viele von euch haben ihr Fundament ausgebaut, indem sie ihre Meridiane mit Meridianöffnungstechniken weiter geöffnet haben oder den Chi-Fluss verstärkt haben?", fragte die Fee Yang.

Als die Stille in der Halle anhielt, lächelte die Fee Yang triumphierend.

"Narren." Sie ließ der Stille und ihrer Verkündung Zeit, sich zu setzen, bevor sie weitersprach. "Aber zu eurem Glück ist es noch nicht zu spät. Zwar ist es nicht so effektiv, auf der Stufe der Energiespeicherung an diesen Techniken zu arbeiten, aber es gibt keinen Grund dafür, dass ihr es nicht tun könntet. Wir werden die verschiedenen Kultivationsübungen, die ihr in den Bibliotheken der inneren Sekte finden könnt, und ihre Vor- und Nachteile durchgehen. Außerdem werdet ihr lernen, wie ihr feststellen könnt, welche Art für euch am geeignetsten ist. Ich erwarte von euch allen, dass ihr mindestens eine solche Technik vor der nächsten Vorlesung aussucht."

Als die Kultivatoren ihre Pinsel zur Hand nahmen, bereit, ihre Worte niederzuschreiben, nickte die Fee Yang endlich zufrieden.

***

Vier Stunden später verzog Wu Ying das Gesicht, als er sich zurücklehnte. Glücklicherweise hatte nichts, das die Fee Yang angesprochen hatte, seine vorherigen Entscheidungen entkräftet. Immerhin waren alle Kultivationsübungen – in der Theorie – gut für einen. Jede Kultivationsübung entwickelte die Stärke eines Kultivators, genauso wie jede Übung, die dem Muskelaufbau diente.

Aber wie bei anderen Übungen auch, gab es Bereiche, in denen ein Kultivator vielleicht schwächer war und Bereiche, in denen er von Natur aus stärker war. Tatsächlich war eine große Zahl an Kultivationsübungen dadurch entstanden, dass ein unglücklicher Kultivator mit einer beachtlichen Schwäche in einem gewissen Bereich geboren worden war. Zum Beispiel war die ursprüngliche Kultivationsübung zur Meridianweitung für den dritten Sohn des Gelben Herrschers entwickelt worden, da der glücklose Junge mit extrem engen Meridianen geboren worden war. Der Sohn des Herrschers hätte es niemals geschafft, sich angemessen zu kultivieren, hätte er sie nicht geweitet – und so war eine umfassende Testprozedur mit Giften, Kräutern und Übungen zum Chi-Fluss durchgeführt worden, um die ursprüngliche Übung zur Meridianweitung zu entwickeln. Seitdem haben andere, anspruchsvollere Übungen auf diese anfängliche Forschung aufgebaut.

Es war unmöglich, alle verschiedenen Typen von Kultivationsübungen, die es gab, aufzulisten und das war auch nicht die Absicht der Fee Yang gewesen. Stattdessen hatte sie sie durch eine Reihe von Beurteilungsübungen geleitet, um ihr Kompetenzniveau in den einzelnen Bereichen zu bestimmen. Die Kultivation von Chi auf ihrem Level beinhaltete die Aspekte der Dichte, des Flusses, der Speicherung und der Eindämmung. Innerhalb all dieser Bereiche gab es unzählige, genauere Aufteilungen. Zum Beispiel bestand die

Chi-Speicherung aus der Speicherung in den unteren, oberen und mittleren Dantians sowie der Speicherung im Blut, den Knochen, den Muskeln und dem Fleisch. Obwohl die Chi-Speicherung in den oberen und mittleren Dantians nicht empfohlen wurde, gab es Kultivationsübungen, die diese Dantians ausbauten. Genau genommen waren Kultivatoren, die es geschafft hatten, alle drei Dantians zu öffnen und Chi in ihnen zu speichern, allgemein gefürchtet. Diese Individuen hatten beachtlich mehr Chi als die meisten Praktizierenden, waren aber ebenso häufig mental und emotional höchst instabil.

Nachdem die Fee Yang erläutert hatte, wie sie ihre eigenen Level in den einzelnen Bereichen feststellen konnten, und es ihnen schnell beigebracht hatte, fuhr sie damit fort, die Vielfalt der verfügbaren Kultivationsübungen zu erklären. Wu Ying fand diese wirklich faszinierend, da ihm klargeworden war, dass kein einzelner Mensch sich je all diese Kultivationsübungen erarbeiten und sie praktizieren konnte. Oder, in manchen Fällen, es nicht können sollte. Das wurde, wie Wu Ying sich erinnerte, auch durch die Beschränkung der in der Sekte verfügbaren Kultivationsübungen beeinflusst.

"In der Sekte des Sattgrünen Wassers haben wir eine beachtliche Anzahl an Kultivationsübungen zum Chi-Fluss und zur Chi-Eindämmung, es mangelt uns aber an Übungen zur Entwicklung der Chi-Dichte oder -Speicherung des Kultivators", erklärte die Fee Yang. "Zwar fehlt uns nicht vieles, aber andere Sekten haben eine ausführlichere Sammlung auf diesen Gebieten. Falls, wie es schon öfter der Fall war, ihr keine passende Kultivationsübung in unseren Bibliotheken finden könnt, solltet ihr mit euren Ältesten sprechen. Sie werden euch dabei unterstützen, eine passende Übung in verbündeten Sekten zu finden."

Danach hatte sie in groben Zügen die verschiedenen verfügbaren Kultivationsübungen aufgelistet und erläutert. Das wiederum erlaubte es Wu

Ying, ein besseres Verständnis für seine eigenen beiden Kultivationsübungen und dafür, wie er sie am besten durchführen sollte, zu entwickeln.

Im Anschluss an die Vorlesung blickte Tou He zwischen der leeren Bühne und seinem Freund hin und her. "Möchtest du die Beurteilungsübungen der Ältesten Yang trainieren?"

"Das sollte ich. Aber vielleicht überspringe ich sie für den Moment", sagte Wu Ying. "Ich habe bereits zwei Kultivaitonsübungen. Ich sollte diese besser zu Ende studieren, bevor ich nach einer dritten suche."

"Ist das nicht ineffizient?"

"Möglicherweise", stimmte Wu Ying zu. "Aber ich hatte gute Gründe, beide Übungen weiterzuverfolgen. Und diese Gründe haben sich nicht in Luft aufgelöst, nur weil sie vielleicht nicht die beste Wahl gewesen sein mögen. Ich bin überrascht, dass du nicht zuvor schon eine Übung aufgenommen hast."

"Hab bisher keinen Grund dafür gesehen", antwortete Tou He mit einem Schulterzucken. "Mein Meister hat es auch nie erwähnt."

"Har", antwortete Wu Ying mit einem leichten Lächeln. Zumindest hatte er dieses eine Mal seinem Freund etwas voraus. Das war vielleicht etwas kleinlich, aber damit konnte er leben. "Soll ich dich bei deinen Einschätzugen überwachen?"

"Ja."

"Dann los."

***

Wu Ying saß neben Tou He im Innenhof der Residenz seines Freundes und beobachtete, wie sich das kleine Bamubswäldchen hin- und herwiegte. Die Erkenntnis, dass dies das erste Mal war, dass er seinen Freund zuhause besuchte, vergnügte Wu Ying. Irgendwie hatten sie sich bisher immer auf der Straße oder bei Wu Ying zuhause getroffen. Auf den ersten Blick schienen sich Wu Yings und Tou Hes Residenz kaum zu unterscheiden, genauer betrachtet gab es aber erhebliche Unterschiede. Die Wände waren alle bespannt und gestrichen. Die Residenz war mit unzähligen und wunderschönen Kunstwerken übersät, die zur ruhigen Achtsamkeit anregte. Auch Tou He hatte eine Dienerin, aber anders als Ah Yee war sie jünger und hübscher. Der Garten, der die Residenz umgab, war gepflegt und größer, und die Ausstattung an Trainingsausrüstung auf dem Innenhof war ausgiebiger. Keine davon befand sich momentan in Gebrauch.

Wu Ying beobachtete seinen Freund, wie er meditierte, wie das Chi sich um Tou Hes Körper sammelte, während er atmete und er langsam Test für Test durchging. Leider gab es keinen Test, der die persönliche Stärke in allen Bereichen ermittelte, daher musste Tou He zahlreiche Übungen nacheinander durchführen. Viele dieser Übungen verlangten vom Kultivator, eine beachtliche Menge seines gespeicherten Chi zu erschöpfen. Ein Prozess, der immer mit Gefahren verbunden war. Danach musste Tou He sich kultivieren und sein Chi wieder auffüllen, bevor er den Vorgang wiederholte.

Während der Testphasen, so wie jetzt, richtete Wu Ying seine volle Aufmerksamkeit auf seinen Freund. Er ließ sich die warnenden Worte der Fee Yang, die sie ihnen mit auf den Weg gegeben hatte, wieder und wieder durch den Kopf gehen. Falls etwas schieflaufen sollte, war Wu Ying bereit, die nötigen Akupressurpunkte zu drücken oder Tou He eine der Seelenpillen zu verabreichen, die sie sich besorgt hatten.

Während der Phasen, in denen Tou He sich erholte und sein Chi wieder auflud, konnte Wu Ying seine Aufmerksamkeit von seinem Freund abwenden und sich seinen eigenen Kultivationsübungen zuwenden. In der

Zwischenzeit fiel Wu Ying die Auraverstärkungstechnik bereits so leicht, dass er kaum noch bewusst auf ihre Ausführung achtete. Aber nach seinen kürzlichen Unterhaltungen mit dem Ältesten Ko und der Fee Yang nahm er sich die Zeit, um die Originalfassung des Dokuments und sein eigenes Verständnis nochmals durchzugehen und seine Anwendung anhand der theoretischen Idealvorstellung zu beurteilen.

Auraverstärkungstechniken beruhten auf der Idee, die äußeren Begrenzungen der Aura eines Individuums zu stärken. Zuletzt wurde erwartet, diese Aura schrumpfen zu lassen und sie zu einem Teil seiner Haut zu machen, wodurch sie für andere unsichtbar wurde. Für den Prozess der Verstärkung musste man diese erst erspüren und dann die Membran, die Grenze zwischen der Aura eines Kultivators und der Außenwelt, langsam verstärken.

Etwas, was Wu Ying aufgefallen war, als er die Drachenschuppentechnik durchgesehen hatte, war die Art, wie beide Techniken bei der Idee der Anpassung der Membran vorgingen. Wu Ying zog Inspiration daraus und fuhr über die "Kanten" seiner Aura. Er spürte, wie sie sich in ihrer natürlichen Form veränderte und wand. Zuerst war Fühlen das einzige, was Wu Ying tat. Schließlich drückte Wu Ying mehr seines Chi an diese Stellen und "ebnete" die Beulen und gelegentlichen Risse.

Während er seine Aura glättete, spürte Wu Ying, wie sie kompakter und stärker wurde und, was genauso wichtig für die Kultivationsübung war, versteckte Schwachstellen in der Membran sichtbar wurden. Wu Ying nahm sich die Zeit, diese auszumerzen, er flickte mental die Risse, die durch weitere Schichten der Kultivation geschlossen wurden. Es war, wie Wu Ying wusste, eine Menge Arbeit mit wenigen sichtbaren Resultaten, aber es würde mit der Zeit die Signatur seines Chi und seine Aura, noch weiter reduzieren. Und wie

Wu Ying gelernt hatte, würde ihm das auch helfen, den "Verlust" zu reduzieren, den so viele andere Kultivatoren erlebten.

Die Stunden vergingen, und ihre gemeinsamen Übungen zogen sich über Tage hin. Anders als in gewöhnlichen Schulen war das plötzliche Verschwinden eines Kultivators aus seiner Klasse nichts Überraschendes. Die Erleuchtung fügte sich keinem Terminplan, daher verstanden die Lehrer das und machten Zugeständnisse. Selbst den Kultivatoren, die Aufträge zu erfüllen hatten, die ihre körperliche Anwesenheit erforderten, wurde Handlungsspielraum gelassen.

Letztendlich stand Tou He auf und streckte sich. Er erhob sich aus dem Schneidersitz und warf Wu Ying ein Lächeln zu. Nachdem sie sich gewaschen hatten, gingen sie zu dem Buffet, das für sie vorbereitet worden war, und machten sich darüber her. Erst einige Minuten später, als beide sich mit Essen vollgestopft hatten, beendeten sie das Schweigen.

"Also?", fragte Wu Ying.

"Interessante Ergebnisse."

Wu Ying hob eine Augenbraue, fragte aber nicht weiter nach. Einer der Aspekte einer Freundschaft unter Kultivatoren war das Verständnis darüber, dass es gewisse Dinge gab, nach denen man nicht fragte, besonders dann, wenn die Information nicht direkt angeboten wurde.

"Bibliothek?", fragte Wu Ying stattdessen.

"Irgendwann", sagte Tou He. Sein für gewöhnlich fröhliches Gesicht wurde von einem Stirnrunzeln gezeichnet. Als Wu Ying weiter schwieg, gab Tou He schließlich nach. "Ich muss mich entscheiden, welche Schwäche ich ausmerze. Und ob die Sekte dabei helfen kann."

"Oh", stieß Wu Ying aus. In diesem Fall war diese Schwäche etwas, auf dessen Beseitigung sich die Sekte nicht spezialisiert hatte, ganz gleich, welche Schwäche Tou He in seinem Körper gefunden hatte. Was bedeutete, dass es entweder ein Problem mit der Dichte oder mit der Speicherung gab. Das waren für einen Kultivator maßgebliche Schwächen, die mit der Zeit eine "leichte" Begrenzung für das schufen, was der Kultivator imstande war, zu tun. Bis zu einem gewissen Grad würde das ebenfalls erklären, wie Tou He sich so schnell in seiner Kultivation entwickeln konnte, da die Dichte oder das Volumen seines Dantian womöglich sehr gering war. Das war optimal für eine schnelle Entwicklung zu Beginn, aber ein Hindernis, sobald man seinen Kern formen wollte. "Danke, dass du es mir gesagt hast."

"Dir was gesagt habe?", fragte Tou He.

Wu Yings Lippen zuckten, dann schüttelte er den Kopf. "Ich weiß auch nicht."

Die zwei tauschten Blicke aus, bevor sie in Gelächter ausbrachen und auf die Überreste ihres Essens blickten.

***

Nachdem Tou Hes Arbeit erledigt war, kehrte Wu Ying in seine eigene Routine zurück. Sein Freund hatte ihm versichert, dass er mit ihm reden würde, sobald er weitere Schritte unternehmen würde. Aber für den Moment wollte Tou He trainineren, die Bibliothek durchstöbern und mit seinem Gönner sprechen. Es beruhigte Wu Ying, zu wissen, dass Tou He im Gegensatz zu ihm einen zuverlässigen Gönner hatte. Ausnahmsweise war dieser aufkeimende Anflug von Neid abgeflaut, hinweggefegt von der Feststellung, dass jeder seine eigenen Lebensumstände und Schwierigkeiten hatte. Letztendlich war der Weg der Kultivation immer mit Abhängen und Wendungen gespickt.

Die nächsten Tage über arbeitete Wu Ying an seiner neuen Kultivationsübung. Es war nicht leicht, in der Technik der Eisenverstärkten

Knochen voranzukommen, denn die Veränderungen zeigten sich nur langsam. Und sobald Wu Ying dies erkannte, war er dazu gezwungen, eine weitere Entscheidung zu fällen.

"Sollte ich meinen gesamten Körper zur selben Zeit umstrukturieren oder mich auf wenige Bereiche konzentrieren?", flüsterte Wu Ying vor sich hin.

Die Dinge wären so viel einfacher, wenn er nur wüsste, wie lange eine Umwandlung jeweils dauerte, aber bevor er sich nicht auf den Prozess festlegte, würde er keine gute Einschätzung abgeben können. Wenn Wu Ying seinen ganzen Körper gleichzeitig umformte, hätte er keine eingegrenzte Schwäche, würde aber ebenso für eine lange Zeit keine Wirkung feststellen. Einen einzelnen Knochen – oder eine Reihe von Knochen – umzuformen, bedeutete, dass er eine sichtlich verstärkte Verteidigung in einem Körperareal erlangen würde. Letzten Endes dröhnte die Warnung der Fee Yang vor der Eile in Wu Yings Kopf.

"Ich habe sowieso nichts zu tun", sagte Wu Ying zu sich selbst. Abgesehen vom Tod würde er sicher noch weitere sieben Jahrzehnte erleben, selbst wenn er sich nur auf Körperreinigungsstufe 9 befand. Was waren schon ein paar Jahre mehr für einen Körperreiniger, der an seiner Kultivation arbeitete?

Mit einem tiefen Atemzug fällte Wu Ying seine Entscheidung und schob die anderen Gedanken beiseite. Er konzentrierte sich auf die eigentliche Übung. Dann begegnete er dem nächsten Hindernis – die Struktur seiner eigenen Knochen zu erspüren. Wenn er mit den Fingern auf seine Haut drückte, konnte Wu Ying die Knochen darunter fühlen. Aber seine Knochen in seinem Körper ohne diese Berührung zu spüren? Das konnte er nicht, zumindest noch nicht jetzt.

Wu Ying fügte diese neue Übung für die nächsten Wochen zu seiner Routine hinzu. Er teilte die Zeit auf, die er normalerweise für seine Kultivation aufbrachte, um das Basislevel des Chi in seinem Körper mithilfe der neuen Übung zu erhöhen. Mit der Zeit lokalisierte und spürte Wu Ying seine Skelettstruktur, indem er das Chi durch seinen Körper lenkte und dessen Weg und wie es mit seinen Knochen interagierte, verfolgte. Er schaffte es sogar, mit dem langsamen Prozess der Reparatur der Schäden zu beginnen, die er aus seiner Routine des Übens und Kämpfens davongetragen hatte.

Es amüsierte ihn irgendwie, dass die neue Kultivationsübung die größten Früchte der Entwicklung nach den Trainingsphasen mit den Kampfkunstspezialisten trug. Die ständige Misshandlung, der sein Körper während diesen ausgesetzt war, gemeinsam mit dem Anstieg an Übungen, die er seinem Körper zumutete, lösten Mikrofraktuierungen aus. Sein Chi füllte diese Mikrofraktuierungen mit einer höheren Knochendichte als gewöhnlich auf. Wu Ying hatte den Verdacht, dass er die Technik zur Knochenstärkung schlussendlich genauso wie seine Auraverstärkungstechnik unbewusst durchführen konnte. Aber dazu musste er mindestens einen Kleineren Erfolg erreichen, wenn nicht sogar einen Wesentlichen. In Anbetracht dessen, dass der eigentliche Prozess eine Neuausrichtung seines Körpers erforderte, war es vermutlich am besten, es langsam angehen zu lassen.

***

Die Füße auseinander. Die hölzerne Übungspuppe vor ihm. Eine Hand ausgestreckt. Die zweite an seinen Rippen, komplett zurückgezogen. Einatmen. Ausatmen und schlagen, den Fuß, die Hüfte und die Schultern drehen, während der hintere Arm nach vorne gestreckt und der vordere zurückgezogen wird. In der letzten Sekunde, kurz vor dem Aufschlag, den Arm drehen, um die oberen beiden Knöchel auf eine Linie mit dem Mittelpunkt der hölzernen Puppe zu bringen. Während des ganzen Prozesses entspannt bleiben, nur am Ende anspannen, um die Wucht abzufangen, ehe man sich wieder entspannt.

Der harte Aufschlag der Faust auf Holz fuhr durch Wu Yings Arm, drang in seinen Körper und erschütterte ihn. Noch während er den verklingenden Nachhall spürte, wiederholte Wu Ying den Vorgang mit der anderen Seite. Mit zusammengekniffenen Augen holte Wu Ying erneut zum Schlag aus. Zweihundert Schläge – einhundert auf jeder Seite – waren sein tägliches Minimum. Jede Bewegung war geplant, fokussiert. Jeder Schlag wurde sorgfältig analysiert, während Wu Ying daran arbeitete, die Bewegung zu perfektionieren.

Wu Ying konzentrierte sich auf die äußerliche Drehung, auf die Struktur seines Körpers, um sicherzustellen, dass er die Bewegungen perfekt ausführte. Die Anleitung zur äußerlichen Energiegewinnung half ihm dabei. Aber Wu Ying konzentrierte sich auf etwas tiefgreifenderes. Darauf, den Fluss seines Chi zu spüren, es mit jeder Bewegung anzutreiben und es gleichzeitig zurückzuziehen. Die innere Chi-Manipulation, zusammen mit der äußerlichen Drehung, war der Kern der Bergbrechenden Faust.

Einhundert Schläge mit jeder Faust gegen das harte Palisanderholz. Nachdem Wu Ying mit der Übung fertig war, stellte er sich gerade auf und entfernte sich von der Übungspuppe, während er seine tauben und schmerzenden Fäuste ausschütttelte. Das Blut tropfte aus offenen Wunden, die durch Schläge entstanden waren, die im falschen Winkel aufgeprallt und über das Hartholz gerutscht waren und dadurch alten Schorf und Haut aufgerissen hatten.

"Danke, Ah Yee", sagte Wu Ying, als er seine verletzten Hände in den Eimer mit eiskaltem Wasser tauchte, den seine Dienerin ihm gebracht hatte. Der Schock ließ Wu Ying aufzischen, aber er zwang sich, die Hände im Eimer zu lassen und beobachtete, wie sich das klare Wasser mit seinem Blut vermischte.

"Nichts zu danken, mein Lord", antwortete Ah Yee.

"Ich bin kein Lord." Wu Ying beugte seine Finger im kalten Wasser und verzog das Gesicht, da seine neu erwachten Nerven gegen diese Misshandlung protestierten. In einer Minute würde er mit der nächsten Reihe an Formen beginnen.

"Ja, mein Lord."

Wu Ying ignorierte seine Dienerin, während er über die Bergbrechende Faust nachdachte. Je mehr er den Stil übte, desto mehr erkannte Wu Ying, dass der Älteste Ko diesen Stil mit Bedacht ausgewählt haben musste. Es war weder ein direkter Stil der inneren Energie, noch verließ sich die Bergbrechende Faust rein auf äußere Energie. Stattdessen kombinierte er beide Energieformen sowie den Fluss und die Projektion des Chi, um maximale Wirkung zu erzielen. Die Tatsache, dass der Stil auch genutzt werden konnte, ohne das Chi vollständig zu projizieren, erlaubte es Wu Ying, die Technik auszuüben, jedoch mit stark reduzierter Effektiviät.

Trotzdem.

Wu Ying atmete aus und schickte einen Puls von Chi aus einer seiner geballten Fäuste. Das eben noch stille Wasser im Eimer wirbelte herum und bebte, als die plötzliche Kraft vom Boden des Eimers abprallte. Es spritzte aus dem Eimer heraus, durchnässte Wu Yings Oberteil und ließ ihn schief lächeln. Selbst diese kleine Projektion war besser als das, was er zuvor geschafft hatte. Viel besser ...

"Wünscht Ihr ein sauberes Oberteil, mein Lord?"

Wu Ying schüttelte den Kopf. "Nein, ich muss mich danach sowieso waschen."

"Aber natürlich." Ah Yee nahm den Eimer, während Wu Ying zum freistehenden Mittelpunkt des Innenhofs ging. "Ich werde das Wasser wechseln."

"Danke sehr."

Wu Ying atmete aus und schloss seine Augen. Der nächste Punkt. Die Formen der Bergbrechenden Faust. Danach würde Wu Ying den nächsten Schritt des Long-Familienstils versuchen. Genauer gesagt wollte er versuchen, den nächsten Schritt zu kopieren. Der Schritt, zu dem sein Vater nur kleine Hinweise geben konnte, da seine eigene Kultivation nicht auf der Stufe der Energiespeicherung war. *Der Atem des Drachen.* Die Projektion von Energie durch das Jian, indem man das Schwert Teil seines Körpers werden lässt.

Danach weitere Übungen und dann würde er an seiner Technik der Eisenverstärkten Knochen feilen, um die Heilung seiner schmerzenden Hände und seines erschöpften Körpers zu unterstützen. Und all das, bevor er sein zweites Frühstück zu sich nahm und zum Unterricht ging. Wu Yings Alltag war geschäftig. Aber auf eine gute Art.

***

Und so verging Tag um Tag und Woche über Woche, während die Wintermonate anhielten. Sein Training mit dem Ältesten Hsu setzte er fort, genauso wie sein privates Kampfkunst- und Stärketraining, während ihm die Kultivationsübungen vertrauter wurden. Es war eine friedvolle Zeit auf seiner Kultivationsreise, eine Zeit, in der er sich ohne Angst und Sorgen weiterentwickelte. Eine Zeit, in der er innehalten, lernen, und sich selbst verbessern konnte.

Leider wusste Wu Ying, dass solche Zeiten immer enden mussten, wie auch der Winter.

Kapitel 9

Als Wu Ying auf dem Trainingsplatz der Kampfkunstspezialisten eintraf, war er überrascht zu sehen, dass sich dort mehr Leute als sonst aufhielten. Zu seiner weiteren Überraschung standen die Kultivatoren nicht in den Kampfringen, sondern hatten sich um den verehrten Ge versammelt.

"Was geht hier vor sich?", fragte er Tou He, nachdem er bei seinem Freund angekommen war.

"Die Nachwirkungen des Geistermonats[15]", erklärte Tou He.

"So spät?", fragte Wu Ying weiter.

Die Einhaltung des Geisterfestes der Sekte war oberflächlich und beschränkte sich darauf, alle nötigen Rituale auszuführen, anstatt die Toten tatsächlich zu ehren. Sie hatten vegetarische Speisen als Opfer dargebracht, Weihrauch und Räucherstäbchen an den Eingängen der Sekte in großen Urnen angezündet und Geistformationen errichtet. Tatsächlich war der ganze Monat so schnell vorübergezogen, dass Wu Ying ihm kaum Aufmerksamkeit geschenkt hatte, so vertieft war er in sein eigenes Training gewesen. Dennoch würden die Geister, die nicht besänftigt worden waren, nach der Schließung der Tore zur Hölle sofort Ärger verursachen, anstatt monatelang damit zu warten.

"Die Sekte handelt erst, nachdem die Anwohner ihren Teil erledigt haben", erklärte ein älterer Schüler, der zu Wu Ying und Tou He nach hinten schaute. "Immerhin ist es nicht so, als würden wir das kostenlos tun."

"Oh", sagte Wu Ying und erinnerte sich daran, dass all diese Sektenbeitragspunkte und Gelder ja irgendwo herkommen mussten. "Was machen wir also?"

---

[15] Das Geisterfest ist ein traditionelles Chinesisches Fest, das in der fünfzehnten Nacht des siebten Monats nach dem Mondkalender stattfindet. Der gesamte siebte Monat zählt als Geistermonat, in dem sich Geister und Seelen aus der Unterwelt erheben. Regeln müssen eingehalten werden, um verlorene und umherirrende Geister zu meiden.

"Unsere Aufträge erhalten", antwortete derselbe Schüler, während er geistesabwesend eine lange Haarsträhne hinter sein Ohr steckte. "Die ranghöchsten Schüler dürfen zuerst wählen. Dann hilft der ehrenwerte Ge mit der Koordination, wer wohin geht."

"Klar." Wu Ying kratzte sich am Kopf und trat einen Schritt aus der Menge zurück. Weil er genau genommen kein Kampfkunstspezialist war, war er in die ganze Angelegenheit der Auftragsverteilung nicht wirklich involviert. Andererseits waren diese Aufträge ja nicht nur für die Kampfkunstspezialisten gedacht. Sie waren nur die bevorzugten Kandidaten.

Die Kultivatoren teilten sich in ihre zugeordneten Gruppen auf, sowie sie ihre Aufträge erhielten, und verließen einer nach dem anderen den Trainingsplatz. In der Zwischenzeit wunderte sich Wu Ying, wie sie überhaupt wissen konnten, dass die Auftragsverteilung stattfand. Wurde sie jedes Jahr zu einer bestimmten Zeit durchgeführt? Oder gab es eine Kette an Dienern, die herumliefen und sich gegenseitig informierten? Vielleicht war es das, wofür die anderen Kultivatoren ihre Diener nutzten. Wu Ying war natürlich aufgefallen, dass der Auftragshalle Mitglieder der äußeren Sekte und Nicht-Kultivatoren angehörten, die sich häufig dort aufhielten und anstellten. Sicher, Ah Yee war etwas alt und hatte alle Hände voll damit zu tun, sich um seine Residenz zu kümmern. Dennoch war das eine Sache, der er nachgehen sollte.

"Wu Ying. Tou He. Seid ihr beide bereit für eine Aufgabe?", fragte Chao Kun sie, als sich der Großteil der Menge aufgelöst hatte.

"Wir?", stieß Wu Ying überrascht aus.

"Ja."

"Hast du dafür nicht andere?", fragte Wu Ying und schaute auf die anderen, die noch immer da waren.

"Ja, aber ich habe mehr Arbeit als Leute", antwortete Chao Kun. "Wenn du dich bei uns anmeldest, habe ich etwas Kontrolle darüber, wohin du gehen sollst. Anders, als wenn du zur Auftragshalle gehst."

"Heißt das, ich muss raus aus der Sekte?", fragte Tou He, der nach Norden und zu den bewaldeten Bergen blickte, die die Sekte umgaben.

"Ja. Dir gehen doch auch die Beitragspunkte aus, oder?", sagte Chao Kun.

Tou He zuckte zusammen, stimmte aber zu. Wu Ying zögerte, da er wusste, dass er den Auftrag nicht annehmen musste. Aber als er bemerkte, dass Tou He zu ihm hinübersah, konnte er nicht anders, als seine Zustimmung auszudrücken.

"Wunderbar." Chao Kun überreichte ihnen die Schriftrolle, die er hielt. "Ihr bekommt das Dorf Hongmao. Inklusive Karte. Es geht um eine kleine Gruppe hüpfender Zombies[16]. Nehmt jede Menge Reis mit."

***

"Warum konnten wir nicht den Reis unten am Berg holen?", grummelte Wu Ying, als er den Reissack zusammen mit dem Rest seiner Reiseausrüstung nach unten trug. Es ergab keinen Sinn, einen ganzen Sack den Berg hinunterzutragen, wenn es da unten buchstäblich hunderte von Säcken gab. Dass Wu Yings Ring der Aufbewahrung mit den wichtigsten Gegenständen – seinen Waffen, seinen persönlichen Kopien der Kultivationsanleitungen und Notizen für die nächste Stufe seiner Kultivationsübungen – gefüllt war, half dabei genauso wenig. Die Kultivationsübungen und die Kampfkunststile mussten selbstverständlich zurückgelassen werden. Damit war kein Platz mehr für einen großen Sack Reis.

---

[16] Ein Jiangshi ist der traditionelle Chinesische Boogeyman. Später werden weitere Details erwähnt, aber sie sind unglaublich unterhaltsame Monster.

"Papierkram", antwortete Tou He. "Sie müssen jeden Sack abrechnen, was bedeutet, dass sie auch jeden Sack da unten abrechnen müssen, der nach oben gebracht wird."

"Das weiß ich, es ist nur ..." Wu Ying schüttelte den Kopf. Sein Herz schmerzte bei dem Gedanken, dass es sich um einen der Säcke handeln könnte, die er früher in diesem Jahr nach oben gebracht hatte. "Und warum trage ich den Reis?"

"Weil ich die Zeltausrüstung trage?", hob Tou He hervor.

Wu Ying verstummte, da er dem nichts entgegenzusetzen hatte. Anstatt diese Unterhaltung fortzusetzen, lenkte er das Thema auf den eigentlichen Auftrag. "Konntest du weitere Informationen von den Dorfbewohnern beschaffen?"

Das Dorf hatte jemanden der eigenen Leute mit der erforderlichen Gebühr geschickt, um den Auftrag aufzugeben. Während Wu Ying den Reis und die restliche Zeltausrüstung besorgt hatte, hatte Tou He sich mit dem Dorfbewohner unterhalten.

"Nicht wirklich. Die hüpfenden Zombies befinden sich auf einem Friedhof. Die Dorfbewohner haben versucht, sie mit einem Kreis aus Reis in Zaum zu halten, aber dank der ständigen Regenschauer reichte das nicht aus", erläuterte Tou He. "Sie haben versucht, einige von ihnen zu bannen, aber ihr taoistischer Priester ist krank geworden und konnte nur einige wenige Talismane anfertigen."

Wu Ying knurrte und erinnerte sich an die speziellen Waffen aus Pfirsichholz, die sie aus den Lagern der Sekte besorgt hatten. Wu Ying fand es irgendwie unterhaltsam, dass die Sekte diese Waffen in der Waffenkammer aufbewahrte, die darauf warteten, gebraucht zu werden. Ganz ehrlich, wie oft brauchte man schon geschärfte Waffen aus Pfirsichholz?

"Hast du Urin bekommen?", fragte Tou He.

"Har." Wu Ying schüttelte seinen Kopf und dachte an den entsetzten Blick des Angestellten zurück, als er ihn danach gefragt hatte. Und an das noch entsetztere Gesicht des Angestellten, als der Älteste im Dienst ihm mürrisch erklärt hatte, dass diese Vorräte für größere Bedrohungen reserviert waren. "Nein. Überraschenderweise ist Hundeurin, der entsprechend aufbereitet und behandelt wurde, schwer in die Finger zu bekommen. Wie es scheint, muss der Urin von einem komplett schwarzen Hund stammen, der ihn während eines bestimmten Zeitraums eines Monats ausgeschieden hat, damit er einen angemessenen Effekt hat." Mit einem verschmitzten Grinsen fügte er hinzu: "Aber man hat mir gesagt, dass der Urin eines jungen Mannes, der noch nie eine Frau angefasst hat oder mit einer Frau intim geworden ist, auch funktionieren würde, wenn wir einen finden."

"Wirklich?", fragte Tou He ausdruckslos. "Gut zu wissen."

Die beiden rannten den Berg hinunter und legten Li über Li zurück, ehe Wu Ying es schließlich nicht mehr aushielt. "Du bist es. Du bist der junge Mann!"

"Nein. Das bin ich nicht." Der immer noch kahlköpfige Ex-Mönch wurde schneller.

Wu Ying riss die Augen auf und sein Freund war ihm ein gutes Stück voraus, bevor er den Schock abschütteln konnte. Nach dieser Verkündung brauchte Wu Ying auf jeden Fall eine Antwort. Oder noch besser, eine Geschichte.

***

Einige Tage später erreichten sie endlich das Dorf ohne jegliche Erzählung über Tou Hes skandalöses Stelldichein mit einer jungen Dame. Wu Ying fragte sich, wie viel sein Freund wohl hinter seinem freundlichen Auftreten verbarg. Immerhin war Tou He aus einem Kloster geworfen worden. Wu Ying hatte kurzzeitig sogar die Glaubhaftigkeit seiner Geschichte angezweifelt, aber der Kultivator hatte diese Zweifel verworfen. Er hatte keinen Grund, zu glauben, dass sein Freund ihn angelogen hatte und gute Gründe dafür, ihre Freundschaft nicht aufgrund irgendwelcher Zweifel zu schädigen.

Wu Ying beäugte das Dorf, als sie die Spitze des grasbedeckten Hügels erreichten, der die zentralen Wohngebiete und Läden beheimatete, aus denen dieses Bauerndorf bestand. Man hätte meinen können, Hongmao sei eine Kopie von Wu Yings Dorf, wäre da nicht die Tatsache gewesen, dass es inmitten einer Hügellandschaft lag, während Wu Yings Dorf sich auf flachem Terrain befand. Unzählige Häuser lagen auf den Hügeln und den abgestuften Feldern. Die Dorfbewohner waren draußen auf den Feldern und bewirtschafteten die Äcker, jäteten Unkraut, entleerten Klärgruben und reparierten Terrassenzäune. Wu Ying überkam eine Welle der Nostalgie, als er diese allzu bekannte Szenerie beobachtete.

Die Dorfbewohner beäugten die beiden Kultivatoren in ihren grünblauen Roben mit Vorsicht und einer Spur Erleichterung. Wu Ying konnte diese Vorsicht vollkommen verstehen. Allzu viele "echte" Kultivatoren betrachteten jene, die in ihrer Kultivation nicht aufgestiegen waren, als untergeordnete Lebewesen. Aber jetzt, da er innerhalb einer Sekte war, kam Wu Ying nicht umhin, sich zu fragen, ob das teilweise daran lag, dass Adelige auf gewöhnliche Bürger herabschauten und es nicht die Kultivatoren waren, die auf Untrainierte herabschauten.

Als sie das Dorfzentrum erreichten, tauchte der Dorfvorsteher auf. Er atmete erschöpft, da er zu ihnen gerannt war, um sie in Empfang zu nehmen.

"Grüße, ehrenwerte Kultivatoren." Der Dorfvorsteher verbeugte sich tief. "Ich bin Teoh Kah Hock[17]. Willkommen in unserem kleinen Dorf."

"Kultivator Long Wu Ying aus der Sekte des Sattgrünen Wassers."

"Kultivator Liu Tou He aus der Sekte des Sattgrünen Wassers."

Die beiden verbeugten sich gleichzeitig, als hätten sie es geplant, was Wu Ying zum Lächeln brachte, als ihm das auffiel.

"Danke für euer Kommen, Kultivatoren. Die hüpfenden Zombies haben uns große Schwierigkeiten bereitet", sagte Kah Hock.

"Aber nicht doch." Wu Ying folgte dem Dorfältesten, als sie ins Dorf gingen. "Habt ihr nicht versucht, sie tagsüber zu jagen?"

"Das haben wir, verehrter Kultivator. Die Jiangshi mögen im Sonnenlicht zwar schwächer sein, aber sie sind trotz allem nicht schwach. Und es waren bereits zu viele, als wir sie entdeckt haben", erklärte Kah Hock.

"Zu viele?", fragte Wu Ying.

"Ja. Der Friedhof, auf dem sie hausen, ist etwas älter. Bereits vor Jahrzehnten hat unser Dorf ihn aufgegeben. Wir haben nicht bemerkt, dass er nicht länger geweiht wird, bis, nun ja, bis jetzt", sagte Kah Hock und zog eine Grimasse. "Der taoistische Priester, den wir angeheuert haben, um den Boden zu weihen und die Geister zu besänftigen, als wir davon erfahren haben, wurde durch den Überfluss an Yin-Chi verletzt und krank. Er sagt, er wird zurückgehen, sobald er geräumt wurde."

Tou He nickte freundlich und schaute sich in dem ruhigen Dorfzentrum um. Wu Ying folgte seinem Blick und erspähte eine Gruppe älterer Leute und ein paar Kinder, die in einer Ecke des Dorfplatzes saßen und lagen und die Sonnenstrahlen absorbierten. Sie alle waren ungewöhnlich blass und viel

---

[17] Eine kleine Notiz am Rande: Obwohl ich traditionelle chinesische Nachnamen verwende, ignoriere ich dabei Klanzugehörigkeiten und geografische Lagen, da das hier eine Fantasiewelt ist. Außerdem würde es für uns alle umso verwirrender werden, wenn jeder dieselben paar Nachnamen hätte.

zu träge, ganz besonders die Kinder. Wu Ying erweiterte seine Sinne, tastete nach ihnen und runzelte die Stirn, als er den fehlenden Druck ihrer Auren, das Fehlen von lebenswichtigem Chi in ihren Körpern, spürte.

"Sie sind Opfer der Jiangshi", erklärte Kah Hock, als er die Blicke der beiden sah. "Diejenigen, die überlebt haben."

"Ich verstehe", sagte Wu Ying, dessen Entschlossenheit wuchs. Diese dreifach verdammten ruhelosen Geister.

"Es ist zu spät, um heute Abend zum Friedhof zu gehen", bemerkte Kah Hock. "Wenn unsere verehrten Gäste unsere bescheidene Gastfreundschaft entgegennehmen würden, werden wir euch morgen den Friedhof zeigen. Wir würden euch heute Abend um euren Beistand bitten, falls sie durchbrechen, allerdings sollten die Formationen des Priesters standhalten."

Die beiden stimmten Kah Hocks Vorschlag schnell zu und stellten ihr Gepäck in den Gästeräumen ab, die sich in Kah Hocks Heim befanden. Als größtes Gebäude im Dorf war es ebenfalls das einzige Gebäude, das genug freien Platz bot, um die beiden angemessen unterzubringen. Wu Ying nutzte die Gelegenheit, um den Gestank seiner übermäßigen Kultivation abzuwaschen, während er Tou He zurückließ, der weiter ihre Sachen auspackte. Sobald sie fertig waren, verließen beide ihr Zimmer, um das kleine Gebäude zu erkunden.

Zu ihrer Überraschung fanden sie einen stillen, taoistischen Priester im inneren Hof vor, der im Schneidersitz meditierte. Genau wie die anderen Opfer war auch der bärtige Priester unnatürlich bleich und tat sein Bestes, um die Yang-Energie aus der Sonne aufzusaugen. Doch anders als die anderen Opfer hatte er zusätzlich physische Verletzungen entlang seiner Arme davongetragen und seine Schulter war blutunterlaufen und bandagiert.

Tou He knuffte Wu Ying, nickte Richtung Ausgang, und die beiden schlichen nach draußen. Sie sollten ihn besser in Ruhe heilen lassen.

Während der nächsten Stunden, bis zum Ende des Tages, gingen sie mit den Waffen aus Pfirsichholz, die sie bei sich trugen, durch das Dorf und begutachteten die aufgestellten Verteidigungsmaßnahmen.

***

Wu Ying und Tou He saßen sich später in dieser Nacht im von einer Lampe erhellten Hof gegenüber. Der Priester hatte den Hof verlassen, als die Sonne untergegangen war. Er hatte einige grüßende und warnende Worte an sie gerichtet, bevor er sich zur Ruhe gelegt hatte. Der Dorfvorsteher Teoh empfahl sich, nachdem er ihnen etwas zu Abendessen angeboten hatte. Ein Indiz darauf, dass er nach dem Rest des Dorfes schauen musste.

"Das ist wirklich sehr gut", sagte Tou He, der das schlichte Brötchen hochhielt, das aus Reispapier bestand, welches mit frischem Schnittlauch, Bohnensprossen, Zwiebeln und mariniertem Schwein gefüllt war. "Nicht genug Fleisch, aber ziemlich lecker."

"Du und dein Fleisch", sagte Wu Ying und verdrehte die Augen.

Tou He grinste reuelos. "Was denkst du?"

"Worüber?"

"Den Auftrag."

"Hier sind mehr hüpfende Zombies, als wir erwartet hatten", antwortete Wu Ying.

Ursprünglich hätten es sechs sein sollen. Zu viel für den taoistischen Priester allein, aber für zwei erfahrene Kultivatoren machbar. Selbst wenn sich keiner von ihnen auf der Stufe der Energiespeicherung befand. Den Unterhaltungen mit den wenigen Dorfbewohnern zufolge schien es, als läge diese anfängliche Schätzung weit daneben. Es gab mindestens ein Dutzend dieser Monster, eine Zahl, die mindestens einen weiteren Kultivator verlangte. Wenn nicht zwei.

"Können wir es schaffen?"

Wu Ying dachte über die Frage nach. "Nicht, wenn wir gegen sie alle kämpfen."

"Also?"

"Wir jagen. Heute Nacht", sagte Wu Ying, der seine Sorgen verdrängte. "Wenn wir sie einzeln erwischen, sollte es klappen."

"Werden sie denn einzeln unterwegs sein?", fragte Tou He, während er den Rest seines Brötchens aß.

Wu Ying zuckte mit den Schultern. Es war das erste Mal, dass er es mit so vielen hüpfenden Zombies zu tun hatte. Es gab viele Gründe, warum diese Zombies entstanden. Böse Nekromanten erweckten sie, um Dörfer für Geld zu terrorisieren, während andere aus Leichen entstanden, die nicht ausreichend gesegnet worden waren. In diesem Fall hatten sich verirrte Geister entschlossen, nicht in die Hölle zurückzukehren, und hatten verwesende Leichen besessen. In Wu Yings Dorf hatte es nur einen Zwischenfall mit diesen Monstern gegeben, und in ihrem Fall war nur ein Leichnam betroffen gewesen.

"Nun, die Sonne ist untergegangen", bemerkte Tou He und schaute in die Dunkelheit, bevor er ein weiteres Reisbrötchen und seinen neuen Stab aufnahm. "Sollen wir?"

***

Wu Ying runzelte die Stirn, als sie sich durch den inneren Bereich des Dorfes bewegten. Im Dorfzentrum hörte er das angsterfüllte Flüstern der Dorfbewohner und sah die gleißenden Lichter, welche die Dorfbewohner entfacht hatten, um ein bisschen Sicherheit und Beleuchtung zu schaffen. Aber an den Rändern des Dorfes, wo die Trigramme die Anfänge der Geistformationen markierten, empfand Wu Ying das flackernde Licht als störend. Zum Leidwesen ihrer Nachtsicht mussten die beiden wegen der verschlungenen Pfade oft zum Dorfzentrum zurückkehren.

"Kannst du etwas sehen?", fragte Wu Ying, dessen Stimme kaum mehr als ein Flüstern war. Er flüsterte aber nicht, da sonst seine Stimme zu hören wäre.

"Ein bisschen", antwortete Tou He, dessen Augen beharrlich auf den Bereich außerhalb des Dorfes fixiert waren.

Noch bevor Wu Ying sprechen konnte, durchdrang ein tiefer Summlaut die Luft. Sie machten sich sofort auf, denn sie wussten, dass der Laut von der Geistformation kam, die aktiviert wurde. Innerhalb von Sekunden rannten sie zurück und liefen über die Straßen zurück zur Hauptstraße und in das grelle Licht des Lagerfeuers, bevor sie auf den Pfad wechselten, der zum Geräusch führte.

Als die beiden ankamen, waren die einzigen Anzeichen auf die kürzliche Anwesenheit des hüpfenden Zombies die zwei Fußspuren auf dem weichen Boden. Ein kleines Stück entfernt vom ersten Paar erblickten die Kultivatoren ein weiteres Paar Fußspuren, die darauf hinwiesen, dass der Zombie sich vom Dorf entfernt hatte. Alle weiteren Fußspuren verloren sich in der tiefen Dunkelheit der Nacht.

Wu Ying fauchte frustriert und schaute auf den weitestgehend verschwundenen, abnehmenden Mond. Das war der dritte Versuch, die Formation zu durchbrechen, zu dem sie zu spät kamen. Dass sie zwischen Gebäuden hin und her gehen mussten und gezwungen waren, auf das Lagerfeuer im Dorf zu starren, bedeutete, dass die Zombies bereits verschwunden waren, sobald sie den Tatort erreicht hatten. Wenn sie so weitermachten wie bisher, konnten sie genauso gut zum Haus des Dorfvorstehers zurückgehen und sich schlafen legen.

Dort, wo die Formation kürzlich auf die Probe gestellt worden war, konnte Wu Ying erkennen, dass die Formation abgenutzt war. Sie würde wahrscheinlich heute Nacht und vielleicht einige weitere Tage standhalten, aber nicht ewig halten.

"Sollen wir versuchen, ihm nachzugehen?", fragte Tou He und zeigte in Richtung der Fußspuren.

Wenn sie lange genug dort stehenblieben, würde ihre Nachtsicht wieder besser werden. Und es gab genug Licht vom Mond und den Sternen, sodass sie den Spuren folgen konnten, sobald sie diese vollständig zurückerlangt hatten.

"Das ist gewagt", betonte Wu Ying. Er zögerte, schaute zu seinem Freund, der seinen Blick gelassen erwiderte, und zuckte mit den Schultern. "Wir rennen zurück zur Formation, wenn wir auf mehr als zwei Zombies treffen."

Sie könnten vermutlich mit mehr als zwei fertig werden, aber sie konnten sich nicht sicher sein, wie schnell Verstärkung eintreffen würde. Je einen pro Person konnten sie sicher überwältigen.

"Geh du voraus."

***

Kalt. Wu Ying zitterte sofort, nachdem sie die Formation hinter sich gelassen hatten. Das Schwert aus Pfirsichholz hielt er in der Hand. Als er seine Sinne erweiterte, spürte Wu Ying, wie die Yang-Energie der Umgebung ausgelaugt und mit dem Yin der Zombies ausgetauscht worden war. Da sie Monster waren, die durch den Verzehr des Yang-Chi anderer Lebewesen existierten, verströmten sie auch ihr eigenes Yin-Chi. Ein hüpfender Zombie, der sich nicht oft genug nährte, verweste und würde letztendlich seine Leichengestalt verlieren, da er zerfiel. Zu diesem Zeitpunkt würde ein Geist, der stark genug war, von einem anderen Leichnam Besitz ergreifen. Alle anderen Geister würden sich verflüchtigen und ihren Halt in dieser Ebene verlieren.

All das bedeutete, dass ein Kultivator, der besonders sensibel dafür war, die Monster anhand dessen aufspüren konnte, wie sie das Yang-Chi aus ihrer Umgebung aufsogen. Unglücklicherweise hatte Wu Ying dieses Level an Expertise noch nicht erreicht, was er nun bereute.

"Kannst du sie aufspüren?", fragte Wu Ying.

Anstatt zu antworten, zeigte Tou He auf die Fußspuren im weichen Boden, woraufhin Wu Ying schnaubte. Immerhin hatte er so seine Antwort bekommen. Ein Auge auf die Fußspuren gerichtet, das andere auf die Umgebung, gingen sie weiter in die Dunkelheit und den Hügel hinunter.

Wu Ying versuchte, seine Atmung gleichmäßig und langsam zu halten. Er sog die kalte Nachtluft rhythmisch in seine Lungen, während er nach den Jiangshi lauschte. Alles, was der Kultivator hören konnte, war das Knistern des Feuers in der Ferne und die gelegentlichen, erhobenen Stimmen spielender Kinder, die die Sorgen ihrer Eltern ignorierten. Nachdem sie wochenlang in Angst vor den Zombies gelebt hatten, hatten sich die Kinder daran gewöhnt und ließen sich nicht unterkriegen. Naja, zumindest die, deren Energie nicht ausgesaugt worden war.

Die Fußspuren verdoppelten sich. Ein Schaudern fuhr durch Wu Ying, als er die neuen Fußspuren entdeckte. Die Haare an seinem Körper stellten sich auf, als ein Gefühl der Furcht ihn durchströmte, bevor Wu Ying den Kopf schüttelte und Tou He bedeutete, weiterzugehen. Es war egal, wie er sich fühlte. Sie hatten noch immer eine Aufgabe zu erledigen.

Die Fußspuren führten in Richtung einer kleinen Mauer, die zwei Felder voneinander abgrenzte. Als sie sich ihr näherten, brachte sie ein Geräusch vor ihnen zum Stocken. Als sie in die Dunkelheit spähten, hüpften die beiden Jiangshi, denen sie gefolgt waren, den Hügel hinauf. Sie näherten sich einer Stelle in der Wand, an der sich ein Loch befand.

Zum ersten Mal standen die Kultivatoren den Monstern gegenüber, auf die sie Jagd machten. Lange, klauenartige Fingernägel, die vor Verwesung schwarz waren, an Armen, die steif nach vorne gestreckt waren. Mit geschlossenen Füßen starrten die verwesenden Leichen die beiden Kultivatoren an. Das Gesicht eines Monsters war so zerfallen, dass sein Kiefer schräg herunter hing und eine lange Zunge sowie grünlich-weiße Haut offenbarte. In die verzierten, zerlumpten Roben gekleidet, in die sie für ihre Beerdigung gesteckt wurden, hüpften die Monster mucksmäuschenstill voran.

Wu Ying stieß ein Zischen aus und erhob sein Schwert. Er war so fokussiert auf die Zombies vor sich, dass er erschrak, als Tou He sprach.

"Auf der rechten Seite."

Wu Ying blickte schnell in die Richtung und weitete die Augen, als zwei weitere Zombies auftauchten. "Scheiße. Wegrennen auf drei?"

"Rennen wir einfach", antwortete Tou He und duckte sich tiefer, während er den Stab vor sich hielt.

Die zwei drehten sich instinktiv gleichzeitig um und stürmten in die Richtung zurück, aus der sie gekommen waren. Zunächst rannten sie Schulter an Schulter, aber Wu Ying ließ schon bald seinen Freund hinter sich zurück. Während er darüber nachdachte, langsamer zu werden, hüpfte eine weitere Gestalt in sein Sichtfeld.

Wu Ying hob knurrend die Spitze seines Schwertes und stürzte voran, um seinen gesamten Körper zu einem einzelnen Vorstoß nach vorne zu drücken. *Die Wahrheit des Schwertes* erwischte den Jiangshi, als dieser gerade landete, und die Klinge glitt zwischen die erhobenen Arme des Monsters und in sein Herz. Das Monster zuckte mit ruckartigen Bewegungen, da die steifen Gliedmaßen sich weigerten, sich zu beugen, und seine Finger zerkratzten Wu Yings Arm und den oberen Teil seines Kopfes. Wu Ying ließ sich nach vorne fallen, drehte sich und trat nach ihm, sodass der Zombie von seinem Jian gestoßen wurde. Der Zombie zuckte am Boden, bevor er erschlaffte und das von ihm angesammelte Chi sich zerstreute, da sein Herz zerschlagen worden war.

Wu Ying drehte sich auf das Wummern eines Stabs auf Fleisch hin um, das Schwert in der Verteidigung vor seinem Körper erhoben. Zum Glück, denn so wurde ein taumelnder Jiangshi abgewehrt, dessen greifende Arme durch die hochfahrende Klinge zur Seite geschlagen wurden. Instinktiv ließ Wu Ying eine Reihe Schnitte auf ihn niederprasseln, während er zurückwich. Sein Blick wich von dem Monster ab, um seinen Freund zu suchen, während er sich nach hinten bewegte.

Aus irgendeinem Grund befand sich Tou He ein Stück von Wu Ying entfernt und war in einen verzweifelten Kampf mit drei der Zombies verwickelt. Sein Stab verschwamm, während er eine Defensive bildete, die die nach ihm greifenden Arme zur Seite schlug. Jeder stumpfe Schlag hinterließ zischend brennende Wunden auf dem grün-weißen Fleisch der Zombies. Tou Hes Stil, der Standhafte Berg, war ein Stab-Stil, der sich in der Verteidigung hervortat. Dennoch waren drei Jiangshi mehr, als er bewältigen konnte.

"Wu Ying!", rief Tou He, als er sich zurückfallen ließ. Sein Stab verschwamm weiter, während er ausholte und sich zurückzog, um nicht umzingelt zu werden.

"Hún dàn!", knurrte Wu Ying, als der Zombie, gegen den er kämpfte, wieder nach vorne hüpfte. Er blinzelte das Blut beiseite, das sich über seinem Auge zu sammeln begann, und entschied sich dazu, das Risiko einzugehen.

Der *reckende Drache* beförderte Wu Ying unter die Arme des Zombies, während er *Die Türschwelle von Ungeziefer befreien* nutzte, um gegen die Beine des Zombies zu schlagen. Während Wu Ying sich erhob, konzentrierte er sich auf seine freie Hand und zog sein Chi und die Verteidigung seines Schwertes heran, um sich die nötige Zeit zu verschaffen, den Angriff vorzubereiten.

Ein plötzliches Brüllen drang aus Wu Yings Brust, als er sich auf seinen Angriff fokussierte. Die Angriffe des Stils der Bergbrechenden Faust hatten keine Namen, sondern waren nummeriert. Die erste Faust begann über seiner tiefsten freien Rippe und wurde vollkommen zugeschnürt, bevor sie mit vernichtender Kraft durch die synchrone und abgestimmte Bewegung von Fuß, Hüfte und Faust losgelassen wurde. Der Schlag traf den Jiangshi direkt über dessen Solarplexus, brach sein Sternum und stieß das Monster von Wu Ying weg. Der Angriff hatte jedoch seinen Preis, denn Wu Ying wankte für einen Moment aufgrund des plötzlichen Ausstoßes von Chi.

Ein erstickter Schrei und ein dumpfer Schlag rissen Wu Yings Aufmerksamkeit zurück in die Gegenwart, während er sich zu seinem belagerten Freund umdrehte. Der am Boden liegende Tou He rang damit, einen hüpfenden Zombie von seinem Gesicht fernzuhalten, während die anderen beiden ihre Hände ausgestreckt hatten. Eine Energiewolke floss von ihm in die erwartungsvollen Hände der Zombies.

Wu Ying rannte mit gefletschten Zähnen los, während sein Chi in seinem Dantian wütete und durch seine Meridiane strömte. Während Wu Ying die ineinander verwickelte Gruppe analysierte, plante er sein Vorgehen. Mit einer schnellen Bewegung steckte er sein Schwert weg, bevor er sich nach vorne warf. Der Angriff erwischte den Jiangshi, der links von Tou He stand, die beiden kullerten davon und rissen einen der anderen Zombies von den Füßen. Noch bevor sie zum Stehen kamen, rang Wu Ying mit einem kleinen Beutel Reis in der Hand darum, über die beiden Zombies zu kommen.

Mit einer Handbewegung rieselte der Reis zwischen den Monstern und ihm hindurch zu Boden. Wu Ying sprang zurück und bewegte sich von den Kreaturen weg, deren Blicke gewaltsam zu den verschütteten Reiskörnern wanderten. Als der übernatürliche Fluch, die verstreuten Körner zu zählen, zu wirken begann, huschten die Augen der Zombies von Korn zu Korn. Solange sie nicht bedroht wurden, würde das die Jiangshi aufhalten.

Wu Ying, der sich schnell zurückzog, schaute sich nach dem dritten Monster um und erblickte es am Boden. Sein Hals war verdreht und der Schädel eingeschlagen. Tou He stand neben dem Körper am Boden. Sein Gesicht war bleich und er atmete tief ein. Wu Ying hörte in der Ferne das dumpfe Geräusch zweier Füße, die auf dem Boden landeten.

Wu Ying griff nach dem Arm seines Freundes und zog ihn hinter sich her, warf zuvor jedoch einen weiteren Beutel Reis hinter sich. Er fluchte leise, während sie zurück auf den Hügel taumelten und angsterfüllt um sich schauten. Wenn sie daran gedacht hätten, den Reis früher einzusetzen, hätten sie die Verletzungen vermeiden können.

Man lernt nie aus.

Kapitel 10

"Töricht", murmelte die alte Medizinfrau des Dorfes, als sie die Wunden an Wu Yings Kopf verband.

Die scharfen Klauen der Jiangshi hatten seine Kopfhaut verletzt und Wunden verursacht, die zuerst unter Schmerzen mit Weihwasser gesäubert werden mussten, bevor sie verbunden werden konnten. Die Schnitte über seinen Schultern und Armen waren zwar schlimm, aber nicht tief und hatten keine Muskeln verletzt. Sie würden Wu Ying nicht von der bevorstehenden Säuberung abhalten.

"Zu diesem Zeitpunkt schien es eine gute Idee zu sein", sagte Wu Ying.

Die ältere Frau starrte Wu Ying an, der seinen Kopf einzog. Das Alter siegte über den Rang.

Dennoch fügte Wu Ying hinzu: "Wir haben es geschafft, zwei der Jiangshi zu zerstören."

"Oh, wenn das so ist, gute Arbeit, großer Kultivator", antwortete die Medizinfrau, während sie aufstand und ihre Hände wusch. Sie drehte sich von Wu Ying weg, der ihr hinterherschaute und abwägte, ob sie es ernst oder sarkastisch meinte.

"Wie geht es dir, Tou He?", fragte Wu Ying.

Da Tou He schwerer verletzt war, hatte man ihn zuerst behandelt. Seine Behandlung war jedoch relativ schnell erledigt gewesen, da der Großteil seiner Verletzungen sein Chi betraf.

"Gut genug", antwortete Tou He. "Bis zum Morgengrauen habe ich mein Chi wieder aufgefüllt."

"Wirst du es ohne Schlaf aushalten?", fragte Wu Ying weiter.

"Das muss ich wohl, oder?", entgegnete Tou He mit einem Stirnrunzeln. "Sie sind zahlreich. Wenn wir sie spätestens morgen – heute – nicht dezimieren, wird die Formation nicht standhalten."

"In diesem Fall werde ich mich ausruhen."

Tou He nickte, ehe er seine Augen wieder schloss und sich zurück in die Kultivation begab. Morgen würde es interessant werden.

***

"Du siehst etwas blass aus", bemerkte Wu Ying. "Beinahe ausgelaugt."

"Nein."

"Ich versuche, dich zu motivieren. Wir haben heute einiges zu erledigen."

"Hör auf damit."

"Entschuldigung, tut mir leid. Ich habe dich noch nie so erschöpft gesehen", antwortete Wu Ying und duckte sich weg, als der Stab in Richtung seines Kopfes flog. Es war ein Leichtes, dem Schlag auszuweichen, denn dem Angriff fehlte es an Entschlossenheit. "Gut, gut, ich höre auf."

"Gut." Der ehemalige Mönch stapfte weiter, aber wie Wu Ying erwähnt hatte, war er weniger lebhaft und noch bleicher als gestern. Ganz gleich, ob er wieder zu Kräften gekommen war oder nicht, schienen ihm die Auswirkungen des Ausgelaugtseins zu schaffen zu machen.

Wu Ying, dem es nicht länger erlaubt war, seinen Freund zu necken, packte eines der in Blätter gewickelten Reisbrötchen aus, die man ihnen als Proviant mitgegeben hatte, und folgte ihrem Fremdenführer. Der Junge, der noch zu jung war, um auf den Feldern nützlich zu sein, aber alt genug, um Befehlen – wie zum Beispiel "renn weg und folge den Kultivatoren nicht auf den Friedhof" – zu folgen, ging den beiden Kultivatoren voraus.

Der Friedhof befand sich gute drei Stunden vom Dorf entfernt. Solch eine Distanz ließ die nächtliche Reise der Zombies bemerkenswert erscheinen, da sie vor Einbruch der Dämmerung zurückkehren mussten. Natürlich, grübelte Wu Ying, während er das paar Fußspuren beäugte, mussten sich die Monster nicht erholen oder zu Atem kommen. Tatsächlich war es zweifelhaft, dass die Jiangshi irgendwelche bemerkenswerten kognitiven Fähigkeiten außer ihrem unstillbaren Hunger hatten.

Oh, die Jiangshi konnten sehr wohl einen Hinterhalt planen, wie sie gestern Nacht nur zu gut bewiesen hatten. Aber das war nicht zwangsläufig ein Anzeichen höherer Intelligenz. Wölfe taten dasselbe. Ebenso wie bestimmte Spezies von Dämonen. Dennoch konnte er nicht anders, als zusammenzuzucken, als sie einen weiteren Hügel erklommen und Wu Ying seinen ersten Blick auf den Friedhof erhaschte. Es war ein altmodischer Friedhof, um den sich seit Jahrzehnten niemand mehr gekümmert hatte. Bäume wuchsen wild über den Friedhof zwischen den Gräbern aus Stein, die in den steilen Hügel eingelassen waren. Jedes Grab war ordentlich neben und über anderen Gräbern platziert, was den Toten eine malerische Aussicht auf ihre Umgebung bescherte, während sie in ihren Steingräbern ruhten. Selbstredend waren die Grabsteine nun eingerissen und zerbrochen. Ihre einstigen Insassen hatten sich während der Nacht befreit, um Chaos unter den Lebenden anzurichten, bevor die Zombies zurückkamen, um sich tagsüber wieder zur Ruhe zu legen.

"Tou He."

"Ja?"

"Wie kommen wir an sie heran?", fragte Wu Ying mit einem Blick auf die aufgebrochenen Gräber. Er freute sich nicht gerade darauf, da hineinzuklettern, um gegen einen Jiangshi zu kämpfen.

"Ich hatte gehofft, du hättest einen Plan", antwortete Tou He.

"Ich erkenne so langsam ein Muster in unserer Freundschaft", bemerkte Wu Ying, bevor er sich ihrem Führer zuwandte und dem Jungen auf die Schulter klopfte. "Zeit für dich, zu gehen. Wir haben das im Griff."

Der Junge brauchte keine weitere Aufforderung und lief weg. Nach einigen Schritten hielt das Kind mit einem Blick auf die geschätzten

Kultivatoren inne, in dem plötzliche Angst zu liegen schien, die verehrten Gäste ohne zu Zögern sich selbst zu überlassen. Als er jedoch zurückschaute, gingen Wu Ying und Tou He bereits den Hügel hinunter. Sie tauschten verschiedene Möglichkeiten aus, wie sie in die Gräber einbrechen konnten.

"Eine Fackel wäre das Beste", meinte Tou He.

"Außer man kommt nicht an den Jiangshi ran. Abgesehen davon, dass wir genügend Öl und Lumpen finden müssten, um eine Fackel zu entzünden", bemerkte Wu Ying. "Wir haben einige Spiegel mitgebracht. Wenn wir das Licht richtig brechen können, könnten wir hineinsehen und sie heraustreiben."

"Dafür scheint die Sonne nicht stark genug."

"Woher weißt du das?"

"Nun ja ... eine Fackel wäre besser."

Wu Ying schnaubte, aber letzten Endes wurden sie sich einig. Nach einer Stunde Arbeit waren sie bereit. Wu Ying hatte ihre Vorratstasche ausgepackt und einen Kreis aus Reis ausgelegt. Das sollte genügen, um einen umherirrenden Jiangshi für eine Weile davon abzuhalten, in den Kreis zu gehen. Im Inneren des Kreises hatte Wu Ying ihre Vorräte ausgebreitet, inklusive der Spiegel, die er in Richtung eines nahegelegenen, offenen Grabes ausgerichtet hatte. Keines der Gräber war vollständig aufgebrochen, daher wusste Wu Ying, dass einer von ihnen den behindernden Stein zur Seite bewegen musste, damit ihr Plan aufging.

In der Zwischenzeit war Tou He über die Lichtung gegangen, hatte trockenes Laub geharkt und überwiegend trockene Äste gesammelt. Er hatte es geschafft, einen großen Haufen in der Nähe des Reiskreises anzusammeln und entfachte ein Feuer.

Wu Ying vergewisserte sich, dass das Feuer anbleiben würde, ehe er seinen Freund anspornte. "Ich bin soweit."

"Das Feuer braucht noch mehr Pflege", sagte Tou He.

"Wirf einige größere Holzblöcke hinein. Lass es sich selbst anheizen. Ich werde dieses Grab öffnen und möchte, dass du auf der Hut bist", verkündete Wu Ying.

Tou He verzog das Gesicht, kam Wu Yings Bitte aber nach und stand Wache, während Wu Ying den Spiegel zum Eingang und den blockierenden Steinen ausrichtete. Wu Ying duckte sich tief und behielt das Grab im Auge. Er musste über seine eigene Dummheit lachen. Natürlich war es einfach, zu erkennen, in welchen Gräbern die Monster sich aufhielten. Die Jiangshi waren nicht in der Lage, schwierige Manöver auszuführen. Wegen ihrer verwesenden Körper und ihrem Mangel an Geschicklichkeit waren die Monster nicht einmal in der Lage, sich anständig fortzubewegen.

Der Stein, der aufgestellt war, um dieses Grab vor dem Sonnenlicht zu schützen, sah so aus, als wäre er von einigen Jiangshi unter größten Mühen bewegt worden. Die Fußabdrücke und Kratzspuren um jedes Grab waren Beweis genug dafür. Dennoch, Wu Ying fragte sich, wie schlau sie sein mussten, um zusammenzuarbeiten und sich vor dem Sonnenlicht zu schützen. Vielleicht zollte er ihrer Intelligenz nicht genügend Anerkennung.

"Probleme?", rief Tou He.

"Ich schaue mir nur die Risse an", antwortete Wu Ying.

Er nahm eine andere Haltung ein, ging tief in die Hocke und ergriff den Stein. Wu Ying nahm einen tiefen Atemzug, legte seine Hände auf den zerbrochenen Stein und zog. Der leere Raum im Grab kam zum Vorschein. Das Grab war direkt in den Hügel und abgewinkelt nach unten gegraben worden, sodass der Sarg über den Steinboden hineingeschoben werden konnte. Das Sonnenlicht strömte sowohl vom Spiegel als auch aus dem Himmel herab in es hinein und offenbarten die zertrümmerten Überreste des Sarges und die aufgerissenen, beschuhten Füße des hüpfenden Zombies.

Der Jiangshi zog die Füße an im Versuch, sie aus dem Sonnenlicht zu ziehen. Wu Ying winkte seinen Freund zurück, während er den Stein zur Seite fallen ließ und zum Spiegel zurückrannte, um den Winkel anzupassen. Als das Sonnenlicht auf die empfindliche Leiche traf, drehte und wand sie sich. Sie blieb noch immer still. Als sie auf dem engen Raum im Grab keinen Ausweg fand, gab es der Jiangshi endlich auf, sich verstecken zu wollen, und kam aus dem Grab heraus. Unter dem Einfluss des Sonnenlichts verlor er noch weiter an Flexibilität. Das Yang-Chi, das er gesammelt hatte, verdampfte aus seinem Körper, während seine Haut noch fahler wurde.

Der eigentliche Kampf war enttäuschend, da die steifen Bewegungen des Monsters und sein gezwungener Austritt aus dem Grab es gegen Tou Hes Stab verwundbar machten. Nach einer kurzen Knüppelei lag der nun wirklich tote Körper am Boden, während sich der befreite Geist unter dem gleißenden Sonnenlicht verflüchtigte.

"Das war einfach", bemerkte Wu Ying.

"Ziemlich", stimmte Tou He zu, der traurig zu seinem Feuer schaute. Es schien, dass sie sich wie üblich zu viele Gedanken machten. "Als nächstes das Feuer?"

"Lass uns versuchen, es erst zu öffnen. Du bist dran", sagte Wu Ying.

Tou He rümpfte die Nase, stimmte aber zu.

Während der nächsten Stunde bewegten sie sich über den Friedhof und öffneten Gräber, um die Monster darin anzugreifen. Als sie sich aber auf das zwölfte Grab zubewegten, spürte Wu Ying, wie ein beklommener Schauer ihn überkam.

"Ärger im Anmarsch", sagte Wu Ying nur einige Momente, bevor er die dampfenden und bratenden hüpfenden Zombies erspähte. Als Wu Ying sich umdrehte, bemerkte er, dass die Jiangshi sie umzingelt hatten, während sie damit beschäftigt gewesen waren, das letzte Grab freizuräumen.

"Sechs, sieben, acht", zählte Tou He ihre Gegner mit besorgt zusammengekniffenen Augen, während die hüpfenden Zombies näherkamen. Mit einer Hand wirbelte er den Stab herum, während der Ex-Mönch ihre Gegner im Auge behielt.

"Aber sie sind langsamer. Und kochen", bemerkte Wu Ying. "Wir können das schaffen." Tou He zögerte und Wu Ying grinste. Er hatte eine Idee. "Wer die meisten erledigt, bekommt ein Abendessen spendiert. Mit so viel Fleisch, wie er möchte."

"Von Dämonenbestien?"

"Klar", sagte Wu Ying.

Kaum hatte er zugestimmt, rannte Tou He auch schon los. Sein Stab kreiste bereits.

"Schummler!"

Wu Ying rannte ebenfalls los, um nicht übertrumpft zu werden. Seine anfängliche Heiterkeit verflog, als der Kultivator Ernst machte. So langsam die Monster auch waren, waren sie mit ihrer übernatürlichen Stärke und Fähigkeit, Chi auszusaugen, noch immer gefährlich. Als Wu Ying ihnen näherkam, spürte er eine Berührung auf seiner Aura. Es war, als versuchte irgendetwas, sie zu durchdringen. Etwas zog an der Membran, die er mühsam aufgebaut hatte. Er zog seine Aura reflexartig enger, überrascht darüber, dass die Chi-Absaugung der Jiangshi so stark war. Eine Frage ihrer Anzahl oder ein größerer Sog aufgrund ihres Chi-Mangels?

Letztendlich konnte Wu Ying das nicht beurteilen, noch war es relevant. Da sich die am nächsten stehenden Monster nur einen Schwertstoß entfernt befanden, warf Wu Ying sich auf sie. Dieses Mal führte er keinen vollständigen Vorstoß aus, sondern nutzte *Der Drache wälzt sich im Schlaf*, um einen der ausgestreckten Arme abzuhacken. Innerhalb kürzester Zeit hatte Wu Ying den Jiangshi vor seinem Kumpanen positioniert, trat nach vorne und landete einen präzisen Schlag in dessen rechtes Auge. Während die Kreatur in sich zusammensackte, knurrte Wu Ying, da sein hölzernes Jian in seinem harten, toten Schädel feststeckte.

Wu Ying kämpfte damit, sein Jian freizubekommen, während sein zweiter Gegner um die Leichen seiner Brüder herumhüpfte und seine Hände nach Wu Yings Kehle ausstreckte. Wu Ying lehnte sich zurück, als das Jian befreit wurde und führte *Windschritte* aus. Die schnellen, runden Schritte gaben Wu Ying die Gelegenheit, sich von ihm wegzubewegen, bevor er *Fallende Felsen im Regenschauer* ausführte. Der herabfahrende Schritt und Roundhouse-Kick auf den Körper des Zombies führte lediglich dazu, dass Wu Ying sich am Schienbein verletzte. Der Zombie taumelte hüpfend voran und zwang Wu Ying, einen hastigen Rückwärtssalto zu machen, um ihm aus dem Weg zu gehen.

Während Wu Ying landete, griff ein anderer Zombie nach seiner Flanke und drängte Wu Ying damit in eine defensive Haltung. Die folgenden Augenblicke waren angespannt und hektisch, als Wu Ying seine Angreifer verzweifelt mit seinem hölzernen Schwert abwehrte. Die geschärfte Klinge hinterließ dampfende Schnitte und zerriss verwestes Fleisch. Dennoch war das Jian, das Wu Ying so sehr favorisierte, nicht dafür gemacht, mit untoten Angreifern fertig zu werden. Es war dazu gedacht, in die Schlitze zwischen Rüstungen zu dringen oder einen Gegner mit einem Schwung zu erledigen. Ein breiteres Dao wäre für Wu Yings Lage geeigneter gewesen, aber diese Sorge musste er sich für einen anderen Zeitpunkt aufsparen, während er rückwärts trat und zuschlug.

Wu Ying duckte sich unter einem weiteren hüpfenden Vorstoß hinweg. Diesmal konnte Wu Ying nirgendwohin zurückweichen, weshalb er sich tief ducken musste. Wu Ying fühlte, wie die Jiangshi ihn von allen Seiten umzingelten.

"Huài dàn!", fluchte Wu Ying.

All seiner Optionen beraubt, ließ Wu Ying sein Schwert fallen und zog die Hände nah an seinen Körper. Er lenkte sein Chi in beide Hände, während krallenbesetzte Finger an seiner Kopfhaut und seinen Schultern kratzten. Wu Ying schnellte aus der Hocke empor und streckte beide Arme aus. Seine Schläge waren auf die Torsi seiner Angreifer gelenkt. Die explosionsartige Bewegung in Kombination mit seinem Chi warf die hüpfenden Zombies zurück, brachte Wu Ying aber auch durch den plötzlichen Ausstoß an Chi zum Wanken.

Aus den Augenwinkeln sah Wu Ying Tou He, der sich besser anstellte, als sein langer, stumpfer Stab die Monster zur Seite schlug und Knochen brach. Ob übernatürliche Monster oder nicht, die Zombies hatten unter den strafenden Schlägen zu leiden, durch die ihre Gliedmaßen schlapp herunterhingen. Anstatt zu versuchen, die Jiangshi mit seinen Angriffen zu erledigen, konzentrierte sich Tou He darauf, die Kreaturen auf sichere Weise unschädlich zu machen. Trotzdem beobachtete Wu Ying, wie der Stab von Tou Hes Hüfte aus nach vorne schoss und sich mitten in der Luft drehte, während er sich in den Schädel eines hüpfenden Jiangshi bohrte. Der Jiangshi, der sich mitten im Sprung befand, musste den Schlag mitten ins Gesicht ohne Gegenwehr hinnehmen. Er brach seine Nase und den Schädel, bevor er mit gebrochenen Knochen zusammenbrach.

Wu Ying atmete tief und füllte seine Meridiane über seinen Dantian wieder auf. Zumindest etwas erfrischt trat der Kultivator auf den Boden und griff sein Jian in der Luft. Gerade noch rechtzeitig, um einen der hüpfenden Zombies abzuwehren, der zurückgedrängt worden war. Der Aufprall presste Wu Yings Füße tief in den Boden, wo sie eine kleine, matschige Furche bildeten, während seine Knochen unter dem Druck ächzten. Der anfängliche Schwung des Zombies war abgedämpft, und so schlug Wu Ying aus und schnitt ihm einige Finger ab, dann nutzte er den Rückhandstoß, um seine Kehle aufzuschlitzen. Als noch mehr Chi aus dem verwundeten hüpfenden Zombie drang, wandte sich Wu Ying seinem nächsten Angreifer zu.

Schwierig oder nicht. Sie konnten es schaffen.

***

Wu Ying zupfte an den Wunden an seiner Flanke und schaute finster auf das Stück Fleisch, das von seinen zerfetzten Sektenroben hing. Er konnte sich um alles in der Welt nicht daran erinnern, dass ein Jiangshi ihn so tief unten getroffen hatte. Die Wunden über seinen Schädel, seinen Armen und selbst seinen Hals konnte er ja verstehen. Zum Teufel, seine Beine waren aufgeschürft worden, als er einen Tritt ausgeführt hatte, der von den langen Klauen eines Jiangshi abgefangen worden war. Sie alle ergaben Sinn. Nur das. Daran konnte er sich nicht erinnern.

"Na, alles aufgenommen?", fragte Tou He.

"Ja", antwortete Wu Ying. Die letzten Reste von Adrenalin schwanden aus seinem Körper. Er taumelte zu einem nahegelegenen Grabstein und ließ sich auf den Boden plumpsen. Der Aufprall ließ ihn zusammenzucken und er merkte sich, dem Bewohner des Grabes eine angemessene Opfergabe darzubringen, bevor er ging.

"Müde?"

"Nein. Ich strotze vor Energie", sagte Wu Ying sarkastisch.

"Naja, das Abendessen, das du besorgen musst, wird dir wieder zu etwas Stärke verhelfen."

Wu Ying schnaubte und griff in seine Roben, um ein quadratisches Stück Stoff hervorzuholen. Er säuberte mühevoll sein Holzschwert und beäugte die noch schwelenden Leichen um ihn herum. Nach einer Weile sprach er.

"Wir sollten die Säuberung zu Ende bringen. Und dann bis nach Einbruch der Dunkelheit warten, um sicherzugehen, dass sie alle weg sind."

Sobald sie sich erholt und ihre Wunden verbunden hatten, stapelten sie die Leichen auf Tou Hes Lagerfeuer. Danach fuhren sie mit der Säuberung des Friedhofes fort, klopften gegen Grabsteine und ließen Räucherstäbchen und Bündel von verknoteten, brennenden Geldscheinen[18] vor jedem Grab zurück.

An einem dieser Gräber hielt Wu Ying inne und blickte auf eine ungewöhnliche, lila Blume.

Tou He kam neben ihm zum Stehen und schaute auf die Blume, bevor er mit den Schultern zuckte und Wu Ying ansah. "Was ist los?"

"Eine Blume."

"Ja, das sehe ich."

"Es ist Winter."

"Oh. Oh!", stieß Tou He aus, den die Erkenntnis überkam. "Ist das etwas Besonderes?"

"Ich glaube ja?", antwortete Wu Ying unsicher. Dann schaute er sich auf dem Friedhof um, bevor er ebenfalls mit den Schultern zuckte. "Wir können sie genauso gut auch mit uns nehmen. Sie gehört nicht wirklich hierhin."

Tou He nickte und griff nach der Blume, die Finger weit auseinandergespreizt, um den Stiel zu ergreifen. Wu Ying schnellte nach vorne und schlug Tou Hes Hand weg, wodurch sein Freund seine Hand wegriss und Wu Ying anstarrte. "Wofür war das denn?"

"Das sollte ich dich fragen. Was wolltest du da machen?"

"Die Blume nehmen."

---

[18] Es handelt sich hierbei nicht um echte Scheine. Symbolische Geldscheine werden hergestellt, um für Geister verbrannt zu werden, auf dass sie das Geld im Jenseits ausgeben. Allerdings lässt es mich immer im Hinblick darauf, wie viel Geld verbrannt wird, über die Inflation nachdenken. Bei modernen Begräbnissen werden zudem auch Kreditkarten geopfert. Aber nie verbrennt jemand ein Kartenlesegerät ...

"Einfach so?"

"Ja?" Tou He machte eine Pause. "Pflückt man Blumen nicht so?"

"Nein! Außerdem wollen wir die ganze Pflanze. Sonst wird sie völlig ausgetrocknet sein, bis wir zurück sind."

"Ist das denn wichtig?"

"Ich weiß es nicht. Aber eine lebendige Pflanze ist besser als eine tote Pflanze, oder?", meinte Wu Ying.

Tou He kratzte sich vergnügt den Kopf. "Ich nehme an, du weißt, wie man das macht?"

"Nicht direkt, aber ich kann es mir denken." Pflanzen brauchten Erde, Sonnenlicht und Wasser. Wie viel Pflege und Erde sie brauchten und wie viel Schaden die Wurzeln aushielten, variierte. Wu Ying konnte es wenigstens versuchen, indem er seine vorhergehende Erfahrung nutzte. "Behältst du die Umgebung im Auge?"

"Klar."

Wu Ying kniete sich neben der Pflanze nieder und stieß sie sanft mit einem praktischen Stock aus der Nähe an. Nachdem er festgestellt hatte, dass die Pflanze nicht abweisend auf den Stock reagierte, zog Wu Ying ein paar Handschuhe an und holte sein Universalmesser hervor, womit er um die Pflanze herum grub. Er stellte sicher, vorsichtig zu graben, da er nicht genau wusste, wie tief oder weitläufig die Wurzeln dieser Pflanze waren.

Sobald Wu Ying die Wurzeln entdeckt und festgestellt hatte, dass die Pflanze überwiegend eine einzige Hauptwurzel mit einigen kleineren Sprossen besaß, grub er um die Pflanze herum, entwurzelte sie ganz und setzte sie auf ein bereitgelegtes, wasserfestes Stück Stoff. Er wickelte die Wurzeln und etwas Erde in den Stoff ein, bevor er etwas Wasser auf die Pflanze gab. Nachdem er entschieden hatte, dass er alles ihm Mögliche getan hatte, brachte Wu Ying die Pflanze zu ihrem provisorischen Lager zurück.

"Sind wir fertig?", fragte Tou He, sobald Wu Ying die Pflanze im Schatten ihres Gepäcks abgesetzt hatte.

"Ja", sagte Wu Ying. "Das sollte halten. Lass uns weitergehen."

Die beiden machten sich gemeinsam auf, um den Friedhof zu Ende zu untersuchen. Jedes Mal, wenn sie eine weitere Pflanze entdeckten, wiederholte Wu Ying seine vorherigen Handlungen und pflanzte die ungewöhnlichen Blumen um. Er war gespannt darauf, zu sehen, ob sie ihre Reise überstehen würden. Vielleicht konnten sie noch mehr als die grundsätzlichen Beitragspunkte aus diesem Trip herausschlagen.

Kapitel 11

Der restliche Auftrag verlief ohne weitere Zwischenfälle. Wu Ying, der besorgt darüber war, dass die entwurzelten Pflanzen nicht lange überleben würden, entschied sich dazu, die Feierlichkeiten ausfallen zu lassen und direkt zur Sekte zurückzukehren. Er ließ Tou He alleine zurück, um ihre übrige Habe einzusammeln und die erfolgreiche Erfüllung der Mission zu melden. Im Licht der ersten Sonnenstrahlen rannte Wu Ying in einem weitspannigen Gang, mit dem er die Li schnell zurücklegen und den er für Stunden beibehalten konnte. Tatsächlich bezweifelte Wu Ying, dass er dadurch, in Kombination mit seiner Kultivation, mehr als ein- oder zweimal am Tag anhalten musste, um eine Mahlzeit einzunehmen.

Einige Tage später kam Wu Ying direkt vor dem Paifang, das die Grenzen des Sektengeländes markierte, holpernd zum Stehen. Der Älteste Lu, in seine Roben gekleidet und auf seinem üblichen Platz sitzend, streckte sich und zog an seiner Pfeife. Wu Ying war nicht überrascht, dass der Älteste auf seinem Kultivationslevel die Kälte nicht spürte.

"Ältester Lu. Long Wu Ying meldet sich zurück von seinem Auftrag", sagte Wu Ying, während er dem Ältesten seine Erlaubnis zeigte.

"Wo ist der Mönch?", fragte Xi Qi, als er die Erlaubnis entgegennahm und einen Hauch Chi hineinfließen ließ, um Wu Yings Rückkehr zur Sekte zu bestätigen.

"Er kommt nach. Er ist losgegangen, um den Dorfvorsteher zu informieren. Ich wollte zuerst diese hier zurückbringen", sagte Wu Ying und wies auf das provisorische Tablett, auf dem sich die Pflanzen hin und her bewegten.

"Dann geht hinein. Ihr wisst, dass Ihr den Auftrag ohne das Siegel des Dorfältesten nicht als erledigt markieren könnt, ja?", fragte Xi Qi.

"Ja, Ältester", antwortete Wu Ying, der auf seinen Füßen wippte.

Aufgrund der kurzen Wintertage hatte Wu Ying beschlossen, auch die Nacht hindurch zu rennen, wobei er eine kleine Laterne benutzt hatte, um den Weg zu erhellen. Da die Straßen, die zwischen den Siedlungen entlangführten, gut gepflegt waren, hatte ihm das Rennen bei Nacht keine Sorgen bereitet – bis auf die Gefahr, womöglich eine Dämonenbestie anzulocken. Wu Ying hatte seine vorhergehende Erfahrung als Reiseführer genutzt und ein wenig seiner Aura heraussickern lassen, um etwaige Bestien, die sich mit ihm anzulegen gedachten, zu warnen. Es war ein kalkuliertes Risiko, denn das heraussickernde Chi hätte genausogut ein mächtigeres Raubtier anlocken können. Aber das Risiko hatte sich ausgezahlt. Wu Ying war unversehrt angekommen.

"Dann geht."

Wu Ying machte sich abermals auf und ging diesmal in einem langsameren Tempo den Berg hinauf. Sein Ziel war die Apothekenhalle der Pillenverfeinerer, denn hier konnte er seine Waren verkaufen. Für einen kurzen Moment dachte Wu Ying darüber nach, Liu Tsong aufzusuchen, um prüfen zu lassen, was er da gefunden hatte, verwarf den Gedanken aber wieder. Es war unwahrscheinlich, dass sie ihn betrügen würden, wenn er die Pflanzen direkt an die Sekte verkaufte.

Anders als die Schlange, an der Gegenstände an Sektenmitglieder verkauft wurden, war die Schlange für jene, die Kräuter, Pilze und andere Rohmaterialien verkauften, kaum vorhanden. Als Wu Ying sich der Theke näherte, unterdrückte der gelangweilte Angestellte, der hinter ihr saß, ein Gähnen. Er setzte sich überrascht auf, als Wu Ying die noch immer lebendigen Pflanzen auf seinem Tisch abstellte.

"Long Wu Ying. Ich möchte an die Sekte verkaufen", verkündete Wu Ying, während er sein Sektenabzeichen präsentierte.

"Interessant. Ihr gehört nicht zu den Leuten der Ältesten Li, oder?", fragte der Angestellte nach und steckte einen Finger in die Erde einer Pflanze, ehe er die anderen Pflanzen untersuchte. "Mitternachtsblüten. Vier davon lebend, aber in schlechter Verfassung. Eine in erbärmlicher Verfassung."

Wu Ying zuckte auf diese unverblümte Bewertung des Mannes hin zusammen. Ganz gleich, ob er sie gegossen und sie so gut es ging gepflegt hatte, hatten die Pflanzen doch begonnen, zu welken, seit er sie aus dem Friedhof entfernt hatte. Das war der Hauptgrund dafür gewesen, warum Wu Ying die Nächte hindurch gerannt war.

"Möchtet Ihr mit Beitragspunkten oder Tael bezahlt werden?", fragte der Angestellte weiter.

"Kann ich eine Kombination aus beidem bekommen?"

"Halb-halb ist das höchste der Gefühle. Es sei denn, Ihr wollt weniger bekommen?"

"Halb-halb ist gut", bestätigte Wu Ying.

Der Angestellte drehte sich weg und winkte einen der Laufburschen zu sich, der die Pflanzen nahm, während der Angestellte sein Buch öffnete und die Angaben zum Verkauf notierte. Sobald er fertig war, tippte er mit Wu Yings Abzeichen auf seine Jadetafel und übertrug die Beitragspunkte. Dann zählte er vier Tael und dreihundert Münzen ab, bevor er alles in Wu Yings Richtung schob, dessen Augen sich weiteten.

"Vier Tael?", quiekte Wu Ying.

"Ja. Und vierhundertsechzig Beitragspunkte."

"So viel?", fragte Wu Ying nach. Die Mission, die sie erfüllt hatten, war etwas mehr als achthundert Beitragspunkte wert, jedoch mussten sie die Summe unter sich aufteilen. Auf der anderen Seite musste ein Mitglied der inneren Sekte jeden Monat mindestens zweihundert Beitragspunkte beisteuern.

"Ja. Lebende Pflanzen sind immer mehr wert", erklärte der Angestellte. "Nun. Zumindest fast immer. Ordnungsgemäß getrockneter gepunkteter Ohrenmondpilz ist dreimal so viel wert wie der frische Pilz. Und Grünkuh-Ohrenblüten werden nur getrocknet angenommen. Ansonsten sind sie zu giftig, um sie zu übergeben. Und ... wie auch immer, den Rest könnt Ihr nachschlagen."

Wu Ying warf dem Angestellten ein dankbares Lächeln zu, während er die Münzen wegpackte. Er sollte den Profit mit Tou He teilen, sobald dieser zurück war, aber diese Summe würde ein gutes Sümmchen abgeben, um auf weitere Ausrüstung zu sparen. Im Moment fehlte es Wu Ying mit Ausnahme seines Schwertes an richtiger Ausrüstung. Zugegeben, das lag an seinen wachsenden Ansprüchen – er gab sich nicht länger mit der Ausrüstung Sterblicher zufrieden, sondern strebte nach Ausrüstung für Kultivatoren. Ausrüstung, die entweder zu seiner Kultivation beitrug oder mindestens über die Stufe der Energiespeicherung über standhielt.

Wu Ying hüpfte beinahe pfeifend aus dem Gebäude. Seine vorherige Erschöpfung wurde von dem unerwarteten Lohn zurückgehalten. Anstatt darauf zu warten, dass die Erschöpfung ihn einholte, machte Wu Ying sich ohne Umwege zu seiner Residenz auf.

***

"Long Wu Ying."

Wu Ying zog seine Roben zurecht und zuckte zusammen, während er sich vor seinem unerwarteten Besuch verbeugte und ihn begrüßte. Die Älteste war später an dem Tag, an dem Wu Ying zurückgekehrt war, einfach aufgetaucht, ohne Einladung oder Ankündigung. Das Einzige, was Wu Ying wach hielt, war der Adrenalinrausch, der durch seinen Körper geschossen war, als Ah Yee verkündet hatte, dass eine Älteste zu Besuch gekommen war.

"Älteste." Wu Ying wünschte sich verzweifelt, sich an ihren Namen erinnern zu können, aber die ältere Frau mit dem Stock hatte sich ihm nur ein einziges Mal vorgestellt. Und sein schläfriges Hirn verweigerte ihm den Dienst.

Die Augen der Alten Frau wurden faltig. Vielleicht hatte sie bemerkt, dass Wu Ying sich nicht an ihren Namen erinnern konnte. Ah Yee trat vor, füllte die Tasse der Ältesten mit Tee auf und drehte dann ihren Kopf so, dass sie Wu Ying in die Augen schauen konnte. Während sie dies tat, formte ihr Mund den Namen der Ältesten.

Wu Ying erinnerte sich und fügte hastig ihren Namen hinzu. "Älteste Li. Dürfte ich fragen, wie ich zu der Ehre Ihres Besuches komme?"

Die Älteste warf Ah Yee einen misstrauischen Blick zu und lehnte sich in dem harten Besucherstuhl zurück. "Ich wurde darüber in Kenntnis gesetzt, dass Ihr vier Mitternachtsblüten mit Euch gebracht habt. Noch dazu lebende."

"Ja, Älteste."

"Sie wurden schlecht versorgt. Aber sind noch lebendig", sagte die Älteste Li und tippte auf ihren Stock. "Wusstet Ihr, dass Ihr stattdessen das Wissen über ihren Standort hättet verkaufen können?"

"Das wusste ich nicht", gab Wu Ying zu. "Es tut mir leid, Älteste. Ich werde keine weiteren Pflanzen zurückbringen."

"Habe ich Euch denn gesagt, Ihr sollt damit aufhören?", schnappte die Älteste Li bissig zurück und schlug mit ihrem Stock auf Wu Yings eingezogenen Kopf. Er zuckte zusammen, bewegte sich aber nicht, um sich an seinem Kopf zu reiben. "Ihr habt vier lebende Mitternachtsblüten hierhergebracht. Ihr seid besser als einige meiner aktuellen Rekruten."

"Ich danke Euch, Älteste."

"Wohlgemerkt, sie waren in schlechter Verfassung. Wir werden mindestens einen Monat brauchen, um uns um sie zu kümmern. Wo habt Ihr gelernt, wie man mit Pflanzen umgeht?"

"Ich war früher ein Reisbauer, Älteste. Ich habe außerdem meiner Mutter im heimischen Gemüsegarten ausgeholfen."

"Ein Bauer mit einer kleinen Gabe, wie es scheint", sagte die Älteste Li und schlug mit ihrem Stock auf den Boden. Sie starrte Wu Ying an, bevor sie sich mithilfe des Stocks aufrappelte. "Also schön. Besucht mich morgen in meiner Residenz."

"Älteste?"

Anstatt zu antworten, verließ die Älteste Li sein Haus, während sie ihren Stock auf eine Weise schwang, die Wu Ying nur als übermütig beschreiben konnte. Als er sich zu Ah Yee wandte, die damit begonnne hatte, den Tee und die Süßigkeiten zusammenzupacken, die sie für die Älteste bereitgestellt hatte, zuckte diese nur mit den Schultern.

"Würde es ihnen schaden, ab und zu meine Fragen zu beantworten?", lamentierte Wu Ying mit einem Seufzen. Wenigstens erwartete man ihn morgen nicht beim Unterricht.

***

Zu Wu Yings Überraschung befand sich die Residenz der Ältesten Li nicht oberhalb der Residenzen der inneren Sektenmitglieder, sondern inmitten all dieser. Sie war recht klein, vielleicht ein Viertel so groß wie die Residenzen der Ältesten Hsu und Cheng. Was die Residenzen der anderen Ältesten jedoch nicht hatten, war ein unfassbar großes Gewächshaus direkt nebenan sowie Kleingärten um das Grundstück herum. Wenn diese Kleingärten und das Gewächshaus mit eingerechnet wurden, so hatte das Grundstück der Residenz mindestens die dreifache Größe derer der anderen Ältesten.

Wu Ying konnte auf den ersten Blick erkennen, dass viele der Pflanzen in ihrem Garten besonders waren. Die Gärten beheimateten spirituelle Kräuter und ungewöhnliche Arten von selteneren Pflanzen. Selbst in der kalten Luft des Wintermorgens wimmelte der Garten von Sektenmitgliedern, die sich im Licht von Laternen um die Pflanzen kümmerten.

Wu Ying zögerte, bevor er sich dem Gebäude näherte, an der Tür klopfte und von ihrem Diener hereingebeten wurde. Kurze Zeit später trippelte die Älteste Li herein, um Wu Ying zu begrüßen. Diesmal fiel Wu Ying der Dreck unter ihren Fingernägeln und der Schlamm, der an ihren Stoffschuhen klebte, auf. Sie war eine Älteste, die mit Erde arbeitete — die sich die Hände schmutzig machte.

"Älteste Li", grüßte Wu Ying die Älteste und erhob sich aus seiner Verbeugung.

"Ihr seid früh dran."

"Ihr habt mich gebeten, am Morgen zu kommen", sagte Wu Ying. "Ich habe angenommen, Ihr meintet dabei nach Maßstäben eines Bauern."

Auf dem Gesicht der Ältesten machte sich ein Grinsen breit. Ihr Stock schnellte vom Boden hoch und näherte sich blitzschnell Wu Yings Gesicht. Er hielt abrupt an, ehe er sich senkte, um auf seine Schulter zu tippen. "Schlauer Junge. Aber nehmt Euch in Acht. Diejenigen, die zu schlau sind, können verletzt werden. Kommt."

Wu Ying beeilte sich, der gebeugten Frau zu folgen, und zusammen gingen sie aus dem Besucherraum, in dem er gewartet hatte, über den Innenhof zur Rückseite der Residenz. Wu Ying schmunzelte darüber, dass im ganzen Haus verteilt unzählige Töpfe mit Pflanzen aufgestellt waren. Sie waren so verstreut, als hätte man sie einfach hineingeworfen. Aber Wu Ying studierte instinktiv die Pflanzen und ihre Aufenthaltsorte, ehe er spürte, dass hinter ihrer Anordnung eine Methodik steckte. Er konnte nicht bestimmen, was es für eine Methodik war, aber sein Verdacht verstärkte sich immer mehr, dass ihre willkürliche Aufstellung nicht so wahllos war, wie sie auf den ersten Blick zu sein schien.

"Habt Ihr genug gesehen?" Die höhnische Stimme der Ältesten Li unterbrach Wu Ying in seinen Gedanken. Er errötete und öffnete den Mund, um sich zu entschuldigen, doch die Älteste Li war schneller. "Was habt Ihr herausgefunden?"

"Nicht viel, Älteste. Ich weiß, dass die Platzierung nicht willkürlich ist, aber ich verstehe die Logik nicht", gab Wu Ying zu.

Als er zu Ende gesprochen hatte, erhielt er einen Schlag mit dem Stock auf sein Bein, der so sehr brannte wie ein ausgiebiger Tritt seines Ranghöheren Ge. "Natürlich nicht. Ihr seid gerade erst ein Mitglied der inneren Sekte geworden. Hört auf, Dingen Aufmerksamkeit zu schenken, die außerhalb Eures Erfahrungsbereichs liegen und konzentriert Euch lieber auf das, was wichtig ist."

Die Älteste Li verließ das Gebäude über den Hinterausgang. Draußen waren sie imstande, den vollen Umfang ihrer Gärten und des Gewächshauses, das neben diesen lag, zu sehen.

"Ihr werdet ab heute hier arbeiten. Ru Ping wird Euch Euren Arbeitsplatz zeigen und Euch alles beibringen, was Ihr wissen müsst."

"Älteste, ich habe nicht –"

"Eine Mitternachtsblüte, um die sich anständig gekümmert wird und die bei guter Gesundheit ist, bringt etwa eintausend Beitragspunkte ein."

Wu Ying klappte den Mund zu.

"Sicherlich, dem Zustand der Mitternachtsblüten, die Ihr mitgebracht habt, nach zu urteilen, waren sie vermutlich von vornherein nicht mehr als durchschnittlich. Um die dreihundert Beitragspunkte wert", fuhr die Älteste Li fort. "Aber dennoch ein Vermögen für ein inneres Sektenmitglied wie Ihr es seid, nicht?"

Wu Ying nickte sprachlos.

"Ihr solltet auch die Tatsache berücksichtigen, dass ich den Ältesten Hsu bereits darüber informiert habe, dass Ihr Euch entschieden habt, mit mir zu arbeiten. Er war ziemlich unglücklich darüber. Er sagte, und ich zitiere: 'Er war gerade so gut geworden.' Wenn ich es richtig verstanden habe, werdet Ihr den letzten Bonus nicht erhalten", setzte die Älteste Li fort.

Wu Ying zuckte. Er war verärgert über die selbstherrlichen Taktiken dieser Frau.

"Ich habe die Auftragshalle ebenfalls informiert, damit sie Euch jegliche weiteren Aufträge so lange verweigern, bis ich etwas anderes sage. Der Älteste Pang kam meiner Bitte mit Vergnügen nach."

Wu Ying hatte den Ältesten Pang dadurch verärgert, dass er seinen Schützling, Yin Xue, letztes Jahr besiegt hatte. Für einen Moment fragte Wu Ying sich, wie Yin Xue sich als Mitglied der äußeren Sekte wohl schlug, ehe er den abwegigen Gedanken verwarf. Er hatte hier seine eigenen Sorgen. "Warum, Älteste Li?"

"Die jungen Leute wissen nicht, was das Beste für sie ist. Es liegt an uns Ältesten, sicherzustellen, dass sie den richtigen Weg wählen." Die Älteste Li drehte ihren Kopf, um Wu Ying anzuschauen. "Das Studium eines Pillenverfeinerers aufzunehmen, mag letztendlich Euer Weg sein, aber habt Ihr darüber nachgedacht, was passieren wird, wenn Ihr kein Talent für diese Praktik habt? Ihr habt keinen Pillengeruch an Euch, daher bezweifle ich, dass Ihr je einen Pillenkessel auch nur angefasst habt."

Wu Ying schüttelte den Kopf. In Wahrheit war er sich nicht sicher, ob er diesen Pfad einschlagen wollte. Wie die Älteste Li hervorgehoben hatte, hatte er noch nicht einmal einen Pillenkessel angefasst. Das war der Grund, weshalb er auch in der Schmiedegilde arbeitete, um die Grundlagen des Schmiedens zu erlernen. Obwohl Wu Ying im Moment nur profane Gegenstände herstellte, da er sich nur auf wenig Praxiserfahrung stützen konnte. Er hatte noch viele Stunden vor sich, bevor man von ihm erwarten konnte, etwas Brauchbares herzustellen.

"Wer, glaubt Ihr, bekommt zuerst Pillen? Der Kampfkunstspezialist, der den Pillenverfeinerer beschützt, der Schmied, der seine Waren nur zum Tausch anbieten kann, oder der Ernter, der den Verfeinerer beliefert?", fragte die Älteste Li. "Unsere Fähigkeiten mögen zwar nicht allbekannt oder hoch gelobt sein, aber sie sind notwendig und gefragt."

Wu Ying nickte in Akzeptanz ihrer Worte. Außerdem war es nicht so, als hätte die Älteste Li ihm viel Wahl dabei gelassen, beizutreten oder nicht.

Die Älteste Li, die ihren Gegner besiegt vor sich sah, zeigte in die Richtung, in der Ru Ping auf den Feldern arbeitete. Der Arbeiter war kleiner als Wu Ying. Auch war er dicker, weil er sich trotz all der Kultivation eine Fettschicht bewahrt hatte. Sobald Wu Ying Ru Ping erspäht hatte, ging die Älteste Li ohne ein weiteres Wort davon.

***

"Adept Long Wu Ying grüßt seinen Ranghöheren", sagte Wu Ying, als er bei dem beleibten Ernter ankam.

"Ihr seid der neue Rekrut?" Ru Ping streckte seinen Rücken und schaute zu Wu Ying. "Eine schlechte Kleidungswahl."

"Ich habe nicht damit gerechnet, heute hier zu arbeiten", gab Wu Ying zu.

"Die Älteste Li neigt dazu, sich durchzusetzen", sagte Ru Ping. "Ihr könnt mich Ru Ping nennen. Wir kümmern uns hier nicht um diesen Unsinn von Adept und Ranghöherem."

Wu Ying senkte den Kopf zustimmend, obwohl er sich mit dieser Vorstellung noch nicht anfreunden konnte. Trotzdem schenkte er Ru Ping ein halbherziges Lächeln. "Was muss ich tun?"

"Ihr habt zuvor schon einmal auf den Feldern gearbeitet, richtig?", fragte Ru Ping. "Die Art, wie Ihr über die Felder gegangen seid, hat Eure Herkunft verraten. Jedenfalls habt Ihr nicht alles zertrampelt, als Ihr herübergekommen seid."

"Kam das schon einmal vor?", fragte Wu Ying überrascht.

"Oh, ja. Warum, glaubt Ihr, hat die Älteste Li uns ausgewählt?", sagte Ru Ping. "Was wart Ihr vorher?"

"Reisbauer."

"Ich auch", sagte Ru Ping und nickte erfreut. "Es sind nicht viele von uns in der Sekte. Aber das ist einerlei. Es ist gut, einen weiteren Mann dabeizuhaben. Die meisten Arbeiter sind Frauen, die sich zuvor in der Gartenarbeit versucht haben. Aber es gibt einige Dinge, in denen Männer geschickter sind als Frauen."

Wu Ying spürte die tiefe Furcht, die in Ru Pings Worten lag. Innerhalb kürzester Zeit stellte er fest, dass er mit seiner Intuition richtig lag, da Ru Ping ihn zu verschiedenen Komposthaufen brachte.

"Wir müssen den ersten, zweiten und sechsten Haufen unterheben. Lasst von dem dritten und vierten Haufen die Finger; diese garen. Und zum fünften müssen wir zunächst noch mehr Mist hinzugeben", erklärte Ru Ping, der Wu Ying auf die Schulter klopfte. "Sobald Ihr fertig seid, geht zum Baum.

Es befindet sich ein Buch in einer Box daran. Ihr solltet etwas über die Pflanzen lernen, die wir auf dem siebten bis zehnten Haufen züchten."

Wu Ying ließ seinen Blick über die nummerierten Haufen gleiten. Der Geruch der Komposthaufen war zwar abgeschwächt, was von ihrer äußerst guten Pflege zeugte, aber er sah den Dampf aus ihnen emporsteigen, der durch den kompostierten Müll entstand. In diesem Fall half die Hitze der Kompostierung den Gärtnern bei der Züchtung von Pflanzen, die sonst bei diesem kalten Wetter nicht überlebensfähig wären. Natürlich fragte Wu Ying sich, warum sie nicht das Gewächshaus dafür nutzten, aber er war sich sicher, dass ihm das Buch weitere Aufschlüsse darüber geben würde.

Einige Stunden später hatte Wu Ying die Komposthaufen inklusive des aufgefrischten fünften Haufens untergehoben und las das bereitgestellte Buch. Es war ein faszinierendes Buch, das alle Pflanzen auflistete, die gegenwärtig hier wuchsen, und viele mehr, die nicht präsent waren. Das Buch war anders strukturiert als *Das Buch der heilenden Kräuter* und fokussierte sich mehr auf die Bewertung, Beobachtung und Pflege der Flora anstatt auf ihren Gebrauch, oder einen Index von Pflanzen zu liefern. Es gab sogar einen Abschnitt über artgerechte Transportmethoden für jede aufgelistete Pflanze.

Das Lesen des Buches gab Wu Ying ein Verständnis dafür, warum diese Pflanzen im Freien anstatt im Gewächshaus gezüchtet wurden. Es waren Pflanzen mit zwei Seelen und daher benötigte jede Pflanze die Hitze des Yang, die sie aus den Haufen und dem Sonnenlicht zogen, und das Yin-Chi des Todes aus der Kompostierung. Das Gewächshaus andererseits stellte nur die Hitze des Yang aus dem Sonnenlicht bereit, nicht aber das nötige Yin-Chi, das es den Pflanzen ermöglichte, zu wachsen.

Während er las und später, als er angewiesen wurde, beim Ausheben eines Grabens zu helfen, fühlte sich Wu Ying zum ersten Mal seit langem wohl und zufrieden. Hier draußen, bei den Pflanzen, hatte Wu Ying Fachwissen, das geschätzt wurde. Vielleicht lag die Älteste doch nicht so falsch.

Kapitel 12

Ein.

Aus.

Ein.

Aus.

Wu Ying fühlte, wie das Chi sich in seinem Dantian drehte, während er atmete. Er drückte dagegen, fühlte, wie das Chi darum kämpfte, zu entkommen, um eine neue Stufe zu erklimmen. Er hatte sein Chi für eine Weile angesammelt — über Wochen sorgfältiger Entwicklung. Er war fast bereit – so nah an einem Durchbruch.

Mit halb geöffneten Augen nahm Wu Ying die Geringere Pille der Knochenmarksreinigung auf, für die er wertvolle Sektenbeitragspunkte ausgegeben hatte, und steckte sie sich in den Mund. Ein trockenes Schlucken später befand sich die Pille in seinem Magen, löste sich auf und setzte das Chi frei, das sich in ihr befand. Wu Ying öffnete die Augen, während er fest gegen seine Aura presste.

Er ließ jeden Energiepuls der Pille in seinen Dantian fließen, um zu versuchen, so viel Chi wie möglich zu speichern, während sein Dantian und seine Meridiane überflutet wurden und es durch die poröse Barriere seiner Aura brach und mit jeder Atmung entkam. Es gelang Wu Ying trotz all des Verlustes, etwas von diesem Chi zu greifen und zu speichern. Als die Pille ihren Inhalt in seinen Körper ergoss, fühlte Wu Ying den ansteigenden Druck in seinem unteren Dantian, wie er damit rang, den ansteigenden Fluss zu halten. Und dennoch weigerte Wu Ying sich, das Chi entkommen zu lassen. Noch nicht.

Noch nicht.

Wu Ying fühlte einen stechenden Schmerz durch sich hindurchfahren, als ein unerwarteter Schwall aus der Pille sein sorgfältiges Sammeln von Chi störte. Er zitterte und das ungezügelte Chi floss durch seinen Körper, während er versuchte, es einzudämmen. Als er damit fertig war, fühlte sich sein Dantian zerbrechlicher an und er hustete. Er wischte sich das Blut von den Lippen und grummelte innerlich. Es war eine mittelmäßige Pille, aber trotzdem verlief die Freisetzung nicht so flüssig, wie es möglich gewesen wäre. Der Anpassungsprozess verlief nicht so reibungslos, wie Wu Ying es sich gewünscht hatte und ihn überkam eine Welle von Furcht, während er abschätzte, wie viel länger er es noch aushalten konnte.

Als sein Dantian erneut ächzte und drohte, zu brechen, lockerte Wu Ying schließlich seinen Griff um das Chi in dessen Inneren. Wu Ying drückte das freigesetzte Chi rasch in seine Meridiane und schickte es zuerst die kürzlich geöffneten Meridiane entlang, um sicherzustellen, dass diese vollständig gereinigt waren, bevor er das restliche Chi zu seinem zehnten Meridian lenkte. Der Schmerz zog durch seinen Körper, als das Chi in den gefesselten und verunreinigten Meridian floss und ihn reinigte. Wu Ying fühlte, wie die Verderbtheit durch seinen Körper abgetragen wurde, um sich an seiner Haut und auch an seinen Nieren abzulagern, wo sie herausgefiltert und in seine Blase gepresst wurde.

Wu Ying atmete und zwängte die Luft in seinen Körper und wieder hinaus, während er sich kultivierte und die Kraft der Pille nutzte, um zum nächsten Level zu drängen. Es vergingen Stunden, bevor die Chi-Welle aus der Pille endlich versiegte und Wu Ying aufstand. Sein Körper stank und war schmutzig. Aber unter der schmutzigen Haut strahlte er vor Glück. Sein erfolgreicher Aufstieg und die Verstärkung hatten ihn auf eine neue Stufe der Stärke gebracht.

Es blieben noch zwei Meridiane, die gereinigt werden mussten, dann konnte er endlich darauf hinarbeiten, genug Chi zu sammeln, um seinen ersten Energiespeicherungs-Meridian zu reinigen. Selbstverständlich würde dieser Schritt weitaus schwerer werden, da die Menge an Chi, die dazu benötigt wurde, um ein Vielfaches größer war. So viel Chi in seinem Dantian zu speichern, war gefährlich und setzte eine langsame Ausdehnung des Dantian voraus. Außerdem musste das gesammelte Chi verdichtet werden, um sicherzustellen, dass es hineinpasste.

Aber das war eine Sorge für einen anderen Tag. Heute musste Wu Ying sich säubern und am Schmiedekurs teilnehmen. Als er aufstand, streckte er sich und schaute zu den Sonnenstrahlen, die über den First seines Daches lugten. Wu Ying bemerkte unterbewusst, dass der Winter schon beinahe vorüber war, da die Sonne nun früher aufging.

***

"Ihr seid spät."

"Entschuldigt, Ältester Gan. Ich habe mich kultiviert", sagte Wu Ying.

Der Älteste betrachtete Wu Ying. Seine Augen verengten sich abschätzig. "Ihr habt einen weiteren Meridian geöffnet?"

"Ja."

"Ihr müsst an Eurer Auraunterdrückung arbeiten. Sie sickert schon wieder durch."

"Jawohl, Ältester."

"Geht zu Schmiedestelle sechs."

Wu Ying machte sich auf zu der Schmiedestelle. Neben ihm arbeitete Bao Cong, sein vorheriger Partner, bereits an seiner eigenen Schmiedestelle. Die beiden tauschten ein schnelles Nicken zur Begrüßung aus. Das beharrliche, laute Klirren um sie herum vereitelte jegliche Unterhaltungsversuche. Über die letzten Monate war die anfänglich kühle Beziehung zwischen ihnen aufgetaut und schon beinahe herzlich. Wu Yings Meinung nach hatte es geholfen, dass Bao Cong sich weniger um Wu Yings Vorgeschichte und mehr um seine Versuche, sich zu verbessern, scherte. Was Bao Cong betraf, so empfand Wu Ying den Adeligen als höflich und gelegentlich sogar als hilfreich. Für einen Adeligen.

Als Wu Ying damit fertig war, Kohlen in seinen Schmelzofen zu geben und die Balge bediente, konnte er nicht anders, als darüber nachzudenken, wie es wohl wäre, etwas anderes als profane Werkzeuge herzustellen. Nach einer bestimmten Anzahl an Hufeisen, Töpfen und Harken wurde die Arbeit langweilig. Im Laufe der letzten Monate hatten nicht wenige Anfänger das Schmieden aufgegeben, nachdem sie festgestellt hatten, dass der Älteste Gan ihnen nicht erlaubte, etwas Interessanteres – wie zum Beispiel Waffen – herzustellen, ohne dass sie seine Mindestanforderungen erfüllt hatten. Es verstand sich von selbst, dass die Schüler seine Mindestanforderungen als absurd hoch empfanden, aber der Älteste gab in seiner Meinung nicht nach.

Das war der Grund, weshalb Wu Ying wieder am Kurs teilnahm, um an einem weiteren Set zu arbeiten. An einem Set von ... Ein Blick auf das Bestellformular, das ihm gegeben worden war, ließ ihn seufzen. Türscharnieren. Nicht gerade schwer in der Herstellung, aber anspruchsvoll. Allerdings immer noch besser als Hufeisen.

Die Stunden vergingen, während Wu Ying Scharnier um Scharnier herstellte. Obwohl die Grundscharniere durch eine einfache Form hergestellt wurden, musste Wu Ying trotzdem das geschmolzene Eisen in die Formen gießen, das Eisen abkühlen lassen und dann die Scharniere herausnehmen, bevor er sie kühlte, säuberte und die Rillen grub. Sobald er ausreichend viele fertiggestellt hatte, überprüfte er, ob die Teile ineinanderpassten.

Die Arbeit war anspruchsvoll, und zu lernen, das Metall im richtigen Winkel zu schlagen anstatt einfach darauf einzuprügeln, war ein wichtiger Punkt. Der Älteste Gan kam einige Male vorbei, um ihm zu zeigen, wie er seine Hämmermethode anpassen sollte, um sie effizienter zu machen oder Fehler aufzuzeigen, die Wu Ying entgangen waren. Meistens murrte der Älteste Gan, dass Wu Ying dreimal darüber nachdenken sollte, bevor er einmal zuschlug, dann ließ er Wu Ying alleine, damit er sich seiner Fehler klarwerden konnte. Letzten Endes waren es die praktischen Übungsstunden, die er brauchte, und keine esoterische Technik.

Als Wu Ying endlich mit den anfänglichen Bestellungen auf seiner Liste fertig war, waren bereits mehrere Stunden vergangen. Nachdem er den Schmelzofen gelöscht hatte, eher er sich ein warmes Mittagessen besorgte, war er irgendwie stolz auf seine letzte Arbeit. Sie war noch weit davon entfernt, als Meisterwerk zu gelten, aber schon um einiges besser als der Schrott, den er zu Beginn angefertigt hatte. Nach einem ordentlichen Schluck Wasser schlürfte Wu Ying seine heißen Nudeln, als der Älteste Gan auftauchte. In seiner Hand befanden sich ein paar ihm wohlbekannte Scharniere.

"Ältester", sagte Wu Ying, der aufstand und sein Gesicht abwischte.

"Wu Ying. Das sind Eure ersten ordentlichen Scharniere", bemerkte der Älteste Gan und spielte geistesabwesend mit den Scharnieren in seiner Hand. "Ihr habt zweieinhalb Monate gebraucht, um etwas Passables herzustellen."

Wu Ying schwieg weiter. Er war sich nicht sicher, wie er darauf antworten sollte. War das gut? Schlecht? Er konnte es nicht einordnen.

"Wisst Ihr, warum ich Euch in jeder Stunde neben Bao Cong arbeiten lasse?", fragte der Älteste Gan.

"Nein, Ältester."

"Weil Bao Cong eine Zukunft als Schmied hat." Dass Wu Ying diese nicht hatte, blieb ungesagt. "Er hat die Gabe, das Gespür dafür. Ihr seid nur durchschnittlich."

"Muss jeder ein Genie sein?", entgegnete Wu Ying mürrisch.

"Nein. Ihr könnt Euch weiter quälen, um ein Schmied zu werden. In ein paar Jahren könnt Ihr vielleicht anständige Waffen für Sterbliche herstellen. In einem Jahrzehnt seid Ihr womöglich dazu in der Lage, Waffen auf Seelenlevel herzustellen", sagte der Älteste Gan, der immer noch die Scharniere durch seine Finger gleiten ließ. "Aber letzten Endes werdet Ihr Eure Grenzen erreichen. Das mag auf dem hochgrangigen Seelenlevel sein. Oder sogar auf dem Heiligenlevel. Aber Ihr werdet niemals genug Zeit oder Fähigkeiten haben, um Waffen für Unsterbliche herzustellen."

Wu Ying schüttelte den Kopf, versuchte die Lücke in seiner Logik zu finden. "Nur wenige sind je in der Lage, Waffen für Unsterbliche zu produzieren. Selbst ein Schmied, der Ausrüstung auf hochrangigem Heiligenlevel herstellen kann, ist selten."

"Seid Ihr ein wahrhaftiger unsterblicher Kultivator oder irrt Ihr nur durchs Leben?", fragte der Älteste Gan. "Für einen wahren Kultivator ist eine unterstützende Tätigkeit nichts, womit man sich des Geldes wegen oder zum Vergnügen beschäftigt. Sie ist Teil seines Daos. Sie ist etwas, das zu ihrem Aufstieg zur Unsterblichkeit beiträgt. Eine unterstützende Tätigkeit, in der man sich nicht mindestens bis zum Heiligenlevel verbessern kann, ist nichts weiter als ein Hindernis."

Wu Ying öffnete den Mund, schloss ihn dann aber wieder. Der Älteste Gan hatte weitestgehend Recht, obwohl Wu Ying auch störrisch widersprach. Überwiegend deshalb, weil es keine Gewissheit auf dem Weg zur Unsterblichkeit gab. Die Reise erstreckte sich über ein Tausend Li und jeder Weg unterschied sich von den anderen, es gab massenweise Haltepunkte und Umwege. Manchmal führten diese Umwege über die Kultivation zur Unsterblichkeit. Und manchmal führten diese Umwege zu den Früchten der Unsterblichkeit, indem die ganze harte Arbeit der Kultivation übersprungen wurde.

Dennoch. Was der Älteste Gan sagte, war die gängiste Meinung. Es wäre respektlos, dagegen zu argumentieren. Ganz besonders, wenn man ein neues Mitglied der inneren Sekte war. Stattdessen hielt Wu Ying den Mund und behielt seine Gedanken für sich.

"Ihr widersprecht dem", bemerkte der Älteste Gan, der Wu Ying wie eine Schriftrolle gelesen hatte. "Das ist unwichtig. Beendet den Kurs. Aber denkt über das nach, was ich gesagt habe. Denn Ihr seid" – der Älteste Gan spielte ein letztes Mal mit dem Scharnier, bevor das überstrapazierte Stück Metall mit einem Klingeln zerbrach – "noch weit davon entfernt, qualifiziert zu sein."

Wu Ying fing die Einzelteile auf, die der Älteste Gan fallen ließ, als er ging, und starrte auf die zerbrochenen Scharniere, an denen er so hart gearbeitet hatte. Er presste die Lippen fest zusammen und fixierte seinen Blick auf das zerbrochene Metall, ehe er es neben sich legte, um es später auf den Schrotthaufen zu legen. Vielleicht hatte der Älteste Gan Recht. Vielleicht war das Schmieden nicht seine Berufung.

Wu Ying schaute auf den schweißbedekten Rücken Bao Congs, der mit höchster Konzentration an seiner Schmiedestelle arbeitete, und seufzte. Ihm fehlte ohne Zweifel Bao Congs Leidenschaft für Metall. Für Wu Yings Geschmack war es zu entseelt, zu schlicht. Und, das musste Wu Ying zugeben, es war viel zu heiß in der Schmiede. Obwohl er jetzt, da er sich abgekühlt hatte, aufgrund des Schweißes, der sich auf seinem Körper angesammelt hatte, zu zittern begann.

Nachdem Wu Ying einen weiteren Becher Wasser getrunken hatte, stand er auf und ging wieder nach drinnen. Wie er sich auch entschied, er musste noch immer die Stunden investieren, um die heutige Arbeit abzuschließen.

***

"Vor Euch befinden sich fünf verschiedene Kessel", verkündete Liu Tsong und wies auf die Kessel, die auf der Bühne platziert waren.

Jeder hatte sie gesehen, als sie hereingekommen waren, und viele Studenten hatten sich an den Seiten der Bühne getummelt, um sie zu begutachten. Die Kessel reichten von einem kleinen, kochtopfgroßen Pillenkessel, der leicht zu transportieren war, bis hin zu einem massiven Kessel, der so breit war, dass Wu Ying nicht einmal seine Arme darumlegen konnte.

Die Größe war nicht der einzige Unterschied. Der kleinste Kessel war am schlichtesten gestaltet und ähnelte einem Kochtopf, den eine Hausfrau verwenden würde, aber der Kessel war dicker als gewöhnliche Töpfe und hatte einen schwereren Fuß. Abgesehen von diesen kleinen Unterschieden ähnelte er jedoch wirklich einem eisernen Kochtopf. Er hatte sogar einen einfachen, schwarzen Deckel. Die anderen Kessel waren ganz offensichtlich aus anderen, exotischeren Materialien gefertigt. Einige hatten zusätzliche Lüftungsschlitze an den Seiten, die man verschließen konnte, oder auch schwerere Deckel, um Hitze und Dampf im Kessel zu halten. Die Kessel hatten ganz unterschiedliche Schimmer: Metallisch-dunkle, grüne, graue, silberne und weiße Färbungen zogen sich durch ihre Materialien. Die Metalle oder Legierungen waren Wu Ying nicht bekannt. Ein Zeichen ihrer Seltenheit und Komplexität. Wu Ying wusste, dass viele Metalle sowohl aus Dämonensteinen als auch aus Körperteilen von Seelenbestien zusammengesetzt waren, um ihnen mehr Robustheit zu verleihen. Es waren die Art der Technik und das verwendete Material, die das Schmieden auf Seelen- und Sterblichkeitsstufe unterschieden.

"Am weitesten von mir entfernt steht ein Pillenkessel, mit dem man Pillen für Sterbliche herstellen kann. Viele von euch werden in den ersten paar

Jahren überwiegend damit arbeiten." Liu Tsong tippte auf den Kessel. "Hört her." Sie tippte erneut mit ihrem Finger, auf dem sich eine Metallkappe befand, auf den Kessel. Sie ging um den Kessel herum und tippte auf verschiedene Stellen. Das Geräusch veränderte sich leicht, als sie auf unterschiedliche Areale klopfte. "So könnt ihr die Qualität und die Schwächen eures Kessels ermitteln. Für Meister ist das ausreichend, da sie die Feinheiten und Unterschiede im Kessel hören können.

Ihr zählt nicht zu den Meistern."

Liu Tsongs Blick verharrte auf ihren Schülern, unter denen einige sich unbehaglich bewegten.

Sie fuhr fort, nachdem sie so künftige Torheiten abgewandt hatte. "Dieser Kessel und vier weitere ähnlicher Qualität werden von der Apothekengilde vermietet. Jede Vermietung erstreckt sich über höchstens eine Woche. Ich lege den meisten von euch nahe, damit anzufangen, jeden der fünf Kessel zu mieten und mit ihnen die grundlegensten Pillenrezepte auszuprobieren, die wir euch vermittelt haben. Die verschiedenen Kessel zu inspizieren und mit ihnen zu arbeiten, wird euch die nötige Erfahrung bringen, um ihre Unterschiede zu begreifen.

Die Pille des Zwielichtaschenblutes als Rezept für eine irdische Pille kann mit einem Minimum an Anweisungen und Training hergestellt werden. Denjenigen unter euch, die keine Erfahrung mit der Pillenverfeinerung haben, empfehlen wir für die ersten paar Versuche das Zurateziehen eines Lehrmeisters aus der Apothekenhalle. Damit wird gewährleistet, dass ihr die Grundlagen der Verfeinerung lernt und so wenig Ressourcen wie möglich verschwendet."

Als Liu Tsong sah, dass es keine Fragen gab, ging sie ein weiteres Mal um den Kessel herum und klopfte für alle gut hörbar darauf.

Nachdem sie ihn dreimal umkreist hatte, sagte sie: "Mit dem im Hinterkopf, was ihr gehört habt, erkläre ich euch nun die Schwachstellen und wie sie zu erkennen sind."

Liu Tsong stellte sich so hin, dass sie auf eine kleine Verfärbung an der Außenseite des Kessels zeigen konnte. Sie erhob die Stimme, während sie ihre Finger über die Verfärbung gleiten ließ, und erläuterte die Details der Schwachstelle des Kessels sowie ihrer Besonderheiten.

***

Einige Stunden später seufzte Wu Ying aufgrund des Berges an Notizen, die er während der Vorlesung festgehalten hatte. Obwohl er Liu Tsongs Rat erhalten hatte, im Vorfeld eine Anleitung zu Pillenkesseln zu kaufen und zu lesen, hatte er sich doch reichlich Notizen gemacht. Vielleicht war die Hälfte davon zu Dingen, die in der Anleitung enthalten waren, die Wu Ying schon wieder vergessen hatte. Die andere Hälfte war zu Dingen, die gar nicht oder nur oberflächlich erklärt worden waren.

Diesmal hatte Wu Ying eine große Zahl an Studenten beobachtet, die sich krampfhaft Notizen gemacht hatten. Die anderen Studenten waren vom plötzlichen Wechsel in der Thematik überrascht worden und hatten verzweifelt versucht, der Erklärung zu folgen. Das war nicht überraschend, denn der Kurs hatte sich die letzten Monate über bis ins kleinste Detail mit Kräutern beschäftigt. Wu Ying bereute schon fast, dass sie nicht länger über Pflanzen diskutierten, weil seine neue Anstellung bei der Ältesten Li ihm einen großen Vorteil verschaffte. Die Informationen, die Liu Tsong ihnen mitteilte, untermauerten das, was Wu Ying lernte, während er in den Gärten arbeitete, und umgekehrt.

Aber Wu Ying musste zugeben, dass er etwas aufgeregt darüber war, einen Pillenkessel in seine Finger zu bekommen und mit der Verfeinerung zu beginnen. Wie die Älteste Li festgestellt hatte, hatte er sich immer noch nicht an der eigentlichen Arbeit eines Pillenverfeinerers versucht. Es war an der Zeit, endlich damit anzufangen. Und wenn es auch nur dazu diente, sicherzustellen, kein kompletter Versager darin zu sein.

Als Wu Ying nach dem Unterricht schließlich zuhause ankam, überraschte es ihn nicht, Liu Tsong anzutreffen, die auf ihn wartete. Sie genoss eine Tasse Tee und Mandelkekse in seinem Empfangssalon. Liu Tsongs Besuche nach ihren Vorlesungen hatten nach den ersten Wochen zwar abgenommen, aber jedes Mal, wenn sie ein neues Thema vorstelle, hatte sie Wu Ying aufgesucht. Wu Ying bewunderte Liu Tsongs Hingabe, eine gute Lehrmeisterin zu sein, in gewisser Weise sehr. Nachdem Wu Ying in den vergangenen Monaten einige zufällig aussgewählte Seminare miterlebt hatte, konnte er mit Zuversicht sagen, dass dies eine seltene Eigenschaft war. In einigen Fällen war Wu Ying verwirrter als zuvor aus den Seminaren der inneren Sekte gekommen. Einige Ältesten und ihre Schüler waren einfach nicht dafür gemacht, zu unterrichten.

"Wie war ich?", fragte Liu Tsong, die auf die Unmengen an Notizen in Wu Yings Händen schaute. Ihre Lippen kräuselten sich für einen kurzen Moment, aber Wu Ying konnte ihr Gesicht nicht lesen. War sie glücklich oder enttäuscht darüber, dass er sich viele Notizen gemacht hatte?

"Gut. Ich habe das meiste verstanden, von dem du gesprochen hast. Aber es wäre hilfreich gewesen, wenn wir eine Gelegenheit bekommen hätten, die Kessel aus der Nähe zu betrachten", sagte Wu Ying.

"Har! Und euch alle den Kessel meiner Meisterin mit euren schmutzigen Händen anfassen lassen?", protestierte Liu Tsong. "Keine Chance. Ich musste eine Woche lang betteln, ehe sie mir erlaubt hat, ihre Kessel zu präsentieren. Und obendrein war es ihr sechstbester Kessel!"

"Sechstbester?", fragte Wu Ying. Er rief sich den goldglänzenden Kessel ins Gedächtnis, den sie zum Schluss betrachtet hatten. Er war so groß gewesen, dass man mit ihm laut Liu Tsong locker ein Dutzend Pillen herstellen konnte. Sicher, es lag daran, dass man die Pillen aus einer Unzahl von Kräutern formen musste, die man verbrannte und konzentrierte, dass er so groß war. Auf dem Level, auf dem Liu Tsongs Meisterin arbeitete, waren die Zutatenlisten so lang wie Wu Yings Arm.

"Ja, der sechstbeste. Sie hat mir versprochen, dass ich ihren fünftbesten Kessel benutzen darf, wenn ich mich gut anstelle", erklärte Liu Tsong. Ihr plötzliches Lächeln spaltete ihr Gesicht beinahe in zwei Hälften.

"Ich wollte schon nach den verschiedenen Kesseln fragen. Du hast beiläufig erwähnt, dass du in manchen Fällen nicht den besten Kessel benutzen würdest?", fragte Wu Ying.

"Nun, dafür gibt es einige Gründe. Der drastischste ist die Zerstörung des Kessels", antwortete Liu Tsong. "Wenn man an einer neuen Pillenrezeptur arbeitet, kann das schlechte Zusammenspiel von Yin, Yang und den elementaren Energien verschiedener Kräuter dazu führen, dass der Kessel zerbricht."

"Oh, das wäre eine kostspielige Angelegenheit."

"Und sehr gefährlich", fügte Liu Tsong hinzu. "Aber das ist der schwerwiegendste Grund. Häufiger liegt es daran, dass es weniger explosive, elementare Wechselwirkungen gibt. Stell dir vor, dass jeder Kessel durch vorherige Zubereitungen gewürzt wurde. Obwohl wir versuchen, die Kessel so gut wie möglich zu reinigen, bleiben immer Rückstände. Diese Rückstände sind gewollt. Ein ungewürzter Kessel ist ein bemitleidenswerter

Gegenstand, dem kein elementarer Rückstand eigen ist. Aber Reststoffe können auch das Endergebnis bestimmter Rezepturen beeinflussen."

Wu Ying nickte und hielt hastig ihre Worte fest. Es ergab für ihn genauso Sinn, wie sich seine Mutter beschwert hatte, als ihr jahrzehntealter Wok eines Abends zerbrochen war. Sie war dazu gezwungen gewesen, ihn gegen einen neuen Wok einzutauschen und die nächsten sechs Monate über war das Essen einfach nicht so gut gewesen wie sonst. Erst, nachdem der Wok angemessen gewürzt war, hatte auch das Essen wieder besser geschmeckt. Da die Pillenverfeinerung ein peinlich genauer Prozess war, ergab es sogar noch mehr Sinn, dass die vorangegangenen Zubereitungen in einem Kessel das Endergebnis von Pillen beeinflussen konnte.

"Vielen Dank", sagte Wu Ying. "Ich habe noch einige weitere Fragen ..."

"Natürlich hast du das", bemerkte Liu Tsong mit einem Funkeln in den Augen. "Genau wie ich. Aber keine weiteren Fragen, bis wir nicht noch mehr Mandelkekse bekommen!"

Wu Ying hüstelte, gab Ah Yee aber ein Zeichen. Sobald die Kekse bereitgestellt waren, wandte er sich Liu Tsong zu, nur, um von ihr unterbrochen zu werden.

"Ich habe viele von euch die Stirn runzeln sehen, als ich die Unterschiede zwischen den zweiten und achten Typen von Belüftungsschlitzen erläutert habe. Was war der Grund dafür?"

Eineinhalb Stunden später hatten sie ihre Diskussion über Liu Tsongs Vorlesung endlich beendet. An diesem Punkt hatte Wu Ying die Gelegenheit, seine letzte Frage zu stellen. "Wirst du meine Lehrerin sein?"

"Für deine erste Pillenverfeinerung?" Liu Tsong beobachtete ihn, während Wu Ying nickte. Sie hielt inne. Offensichtlich dachte sie gründlich über ihre Antwort nach. "Wir können es versuchen."

"Versuchen?"

"Nicht alle Lehrer und Schüler passen zusammen. Du bist zwar ein anständiger akademischer Schüler, aber die Praxis der Pillenverfeinerung ist sehr präzise", erklärte Liu Tsong. "Ich habe einige Erfahrung darin, anderen etwas beizubringen, aber ... naja. Ich bin vielleicht nicht die richtige Lehrerin für dich."

Wu Ying belächelte ihre Antwort. "Es wäre mir dennoch eine Ehre, verehrte Li."

"Schleimer."

***

Wu Ying ging um den Pillenkessel herum und inspizierte das brusthohe Metallgefäß mit seinen Fingern. Er horchte und fühlte. Dank seiner Verspätung waren alle fünf Mietkessel bereits vergeben, wodurch Wu Ying nur einen der Kessel für den öffentlichen Gebrauch mieten konnte, um ihn in seiner Lehrstunde mit Liu Tsong zu verwenden. Das bedeutete, dass der Kessel um einiges größer als nötig war, aber zu diesem Zeitpunkt hatte er nicht wirklich eine andere Wahl. Zumindest würden die anderen Pillen, die in diesem Kessel gebraut worden waren, die Pillenrezeptur für eine Pille auf sterblichem Level, die er verwenden wollte, nur geringfügig beeinflussen. Das Level dieser Pillenrezeptur war so niedrig, dass kleine Veränderungen der elementaren Energien nur einen geringen Unterschied machen würden. Erst, wenn man Pillen auf höherem Level herstellte, war Vorsicht geboten.

Während er um den Kessel ging, zählte er die Schwachstellen, die er erkannte, für Liu Tsong auf, die an der Seite stand, während sie wenn nötig hilfreiche Hinweise gab. Als Wu Ying endlich zum Stehen kam, zeigte Liu Tsong ein paar weitere Schwachstellen auf, die er übersehen hatte, bevor sie die Probleme hervorhob, um die er sich wirklich Sorgen machen sollte.

"Und zu guter Letzt wird das dünnere Material auf der nördlichen Seite des Kessels heißer werden. Am besten rührst und mischst du an dieser Stelle schneller. Ich würde sagen, dass es dort etwa zwanzig Prozent heißer sein wird, also musst du deine Mischgeschwindigkeit daran anpassen", erläuterte Liu Tsong und beendete ihre Aufzählung an Schwachstellen. "Sind die Zutaten vorbereitet?"

Wu Ying antwortete, indem er den Tisch heranzog, auf dem sich die Zutaten befanden. Auf dem Tisch waren fünf gleich große Portionen: Er hatte die verschiedenen Kräuter, Blütenblätter und Wurzeln gleichmäßig gewogen und aufgeteilt.

Liu Tsong ließ ihren Blick über seine Arbeit schweifen, bevor sie seufzte und auf zwei Schüsseln zeigte. "Diese hier wurden falsch vorbereitet."

"Aber ich habe alles gewogen!", protestierte Wu Ying.

"Die Verfeinerung besteht nicht nur daraus, die Portionen zu wiegen und aufzuteilen", rügte Liu Tsong ihn. "Schau dir an, was du gemacht hast. Schau, was falsch daran ist."

Wu Yings Miene verfinsterte sich, während er die Materialien begutachtete, bevor er es wagte, eine Mutmaßung zu äußern. "In der zweiten Portion befindet sich mehr oberes Wurzelmaterial als in der anderen. Tatsächlich besteht sie fast nur daraus."

"Exakt. Die Menge an Feuer-Chi aus der dreiäugigen Wurzel konzentriert sich überwiegend am oberen Teil der Wurzel. Dass du die Portionen ungleichmäßig aufgeteilt hast, hätte dafür gesorgt, dass beide Pillensets fehlgeschlagen wären", sagte Liu Tsong.

"Entschuldigung." Nun ja, das war in keinem der Bücher erwähnt worden, die er gelesen hatte.

"Es ist ok. Jetzt überarbeite die Zutaten nochmal."

Kurze Zeit später überprüfte Liu Tsong die Verhältnisse erneut, ehe sie aufatmete. "Das ist annehmbar. Abgesehen davon, dass die Späne des nördlichen Aschbaumes von unglaublich geringer Qualität sind. Sie sind nicht gut genug, um fünf Sets herzustellen. Teile das letzte Set auf die anderen auf."

"Ich kann die Zutaten zurückgeben ..."

"Eine Bezahlung, ein Satz an Waren[19]. Du hast für die Zutaten bezahlt und sie bereits angenommen. Keine Rückgaben", sagte Liu Tsong. "Deswegen dauern Transaktionen zwischen erfahrenen Pillenverfeinerern so lange. Wir müssen alles überprüfen, was die Apothekergilde uns verkauft."

Wu Ying nickte, denn nun ergaben Unterhaltungen und Verhandlungen, die in der Residenz der Ältesten Li geführt wurden, mehr Sinn. Es war ein Leichtes, das richtige Material zu tauschen, wenn es sich um gewöhnliches Material handelte, von dem die Sekte viel zur Verfügung hatte. Aber wenn die Sekte nur zwei oder drei Portionen hatte, war es besser, es direkt von der Quelle zu erhalten. Ganz zu schweigen vom Unterschied in der Qualität.

"Also, dann lass uns anfangen", verkündete Liu Tsong. "Du hast dir die Rezeptur durchgelesen?"

"Jawohl."

"Dann schau gut zu. Ich werde versuchen, alle Schritte zu diktieren, die ich mache, aber vieles wird von deinem Auffassungsvermögen abhängen", sagte Liu Tsong.

Kaum hatte Wu Ying ihre Aussage bestätigt, fing sie auch schon an. Liu Tsong erhöhte die Temperatur des langsam brennenden Holzes. Während sie arbeitete, sprach sie über die Hitze, die richtige Temperatur und die unterschiedlichen Methoden, um die Temperatur im Kessel zu variieren und

---

[19] Ein chinesisches Sprichwort. Es klingt im Chinesischen besser, aber es ist das chinesische Äquivalent des Gewährleistungsausschlusses.

anzupassen. In der einen Hand hielt sie einen kleinen Fächer, der dazu diente, die Flammen und Temperaturen, wenn nötig, zu schüren. In der anderen hielt sie eine schlichte Kelle, bereit, die Zutaten für die Pillenrezeptur zu schöpfen und hineinzugeben, sobald dies nötig war.

"Benutze Wasser, um die Temperatur zu überprüfen. Die Zeit, die es braucht, um zu verdampfen, wird dir verraten, wie heiß es im Kessel ist." Liu Tsong ließ ihren Worten Taten folgen. "Die hier verwendete Pillenrezeptur folgt der grundlegendsten Formel – diejenigen Zutaten zuerst hineinzugeben, die das eingeschränkteste Chi haben. Die Reihenfolge ist folgende: Metall-, Erd-, Holz-, Wasser- und Feuer-Chi." Während Liu Tsong sprach, schöpfte sie die schillernden, violetten Efeublätter und gab sie in den Kessel. Die Blätter verbrannten auf der Stelle und gaben einen leichten Duft ab. Zur gleichen Zeit nutzte Liu Tsong ihre linke Hand, um eine Kelle voll Wasser in den Kessel zu geben, während sie beobachtete, wie die Blätter kochten. Nachdem sie die Kelle ausgetauscht hatte, fachte sie die Flammen erneut an und erhöhte die Temperatur im Kessel. "Als nächstes warten wir elf Atemzüge lang ab ..."

Wu Ying notierte sich ihre Kommentare. Er wunderte sich, dass sie elf anstatt zwölf erwähnte, wie es in der Rezeptur vermerkt war, aber ihm blieb keine Zeit, nachzufragen. Liu Tsong sprach einfach weiter. Trotzdem zählte Wu Ying die Atemzüge, so gut es ging. Es würde ihn stundenlage Übung kosten, bevor er die regulierte Atmung beherrschen würde, die die Apotheker nutzten. Dass die regulierte Atmung[20] eine fixe Zeitspanne festlegte, war für Wu Ying eine Offenbarung gewesen. Fast genauso sehr wie die Erkenntnis, dass Pillenverfeinerer diese Atmung jedes Mal aufs Neue

---

[20] In der traditionellen chinesischen Küche wurden Rezepte basierend auf Maßeinheiten wie eine Hand voll, eine Prise usw. weitergegeben. Diese Einheiten waren reguliert und junge Frauen wurden von ihren Müttern bis ins kleinste Detail darin trainiert, wie viel eine Prise, eine Hand voll usw. war, bis die Bewegungen instinktiv wurden.

erlernen mussten, wenn sie in ihrer Kultivation aufstiegen. Schließlich änderte sich der Bedarf an Sauerstoff, sobald das Chi anstieg und der Körper sich vervollkommnete – und damit änderte sich auch die Weise, wie der Körper reagierte.

Kräuter um Kräuter, Wurzel um Blatt wanderte in den Kessel, unterbrochen von Liu Tsongs Kommentaren. Wu Ying schaute bis zum Ende interessiert zu, als Liu Tsong auf die Seite des Kessels tippte, fünf Pillen herausflossen und schwungvoll in der bereitgestellten Schüssel landeten.

"Mach das nicht nach. Du schöpfst sie heraus", sagte Liu Tsong und schaute auf die Pillen, die sie hergestellt hatte. "Hm. Oberes Sterblichen-Level. Nicht schlecht für Zutaten dieser Stufe."

"Du kannst die Level erkennen?", fragte Wu Ying und trat heran, um auf die Pillen zu starren.

"Das wirst du auch. Jetzt bist du dran."

"Vielleicht sollte ich nochmal zusehen ..."

"Du wirst es nicht lernen, bis du es versuchst. Jetzt fang an."

"Jawohl."

Wu Ying trat vor und prüfte die Hitze des Kessels, dann spritzte er einige Tropfen mit seiner Hand in den Kessel und beobachtete, wie die Tröpfchen zischten. Als Wu Ying zu Liu Tsong blickte, warf sie ihm ein leichtes Lächeln zu.

"Ich werde deinen ersten Durchgang weder kommentieren noch korrigieren."

Wu Ying schluckte. Ihm wurde bewusst, dass er sich am Abgrund des Versagens entlangbewegte. Aber vielleicht würde ihn das Wissen, vermutlich zu scheitern, befreien. Zu wissen, dass er scheitern würde, bedeutete, dass er nichts zu verlieren hatte. Und so verschwand die Angst vor dem Versagen. Es gab keine Angst in der Gewissheit – nur Freiheit. Als hätte sich eine Tür in seinem Geist geöffnet, stellte Wu Ying sich gerade hin und fachte die Flammen noch mehr an. Ein weiterer, entschlossenerer Spritzer Wasser, dann fing er an.

Als die Prozedur eine Stunde später vollendet war, warf Wu Ying dem braunen Schlick einen finsteren Blick zu. Anstatt völlig runder Pillen war dies aus dem Kessel gekommen. Er piekste in den Schlamm und versuchte, ihn aus dem Kessel zu schöpfen, ehe Liu Tsong ihn unterbrach, indem sie eine Hand auf seinen Ellbogen legte.

"Hinter dir befindet sich ein Behälter, in dem du die Reste entsorgen kannst. Dann lösch das Feuer. Du musst alles herausschöpfen, was möglich ist, und dann den Rest mit Wasser ausspülen. Das wiederholst du so lange, bis das meiste davon entfernt wurde. Dann nimmst du die Bürste neben dir, um die Vorwäsche abzuschließen. Danach brauchen wir das Kräuterbündel. Tränke das Bündel im Topf neben dir. Nicht dieser. Der andere. Benutze das destillierte Wasser für die erste und abschließende Reinigung", erklärte Liu Tsong. "Und während du daran arbeitest, erkläre ich dir, was du falsch gemacht hast. Und was richtig."

Der bittere Geruch der verbrannten Pillenrezeptur ließ Wu Yings Nase zucken, als er ihr näherkam, und er fing mit der Reinigung des Kessels an. Wenigstens war Liu Tsong bereit, mit ihm zu reden, während er die Reinigung durchführte. Wu Ying wusste, dass er danach noch zwei weitere Chancen hatte, bevor die Versuche dieses Tages ein Ende fanden.

***

Später an diesem Abend blickte Wu Ying auf drei Ladungen von Pillen. Nach seinem ersten, missglückten Versuch, hatte er es geschafft, zwei Pillensets aus den übrigen Zutaten herzustellen. Natürlich waren die Ergebnisse überwiegend Liu Tsongs Hilfe zu verdanken. Ihre schnellen Berichtigungen seiner Fehler ermöglichten es ihm, Korrekturmaßnahmen vorzunehmen, während er den Umfang seines Wissens und seiner Technik ausweitete. Liu Tsong hatte ab und zu sogar die Bewegungen vorgemacht, die er ausführen musste, was Wu Ying jetzt, da er sich daran erinnerte, zum Lächeln brachte.

Nun, mit den vor ihnen ausgebreiteten Pillen, bekam er seine letzte Lektion des Tages. Ein näherer Blick auf die Level der Pillen.

"Siehst du, wie viele Pillen einen schimmernden Glanz haben? Das rührt von dem Erdschneckenextrakt her, das wir zum Schluss hinzugefügt haben. Wenn man es richtig streicht, versiegelt er das Chi und die medizinischen Eigenschaften der Pille. Auf der anderen Seite haben deine niedrigstufigen Pillen diesen Glanz nicht. Er wurde wegen deiner unzureichenden Hitzekontrolle komplett verbrannt", wies Liu Tsong hin. "Diese Pillen können nicht eingelagert werden. Ich empfehle dir, sie innerhalb der nächsten zwei Tage zu schlucken."

Wu Ying senkte den Kopf.

"Schau dir als nächstes die Kontinuität der Größe an. Auch hier haben wir die einheitliche Größe meiner Pillen, wohingegen deine ..."

Wu Ying zuckte zusammen. Ungleichmäßig war noch freundlich ausgedrückt.

Liu Tsong ignorierte seinen Gesichtsausdruck und fuhr fort. Die nächsten fünfzehn Minuten über zählte Liu Tsong alle Unterschiede auf, womit Wu Yings Ausbildung begann, wie die Unterschiede im Pillenlevel zu erkennen waren. Dann füllte sie die Pillen in drei verschiedene Flaschen und beschriftete die Etiketten, die an ihnen befestigt waren, mit einem Pinsel.

"Und das war's. Wir haben die bewilligte Zeit um vier Stunden überschritten, daher erwarte ich von dir, dass du die Halle darüber in Kenntnis setzt, ja?", sagte Liu Tsong, die Hände in die Hüften gestemmt.

Wu Ying stimmte auf der Stelle zu.

"Gut. Für deine erste Stunde hast du dich gut geschlagen", bemerkte Liu Tsong mit einem Lächeln.

Er errötete – er wusste nicht, ob es an dem Lob oder an ihrer Schönheit lag. Da er die letzten Stunden damit verbracht hatte, etwas von ihr zu lernen, hatte er diese Tatsache völlig vergessen. Aber ihr plötzliches Lächeln und die Art, wie sie mit ihrem Kopf zuckte, wodurch ihr Haar um sie herum wogte, war eine heftige Erinnerung daran. "Habe ich das?"

"Ja. Du bist kein Genie, aber du bist sicherlich kein hoffnungsloser Fall. Es ist schwer zu sagen, was du mit mehr Übung erreichen kannst, aber ich würde dir auf jeden Fall empfehlen, weiterzumachen."

"Vielen Dank", sagte Wu Ying und verbeugte sich tief.

Liu Tsong winkte ihm zum Abschied und erinnerte ihn daran, anständig sauber zu machen.

Wu Ying, der mit einem schmutzigen Kessel und drei Flaschen voll Pillen zurückblieb, seufzte. Mehr Übung schön und gut, aber die Zutaten für die Pillenrezeptur hatten einhundertachtzig Beitragspunkte gekostet. Für Liu Tsongs Honorar und die Mietkosten des öffentlichen Kessels hatte er weitere rund dreihundert Punkte investieren müssen. Und das war noch vor den Kosten für die Überziehung. Wäre sein kleiner Ausflug mit Tou He und die schleichenden, aber kontinuierlichen Einnahmen, die er bei der Ältesten Li verdiente, nicht gewesen, wäre er nun pleite.

So wie die Dinge standen, war er nicht weit davon entfernt. Einen Weg zu finden, um Beitragspunkte zu verdienen, würde das größte Problem darstellen. Ganz so, wie man ihn gewarnt hatte.

Kapitel 13

Das Ende des Stabs kam wirbelnd auf ihn zu und erwischte Wu Ying beinahe am Kopf. Er duckte sich weg, doch dadurch erwischte ihn ein Schlag mit dem anderen Ende. Mit einem weggezogenen Bein und verlorenem Gleichgewicht fiel Wu Ying tosend zu Boden, was ihm den Atem raubte. Ehe er sich erholen konnte, flog das Ende des Stabs vorwärts und kam direkt vor Wu Yings Gesicht zum Stehen, was das Ende des Kampfes und seine Niederlage markierte.

"Hör auf, über andere Dinge nachzudenken, und konzentriere dich auf mich", rief Li Yao mürrisch, während sie ihren Stab zurückzog.

Als Wu Ying auf die junge Dame starrte, die ihn anblickte, konnte er nicht anders, als zu lächeln und sich auf die Füße zu rollen. "Der war gut."

"Nein, war er nicht. Du hast nicht aufgepasst", schmollte Li Yao. "Was ist heute nur mit dir los?"

"Entschuldige", sagte Wu Ying und wies sie an, die Bühne zu verlassen. Sie sprangen von der Kampfbühne herunter und gingen zur Wasserstelle. "Ich habe, nun ja, über Beitragspunkte nachgedacht."

"Ausgeben oder verdienen?"

"Verdienen", gab Wu Ying zu. "Ich habe die meisten meiner Beitragspunkte für eine Lektion in der Pillenverfeinerung ausgegeben. Und nun muss ich jeden Tag wieder ein paar Punkte verdienen."

"Wo liegt das Problem?", fragte Li Yao. Sie legte die reine Haut an ihrer Stirn in Falten. Über den Winter hatte Li Yao etwas von ihrem Babyspeck um ihr Gesicht verloren und war um einen Zoll gewachsen. Die fitte Kultivatorin zog die Blicke mehrerer Interessenten auf sich, obwohl sie noch immer blind für die Aufmerksamkeit war, die man ihr entgegenbrachte. "Es gibt gerade so viele Missionen. Das Ende des Winters ist die beste Zeit, um Dämonenbestien und Seelenbestien zu jagen. Selbst der Mönch ist damit beschäftigt, sich seinen Unterhalt zu verdienen."

"Ex-Mönch."

Li Yao winkte Wu Yings Verbesserung ab. "Wenn du nach einer Gruppe suchst, sprich mit dem verehrten Ge. Er wird dich gerne einer zuweisen."

"Ich bin kein Kampfkunstspezialist", bemerkte Wu Ying.

"Als wäre ein offizieller Beitritt wichtig", schnaubte Li Yao. "Du trainierst mit uns, du arbeitest daran, deine Kampffähigkeiten zu verbessern, du bist einer von uns. Der Rest ist reine Bürokratie, und dafür hat keiner hier Zeit."

"Das ist aber nicht das, was andere sagen", meinte Wu Ying und erinnerte sich an seine frühesten Auseinandersetzungen mit der Sektenbürokratie.

"Das schert mich nicht." Li Yao klopfte fest auf ihre Brust. "Wir sind zu beschäftigt für solche Dinge." Dann fügte sie mit gesenkter Stimme hinzu: "Außerdem gibt es immer mehr Arbeit, als wir erledigen können. Je mehr Missionen wir als 'Kampfkunstspezialisten' erfüllen, desto mehr schätzt uns die Sekte und desto besser ist ihre Unterstützung uns gegenüber. Also hilfst du uns, wenn du dich unseren Gruppen anschließt."

Wu Ying kratzte sich am Kopf. "Aber ich bin nicht wirklich scharf darauf, zu kämpfen ..."

Li Yao hob eine Augenbraue und starrte auf das Jian, das Wu Ying in die Scheide an seiner Hüfte gesteckt hatte, dann wanderte ihr Blick über die Arena.

"Das ist etwas Anderes", widersprach Wu Ying.

"In welchem Sinne?"

"Ich trainiere für den Fall, dass ich zum Kämpfen gezwungen werde. Aber nach draußen gehen, um zu jagen ..." Wu Ying schüttelte den Kopf. "Es ist nicht das Gleiche."

"Mit den Geistern hattest du aber kein Problem", bemerkte Li Yao.

"Zombies. Und das war Tou He." Wu Ying zuckte mit den Schultern. "Ich bin nicht gegen das Kämpfen. Aber ich möchte nicht, dass es mein, mein ..."

"Dao wird?"

"Ja."

"Glaubst du denn, dass es unserer ist? Meiner?", fragte Li Yao mit zusammengekniffenen Augen. Wu Ying musste sich zurückhalten, sich zu rechtfertigen, als sie mit dem Finger auf ihn zeigte. "Glaubst du, ich bin kampfwütig oder dergleichen?"

"Ähhh ..."

"Ooooh, du!" Li Yao stampfte mit dem Fuß auf dem Boden auf, dann, als sie es nicht als ausreichend befriedigend empfand, trat sie Wu Ying auf den Fuß.

Er hätte ihr ausweichen können, doch da er das gefährliche Funkeln in ihren Augen sah, entschied er sich, den Schlag entgegenzunehmen, anstatt sie weiter zu verärgern. Während Wu Ying auf seinen verletzten Zehen umherhüpfte, stapfte Li Yao davon und grummelte stumme Flüche vor sich hin.

"Was hast du getan?", fragte Chao Kun, als er sich Wu Ying näherte, der über seinen Fuß strich.

"Nichts! Ich habe nur, naja, vielleicht etwas Falsches gesagt."

"Ganz offensichtlich."

"Ich ... nun ... alles, was ich gesagt habe, war, dass ich nicht möchte, dass das hier mein Dao wird."

"Das Kämpfen?"

"Ja."

"Ah ..." Chao Kun nickte weise. "Es war nicht klug, das Li Yao zu sagen."

Wu Ying runzelte die Stirn. "Warum?"

"Ihre familiären Umstände." Als Wu Ying weiterhin verwirrt schaute, sagte Chao Kun: "Sie stammt wie viele von uns aus adeligem Hause. Ihre Familie ist besonders altmodisch und findet es für eine Frau nicht schicklich, eine Kampfkunstspezialistin zu sein."

Wu Ying runzelte die Stirn. Es ergab wenig Sinn, solche Ansichten zu haben. Im Vergleich zu der Menge und Dichte an Chi im Dantian und den Meridianen wurden die physikalischen Unterschiede zwischen den Geschlechtern auf der Stufe der Energiespeicherung zu einem immer kleineren Problem. Auf der Stufe der Kernformung konnten die physikalischen Aspekte bei den meisten Kultivatoren als Nebensache abgetan werden, es sei denn, jemand schenkte seiner physikalischen Erscheinung so viel Aufmerksamkeit wie der Älteste Hsu.

"Ich weiß. Wie ich sagte, traditionell. Ihre Familie ist nicht glücklich darüber, dass sie trainieren will, um sich selbst verteidigen zu können. Umso mehr, als sie ihnen letztes Jahr mitgeteilt hat, dass sie keinen Mann heiraten würde, der es nicht mindestens mit ihr aufnehmen konnte." Die Lippen des älteren Kultivators zuckten, bevor er sich vorbeugte. "Obwohl ich glaube, dass das unsere Schuld ist. Sie wurde so mit Avancen belästigt, dass sie uns vor die Herausforderung gestellt hat, sie zuerst zu besiegen, bevor sie mit irgendjemandem ausgeht. Und dann, einen Monat später, muss ihre Familie davon Wind bekommen haben und hat ihren kleinen Bruder geschickt, um Forderungen zu stellen. Und du kennst Li Yao. Anstatt klein beizugeben oder sich zu erklären, hat sie noch einen draufgesetzt."

Wu Ying zuckte zusammen. "Hat niemand sie geschlagen?"

"Ach, ein paar. Dann hat sie sie auf Missionen durch den Dreck mitgenommen. Nicht gerade romantisch." Chao Kuns Lippen zuckten. "Danach haben wir damit angefangen, die Neulinge davon abzuhalten. Das hilft jedoch nicht gegen die Erwartungen ihrer Familie ..."

Wu Ying nickte. Selbst wenn es oft nicht den Anschein hatte, waren die Mitglieder, die der Sekte beitraten, die Elite. Kein untalentierter Adeliger, der es nicht schaffte, in die Sekte aufgenommen zu werden, hatte auch nur den Hauch einer Chance, Li Yao zu schlagen.

"Und deshalb ist sie dahingehend etwas empfindlich. Auch wenn sie nicht wirklich weiß, welchen Weg sie geht, wird sie es dir gegenüber nicht zugeben. Oder mir gegenüber", sagte Chao Kun. "Der Rest von uns ist einsichtiger. Einige von uns verfolgen sogar eine Abwandlung."

"Abwandlung?"

"Wächter. Krieger. Richter", zählte Chao Kun auf und legte eine Hand auf seine Brust. "Der Kampf ist Teil solcher Berufsstände, und es ist nichts falsch an einem Dao, der solche Überzeugungen beinhaltet."

"Ich habe nie ..."

"Ich weiß."

Wu Ying lächelte erleichtert. Er beherzigte Li Yaos Vorschlag und fragte zögerlich: "Li Yao erwähnte, dass es vielleicht offene Aufträge gibt?"

"Aufträge?" Chao Kuns Miene hellte sich auf. "Ich habe mich schon gefragt, ob du abgeschreckt wurdest."

"Überhaupt nicht", widersprach Wu Ying. "Aber ich bin nicht wirklich davon begeistert, zu kämpfen."

"Ja. Das ist nicht dein Dao. Aber das Essen ist auch nicht das Dao von vielen und wir tun es trotzdem alle", sagte Chao Kun. "Such mich heute Abend auf. Ich werde eine Aufgabe für dich finden."

Wu Ying wurde von dieser unkomplizierten Hilfe aufgeheitert, auch wenn er nicht wirklich glücklich über den Gedanken war, ein Kämpfer zu werden. Aber da er einige Ideen hatte, wie er seine Beitragspunkte noch aufstocken konnte, würde das genügen. Wu Ying schaute gen Himmel und bemerkte, dass der Morgen schnell vorüberzog. Nachdem er sich nach Chao

Kuns Adresse erkundigt hatte, machte sich Wu Ying auf, um sich zu waschen. Er musste es noch rechtzeitig in die Gärten der Ältesten Li schaffen.

***

"Verehrter Goh", sagte Wu Ying, als er Ru Ping, der seine Hände auf die Hüften gelegt hatte und seinen Rücken streckte, in den Obstgärten fand. Oder auf die Früchte über ihm am Baum starrte. Wu Yings Schritte stockten, als er die sechs leuchtenden Birnen an den Ästen erblickte. Sowie er sich näherte und die dichte, spirituelle Energie um den Baum seine Aura durchdrang, erschauderte Wu Ying. Er brauchte nicht lange, um die Formationsflaggen zu erspähen, die die spirituelle Energie dieses Areales des Obstgartens verstärkte. "Wie ...?"

"Sterngeborene Himmelsbirnen", antwortete Ru Ping. "Die Bäume blühen jedes Jahr, tragen aber nur sehr wenige Früchte. In den meisten Umgebungen dauert es mehr als sieben Jahre, bis die Frucht reif wird. Da die Älteste Li die optimalen Bedingungen geschaffen hat, hoffen wir darauf, dies auf einmal alle fünf Jahre zu verkürzen. Es ist Teil meiner Arbeit, jeden Tag nach ihnen zu sehen."

Wu Ying schaute nach oben und auf die Birnen. Er hatte noch nie zuvor von dieser Frucht gehört, aber das war nicht wirklich überraschend. Unter dem Himmel gab es mehr Früchte, Kräuter und Pflanzen als Blätter am Baum über ihm. Während Wu Ying die Birnen beäugte, veränderte sich ihr Schimmer. Die Lichtpunkte tanzten um ihre Ränder herum. Wu Ying öffnete seinen Mund, um sich nach diesem Phänomen zu erkundigen, ehe ihm auffiel, dass er vielleicht gar nicht hier sein durfte.

"Wolltet Ihr etwas?"

"Ja, verehrter Goh. Ich –"

"Ru Ping."

"Entschuldigt, Ru Ping. Ich wollte Euch darüber in Kenntnis setzen, dass ich womöglich in den nächsten Tagen nicht anwesend sein werde."

"Oh?" Ru Ping drehte seinen Kopf und zog eine Augenbraue hoch.

"Ich werde heute Abend mit dem verehrten Ge reden", sagte Wu Ying. "Er wird mich einer externen Aufgabe zuweisen, die meinen Fähigkeiten entspricht."

"Der Kampfkunstspezialist?" Als Wu Ying nickte, verzog er die Augenbrauen. "Ich wusste nicht, dass Ihr Euch entschlossen habt, Euch ihnen anzuschließen."

"Das habe ich nicht", entgegnete Wu Ying. "Aber wie Ihr wisst, habe ich mit ihnen trainiert."

"Hah." Ru Ping schaute an Wu Ying auf und ab, dann lächelte er. "Gut."

"Gut?"

"Ja. Wisst Ihr, warum die Älteste Li Euch ausgewählt hat?"

"Weil ich ein Mann bin. Und ein ehemaliger Bauer", antwortete Wu Ying. Diese Unterhaltung hatten sie bereits hinter sich.

"Ihr seid keine welkende Blume." Ru Ping wies auf die Arbeiter in den Gärten. "Die meisten Rekruten betrachten unsere Arbeit als Gärtnerei. Dass das alles ist. Nicht anschaffend."

"Anschaffend?"

"Denkt an das, was die Aufmerksamkeit der Ältesten Li auf Euch gezogen hat", befahl Ru Ping.

"Ich habe die Mitternachtsblüten an die Sekte verkauft."

"Genau", bestätigte Ru Ping. "Ihr seid ausgezogen und habt die Mitternachtsblüten beschafft, etwas, das wir hier nicht züchten."

"Das tut ihr nicht?", fragte Wu Ying.

"Nein. Sie benötigen zu viel metallisches Yin-Chi, um anständig zu wachsen. Wir können sie für eine kurze Weile aufbewahren, aber wenn wir versuchen wollten, sie hier anzupflanzen, würde das eine signifikante Anpassung der Gärten voraussetzen." Ru Ping wies um sich. "Diese Gärten sind sorgfältig ausbalanciert, um sicherzustellen, dass wir jegliches verfügbares Chi, das wir sammeln, fördern und wieder zurückgeben. Jegliche Ergänzung zu oder Entfernung aus den Gärten muss vorsichtig abgewogen werden."

"Wie der Fruchtwechsel und das Düngemittel", sagte Wu Ying.

"Exakt", bestätigte Ru Ping und warf Wu Ying ein Lächeln zu, da sein Kamerad so schnell von Begriff war. "Anders als die Kräutergärten, um die sich die anderen Sektenmitglieder kümmern, ist der persönliche Garten der Ältesten Li höchst empfindlich. Ich habe mein Leben dem Erlernen der Details der Gärtnerei in dieser Form verschrieben. Es wird mein Dao sein."

Wu Ying schaute Ru Ping an, der förmlich strahlte, als er über das Thema sprach. Wu Ying spürte, wie er lächelte, bevor er die Unterhaltung zurück auf das eigentliche Thema lenkte. "Also sucht die Älteste Li nach Leuten, die nach draußen gehen und Kräuter beschaffen?"

"Es ist die Sekte, die nach Kultivatoren sucht, die dazu bereit sind", korrigierte Ru Ping "Nur wenige jener, die wir unterrichten, sind dazu gewillt. Wie Ihr Euch vorstellen könnt, wissen nur wenige Verfeinerer, wie man sich richtig um eine Pflanze kümmert. Und selbst die abenteuerlustigeren Rekruten benötigen jederzeit Schutz, was die Kosten der Beschaffung erhöht. Personen, die reisen, sich selbst schützen und die Kräuter pflücken können, sind selten."

Wu Ying strich gedankenversunken über den Griff seines Jian. Es ergab Sinn. Es ergab jede Menge Sinn. Und es erklärte auch, warum er und Tou He so eine hohe Entlohnung für die Mitternachtsblüten erhalten hatten.

Wäre ein Gärtner ausgezogen, um sie zu besorgen, hätte er mindestens zwei Gefährten gebraucht. Selbst wenn er gewusst hätte, wo sich der Friedhof befindet. In diesem Fall hatten Tou He und er die Bezahlung erhalten, die mindestens für drei, wenn nicht vier, Kultivatoren vorgesehen wäre. Eine sehr ordentliche Belohnung. Wu Ying überkam eine Welle von Gier, als er abwog, wie gewinnbringend es wäre, wenn er es schaffen würde, alles selbst zu sammeln.

"Also, Ihr habt Eure Mission noch nicht, oder?"

"Nein, verehrter Goh."

Ru Ping schlug Wu Ying für diese Förmlichkeit auf den Arm. "Also gut. Dann werdet Ihr heute Nachmittag an meiner Seite arbeiten. Ihr werdet wahrscheinlich nicht weit weg gehen. Und da es Winter ist, wird es nicht viel zu ernten geben. Wir werden uns mit den üblichsten und begehrtesten Pflanzen beschäftigen, die Ihr in der Nähe der Sekte finden könnt. Wenn Ihr Zeit habt, kommt wieder und wir werden näher darauf eingehen."

Wu Ying öffnete seinen Mund, um zu protestieren. Er wusste, wie beschäftigt Ru Ping war. "Aber –"

"Denkt einfach daran, ihnen zu sagen, dass Ihr ein Schüler der Ältesten Li seid, wenn Ihr die gesammelten Kräuter abgebt. So werden wir ebenfalls Ansehen ernten", sagte Ru Ping und schnitt Wu Ying damit das Wort ab.

Wu Ying entspannte sich, da sich die Gründe für Ru Pings Angebot offenbarten. Dennoch würde Wu Ying sich daran erinnern. Wenn er es tatsächlich schaffte, ein paar brauchbare Kräuter zu besorgen, musste er ihm etwas zurückgeben.

∗∗∗

Chao Kuns Anwesen war riesig. Anders als Wu Yings Wohnsitz bestand seine Residenz aus fünf Erkern im Hauptgebäude und drei in den Flügeln, die den Haupthof flankierten. Das Haupttor war aus Kirschholz gefertigt. Es war mit Skulpturen stilisiert und mit Gold und Silber überzogen. Es lag am Rande der Grenze zwischen den Wohngebieten der gewöhnlichen Kultivatoren und der Ältesten und gab deutlich Ausschluss über die Wichtigkeit seines Ranghöheren Ge als ein Schüler des Kerns.

Wu Ying fand Chao Kun im Innenhof vor, wo er in der Pferdehaltung[21] verharrte. Der Innenhof war so groß, dass Chao Kun nur die Hälfte als Trainingsgelände nutzte. Während sich Wu Ying umsah, erblickte er die Formationsmarker, die die Grenzen des Trainingsgeländes markierten und verstärkten. In der anderen Hälfte des Innenhofs befand sich ein klarer und gut gepflegter Garten, um den sich die Diener sorgsam kümmerten.

Zu Wu Yings Überraschung warteten noch andere darauf, dass Chao Kun sein abendliches Training beendete. Am Gartentisch saßen Li Yao und zwei andere Kultivatoren, mit denen Wu Ying sich ganz gut verstand. Beide Männer hatten das Aussehen von Kampfkunstspezialisten, mit langen, schlanken Körpern und einer gefährlichen Ausstrahlung. Sie unterschieden sich nur in der krummen Nase des einen und dem kurz geschorenen Bart des anderen.

"Verehrte Lee", grüßte Wu Ying zuerst die Dame der Runde, bevor er sich vor den anderen beiden verbeugte. "Long Wu Ying grüßt seine Rangälteren."

Die beiden teilten ihm hastig ihre Namen mit, obwohl keiner von ihnen daran interessiert schien, sich zu unterhalten. Selbst Li Yao schenkte ihre

---

[21] Die Pferdehaltung ist eine grundlegende Haltung vieler Kampfkünste zum Aufbau von Stärke, Ausdauer und Stabilität. Nördliche und südliche Stile unterscheiden sich, aber generell stellt man sich in der Haltung so auf, dass die Füße gespreizt nach vorne zeigen und der Körper gerade aufgerichtet ist.

Beachtung Chao Kuns Übung, also wandte auch Wu Ying seine Aufmerksamkeit auf dessen stillstehende Gestalt. Während Wu Ying ihn beobachtete, setzte Chao Kun sich in Bewegung. Seine Hände flackerten, sie bewegten sich so schnell, dass Wu Ying ihren Bewegungen nicht folgen konnte. Die schlagartige Freisetzung von Kraft aus den fliegenden Fäusten wirbelte Staubwolken auf, die die zuschauenden Kultivatoren bedeckten. Der Staub und der Luftdruck drückten für einen kurzen Moment gegen Wu Yings Körper, bevor sie vorüberzogen. Wu Ying hob überrascht die Augenbrauen. Er wusste, dass der Stoß durch die Verstärkungsformationen um das Trainingsgelände herum beächtlich geschwächt worden war.

"Wunderschön", flüsterte der bärtige Kultivator.

"Die Sternschlagende Faust des verehrten Ge hat sich erneut verbessert", sagte Schiefe Nase, dessen Stimme mit Bewunderung gefärbt war.

Als sich der Staub legte, sank Chao Kuns Haar an ihm herab.

"Ich konnte seine Bewegungen nicht sehen", murmelte Wu Ying, überwiegend an sich selbst gerichtet.

"Nur wenige können das", sagte Li Yao. "Die Sternschlagende Faust ist ein Kampfkunststil auf Kernlevel."

"Kern?", fragte Wu Ying überrascht.

"Ja. Nur jemand so talentiertes wie unser verehrter Ge kann einen Kampfkunststil trotz solch einer Lücke in der Kultivation lernen", bestätigte Schiefe Nase.

"Redet keinen Stuss", sagte Chao Kun, der neben der Gruppe aufgetaucht war. Wu Ying und der Bärtige zuckten beide überrascht zusammen. "Wenn die Chi-Dichte und der Fluss ausreichend sind, können die meisten Kampfkunststile des Kerns genutzt werden."

"Ausreichend", wiederholte Schiefe Nase mit einem Schnauben. "Ihr meint, wenn man mindestens die Hälfte der Menge an Chi besitzt, die ein Kernkultivator besitzt. Und wie viele davon gibt es in der Sekte?"

Chao Kun überschlug die Zahl. "Hei Mao. Lu Rong. Fa Yuan, natürlich, bevor sie eine wahrhaftige Kernkultivatorin wurde. Sieben? Nein. Acht von uns gibt es aktuell in der Sekte."

"Unter ungefähr zweiundfünfzig Kultivatoren", bemerkte Li Yao und tippte auf Chao Kuns Hand. "Ihr seid etwas Besonderes. Gebt es einfach zu."

Chao Kun lachte, ehe er abwinkte, um vom Thema abzulenken. "Ihr seid alle hier, weil ihr einen Auftrag haben wollt, ja?"

"Jawohl!", rief die Gruppe im Chor.

"Gut. Also, ich habe so einige Aufträge zur Hand, aber ihr müsst euch entscheiden, ob ihr alle zusammen oder als Paar arbeiten wollt."

"Nicht allein?", fragte der bärtige Kultivator.

"Ihr seid noch nicht bereit", sagte Chao Kun bestimmt.

"Ja, verehrter Ge. Ich würde es vorziehen, mit denen zu arbeiten, die ich kenne", antwortete der bärtige Kultivator und deutete auf seinen Freund.

"Li Yao?", fragte Chao Kun.

"Ist mir egal."

"Also schön. Zwei Teams also." Chao Kun winkte einen Diener heran, der mit einem Tablett voller Schriftrollen zu ihnen trottete.

Chao Kun las die Dokumente schnell durch, nahm zwei davon. Eine gab er dem Paar aus männlichen Kultivatoren, die andere gab er Li Yao. Sobald Chao Kun ihnen die Schriftrollen ausgehändigt hatte, scheuchte er die vier mit geziemender Eile hinaus.

Draußen angekommen, entfernten sich die beiden männlichen Kultivatoren. Wu Ying schaute den unhöflichen Adeligen angewidert hinterher, bevor er sich zu Li Yao drehte. "Was haben wir bekommen?"

"Lass uns irgendwo weiterreden, wo es gemütlicher ist." Li Yao runzelte die Stirn, dachte nach, dann zeigte sie den Hügel hinunter. "Da unten sollte eine Teestube offen haben."

Sobald sie sich in einem halbprivaten Raum in Sichtweite der Diener und Angestellten, aber mit genügend Privatsphäre, sodass niemand sie stören würde, niedergelassen hatten, entrollte Li Yao die Schriftrolle mit dem Auftrag. Die beiden lasen sich gemeinsam die Details der Mission durch, begutachteten die beigefügte Karte und die spärliche Information, die von der Auftragshalle zur Verfügung gestellt worden war.

"Ein Rudel Dämonendholen?" Wu Yings Augenbrauen zogen sich zusammen. Dholen waren rote, hundeähnliche Kreaturen, die sich in großen Sippen fortbewegten. Die Dholen hatten aber seltenst große Reviere oder verlagerten diese. "Warum sind sie jetzt ein Problem?"

"Vermutlich steht eines ihrer Rudelmitglieder kurz vor einem Durchbruch. In diesen Fällen weiten die Dämonendholen ihre Reviere aus und suchen nach Ressourcen mit intensiverem Chi", erklärte Li Yao.

"Intensivem Chi?"

"Menschen. Vorzugsweise hochrangige Kultivatoren."

"Ah ..."

Eine Dholensippe konnte gefährlich sein, denn ihr Jagdrudel wartete ab, bis es seine Beute zur Strecke brachte. Wenn die Dämonenbestien Menschen angriffen, waren sie so schlau, jene anzugreifen, die am Dorfrand wohnten.

"Der regionale Lord?", erkundigte sich Wu Ying.

"Es ist Lord Chu." Als Wu Ying keine Rückmeldung auf ihre Worte gab, seufzte Li Yao. "Der alte Lord Chu und seine zwei Söhne sind vor zwei

Jahren gestorben. Der gegenwärtige Lord Chu ist sechs Jahre alt. Sogar ihre Armee wurde stark dezimiert."

"Oh."

Li Yao schüttelte ihren Kopf. "Dieser abscheuliche Krieg hat bereits zu viele Tode gefordert. Ich weiß von einigen Familien, die vollkommen ausgelöscht wurden und dazu gezwungen waren, ihre Töchter zu verheiraten, um ihr Land zu halten. Ihre Familien existieren nicht länger, aber wenigstens sind sie in Sicherheit."

"Ich sorge mich auch um meine Eltern", sagte Wu Ying gedämpft. "Ohne mein Geld wären sie nicht in der Lage, zusätzliche Hilfe anzuheuern. Mein Vater hat Banditen erwähnt – gewöhnliche Bürger, die von ihren Ländereien vertrieben wurden, weil sie ihre Steuern nicht zahlen konnten – die sich in ländlichen Gegenden rumtreiben. Und letztes Jahr waren die Wei nicht einmal einhundert Li von der Farm entfernt."

Die beiden Kultivatoren verstummten. Sie erinnerten sich an den Druck, der ihnen von der Sekte und ihren Familien auferlegt wurde. Sie hatten mit vielen trainiert, die dann von der Sekte im Krieg eingesetzt worden waren. Viele von ihnen kamen nicht zurück. Einige, weil sie ihren Aufenthalt verlängert hatten. Andere, weil sie niemals zurückkommen würden – sie waren entweder verkrüppelt oder im Kampf gefallen. Der Personalschwund war schleichend, aber spürbar und würde sich nur verstärken, sobald der Frühling da war und die Kämpfe wieder beginnen würden.

"Dholen", sagte Wu Ying schließlich und lenkte ihre Aufmerksamkeit wieder zurück auf die Mission. "Ein Zweitagesmarsch."

"Marsch?", fragte Li Yao. "Sollen wir nicht lieber ein Pferd nehmen?"

Wu Ying kratzte sich am Kopf. Scham überkam ihn. "Ich weiß nicht, wie man reitet. Und ich habe auch kein Pferd."

"Oh. Wir können eines für dich leihen", meinte Li Yao. "Die Sekte hat einige friedfertige Pferde. Du solltest es lernen. Wobei es im Frühling besser wäre."

"Wieso?"

"Der Boden ist weicher", sagte Li Yao mit funkelnden Augen. Wu Ying schaute sie an, bevor sie lachte und abwinkte. "Du wirst schon klarkommen. Du bist in der Kultivation kein Anfänger mehr. Den physischen Aspekt des Reitens zu lernen wird dir leichter fallen, als eine neue Kampfkunst zu studieren. Und für die Pflege der Tiere können wir an Herbergen Halt machen."

"Ich weiß, wie man sich um Pferde kümmert", bemerkte Wu Ying steif. Sein Dorf hatte ein Zugpferd gehabt und die Dorfkinder waren alle damit beauftragt gewesen, sich früher oder später um es zu kümmern. Allerdings war ein Zugpferd kein Reitpferd und kein Kind hätte es gewagt, den Zorn des Dorfältesten auf sich zu ziehen, indem sie versucht hätten, es zu reiten.

"Gut. Glaub mir, ich werde sicherstellen, dass dein erstes Mal gut sein wird!", bekräftigte Li Yao.

Wu Ying warf ihr ein schwaches Lächeln zu, bevor er nach unten schaute, um seine leichte Schamesröte zu verbergen.

Li Yao, ahnungslos wie immer, fuhr fort. "Wir sollten uns Bögen besorgen."

"Und uns selbst als Köder für die Dholen benutzen?"

"Genau."

"Eine gute Idee", sagte Wu Ying und rieb sich das Kinn. "Obwohl ein richtiger Köder vermutlich besser wäre."

"Vielleicht können wir eines der äußeren Sektenmitglieder nehmen? Jemand auf Körperreinigungsstufe 4 oder 5 wäre perfekt", stimmte Li Yao zu.

"Ich dachte an eine Dämonen- oder Seelenbestie", sagte Wu Ying.

"Oh, das ergibt natürlich mehr Sinn." Wu Ying beäugte die gut gelaunte Kultivatorin misstrauisch, aber Li Yao ignorierte seine Blicke und tippte mit einem Fingernagel auf ihre Unterlippe. "Kannst du einen Bogen benutzen?"

"Ich bin nicht gut darin", gestand Wu Ying.

"Dann eine Armbrust?"

"Schon eher."

"Okay. Dann werde ich einen Bogen und du eine Armbrust benutzen. Wir besorgen uns eine Dämonenbestie aus der Küche oder in der Stadt. Dort gibt es immer ein paar lebende Exemplare, die an die Küchen verkauft werden", sagte Li Yao.

"Köder, Waffen und Pferde. Und Nahrung für eine Woche?"

"Das klingt gut."

"Sollen wir dann in zwei Tagen aufbrechen?"

"Zwei?" Li Yao runzelte die Stirn.

"Ich möchte mit dem verehrten Goh sprechen. Er sollte in der Lage sein, mir sagen zu können, welche Pflanzen ich ernten kann", erklärte Wu Ying. "Ich werde den Erlös selbstverständlich mit dir teilen."

"Einnahmen? Ernten?"

"Spirituelle Kräuter und Früchte", sagte Wu Ying. "Vielleicht finden wir keine, aber wenn doch, könnte das unsere Bezahlung beachtlich steigern."

"Ach, richtig! Tou He hatte erwähnt, dass du diese Dunkelblumen beschafft hast."

"Mitternachtsblüten."

"Großartig. Du bringst mir Blumen, ich besorge dir den Rest", sagte Li Yao.

Wu Ying errötete erneut, schüttelte aber den Kopf und schob die romantischen Gedanken beiseite. Sie waren dabei, sich aufzumachen, um mit gefährlichen Raubtieren fertigzuwerden. Es war nicht der richtige Zeitpunkt, an so etwas zu denken.

Sobald sie die grundlegenden Details geklärt hatten, verließen sie die Teestube. Wu Ying beobachtete Li Yao, wie sie sich hüpfend auf den Weg zu ihrer Residenz machte. Es war das erste Mal, dass er sich mit der Kultivatorin aufmachen würde. Mit einer Frau.

Wu Ying schüttelte den Kopf und verdrängte den Gedanken. Zweideutigkeit hin oder her, Li Yao war eine Freundin und Mit-Kultivatorin. Das war eine Sektenmission, und kein Spaziergang am Flussbett entlang.

***

Einige Tage später verließen die beiden die Sektenstadt auf Pferden und mit einem Dämonenbestien-Ferkel, das fest verschnürt auf den Rücken eines weiteren Pferdes gefesselt war. Das Ferkel war so groß, dass es mehr Sinn ergeben hatte, ein drittes Pferd zu leihen, anstatt es auf den Rücken eines ihrer Pferde zu binden. Wu Ying stellte fest, dass Li Yaos vorherige Bemerkungen der Wahrheit entsprachen – es war weniger schwer als gedacht, den Rhythmus des Reitens zu finden. Er war zumindest fähig genug, um im Kanter auf dem friedfertigen Tier zu reiten, das Li Yao für ihn ausgesucht hatte. Er war noch dabei, sich an den Trab zu gewöhnen, ganz zum Leidwesen seines Allerwertesten. Aber dennoch hatte Wu Ying das Gefühl, dass er schon bald auch diesen Rhythmus finden würde. Sie ritten Stunde für Stunde auf der Straße entlang und trafen auf einige Winterreisende. Gespräche bauten sich auf und verebbten, sie waren träge und ohne Sinn.

"Hast du alle Vorräte bekommen?", fragte Wu Ying und blickte zu Li Yao, die nur spärlich ausgerüstet schien.

"In meinem Ring", sagte Li Yao.

"Ach, richtig", sagte Wu Ying und schüttelte den Kopf.

Natürlich hatte sie einen, und vermutlich war er viel größer als sein eigener Ring der Aufbewahrung, der den Inhalt einer Truhe fassen konnte. Größere, nützlichere Ringe waren mehrere zehntausend Beitragspunkte wert. Allein auf die Warteliste für größere Ringe der Aufbewahrung zu kommen, kostete eintausend Beitragspunkte. Und das war nicht einmal eine Anzahlung. Wieder einmal war er froh über das Geschenk, das er erhalten hatte, über diesen winzigen Ring, der ausreichte, seine Grundausrüstung zu transportieren. Als Li Yao signalisierte, dass sie ihre Pferde rasten lassen sollten, verlangsamte Wu Ying dankbar sein Pferd, das sich automatisch neben ihr Pferd bewegte.

"Hacken runter."

"Danke", sagte Wu Ying, senkte seine Fersen und drückte seine Schenkel um das Pferd.

Das Timing war günstig, denn das Pferd sträubte sich plötzlich und kam ruckend zum Stehen, kurz bevor es ihm Li Yaos Pferd gleichtat und beide Pferde wieherten.

"Ärger", sagte Li Yao und ließ den Bogen in ihrer Hand erscheinen. Sie hielt die Zügel locker in der Hand, mit der sie auch ihren Bogen hielt. Ihre andere Hand senkte sich, um einen Pfeil aus dem Köcher am Sattel zu ziehen.

Wu Ying grübelte für eine Sekunde, aber als sein Pferd weiterhin nervös wieherte, ließ er sich von ihm hinuntergleiten, während er die Zügel in einer Hand hielt.

Eine Gruppe von Banditen erschien aus dem Straßengraben vor ihnen. Anders als die Banditen, denen Wu Ying zuvor begegnet war, sah diese Gruppe mehr wie eine Ansammlung ungepflegter und hungriger Bauern als nach hartgesottenen Verbrechern aus. Wu Ying hätte sie als harmlos eingeschätzt, wären da nicht ihre grob gefertigten Holzspeere und einige rostige Schwerter und Stäbe gewesen. Wu Yings ausgeweiteten Sinne ließen ihn erkennen, dass die Gruppe überwiegend aus Körperreinigern auf der zweiten und dritten Stufe bestand.

"Banditen", bemerkte Li Yao mit unnatürlich ruhiger Stimme. Sie spannte bereits einen Pfeil auf ihren Bogen, was die Gruppe dazu veranlasste, ihre Waffen zu ziehen. Einer zückte einen Bogen.

"Halt." Wu Ying war sich nicht sicher, warum er etwas sagte, welcher Instinkt ihn trieb, aber seine Worte brachten Li Yao dazu, innezuhalten.

Er führte sein Pferd vorwärts an den Straßenrand, wo er die Zügel über einen nahegelegenen Ast legte, dann ging er auf die Gruppe von Banditen zu.

"Warum seid ihr hier?", fragte er sie. Er ließ die Finger von seinem Jian, um keine Bedrohung darzustellen. Jedenfalls nicht sofort. Er fixierte keinen von ihnen, jedoch behielt er den Bogenschützen aus den Augenwinkeln im Blick.

"Wir ... rauben euch aus?", sprach einer der Banditen aus der zweiten Reihe. Kaum hatte er gesprochen, teilte sich die Gruppe und schob ihn nach vorne. Wu Ying schaute den Mann an, sah, wie dünn er war, wie zerfetzt und schmutzig seine Kleidung war, und wie seine Augen von links nach rechts huschten, während er nervös und erschöpft schwankte.

"War das eine Frage oder eine Aufforderung?", fragte Wu Ying.

"Eine ... Aufforderung?", antwortete der schwankende Bandit.

"Mein Name ist Long Wu Ying, ich bin ein inneres Mitglied der Sekte des Sattgrünen Wassers. Das ist Lee Li Yao, meine Ranghöhere", stellte Wu Ying sie vor. Die Roben hätten das den mitgenommenen Bürgern bereits verraten müssen. Der Hunger und die Verzweiflung mussten sie dazu gedrängt haben, sich mit den Kultivatoren anzulegen. "Mit wem sprechen wir?"

"Ich bin Tang Bu ..." Tang stockte, da ihm auffiel, dass er sich einem Mann vorstellte, den er ausrauben wollte. "Warum ..."

"Nun, Tang, mein Freund, scheinbar hast du hier eine Wahl", sagte Wu Ying sanft. "Ihr könnt eure Waffen wegstecken und mit uns zum nächsten Dorf kommen. Dort werden sie euch hängen, aber wir geben euch zu Essen und ihr könnt unbesorgt schlafen. Oder ihr könnt uns anfallen und hier sterben."

"Wir sind euch zahlenmäßig überlegen!", rief Tang, dessen Stimme so stark zitterte wie seine Hand.

"Ja. Das seid ihr", antwortete Wu Ying. Trotzdem stand er dort, die Hände von seinem Jian entfernt, und wartete.

"Ich will nicht sterben ...", sagte ein anderer Bandit.

Sein Freund neben ihm starrte auf den groben Speer in seiner Hand. "Ihr gebt uns zu Essen?"

"Ja."

"Wu Ying ...", rief Li Yao zaghaft aus.

Wu Ying drehte sich zu ihr und warf ihr ein halbherziges Lächeln zu. Vielleicht war es der kurze Moment, in dem er Schwäche zeigte. Vielleicht hatten sie darauf gewartet. Aber der gesprächige Bandit schrie auf und stürzte vorwärts. Er schwang seine Sichel nach Wu Ying.

Der Drache fährt die Klauen aus. Als Wu Ying über den fallenden Körper trat, blitzte etwas auf und Blut schoss aus der Wunde über der Brust des Angreifers. Während Wu Ying seinen Schritt zu Ende führte, drang ein Pfeil in den Hals des Bogenschützen und warf ihn nach hinten. Er erstickte an seinem eigenen Blut. Von den fallenden Kameraden aufgeschreckt, trat die Gruppe in Aktion.

Es war kein Kampf. Wie sollte es auch? Die beiden inneren Sektenmitglieder schlugen sich wie eine Sense durch Reisstängel durch die hungernden, kaum trainierten Ex-Bauern. Innerhalb weniger Sekunden war das Massaker vorüber und Wu Ying fand sich inmitten von Leichen wieder. Sobald sie die leblosen Körper von der Hauptstraße weggeschafft und ihre Position markiert hatten, brachen Wu Ying und Li Yao wieder auf ihre Reise auf.

Erst dann sprach Li Yao die Frage aus, die ihr auf der Zunge lag. "Warum?"

"Warum was?", fragte Wu Ying zurück.

"Warum hast du ihnen angeboten, mit uns zu kommen?", fragte Li Yao.

"Ich ... es war ein kleines Friedensangebot. Das beste, das ich anbieten konnte", sagte Wu Ying leise.

Als Li Yao den Mund öffnete, um weiter nachzufragen, trieb Wu Ying sein Pferd zum Trab an und ließ die Kultivatorin hinter sich zurück. Wie konnte er ihr den Grund dafür erklären, wenn er ihn nicht einmal selbst kannte? Wie konnte er ihr klarmachen, dass er sich selbst, seine Freunde in ihnen gesehen hatte? Wie schnell es passieren konnte, dass man ein schlechtes Jahr hatte und von seinem Hof vertrieben wurde? Wie klein der Schritt für so viele vom Bauern zum Banditen war? Und dennoch konnte Wu Ying sie nicht ziehen lassen. Wie viele Reisende hatten sie bereits überfallen? Wie viele würden sie töten, wenn man sie gewähren ließe? Die Strafe für Banditentum war der Tod. In dem Moment, als sie sich dazu entschieden hatten, Banditen zu werden, hatten sie ihr eigenes Todesurteil unterschrieben.

Alles, was Wu Ying anbieten konnte, war etwas Gnade. Eine warme Mahlzeit. Einen schnellen Tod. Und ein Name, der in Erinnerung blieb.

Kapitel 14

Die restliche Reise verlief nüchtern – langweilig. Wie beim letzten Mal hatte der Dorfälteste sie lächelnd und mit all der Höflichkeit, die er aufbringen konnte, begrüßt. Ihnen war das Haus des Dorfältesten zur Verfügung gestellt worden. Der Mann und seine Familie hatten es geräumt und lebten währenddessen bei einer anderen Familie. Dann hatte man ihnen eine detaillierte Liste der Angriffe und der Maßnahmen, die sie ergriffen hatten, um den Dholen Einhalt zu gebieten, übergeben. Da die Dholen tagsüber jagten, hatten die beiden an einem stillen Abendessen teilgenommen und sich früh schlafen gelegt, um aufzustehen, lange bevor die Sonne aufging.

Und so fanden die zwei sich am frühen Morgen auf den Ästen zwischen zwei Bäumen wieder, von wo aus sie auf das angepfählte Dämonenferkel blickten. Es wurde speziell gezüchtet, um für Kultivatoren zubereitet zu werden, daher lag seine Kultivation auf Körperreinigungsstufe 2, beinahe 3. Mit genügend Zeit könnte es sogar die Spitze der Körperreinigungsstufe 3 erreichen. Ein ziemlich verlockendes Ziel für die Dholen, hofften sie. Das war besser, als wenn sie sich durch nachgiebige Lehmwände gebissen hätten, um einen weiteren Dorfbewohner anzugreifen. Oder noch schlimmer, deren Kinder.

Wu Ying, der auf dem Baum saß, der näher am Ferkel stand, stützte die Armbrust auf seine Knie. Anders als Li Yao hatte er nur wenig Erfahrung im Bogenschießen. Er hatte mit den Bögen und Armbrüsten im Dorf gespielt und geübt. Dies war Teil ihres regelmäßigen Trainings gewesen, ein Erfordernis eines Landes, das sich stets im Krieg befand. Aber ein paar Stunden alle paar Monate war selbstverständlich nicht ausreichend, um wirklich kompetent darin zu sein.

Das Ferkel, das auf dem flachen Boden nahe der Reisfelder, wo normalerweise die Reishalme und das Korn gelagert wurden, angepfählt war, quiekte und zitterte an diesem kalten Wintermorgen. Wu Ying war dankbar darüber, dass die Bäume, die an dieser Stelle Schatten spendeten, nur selten ihre Blätter verloren. Ganz anders als die Geschichten, die er über die Pflanzen im Norden gehört hatte. Wie seltsam wäre das nur? Kahle Bäume, gefrorene Flüsse und Schnee, der bis zum Frühling nicht verschwand, zu haben.

Wu Ying schüttelte seinen Kopf und lenkte seine Aufmerksamkeit auf seine Umgebung zurück. Es war langweilig, auf der Lauer zu liegen. Ganz gleich, wie oft man sich zur Konzentration ermahnte, müßige Gedanken und Langeweile würden immer gewinnen und man wurde abgelenkt. Die Tatsache, dass er sich nicht einmal kultivieren konnte, war noch frustrierender. Wenn er das täte, würde das den Fluss des Chi in der Umgebung verändern. Zwar war sich Wu Ying nicht sicher, welch erweiterte Sinne die Dholen hatten, aber es war gut möglich, dass sie das Chi der Umgebung spüren konnten.

Das war auch der Grund, warum Li Yao weiter entfernt saß. Sie hatte nicht wie Wu Ying trainiert, ihre Aura zu unterdrücken, wodurch ihre Präsenz deutlicher zu spüren war. Unglücklicherweise wäre all ihre Vorsicht sinnlos, falls Wu Ying nicht aufpasste und die Dhole fing, sobald sie sich an das Ferkel heranschlich.

Wie gerade jetzt.

Wu Ying war angespannt, als er bemerkte, dass die dunkelbraunen Punkte, die sich in den langen Schatten des frühen Morgenlichts bewegten, seine Ziele waren. Er ließ seinen Blick über die Lichtung streifen, um nach den anderen zu suchen. Wenn sie zu zweit waren, mussten da noch mehr sein. Noch eine, in der Ecke nahe des Grabens. Und vielleicht auch eine im Graben.

Wu Ying gab Li Yao das zuvor vereinbarte Signal, indem er langsam seine Hand bewegte. Er wollte sich nach hinten drehen, aber vorherige Versuche, sie zu erspähen, waren zwecklos gewesen, daher würde er das nicht noch einmal versuchen. Er hoffte lieber darauf, dass sie das Signal gesehen hatte. Mit langsamen und fließenden Bewegungen spannte Wu Ying die Armbrust und hob sie an die Brust. Sobald er sie sicher gegen die Schulter gedrückt hatte, wandte er seinen Blick nach unten und zielte.

Eine der Dholen war bereits bis auf zehn Fuß an das Ferkel herangeschlichen. Das Ferkel war starr vor Angst. Seine Instinkte verrieten ihm, in welcher Gefahr es sich befand, aber es war unfähig, zu fliehen. Während Wu Ying das Geschehen beobachtete, krochen die anderen beiden Dämonenbestien, die er entdeckt hatte, vorwärts und umzingelten das Ferkel.

Der Pfeil, der aus einer der Dholen ragte, war eine grausame Überraschung. Er traf das Monster an der Seite und brachte die Dhole in seiner geduckten Haltung zum Straucheln, als sie zum Sprung ansetzte. Das Ferkel schlug um sich und zog an dem Seil, das es festhielt, aber Wu Ying ignorierte diese Ablenkung, während er mit der Armbrust zielte und abdrückte. Der Bolzen schoss los, doch die Dhole, die er ins Visier genommen hatte, wich einfach aus. Das Monster warf sich in der Absicht, seine Beute zu erlegen, auf das Ferkel.

Wu Ying musste sich entscheiden, also ließ er die geborgte Armbrust fallen und sprang vom Baum. Er zog bereits sein Schwert, während er nach vorne schoss. Die drei überlebenden Dholen fielen über ihre Beute her, gruben ihre Zähne in das angebundene Ferkel und töteten es. Sobald er näher war, konnte Wu Ying die Dämonenbestien besser erkennen. Die Dhole sah wie eine größere Version ihres sterblichen Cousins aus, sein Körper hatte beinahe die Größe eines ausgewachsenen Wolfs, wies allerdings einen flacheren und längeren Schädel auf, der an einen Fuchs erinnerte. Wie ein Fuchs hatte sie ein rötliches, gelbbraunes Fell, über ihren Rücken zog sich aber ein Fellstreifen, der im Dunkeln glitzerte.

Als Wu Ying der Gruppe näherkam, umklammerte die Alphadhole das Ferkel mit seinem Maul und zerrte an dem Kadaver, um ihn aus der Schlinge zu ziehen. Jedes Rucken zog den Pfahl um etwa drei Zentimeter nach oben. Während die anderen Rudelmitglieder sich mit dem Kadaver beschäftigten, traten die anderen beiden dem heranstürmenden Kultivator entgegen.

Einen schnellen Schlag und einen angemessenen Vorstoß später hatte Wu Ying eine der Dholen aufgespießt. Während er sich weiter nach vorne bewegte und sein Standbein verlagerte und hob, um das andere heranspringende Monster zur Seite zu treten, schoss ein Pfeil an Wu Yings Sichtfeld vorbei. Dieser traf die springende Dhole weit oben am Körper und schleuderte sie von Wu Ying weg.

Das verbleibende Monster war durch den plötzlichen Verlust ihrer Rudelmitglieder aufgeschreckt worden, ließ den Kadaver fallen und setzte zur Flucht an. Wu Ying warf sich nach vorne, streifte aber nur den Hinterlauf des Monsters, als es sich davonmachte. Innerhalb weniger Sekunden war das Monster zwischen Unterholz und Graben verschwunden. Die beiden Kultivatoren blieben mit drei Kadavern und ihrem toten Köder zurück.

"Hast du es erwischt?", fragte Li Yao ihn, als sie zu ihm kam.

"Ja." Wu Ying schaute auf die Schwertspitze. Das blutende Monster sollte leicht zu verfolgen sein.

"Gut."

Li Yao wandte sich den Monstern vor ihnen zu und beendete rasch das Leben der zurückgebliebenen, sterbenden Dhole, bevor sie damit anfing, die Dämonensteine herauszuschneiden. Wu Ying folgte ihrem Beispiel, band die Kreaturen fest und durchtrennte ihre Halsvenen. Wu Ying ließ die Kreaturen zum Ausbluten zurück und wusch sich die Hände mit dem angebotenen

Wasser aus der Flasche. Dann holte er seine Armbrust. Die Dorfbewohner würden das Häuten, Ausnehmen und Schlachten für sie übernehmen, aber die Dämonensteine zurückzulassen wäre eine zu große Versuchung für sie.

Als sie fertig waren, war das Morgenlicht gleißend genug, sodass sie das verletzte Monster leicht verfolgen konnten. Sie machten sich gemeinsam auf, Li Yao übernahm die Führung. Einer der vielen Punkte, mit denen Li Yao ihn überrascht hatte, war ihre Fähigkeit des Fährtenlesens. Sie verfolgte die Spur nicht wirklich wie die Jäger aus den Dörfern. Obwohl Li Yao das Blut, die zerbrochenen Äste, und andere profane Hinweise, dass das Monster hier entlanggekommen war, nutzte, verließ sie sich auch auf ihre Fähigkeit, das entschwindende Chi des verletzten Monsters zu spüren.

Drei Stunden später erklommen die beiden einen Hügel, um auf den Bau hinunterzuschauen. Wu Ying stieß zischend die Luft aus und blickte auf den Dholenstamm vor ihnen. Dholen jagten im Rudel, aber sie lebten in einem Stamm aus bis zu zwanzig Mitgliedern. Zu ihrem Glück bestand diese Gruppe nur aus zehn Dholen. Aber sie alle waren Dämonenbestien, inklusive der monströsen Dhole, die in der Sonne lag und zu groß war, als dass sie in die kleineren Löcher ihres Baus passte. Die Dholen sprangen umher und spielten und nahmen ihr verletztes Mitglied kaum wahr, als es ohne Futter zurückkam. Auf der gesamten Lichtung lagen die Überreste vergangener Mahlzeiten verstreut.

Wu Ying weitete seine Sinne aus und sog passiv das Chi auf, welches das Monster verströmte. Er spürte und berührte es, beurteilte. Körperreinigungsstufe 12, die Spitze. Bereit, um in die Stufe der Energiespeicherung vorzudringen. Gefährlich. Sehr gefährlich. Die einzig gute Nachricht war, dass drei der übrigen Dholen Welpen waren, was bedeutete, dass die Kultivatoren sich nur um sieben voll ausgewachsene Monster kümmern mussten. Während Wu Ying sie beobachtete, fielen zwei

Welpen über ein Stück Fleisch her und zogen an dessen Enden. Wu Ying kniff die Augen zusammen und stellte fest, dass das, was er für Fell gehalten hatte, ein zerrissenes und schmutziges Stück Stoff war. Als er das Stück Stoff sah, konnte er nicht anders, als auch die restlichen Hinweise wahrzunehmen – das abgerissene Fleisch, die allzu bekannten Hüftknochen, Teile eines zersplitterten Schädels. Und zwar frisch.

Der Kultivator schluckte. Galle und Zorn wüteten in seinem Körper, während er um Beherrschung rang. Wu Ying nahm einen tiefen Atemzug und atmete langsam aus, er zwang sich, die Zeit dafür zu nehmen. Der beruhigte Wu Ying wägte ihre Optionen ab, dann schaute er zu Li Yao, die ihn zurückwinkte. Die beiden gingen weit genug zurück, sodass keine Windböe ihre Stimmen zu den Dholen tragen konnte, dann planten sie ihre nächsten Schritte.

"Kannst du die größere Dhole übernehmen?", fragte Wu Ying.

"Mit Leichtigkeit", sagte Li Yao mit einem Lächeln. "Aber die anderen werden ein Problem sein. Kommst du alleine mit so vielen klar?"

"Wir könnten zwei mit unseren Pfeilen ausschalten", überlegte Wu Ying.

"Drei."

Wu Ying neigte den Kopf zur Seite und sah ein, dass Li Yaos schnellere Nachladezeit einen dritten ausschalten konnte. Damit blieben vier erwachsene Dholen und drei Welpen. "Vielleicht. Ich mache mir Sorgen, dass sie sich aufteilen und dich verfolgen könnten."

"Nachvollziehbar", gestand Li Yao. Die Dholen, Rudeltiere und schlaue Jäger, würden sich wohl kaum nur gegen Wu Ying zusammenschließen. "Abhängig davon, wie viele mich angreifen, könnte es schwer werden, die zwölf zu bekämpfen."

Wu Yings Blick verfinsterte sich, er wägte die Optionen ab und verzog dann das Gesicht. Es gab eine weitere Möglichkeit. "Ich übernehme die

Zwölf, wenn es angreift. Ich sollte in der Lage sein, zu gewinnen. Und wenn nicht, kann ich es hinauszögern."

Nachdem sie die übrigen Details in einigen, kurzen Worten festgelegt hatten, krochen die beiden dorthin zurück, von wo aus sie den Dholenstamm beobachtet hatten.

Wu Ying spannte die Armbrust, legte den Bolzen auf und zielte. Er sah, wie Li Yao drei Finger hob, das Signal für drei Atemzüge, dann zählte sie runter. Sie schossen beinahe gleichzeitig, Wu Ying war etwas schneller als Li Yao. Das reichte aus, damit ihr Plan aufging.

Sowohl Bolzen als auch Pfeil trafen die ausgewachsenen Dholen in die Brust. Wu Yings Dhole fiel um, stand aber schwankend auf. Der Bolzen ragte aus ihrer Brust, während Li Yaos Dhole nicht einmal ein Winseln von sich gab, als sie starb. Die Kultivatorin spannte bereits einen weiteren Pfeil auf ihren Bogen, als die gewaltige Dhole sich umsah und die beiden Angreifer erblickte. Sie heulte und jaulte, alarmierte den Stamm, der ausschwärmte. Die jüngste Dhole eilte zurück in den Bau, während die ausgewachsenen Tiere sich verteilten und sich den beiden zuwandten. Das riesige Monster führte zwei erwachsene Dholen in einem direkten Ansturm an, während die anderen beiden versuchten, sie zu umkreisen.

Li Yaos nächster Pfeil war auf eine der heranstürmenden Bestien gerichtet, wurde aber von der monströsen Dhole abgeblockt. Ihr Maul schnappte um den heranzischenden Pfeil zu. Wu Ying, der die Armbrust abgelegt hatte, stand mit gezücktem Jian bereit. Wieder einmal bedauerte Wu Ying das fehlende Gewicht und die fehlende Schneide seiner Waffe, da er wusste, dass ein Dao oder eine Hellebarde passender gewesen wären. Sobald er die Energiespeicherungsstufe erreichte, wäre das nicht mehr so wichtig. Wu Ying war bereits dabei, Schwert-Chi freizusetzen, was der Waffe eine längere und stärkere Klinge verlieh. Doch für den Moment war das Jian alles andere als eine perfekte Waffe.

Ihm blieb aber nicht viel übrig. Wu Ying raste den Hang hinunter, um der monströsen Dhole entgegenzutreten. Das Schwert war zum Himmel gerichtet, während er nach unten kletterte. Die beiden Gegner stießen mit voller Wucht aufeinander und Wu Ying traf im letzten Moment eine kurzfristige Entscheidung. Er ließ sich nach unten fallen und schlitterte mehr, als dass er einen Vorstoß riskierte. Diese instinktive Entscheidung rettete ihm das Leben, denn die Dhole sprang fast zur gleichen Zeit los und ihre Kiefer klappten dort zusammen, wo Wu Ying gelandet wäre. Der Angriff des Monsters ließ dessen Brust und Bauch ungeschützt, was Wu Ying voll ausnutzte. Er schwang sein Jian, um durch das zarte Fleisch zu schneiden. Unglücklicherweise war das Fell des gigantischen Monsters nicht einmal ansatzweise so weich, wie es den Anschein hatte, und hatte sich zu etwas gewandelt, das so grob und hart wie Leder war. Wu Yings Angriff kratzte am Körper des Monsters und hinterließ kaum Spuren.

Als Wu Ying an der Hinterseite des Monsters ankam, rollte er unter ihm hervor, als gerade seine Klauen den Boden aufwühlten. Ein Schlag verletzte ihn an der oberen Hälfte seiner Hüfte, schleuderte ihn zur Seite und riss seine Roben auf. Während er sich auf die Füße rappelte, rannte Wu Ying der gewaltigen Dhole hinterher, die ihren Ansturm den Hügel hinauf fortsetzte.

"Li Yao!", rief Wu Ying warnend.

Die Kultivatorin hatte ihren Bogen zur Seite geworfen, um ihren Jadestab zu nehmen, den sie benutzte, um die anderen ausgewachsenen Dholen abzuwehren. Als die monströse Zwölf bei ihr ankam, ließ sie die Spitze ihres Stabs niederschmettern. Der Angriff machte Li Yao jedoch für eine weitere Attacke angreifbar, wodurch sie gezwungen war, mit einem Salto zurückzuweichen. Sie bewegte sich am Rand des Hügels entlang, während die übrigen Dholen versuchten, sie zu umzingeln und zu erledigen.

Li Yaos Angriff reichte aus, um das größte Monster aufzuhalten, sodass Wu Ying zu ihm aufholen konnte. Als er der Kreatur näherkam, warf Wu Ying sich mit *Der Wahrheit des Schwertes* nach vorne. Der Vorstoß war auf die Kante des Kiefers des Monsters gerichtet und traf. Das Jian glitt hinein, umging die Knochen und zerfetzte Sehnen und Bänder, während es den Hohlraum seiner Kieferpartie erreichte. Mit einem Ruck zog Wu Ying das Jian heraus und trat dem Monster dann in die Flanke. Der Angriff brachte das Monster kaum dazu, nachzugeben, erlaubte es Wu Ying jedoch, von der heulenden und verletzten Kreatur wegzuspringen. Wu Ying landete auf den Füßen und sah die funkelnden, bösartigen Augen der massigen Alphadhole auf sich gerichtet.

Er bemerkte, wie er grimmig grinste. "Jetzt habe ich deine Aufmerksamkeit, was?" Seine Füße bewegten sich bereits und er umkreiste die Kreatur.

Der Plan war einfach. Mit schnellen Schlägen angreifen, um sie abzulenken und zu verletzen, die Richtung und Angriffsart wechseln, um das Monster zu verwirren. Mit Finten Öffnungen schaffen und die Schwachpunkte des Monsters anvisieren – Gliedmaßen, Sehnen und Sinnesorgane.

Einfach.

"Komm."

Die Dhole, dessen Zunge aus ihrem verletzten Kiefer rollte, leuchtete in einer tiefbraunen Farbe, als sie ihr Chi aktivierte. Als hätte sie Wu Yings Herausforderung verstanden, sprang das Monster nach vorn, um den Kultivator in einen Kampf zu verwickeln.

***

"Auuuu", beschwerte sich Wu Ying, als Li Yao seine Wunden fertig säuberte und Blut und Schmutz abwischte.

Der Kampf mit der monströsen Dhole war hektisch und überraschend gewesen. Wu Ying hatte letztendlich gewonnen, nur um festzustellen, dass Li Yao noch immer mit ihrem eigenen Kampf beschäftigt war. Anstatt die mächtigere Kultivatorin direkt anzugreifen, hatten die Monster sie aufgehalten und drangsaliert, damit ihr Anführer Wu Ying erledigen konnte. Zu ihrem Bedauern war das Ergebnis aber genau das Gegenteil ihrer Erwartungen gewesen.

Die beiden Kultivatoren hatten gemeinsam die Dholen und den letzten Welpen ohne weitere Verletzungen erledigt, wodurch sie sich nun in Ruhe um ihre Verletzungen kümmern konnten.

"Du solltest einen defensiven Kultivationsstil erlernen", sagte Li Yao und schüttelte ihren Kopf, während sie den Verband festzog. "Du bist nicht gerade talentiert."

"Das tue ich", bemerkte Wu Ying und ignorierte ihre letzte, zwar zutreffende, aber auch verletzende Aussage. "Aber es geht langsam voran."

"Woran arbeitest du?"

Wu Ying zögerte, entschloss sich aber, ihr zu vertrauen. Das Wissen um den Kampfkunst- und Kultivationsstil eines anderen Kultivators konnte gegen diesen verwendet werden, aber letztendlich stammten sie aus derselben Sekte. "Die Technik der Eisenverstärkten Knochen."

"Noch nie davon gehört."

"Sie verstär–"

"Knochen. Ich verstehe ihre Intention, aber ich kann dir keinen Rat geben", sagte Li Yao. "Es scheint keine gute Technik zu sein, wenn du trotzdem so verletzt wirst."

"Alles nur Haut", betonte Wu Ying.

Es stimmte, er hatte keine gebrochenen Knochen, wobei einige mit Sicherheit kleinere Risse abbekommen hatten. Als die massige Dhole Wu Ying das letzte Mal zur Seite geschleudert hatte, hatte sie währenddessen ihren Angriff mit Chi verstärkt. Hätte Wu Ying sie nicht geblockt und sich in den Großteil des Angriffs gelegt, hätte er sich vermutlich weitaus mehr Knochen gebrochen.

"Naja, es ist dein Dao", sagte Li Yao. "Du holst den Dämonenstein aus deiner Jagdbeute. Ich hole den Rest."

"Ich hatte gehofft, ich könnte meine Zeit mit Ernten verbringen", sagte Wu Ying und wies um sich. "Dieser Bau ist ein Sammelpunkt für Chi-Energie. Wir befinden uns höchstwahrscheinlich an einem natürlichen Chi-Vorkommen, oder vielleicht an einem Ort, wo sich kleinere Drachenlinien[22] verzweigen." Es war Allgemeinwissen, dass sich Dämonen- und Seelenbestien dort sammelten und lebten, wo das Chi dichter war, um ihre eigene Kultivation zu verbessern. "Hier gibt es vermutlich wertvolle Kräuter."

Li Yao verzog das Gesicht und schaute zu dem massigen Monster, das sie aufschneiden müsste, dann zu dem verletzten Wu Ying. Sie zögerte und suchte nach einer Rechtfertigung, damit sie die Arbeit nicht alleine machen musste.

"Außer, du möchtest herumsitzen, während ich ernte, verehrte Lee", bemerkte Wu Ying.

---

[22] Drachenlinien sind die chinesische Version von Ley-Linien. Natürliche Flüsse von Chi-Energie.

"Nein. Nein, das ist effizienter. Ich extrahiere die Steine und hole die Dorfbewohner, damit sie die Biester schlachten", sagte Li Yao entschlossen.

Die Adelige entfernte sich auf der Stelle von Wu Ying und ging zu den Kadavern. Wu Ying, der zögerlich aufstand, zog den oberen Teil seiner Roben hoch und zuckte mit der Hand, wodurch er das Erntewerkzeug aus dem Ring der Aufbewahrung hervorrief. Zeit, sich an die Arbeit zu machen.

***

"Kann ich dir eine Frage stellen?", fragte Li Yao ihn, als sie später in der Hütte des Dorfältesten faulenzten.

Anstatt sofort zur Sekte zurückzureiten, hatten sie sich dazu entschlossen, für den Rest des Tages zu bleiben. Der Älteste hatte darauf bestanden und hatte angeboten, eine Portion des Dämonenfleisches für das Fest heute Abend zu kochen. Den Rest des Fleisches kaufte er den Kultivatoren ab. Da der Älteste ihnen einen besseren Preis als die Sekte anbot, hatten die beiden das Fleisch mit Freuden gegen Tael getauscht.

"Aber natürlich."

"Warum hast du nicht alle Gelbaderprimeln mitgenommen? Außerdem hast du bei den anderen Blumen fast die komplette Pflanze mitgenommen, bei ihnen aber nur die Blüten. Bei anderen hast du das nicht", sagte Li Yao.

"Es gibt keine zusätzliche Belohnung, wenn man die ganze Pflanze bringt, da die Sekte sie bereits selbst anpflanzt", erklärte Wu Ying. "Die Blüten sind wertvoll und können trotzdem verkauft werden, aber die Pflanze selbst ist wertlos. So kann die Pflanze hier in der Wildnis weiter wachsen. Sie kann nächstes Jahr sogar wieder geerntet werden."

"Ah ..." Li Yao schüttelte ihren Kopf. "Mir war nie bewusst, dass es so kompliziert ist."

"Mir bis vor Kurzem auch nicht."

Li Yao seufzte. "Du hast eine bessere Tätigkeit gefunden als die, die meine Familie mir auferlegt hat, bevor ich der Sekte beigetreten bin."

Wu Ying machte ein aufmunterndes Geräusch, während er an dem Tee nippte, den der Dorfälteste ihnen angeboten hatte. Guter Tee, hätte er einstmals gedacht. Jetzt wusste Wu Ying, dass er von geringer Qualität war. Die Blätter lagen zu lange zum Trocknen in der Sonne, was den Tee zu einer starken, bitteren Brühe machte, aber die für mehrere Aufgüsse ausreichte. Er unterschied sich extrem von dem filigranen, vielschichtigen Tee, den Ah Yee für Wu Ying machte.

"Terpsichore."

"Das ist ... die Tänzertätigkeit?"

"Ja", bestätigte Li Yao und senkte den Kopf, als sie vergeblich versuchte, ihre roten Wangen zu verbergen.

"Das könnte bei den Kampfkunststilen nützlich sein."

"Oh, das ist es", antwortete Li Yao und klang grimming. "Das ist es wirklich, und das ist das schlimmste daran."

Wu Ying fiel darauf keine Antwort ein, also sagte er nichts. Besser, er genoss seinen freien Tag. Er wollte sich kultivieren, aber aus seinen Wunden strömten noch immer Spuren von Dämonen-Chi, etwas, was die Zeit oder eine gute Pille beheben würde. Bis es verschwunden war, war die Kultivation eine schlechte Idee, da das Aufsaugen externen Chis auch Dämonen-Chi heranziehen würde. Er müsste dieselben Mühen aufbringen, das Dämonen-Chi zu reinigen und auszustoßen, sobald es seinen Körper verschmutzt hätte, als würde er einfach warten. Daher konnten er und Li Yao sich für den Moment einfach ausruhen, entspannen. Ihre Zeit nach dem Kampf und weit weg von der Sekte genießen.

Kapitel 15

"Verehrte Ranghöhere."

Gestalten in grünen Roben verbeugten sich und traten zur Seite, als die Miglieder der äußeren Sekte den Weg für Wu Ying, Li Yao und Tou He freimachten, als diese von einer weiteren Mission zurückkamen. Es war ihre sechste – nein, siebte – Mission seit Beginn des Sommers. Die Monster mochten sich zwar verändert haben, die Ernte war anders, aber die Nachfrage nach den Kampfkunstspezialisten hatte sich weiter erhöht.

Wu Ying schüttelte den Kopf, während die drei die Stufen hinaufgingen. Die Zeit nach Li Yaos und seiner Einführungsmission war so schnell vorbeigezogen wie ein Pfeil, den die Kultivatorin von ihrem Bogen losgelassen hatte. Es war so viel passiert, dass nur wenige Ereignisse in Wu Yings Erinnerung herausstachen. Die ersten Worte des Lobs der Ältesten Li, als er gut erhaltene Stängel von Himmlischem Sumpfgras zurückbrachte. Ein dämonisches Flusspferd, wie es auf Wu Ying zuhielt, das Maul weit aufgerissen, während es drohte, den Kultivator im Ganzen zu verschlingen. Das Training während des Frühlings neben einem der vielen Wasserfälle, während leichter Regen fiel und sein Jian Wassertröpfchen teilte.

"Waren sie schon immer so jung?", fragte Tou He, der die Gruppe neuer äußerer Sektenmitglieder beäugte, die sich verbeugten. "Waren wir so jung?"

"Hört, was der bärtige Alte sagt", neckte Li Yao ihn. "Oh, Moment. Du bräuchtest erst Haare, um bärtig zu sein."

Tou He schnaubte, während er weiter nach oben ging. Die Mitglieder der äußeren Sekte huschten davon, um zu ihren Kursen zu gehen oder ihren Aufgaben nachzukommen. "Bartlos zu sein ist eine Entscheidung."

"Und glatzköpfig zu sein auch?" Li Yao schüttelte ihren Kopf. "Du bist seit einem Jahr in der Sekte und machst dich schon wichtig."

"Sind wir das?" Wu Ying erinnerte sich an seinen Eindruck der inneren Sektenmitglieder, der Adeligen, als er zum ersten Mal ankam. Wu Ying schaute zurück und hielt nach den Gesichtern der äußeren Sektenmitglieder Ausschau, während sie weggingen. Er war sich nicht sicher, wonach er suchte. Verachtung? Abscheu? Enttäuschung? Er sah nur Ehrerbietung in den Blicken jener weniger, die seinen Blick erwiderten.

"Bist du was?", fragte Li Yao und stupste Wu Ying, damit er sich wieder in Bewegung setzte.

"Arrogant."

"Mein Selbstvertrauen ist keine Arroganz", betonte Tou He. "Wir sind, wie Chao Kun sagt, eines der besseren, jüngeren Teams."

"Dir ist aufgefallen, dass er 'jünger' hinzufügen musste, bevor er 'eines der' gesagt hat, oder?", neckte Li Yao ihn weiter.

Tou He zuckte mit den Schultern. Sein Selbstvertrauen blieb unerschüttert.

"Er hat darauf bestanden, dass wir mehr Missionen annehmen." Wu Yings Stimmung verdüsterte sich. "Obwohl das teilweise daran liegt, dass so viele Kampfkunstspezialisten in den Krieg ziehen müssen."

"Die Wei haben ihre Armeen dieses Jahr wirklich hart vorangetrieben", sagte Li Yao.

"Wäre es General Shen gelungen, den Feind am Fluss aufzuhalten, wäre das egal gewesen", bemerkte Wu Ying. "Jetzt sind sie im Flachland und bedrohen drei Städte."

"Bitte hör auf. Du weißt, dass das Gerede über den Krieg mich langweilt", sagte Tou He. "Und ich will einfach die Mission als erledigt melden und ein ordentliches Bad nehmen. Diesmal waren wir eine Woche lang unterwegs."

Wu Ying schniefte, beschleunigte seine Schritte aber, als Tou He sie abhängte. Der Kerl hatte Recht – je schneller, desto besser. Wenigstens wäre es eine Erleichterung, die schwere Tasche, die mit den Pflanzen gefüllt war, die er geerntet hatte, abzustellen. Wu Ying fürchtete sich vor dem bevorstehenden Treffen, da er wusste, dass er den Rest des Tages und vermutlich auch einen Teil der Nacht damit verbringen würde, mit den Angestellten über die Qualität der Waren zu diskutieren, die er mitgebracht hatte. Sowie er besser und kompetenter beim Ernten wurde, wuchs auch die Menge und Qualität seiner Ernte. Nun waren die Angestellten geizig mit ihrer Bezahlung geworden.

Als sie endlich in der inneren Sekte ankamen, gingen die drei getrennter Wege. Li Yao und Tou He gingen zur Auftragshalle, um ihre Auftragsmarke abzugeben und die Sekte darüber in Kenntnis zu setzen, dass sie ihre Aufgabe erledigt hatten. Wu Ying ging direkt zur Apotheke, um die Ernte abzugeben. Er schaute sich um, während er ging, nahm seine Umgebung wahr und wunderte sich darüber, wie ein einziges Jahr die Umstände und seine Sicht auf die Dinge verändert hatte.

Jetzt war er ein Mitglied der inneren Sekte. Sein Aufstieg war so schnell gewesen, dass einige der äußeren Sektenmitglieder ihm in der Kultivation voraus waren. Trotzdem mussten diese Mitglieder ihm Respekt erweisen. Die Sekten- und sozialen Regeln untermauerten die strenge soziale Struktur. Als er an äußeren Sektenmitgliedern vorbeikam, traten diese beiseite und ließen Wu Ying ohne Hindernisse passieren. Nun fiel ihm das auf und er nickte vielen von ihnen sogar zu. Er fühlte sich nicht länger verloren in der Sekte und kannte den Weg.

Dennoch blieben einige Dinge unverändert. Die Ältesten waren noch immer Eminenzen, die den Rest von ihnen überragten. Die Ältesten, die für die verschiedenen Hallen verantwortlich waren, genossen sogar noch mehr Prestige, obwohl man sie selten traf. Und was die Bewahrer der Sekte betraf, so hatte Wu Ying diese berühmten Hüter noch nie zu Gesicht bekommen. Was vermutlich das beste war, wenn man bedachte, was sie für die Sekte leisteten.

Es war ein komischer Gedanke, aber nach einem Jahr hatte Wu Ying sich eingelebt. Selbst der Austausch mit dem Ältesten Pang war gelassen freundlich. Wu Ying begann zu hoffen, dass er, wie so viele andere, in stiller Einsamkeit existieren und sich kultivieren konnte.

Nun ja, hoffen durfte man ja.

Wu Ying schmunzelte, als er die Apothekenhalle betrat und direkt zum Ende der Halle ging, wo er dem Angestellten entgegenlächelte. Selbst das leichte Zucken der Angestellten, als sie Wu Ying und seine große Tasche erblickte, konnte Wu Yings Zufriedenheit nicht trüben.

***

Das Sonnenlicht durchflutete Wu Yings Innenhof und wärmte den freien und verschwitzten Körper des Kultivators. Es glänzte auf seiner wohlgeformten Brust, schimmerte auf nassen Muskeln, die angestrengt angespannt waren, während sie strapaziert wurden, um Wu Yings Körper aufrecht zu halten. Wu Ying hing kopfüber an zwei hängenden Ringen, die Arme so weit ausgestreckt, wie er konnte und zu einem umgedrehten T geformt. In dieser hängenden Position verharrend atmete der Kultivator in einem langsamen Takt. Seine Muskeln zitterten, während er die Übungen zum Stärkeaufbau ausführte, die in seiner Anleitung aufgeführt waren.

Dreiundzwanzig.

Vierundzwanzig.

Fünfundzwanzig Atemzüge später entspannte Wu Ying seine Arme und führte sie zurück zu seinen Hüften. Er drehte sich um und entspannte die angespannten Muskeln, als er mit den Füßen auf dem Boden aufkam. Er duckte sich noch einen Moment, bevor er seinen müden Körper dazu zwang, sich aufzurichten. Seine Lungen füllten sich komplett mit Luft.

Besser. Wu Ying lächelte grimmig. Heute war es besser als letzte Woche. Aber immer noch nicht gut. Er fand es seltsam, dass die Übungen in der Anleitung rotierten und ihn dazu zwangen, sich alle paar Tage auf eine andere Muskelpartie zu konzentrieren. Es ergab wenig Sinn für Wu Ying, aber für den Moment folgte er ihr gewissenhaft. Er hatte nicht das nötige Hintergrundwissen, um den physischen Kultivationsstil abzuändern. Zumindest noch nicht.

Und in Wahrheit musste Wu Ying zugeben, dass er über die letzten sechs Monate hinweg die Auswirkungen der Übungsanleitung wahrgenommen hatte. Seine Stärke war sprunghaft angestiegen, selbst als seine Kultivation stockte. Das war keine schlechte Sache, da Wu Ying die Zeit nutzte, um seine Kultivation zu verstärken und sicherzustellen, dass die unzähligen Meridiane, die er geöffnet hatte, angemessen gereinigt waren. Er würde zu gegebener Zeit den Durchbruch zum nächsten Level schaffen. Bis dahin würde sich die angestiegene Stärke – und ja, auch die körperliche Masse – als nützlich erweisen. Er hatte allein schon in seinen Übungskämpfen gemerkt, dass der plötzliche Anstieg an brisanter Stärke seinen Sparringspartnern immer mehr Schwierigkeiten bereitete.

Während sich seine Atmung einpendelte, streckte sich Wu Ying und ließ ein paar Gelenke knacken, bevor er sich wieder den Ringen zuwandte. Er sah sich seine nächste Übung nochmals an, ehe er nach oben sprang und nach den Ringen griff. Keine Zeit für Pausen. Noch nicht.

Eine halbe Stunde später brach Wu Ying schließlich rücklings auf dem Boden zusammen und stöhnte, als die Muskeln in seinen Armen und Schultern unkontrolliert zu zittern begannen. Selbst das Hinlegen bereitete ihm Schmerzen. Heute hatte er bei jeder seiner Übungen die Anzahl der Atemzüge etwas erhöht.

Sobald er seine Atmung unter Kontrolle hatte, setzte Wu Ying sich auf dem blanken Boden in den Schneidersitz auf. Seine Augenlider schlossen sich, als er nach seinem Dantian tastete. Der Kultivator rief sein Chi hervor und leitete die Energie durch seine Meridiane. Es fand seinen Weg zu den schmerzenden Muskeln und den Knochen, die sie umgaben. Diesmal war der Schaden gering, da er überwiegend an seinen Muskeln und nicht an komprimiertem Druck oder an Schlägen arbeitete. Auf der anderen Seite hatte der gestrige Übungskampf zu einer Reihe an fast schon mikroskopisch kleinen Rissen an seinen Armen, Rippen und Schienbeinen geführt. Wu Ying führte sein Chi zu diesen Rissen und verflocht sie mit Staubkörnchen der Macht, die seinem Körper innewohnten. Das Chi stabilisierte langsam die Risse und die Knochen um sie und machte sie härter denn je.

Mikroskopische Beschädigungen, ein kleiner Anstieg an Dichte. Wie Wasser, das einen Stein aushöhlte und das stärkere Material abtrug, nur anders herum. Mit der Zeit würden seine Knochen stärker werden. Mit der Zeit.

Mit einer Ausatmung entwich trübe Luft aus seinen Lungen. Er atmete ein, während Milchsäure und andere Verschmutzungen aus seinen Poren austraten. Und er atmete aus, während er mehr Chi in sich aufsog, es durch seinen Dantian und seine Meridiane siebte und es zu seinem eigenen machte.

Langsam.

Es war schon später Nachmittag, als Wu Ying sich endlich erhob und seine Kultivation abschloss. Wäre der Bedarf an Nahrung und einem Bad nicht, so hätte Wu Ying sich vermutlich noch weiter kultiviert. Mit mehr Erfahrung und Stärke wuchs im gleichen Maß auch die Fähigkeit eines erfahrenen Kultivators, sich zu konzentrieren, zu meditieren und zu kultivieren. Minuten, die mit der Kultivation verbracht wurden, wurden zu Stunden, dann schileßlich zu Tagen und Wochen. An diesem Punkt übernahmen Nahrungspillen den Platz von echter Nahrung. Die mit Chi erfüllten Pillen, die während der Kultivation unter die Zunge gelegt wurden, nährten den Körper, übernahmen die Funktion richtiger Mahlzeiten und erlaubten es den Kernkultivatoren, ungestört zu arbeiten.

Aber im Gegensatz zu ihnen brauchte Wu Ying Nahrung. Und das Essen, das auf einem nahegelegenen Tisch ausgebreitet lag, war perfekt.

Wu Ying setzte sich auf einen Steinstuhl an den Tisch, riss bereits einen Schenkel von dem Hühnchen ab und lächelte Ah Yee an. "Danke sehr."

"Nichts zu danken, Meister Long." Nach einer Weile fügte Ah Yee hinzu: "Soll ich gehen und noch mehr Kekse und Häppchen für morgen einkaufen?"

Wu Ying hatte in den letzten Monaten gelernt, das Missfallen in Ah Yees Stimme zu erkennen. Es war so schwach, dass nur jemand, der so viel Zeit wie Wu Ying mit ihr verbracht hatte, es überhaupt bemerken konnte.

"Morgen?" Wu Ying blinzelte, dann kicherte er. Natürlich. Morgen war der letzte Tag von Liu Tsongs Vorlesungen. Die ältere Kultivatorin würde höchstwahrscheinlich bei ihm vorbeikommen. "Ja. Bitte."

***

Am nächsten Tag saß Wu Ying auf einem Stuhl gegenüber Liu Tsong in seiner Residenz und schüttelte reumütig den Kopf. "Musstest du die Stunde so beenden?"

"Nicht meine Schuld!", protestierte Liu Tsong. "Die Älteste Wei hat darauf bestanden, dass das der beste Weg ist, um sie für die eigentlichen Unterrichtstunden bezahlen zu lassen."

"Aber ..." Wu Ying seufzte. Die letzte Vorlesung war weniger eine Vorlesung als eine Neckerei gewesen. Liu Tsong war den riesigen Ozean an

Wissen durchgegangen, den sich ein Pillenverfeinerer aneignen musste, ehe er als qualifiziert bezeichnet werden konnte. Dies reichte von den einfachsten Dingen wie der Vielzahl an Kräutern – von denen sie geschafft hatten, etwa einhundert zu behandeln – bis hin zur Auswahl und Wartung von Pillenkesseln, der Ausgabe und den Mischmethoden von Pillen und sogar der Weitergabe von Chi an die Pillen. Das alles wurde kurz erwähnt.

"Du möchtest doch alles wissen, richtig?" Liu Tsong lächelte teuflisch.

"Ja, ja, das will ich."

"So bekommen wir unsere Beitragspunkte."

"Pah!" Wu Ying murrte.

Liu Tsong lächelte und brachte auch Wu Ying zum Kichern. Sie hatte Recht. So viel Zeit, wie er mit dem Sammeln von Punkten verbracht hatte, hatte er in Training, das Erlernen neuer Rezepte und die Arbeit am Pillenkessel gesteckt. Letzteres unter Aufsicht eines Experten, so oft es ihm möglich war. Die Warnung der Fee Yang, wie teuer die Pillenverfeinerung doch sei, hallte in Wu Yings Kopf wider.

Selbst nachdem er seine Schmiedekurse aufgegeben hatte, stellte Wu Ying immer noch fest, dass er nicht genug Zeit hatte. Es war kein Wunder, dass der Fortschritt in der Kultivation in Jahren und Jahrzehnten gemessen wurde. Wu Ying bereute schon fast, Zeit für das Studium des Schmiedens verschwendet zu haben, aber er ermahnte sich selbst zwanghaft dazu, dass niemand, nicht einmal die Götter selbst, wussten, wie die Fäden des Schicksals sich verflechten würden.

"Ich habe gehört, du hast einen erneuten Durchbruch mit deinem Trittstil der Nördlichen Shen geschafft. Ich dachte, du arbeitest an der Bergbrechenden Faust", erwähnte Liu Tsong.

"Das habe ich. Das tue ich", bestätigte Wu Ying. "Aber bei Kampfkunststilen gibt es kein direktes entweder/oder, weißt du. Die

Bergbrechende Faust beinhaltet Bewegungen, die meinen anderen Stilen ähneln. Einige erklärende Punkte im Stilhandbuch ließen sich gut auf einige unklare Punkte des Stils der Nördlichen Shen übertragen. Sobald ich sie übernommen hatte ... nun. Du weißt schon."

"Konzentrierst du dich noch immer auf deine Pillenverfeinerung?"

"Natürlich. Aber es geht langsam voran." Wu Ying zuckte mit den Schultern. "Die Kräuter, die Pflanzen und Zutaten zu lernen ist einfach, leicht im Vergleich mit der eigentlichen Pillenverfeinerung. Ich glaube nicht, dass ich Talent dafür habe."

"Schwachsinn. Ich habe dich beobachtet. Du bist kein Genie, aber du bist fähig. Du brauchst nur Zeit."

Wu Ying seufzte. "Das Schmieden war so viel einfacher. Auch wenn ich nur Müll hergestellt habe, war es dennoch brauchbarer Müll."

"Warum also mit der Pillenverfeinerung weitermachen?" Liu Tsong biss in ihren Keks.

"Ich bin mir nicht sicher. Es ist eine Herausforderung, denke ich", sagte Wu Ying mit einem schiefen Lächeln. "Es bildet eine Synergie mit meinem Ernten."

"Und du hast vor, das weiterzumachen? Das Ernten?"

"Fürs Erste. Es ist ja nicht so, dass die Älteste Li mich keine anderen Aufträge annehmen lässt. Und ich bin gut darin."

"Gut." Liu Tsong nahm sich einen weiteren Keks. "Also. Erzähl mir von deinem jüngsten Versuch."

"Warum?"

"Weil ich zum Teil deine Lehrerin bin?", antwortete Liu Tsong. "Und weil ich etwas zum Lachen brauche."

Wu Ying verzog das Gesicht, kam ihrer Bitte aber nach. Immerhin verschaffte Liu Tsong ihm immer die Klarheit, die er brauchte. Egal, wie sehr sie ihn auch ärgern mochte.

***

Spät am Abend, als Liu Tsong endlich gegangen war, war Wu Ying wieder auf seinem Trainingshof und hatte einen Brief seines Vaters sowie die Kultivationsanleitung des Familienstils der Long vor sich liegen. Wieder einmal ließ er seinen Blick über die Worte schweifen, die sein Vater geschrieben hatte.

Der Atem des Drachen ist die erste und wichtigste Attacke unseres Stils. Der Atem des Drachen ist keine bestimmte Attacke, sondern eine Projektion von Schwert-Chi und der Absicht des Kämpfers. In seinem Kern umhüllt Der Atem des Drachen die Klinge des Jian mit dem projizierten Chi des Anwenders, weitet dessen Schneide und Länge aus und formt eine neue Schneide aus der Intention des Anwenders. Man sagt, unser Begründer war in der Lage, eine Klinge von zwanzig Fuß Länge allein mit seiner Schwertintention und seinem Verständnis des Dao des Jian zu projizieren.

Wie ich zuvor geschrieben habe, ist deine Schwertintention mit deinem mittelmäßigen Verständnis des Stils nicht ausreichend, um deine Angriffe, egal welcher Stärke, zu projizieren. Daher musst du darauf vorbereitet sein, eine große Menge an Chi zu verwenden, wenn du beabsichtigst, diese Art des Studiums weiterzuverfolgen. Das ist der Grund, warum sich Meister unseres Stils den Gebrauch des Atems des Drachen allermindestens immer bis zur Energiespeicherungsstufe vorbehalten haben.

Um deine Fragen zu beantworten — und denk daran, ich kann zu diesem Zeitpunkt nur Ratschäge aus zweiter Hand weitergeben – die Projektion von Schwertintention ist ein Geisteszustand. Aus deinem Brief geht klar hervor, dass du die Projektion von Chi und Intention vermischst. Um den Unterschied klar zu machen, fang mit der Fingerübung an. Jetzt ...

***

Wu Ying las den Brief zu Ende, bevor er sich dem Stilhandbuch zuwandte und sicherstellte, dass er sich an die Details der Fingerübung erinnerte. Nicht, dass er diese Auffrischung nötig hätte. Als Kind hatte er unzählige Stunden damit verbracht, so zu tun, als wären seine gekoppelten Finger ein Schwert. Er hatte sie herumgeschwungen und sich mit seinem Vater "duelliert". Die Übung konnte mit Stäbchen durchgeführt werden, die an den Fingern befestigt wurden, was dem Anwender zusätzliche "Länge" und ein Gespür für die Gefahr verschaffte.

In diesem Fall jedoch war die neue Übung eine Projektionsübung. Wu Ying hielt seine gekoppelten Finger vor sich, blickte auf sie und atmete aus. Absicht. Konzentriere dich auf die Finger, auf die Tatsache, dass sie nicht länger Finger, sondern der Ansatz einer Klinge sind. Spüre das Gewicht der Klinge, seine Schneide, die tödliche Spitze. Fühle die tödliche Intention einer Waffe, die zum Töten gedacht ist.

Sobald Wu Ying sich sein "Jian" klar vorstellte, bewegte er sich durch die Formen. Erst eine, dann eine andere. Die Stunden vergingen, während Wu Ying sich mit seinen Fingern mitbewegte, er nahm jeden Schritt einer Bewegung wahr und machte ihn zu einem Teil von sich, zu einem Teil seines Instinkts. Als er sich dem Ende der dritten Form näherte, als er gerade einen Schnitt nach oben ausführte, atmete Wu Ying zur selben Zeit aus und ließ das Chi frei, das er angesammelt hatte.

Die dunkle Nachtluft kräuselte sich, der Klang eines Schnitts hallte durch den Innenhof, als die Luft gewaltsam durchtrennt wurde. Schwertintention und Chi, kompromittiert und vermischt, um eine einzige Bewegung zu Formen, um den Schnitt bis weit von seinem Körper entfernt auszuweiten. Die Schwertenergie, die er mit den Fingern geformt hatte, prallte auf die Kante der Geistbarriere des Trainingsgeländes, ohne eine Spur zu hinterlassen. Am anderen Ende brach Wu Ying zusammen, als der plötzliche Verlust des Chi ihn beinahe seiner ganzen Energie beraubte.

Kurze Zeit später rollte sich Wu Ying ächzend zur Seite. "Besser. Diesmal habe ich nur zwei Drittel meines Chi verloren."

Wu Ying wusste, dass er sich hätte besser schlagen können, hätte er den Angriff mit seinem Schwert ausgeführt. Er hätte sich definitiv besser geschlagen. Die Notwendigkeit, das "Schwert" mit seinen Gedanken zu formen, es durch seine Intention zu erschaffen, war ein mächtiges Übungsmittel, aber es verbrauchte auch eine übermäßige Menge an Chi, um es zu realisieren.

Und trotzdem konnte Wu Ying nicht anders, als zu lächeln, während er sich hochrappelte. Das war ein Fortschritt. Ein sehr guter Fortschritt. Es verschaffte ihm einen weiteren Trumpf, einen Angriff mit großer Reichweite für sein Jian zu haben. Einen Überraschungsangriff zu haben, den er sich zunutze machen konnte. Ein Kultivator ohne Geheimnisse und Asse im Ärmel war ein toter Kultivator.

Kapitel 16

"Wu Ying?"

"Ja, verehrter Goh?" Wu Ying drehte den Kopf und sah seinen Freund und Ranghöheren neben ihm stehen. Wu Ying stand auf und klopfte sich den Schmutz von den Händen. Zu seinen Füßen standen die Glaskrüge wild verteilt, die mit dem Unkraut gefüllt waren, welches er gejätet hatte. Das Unkraut zuckte noch, während es versuchte, zurück in die mit Chi erfüllte Erde zu entkommen.

"Ru Ping", korrigierte Ru Ping ihn und warf ihm einen wütenden Blick zu.

"Entschuldigung. All die neuen Mitglieder der äußeren Sekte haben mich an die Formalitäten erinnert, insbesondere mit ihren Verbeugungen und ihrem Scharren." Wu Yings Lippen zuckten, als er versuchte, ein Lächeln zu unterdrücken.

"Har. Ja. Sie sind alle enthusiastisch und eingeschüchtert, oder?", fragte Ru Ping. "Ein Glück wählt die Älteste Li ihre Leute nie unter ihnen aus. Obwohl sie mich später in diesem Jahr zum Gartenbereich schickt, um zu sehen, ob es irgendwelche vielversprechenden Kandidaten gibt."

"Jawohl."

"Ach, halt die Klappe", meckerte Ru Ping. Er sah Wu Yings halbherziges Lachen, schnaubte und knuffte Wu Ying in die Schulter. "Ich bin gekommen, um mit dir über die bevorstehende Expedition zu sprechen, welche die Ältesten organisieren. Weißt du davon?" Wu Ying schüttelte den Kopf und Ru Ping seufzte. "Du solltest besser auf solche Angelegenheiten Acht geben. In dieser Expedition geht es um die seltene Art der Kurinjiblumen[23]. Die gewöhnlichen Kurinjiblumen blühen einmal alle zwölf Jahre, aber die Unterart, die wir benötigen, blüht nur einmal in einem halben

---

[23] Ja, es handelt sich um eine echte Blume.

Jahrhundert. Der Hügel, auf dem die Blumen wachsen, befindet sich nördlich des Sektenterritoriums, tief im Territorium der Seelenbestien."

"Wenn er im Norden liegt ..." Wu Ying drehte sich automatisch, um in besagte Richtung zu blicken. Natürlich gab es nichts außer Bäumen und Gebäuden zu sehen, da sie sich mitten in der Sekte befanden. Dennoch wusste Wu Ying, dass in dieser Richtung ungezähmte Wildnis lag. Es war die Art von Ort, an die man nur in Begleitung eines Ältesten ging. Oder in großen Gruppen. "Das ist sehr gefährlich."

Ru Ping stieß Wu Ying mit dem Ellbogen in die Seite. "Nicht für uns. Wir werden die Älteste Li begleiten und ihre Ernter sein. Wir dürfen uns in der Mitte der Gruppe positionieren und das ernten, was die Älteste uns zu ernten befiehlt."

"Wir?" Wu Ying runzelte die Stirn. "Ich habe dem nicht zugestimmt."

"Warum, glaubst du, habe ich so viel Zeit mit dir verbracht?", fragte Ru Ping und stemmte die Hände in die Hüften. "Glaubst du, ich trainiere jeden persönlich?" Ru Ping zuckte mit dem Kinn in Richtung der anderen Gärtner und schüttelte seinen Kopf. "Nein. Du bist genau wegen solcher Dinge hier."

"Ich ernte gerne auf meinen Missionen, aber das ..." Wu Ying suchte nach einem Weg, um schonend klarzumachen, dass die Expedition zu gefährlich war. Viel zu gefährlich. Er war nicht einmal ein Energieernter.

"Du lehnst ab?", fragte Ru Ping mit kaltem Tonfall. Er wandte sich von Wu Ying ab, während er dem Adepten direkt in die Augen blickte.

"Ich muss darüber nachdenken", antwortete Wu Ying kleinlaut, der von Ru Pings verächtlichem Blick eingeschüchtert war.

"Tu das bei den Komposthaufen", sagte Ru Ping tonlos.

Wu Ying zuckte zusammen, verbeugte sich aber vor Ru Ping und versiegelte das Glas mit Kräutern, bevor er sich zu den Komposthaufen aufmachte. Es war Monate her, seit er zum letzten Mal dorthin geschickt worden war – er war dort seit dem ersten Monat nicht mehr gewesen, als er alles gelernt hatte, was er in diesem Abschnitt des Gartens wissen musste. Wu Ying verstand die Botschaft klar und deutlich, genauso wie ihm auch klar war, wie sehr Ru Ping verstimmt war. Und, offensichtlich, wie verstimmt die Älteste Li sein würde.

***

Wu Ying, der schmutzig war und stank, nahm eine schnelle Dusche nahe des Trainingsgeländes, bevor er sich später am Tag auf den Weg zur Auftragshalle machte. Der plötzliche Wandel in der Art, wie Ru Ping ihn behandelte, ließ Wu Ying gegenüber der Expedition noch vorsichtiger als je zuvor werden. Wenn es einen Ort gab, an dem er mehr erfahren konnte, dann war das die Auftragshalle. Wu Ying fügte sich in eine der vielen Schlangen ein und ließ seinen Blick über seine Mit-Kultivatoren gleiten.

Wie immer wimmelte es in der Auftragshalle von Mitgliedern der äußeren und inneren Sekte, die in ihren Schlangen tratschten und darauf warteten, an die Reihe zu kommen. In einer Ecke ermöglichten Stühle und Stehtische den Kultivatoren, die ihre Angelegenheiten erledigt hatten, sich mit anderen auszutauschen, ohne im Weg zu stehen. In der gegenüberliegenden Ecke der Halle kümmerte sich eine kleinere Anzahl an Rezeptionisten an Tischen um die Sektenmitglieder, die ihre Aufträge abgeschlossen hatten.

Der Rang brachte Privilegien mit sich: Die Schlange für die Mitglieder der inneren Sekte war bedeutend kürzer als die endlose Schlange mit Mitgliedern der äußeren Sekte. Nach kurzer Zeit stand Wu Ying einem gelangweilt dreinschauenden Rezeptionisten gegenüber. Es sah in der Tat so aus, als würde der Hallenmeister die Rezeptionisten basierend auf ihrem Level an Langeweile, das sie zur Schau stellten, einstellen. Ansonsten hätte wenigstens ein Rezeptionist aufgrund des Zufallsprinzips etwas anderes als Langeweile empfinden müssen.

"Ja?", fragte der Rezeptionist missmutig.

"Entschuldigt. Ich wollte mich über die Expedition informieren", erklärte Wu Ying.

"Welche?"

"Es gibt mehr als eine?"

"Ja."

"Und die wären ...?"

"In den Norden, geführt vom Ältesten Mo und der Ältesten Li. Und in den Osten, geführt vom Ältesten Wan", säuselte der Rezeptionist.

"Worin liegt ihre Absicht?" Das war das erste Mal, dass er von den Expeditionen hörte.

"Der Älteste Wan jagt ein Bai Ze wegen seiner Hörner", erläuterte der Rezeptionist. "Er braucht für die Expedition ein Dutzend Kultivatoren auf den höheren Stufen der Energiespeicherung oder solche, die ebenbürtige Kampffähigkeiten besitzen. Es wird erwartet, dass sie mindestens drei Wochen andauern wird, aber der Älteste Wan hat geschworen, nicht zurückzukehren, bis er ihn erwischt."

"Und was ist ein Bai Ze?"

Die Lippen des Rezeptionisten kräuselten sich und er starrte Wu Ying böse dafür an, dass er es gewagt hatte, eine weitere Frage zu stellen. Letzten Endes jedoch kramte er unter seinem Tisch, ehe er eine Schriftrolle hervorzog und daraus vorlas. "'Ein Bai Ze ist eine kuhähnliche Seelenbestie mit sechs Hörnern und neun Augen. Die Hörner befinden sich an seiner Flanke und auf dem Kopf, und die Hörner, Augen und das Fell gelten als unfassbar wertvoll. Weitaus wertvoller als sein Fleisch.'"

Als Wu Ying bemerkte, dass der Rezeptionist zu Ende gesprochen hatte, sagte er: "Danke sehr. Ich bin nicht geeignet dafür."

"Ganz offensichtlich", schnaubte der Rezeptionist und schüttelte seinen Kopf. "Nun. Die Expedition des Ältesten Mo und der Ältesten Li ist noch gefährlicher, aber auch größer. Insgesamt werden sich vier Älteste auf die Expedition begeben, inklusive der beiden Sponsoren. Sie starten eine umfassende Feldmission und benötigen mehrere Wachen, Aufseher für das Feldlager und Pillenverfeinerer. Ich bin sicher, dass ich Euch einen Platz bei der Expedition beschaffen kann."

"Die Bezahlung?"

"Sehr gut. Täglich, abhängig von der Aufgabe, aber mindestens dreißig Beitragspunkte und dreißig Münzen pro Tag", antwortete der Rezeptionist. "Habt Ihr Interesse?"

"Noch nicht. Wozu dient die Expedition?"

Der Rezeptionist zuckte mit den Schultern. "Ich weiß es nicht. Sie suchen etwas im unbeanspruchten Seelenland. Es wird erwartet, dass die Expedition mindestens einen Monat lang, allerdings nicht länger als zwei, dauern wird."

"Oh?", stieß Wu Ying überrascht aus. Es beunruhigte ihn, dass sie keine Details preisgaben. Ganz besonders deshalb, weil Ru Ping es ihm direkt gesagt hatte. "So kurz?"

Der Rezeptionist zuckte mit den Schultern. Offenbar war er nicht zu Spekulationen aufgelegt. Wu Ying drängte den Mann nach mehr Details, seine Mühen blieben aber unbelohnt. Schließlich schickte der immer gereizter werdende Rezeptionist Wu Ying weg, da der Kultivator nicht gewillt war, sich sofort anzumelden.

Wu Ying rieb sich das Kinn, während er wegging. Die gute Nachricht war, dass Ru Ping die Wahrheit gesagt hatte. Es wurden eine Vielzahl an Wachen sowie unzählige Älteste angeheuert. Tatsächlich stammten jene, die angeheuert wurden, aus der inneren Sekte. Nur ein paar Plätze standen den äußeren Sektenmitgliedern zur Verfügung. Zusätzlich war die mindestens angeforderte Kultivationsstufe die Energiespeicherung 1, obwohl der Rezeptionist darauf hingewiesen hatte, dass gewisse Ausnahmen für jene gelten könnten, die die benötigten Fähigkeiten mit sich brächten.

Das beunruhigte Wu Ying am meisten. Er befand sich ganze zwei Kultivationsstufen unter der Mindestanforderung. Der Unterschied zwischen Kultivatoren auf der Energiespeicherungsstufe und auf der Körperreinigungsstufe war wie Tag und Nacht. Die Fähigkeit, externes Chi nutzbar zu machen und zu projizieren, erzeugte einen gewaltigen Unterschied in den Kampffähigkeiten eines Individuums. Geschick und Listigkeit konnten einige der Unterschiede wettmachen, aber nicht alle.

Die ungezähmten Seelenlande, in welche die Expedition führte, beheimateten hochrangige Kreaturen auf der Körperreinigungsstufe und sogar stärkere Kreaturen auf der Energiespeicherungsstufe. Noch schlimmer, in den Tiefen der Seelenlande konnte man sogar die ein oder andere Kernseelenbestie finden. Es sollte vielleicht nicht unerwähnt bleiben, dass Monster auf demselben Level der Körperreinigung zwar schwächer waren als ein gleichrangiger Kultivator, was sich aber auf den höheren Leveln verschob. Eine Seelenbestie mit einem Kern war um einiges gefährlicher als ein Mensch auf demselben Kultivationslevel. So, wie Wu Ying es verstand, hatte das etwas mit der Schwierigkeit und Ausbalancierung karmischer Bedingungen zu tun. Dass Bestien es schwerer hatten, sich über die Stufen hinweg weiterzuentwickeln, bedeutete, dass sie umso stärker wurden, *wenn* sie sich weiterentwickelten.

"Bereitet Euch etwas Sorgen?", fragte die Fee Yang, als sie Wu Ying mit mürrischem Gesicht aus der Auftragshalle kommen sah.

Wu Ying verbeugte sich vor der Ältesten, ehe er sich aufrichtete. Wie üblich bemerkte Wu Ying die staunende Menge, welche die Älteste Yang beobachtete, wohin sie auch ging. Manchmal fragte er sich, wie sie sich wohl im Zentrum der Aufmerksamkeit fühlte. Seine eigenen Erfahrungen damit waren zweifelsohne weniger erfreulich gewesen.

"Ja. Nein, Älteste Yang", korrigierte Wu Ying sich selbst automatisch, besorgt darum, die Frau damit zu stören.

"Was denn nun?", fragte die Fee Yang.

"Es ist nichts Wichtiges, Älteste."

"Ranghöhere. Ich bin auch Eure ranghöhere Schülerin", korrigierte die Fee Yang. "Jemand, mit dem Ihr sprechen könnt, wenn Euch etwas bedrückt."

"Ich ..." Wu Ying nahm einen tiefen Atemzug und wappnete sich. Sie hatte Recht. Und er brauchte Antworten auf einige Fragen. "Hättet Ihr vielleicht Zeit für einen Tee?"

"Ja."

Wu Ying führte die Älteste zu einer nahegelegenen Teestube und ignorierte dabei die neidischen Blicke, die in seine Richtung geworfen wurden. Wieder einmal nahm Wu Ying in einem halbprivaten Raum Platz, der keinen Mucks nach außen dringen ließ, in dem andere aber sehen konnten, dass sie gebührend Abstand zueinander hielten. Nachdem der Tee serviert wurde und Wu Ying der Fee Yang eingeschenkt hatte, erzählte er ihr innerhalb kürzester Zeit von seinen Sorgen und seinem Dilemma.

"Ihr habt Angst, dass Eure Beziehung zur Ältesten Li irreparabel beschädigt wird, solltet Ihr nicht gehen. Aber wenn Ihr es tut, könntet Ihr Euch selbst irreparable Schäden zuziehen", fasste Fa Yuan für Wu Ying zusammen.

Sie sagte das so geradeheraus, dass Wu Ying blinzelte. Sein Zögern erschien dumm. Wer würde schon Gefühle gegen Sicherheit tauschen?

"Geht."

"Wie bitte?"

"Ihr solltet gehen."

"Aber ich könnte sterben", protestierte Wu Ying.

"Und doch werdet Ihr sowieso sterben, wenn Ihr es nicht schafft, Euch in Eurer Kultivation weiterzuentwickeln", bemerkte Fa Yuan. "Habt Ihr es noch nicht bemerkt? Sich alleine zu kultivieren ist unfassbar schwierig. Deswegen haben wir Sekten. Und selbst in der Sekte haben wir Cliquen. Weil wir Freunde brauchen. Helfer. Gönner."

"Und das kommt ausgerechnet von Euch." Als die Fee Yang eine einzelne, elegante Braue hob, fügte Wu Ying hinzu: "Wegen des Ältesten Cheng."

"Glaubt Ihr, der Älteste Cheng glaubt nicht an das Bedürfnis nach Bindung? Er glaubt nur auch an das Schicksal. Er bietet Menschen Chancen an und beobachtet, ob sie vom Schicksal vorherbestimmt sind, diese zu akzeptieren und ihren Dao in diesen Situationen zu finden", erklärte Fa Yuan. "Der Älteste Cheng glaubt, dass wir das Schicksal finden können, das uns vorherbestimmt ist, wenn wir den größeren Dao in allen Dingen akzeptieren. Und der Dao verbindet alle Dinge, auch uns gegenseitig."

Wu Ying öffente den Mund, um weitere Fragen zu stellen, bevor er den Kopf schüttelte. Er war sich nicht sicher, ob er solch einen Glauben anerkennen konnte. Oder bereits verstehen konnte. Aber immerhin konnte er das annehmen, was Fa Yuan ihm gesagt hatte. Und ja, zu akzeptieren, dass der Älteste Cheng an die Notwendigkeit von Gruppen glaubte. In jedem Fall half ihm das nicht bei seinem aktuellen Dilemma weiter. "Also sollte ich annehmen."

"Ohne Zweifel. Wenn Ihr Euch als Kultivator weiterentwickeln wollt, könnt Ihr es Euch nicht leisten, das Level an Feindseligkeit, mit dem man Euch in der Sekte begegnet, zu erhöhen", sagte Fa Yuan.

"Ich danke Euch, Älteste", sagte Wu Ying und verbeugte sich im Sitzen vor Fa Yuan. "Könnt Ihr mir vielleicht noch weitere Ratschläge zu Expeditionen geben, wenn ich gehe?"

"Das wird Eure erste ausgedehnte Mission werden, ja?" Fa Yuan lächelte, als Wu Ying ihre Worte bestätigte. "Es gibt einige Dinge, die Ihr zu kaufen in Erwägung ziehen solltet. Einige sind für Notfälle, andere für den allgemeinen Komfort." Sie nippte an ihrem Tee, bevor sie fortfuhr. "Vieles hängt von Eurer aktuellen Anzahl an Beitragspunkten ab. Euer Ring der Aufbewahrung hat nur eine geringe Größe, richtig?"

"Ja."

"Dann werden wir versuchen, es auf das Nötigste zu begrenzen." Fa Yuan verstummte und tippte für einen Moment mit ihrem Finger auf die Teetasse. Dann fing sie an zu sprechen, während Wu Ying sich in Gedanken Notizen machte.

***

Bande. Familiäre. Bürokratische. Soziale. Wu Ying dachte über diese Themen nach, während er nach seinen Freunden suchte. Fa Yuan lag vollkommen richtig. Es waren die Bande zwischen Individuen, zwischen einem Individuum und der Gesellschaft als Ganzes, was eine Gesellschaft am Leben hielt. Wenn die Bindungen zwischen gewöhnlichen Bürgern und Adeligen, zwischen dem Königreich und der Gesellschaft, zwischen verschiedenen Staaten zerbrachen, traten Unruhen, Banditentum und Krieg auf.

Es lag ganz im Interesse der Erneuerung der Bande zwischen ihm und anderen, dass Wu Ying sich auf die Straße begab. Liu Tsong war nicht in der Apothekenhalle. Und auf dem Trainingsgelände war keine Spur von Tou He. Wu Ying machte sich nicht einmal die Mühe, nach Li Yao zu suchen, denn er wusste, dass sich die junge Dame in der abgeschotteten Kultivation befand. Entmutigt entschloss Wu Ying, sich zu Tou Hes Residenz aufzumachen, um auf seinen Freund zu warten.

Es war später Abend, als Wu Ying seine Augen öffnete und sich aus der sitzenden Kultivation erhob. Tou He stand ihm gegenüber. Das vage Gefühl, dass sein Freund angekommen war, hatte sich in sein Bewusstsein geschlichen, während er sich kultiviert hatte, aber es hatte Wu Ying mehrere Atemzüge gekostet, bis er sein Chi endlich beruhigt hatte.

"Hast du nach mir gesucht?", fragte Tou He.

"Nein. Dein Haus ist schöner als meins", antwortete Wu Ying und warf ihm ein Lächeln zu.

"Es ist ziemlich nett, nicht wahr?", sagte Tou He.

Wu Ying trat hastig nach seinem Freund, der lachte. Der eigentliche Versuch war erbärmlich, wenn man bedachte, dass Wu Ying im Schneidersitz auf einem Schemel saß. "Hast du von der Expedition gehört?"

"Um den Bai Ze zu fangen?" Tou He schüttelte seinen Kopf. "Eine schlechte Idee. Bai Ze bringen Glück und sind weise. Einen zu fangen, um ihn für die Kultivation zu benutzen, bringt schlechtes Karma ein. Sehr schlechtes Karma."

"Nein, die andere Expedition", erwiderte Wu Ying. Obwohl Tou Hes Bemerkungen eine weitere Frage aufwarfen. Wie ging sein Freund mit der Tatsache um, dass viele der Gegenstände auf höherem Level Körperteile von Tieren benötigten? Immerhin musste die Nutzung von tierischem Material irgendeine karmische Schuld nach sich ziehen, mal abgesehen von der

Tatsache, dass der Buddhismus im Allgemeinen voraussetzte, das Verlangen nach Materiellem zu verwerfen. Andererseits war Tou He der reinste Fleischfresser, was der gesamten Religion auch ein Dorn im Auge war. Eine Frage für ein andermal.

"Die der Ältesten Li? Sie ist deine Kräuterkundelehrerin, oder?" Tou He zuckte mit den Schultern. "Ich weiß nicht viel darüber."

"Willst du mit?", fragte Wu Ying und warf seinem Freund ein halbherziges Lächeln zu.

"Brauchen sie nicht Leute auf dem Energiespeicherungslevel?", fragte Tou He.

"Du bist da schon nah dran", meinte Wu Ying. Sein Freund näherte sich der Spitze der Körperreinigungsstufe 12.

"Nah dran ist nicht ausreichend."

Wu Ying seufzte und trat auf. "Entschuldige."

"Wofür?"

"Für die Frage. Es ist nicht dein Kampf", sagte Wu Ying.

Tou He legte den Kopf schräg und schaute seinen Freund einen Moment lang an, bevor er grinste. "Als ob ich dich alleine gehen lassen würde."

"Du hún dàn." Wu Ying trat diesmal erfolgreich nach seinem Freund.

Tou He kicherte, während er sich das Bein rieb und mit der anderen Hand abwinkte. "Solange sie einen Platz für mich haben, komme ich mit. Wir werden gemeinsam unseren Mut in der Wildnis beweisen. Auch wenn wir unnütz sein werden."

"Sprich für dich selbst. Ich werde mich sehr wohl nützlich machen. Mit Ernten."

"Ach, richtig." Tou He rieb sich gedankenversunken über den Glatzkopf. "Also. In dem Fall Abendessen?"

Von dem plötzlichen Kommentar aufgeschreckt nickte Wu Ying zustimmend mit dem Kopf.

"Gut. Dann lass uns essen und währenddessen erörtern, was wir brauchen werden."

Als Tou He den Empfangsraum verließ, holte Wu Ying gezwungenermaßen zu ihm auf und fügte hinzu: "Danke dir."

"Keine Ursache."

***

"Verehrte Lee", sagte Wu Ying, als er am nächsten Morgen seine Freundin begrüßte.

"Ich komme schon", antwortete Liu Tsong. "Du wolltest dich über die Expedition der Ältesten Li informieren, ja?"

"Ja. Ich freue mich."

"Ich habe ja keine Wahl. Die Älteste Wei ist Teil der Expedition und benötigt Hilfe beim Transport der Materialien."

"Warum kommt die Älteste Wei mit?"

"Wusstest du das nicht? Die Ältesten, welche der Expedition beiwohnen, blicken erwartungsvoll der Produktion der Weisen Bergsteintaupille entgegen. Die Älteste Li hat alle Materialien bis auf eines beschafft, und dafür ist die Expedition da. Die Pille hilft dabei, Engpässe in der Kultivation auf der Stufe der Kernformation zu lösen. Um die Effizienz der Pille zu erhöhen, hat die Älteste Wei vor, sie just dann zu produzieren, wenn die Älteste Li die fehlende Zutat erntet."

"Ich bin froh, dass du auch dort sein wirst."

"Ich nicht." Wu Ying runzelte die Stirn und Liu Tsong schüttelte ihren Kopf. "Deine Kultivation ist zu gering. Wäre die Tatsache nicht, dass die

Älteste Li keine kompetenten Hilfskräfte mehr hat, würde ich dir unter keinen Umständen raten, mitzugehen. Die ungezähmten Seelenlande sind zu gefährlich."

Wu Ying sträubte sich bei den Worten seiner Freundin. Anders als Liu Tsong trainierte er wenigstens regelmäßig seine Kampfkünste. Ihre Kultivation war der einzige Grund, warum sie stärker war als er. Hinsichtlich der reinen Kampfkunst war er besser als sie, dessen war er sich sicher. Aber ... "Danke für deine Rücksicht."

"Har! Schmoll nicht." Liu Tsong lächelte. "Komm, versuch einen dieser Teekekse. Mein Diener hat es geschafft, einige in der Grafschaft Yu zu ergattern."

Wu Ying drängte den Ärger beiseite und nahm einen der angebotenen Kekse. Ihre Rücksicht erfolgte in guter Absicht. Als Wu Ying in den überraschend zähen Keks biss, merkte er sich, dass er es Ru Ping persönlich sagen musste, wenn er gehen würde.

***

Anders als viele andere Gebäude in der Sekte war die Waffenkammer aus gemeißeltem Stein statt aus Holz gebaut. In das graue Gemäuer der Waffenkammer waren unzählige Glyphen und Siegel gehauen, die dem Formationsritual dienten, welches die Wände der Waffenkammer verstärkte. Entlang des roten Daches waren zusätzliche Glyphen und eingeritzte Seelenbestienwächter zu sehen. Einige davon waren so realistisch, dass Wu Ying schwören könnte, dass sie ihn beobachteten, während er sich dem Gebäude näherte.

Die Waffenkammer befand sich in der Mitte des Sektengeländes und grenzte an den Berghang an. Nur wenige Sektenmitglieder suchten sie auf, da selbst das reine Betreten des Gebäudes mindestens einhundert Beitragspunkte kostete. Damit wurde sichergestellt, dass der Verkehr reduziert und die allgemeine Sicherheit im Gebäude erhöht wurde. Viele Sektenmitglieder warteten und legten ihre Beitragspunkte zusammen, bevor sie die Gänge aus gehauenem Stein betraten.

Nachdem Wu Ying Ru Ping seine Entscheidung mitgeteilt und alles Nötige an weltlicher Ausrüstung gekauft hatte, stattete er der Waffenkammer auf Anraten der Fee Yang hin einen Besuch ab, um sich passende Ausrüstung auszusuchen.

"Long Wu Ying?", fragte die Älteste Wen. Die Älteste, die matronenhaft und ernst war und hellbraunes Haar hatte, kam aus ihrem Arbeitszimmer heraus. Als sie auf Wu Ying zukam, blickte sie unter seinem Schlüsselbein zu ihm hinauf. Sie nahm das Sektenabzeichen des Kultivators entgegen. Ihre geschickten Finger drehten es mehrere Male herum. Nach Wu Yings Bestätigung und einer Verbeugung lächelte die Älteste Wen. "Die Ältesten Li und Yang haben erwähnt, dass Ihr womöglich vorbeikommt."

Wu Ying wurde bleich. "Haben sie das?"

"Das ist etwas Gutes, junger Mann", sagte die Älteste Wen und ihre Lippen kräuselten sich vergnügt. "Viele in der Sekte streben jahrelang nach Anerkennung und erhalten nicht einmal eine Spur davon. Und dann seid da Ihr, der Ihr die Aufmerksamkeit mehrerer Ältester auf Euch gezogen habt."

Wu Ying kratzte sich am Kopf. Er war aufgrund ihrer Aussage ziemlich verwirrt. Wenn man bedachte, dass die Hälfte des Interesses von Ältesten herrührte, die ihm nicht wohlgesonnen waren, musste Wu Ying ihrer Aussage widersprechen, dass diese Aufmerksamkeit etwas Erfreuliches war.

"Nun, wonach sucht Ihr?", fragte die Älteste Wen.

"Ich hatte gehofft, Ihr könnt mir Euren Rat zuteilwerden lassen, Älteste", antwortete Wu Ying. "Das ist meine erste Expedition ..."

"Rat?" Die Älteste Wen hielt inne, während sie nachdachte. "Also gut. Lasst uns einmal sehen, was Ihr habt."

Die Älteste Wen ging zu einem Tisch in der Nähe und wies Wu Ying an, ihr zu folgen. Innerhalb kürzester Zeit hatte Wu Ying die Gegenstände aus seinem Ring der Aufbewahrung ausgelegt. Nicht, dass es viel gewesen wäre – abgesehen vom Jian, das er an seiner Hüfte trug, waren da ein weiteres Jian auf Sterblichenlevel, ein Dao und seine Armbrust, die er ihr zeigen konnte.

"Ist das alles?"

"Nichts von Bedeutung, außer meinen Anleitungen, Älteste Wen", sagte Wu Ying.

"Keine Rüstung. Eine minderwertige Armbrust. Keine Talismane."

"Ja, Älteste", bestätigte Wu Ying.

"Nun, es scheint also, als hätten wir Euch so einiges anzubieten. Erzählt mir von Eurem Kampfstil und aktuellen Kampfkunststilen."

Wu Ying zögerte, doch dann verdrängte er seine Zweifel, bevor die Älteste ungeduldig wurde. Es nützte nicht viel, seine Fähigkeiten vor der Ältesten zu verbergen. Die Sekte war nicht allzu groß und all seine Stile – mit Ausnahme des Familienstils der Long – stammten unmittelbar daraus. Wu Ying wäre nicht überrascht gewesen, wenn die Details darüber, was er erworben hatte, auf seinem Sektenabzeichen abgespeichert wären.

Als Wu Ying fertig erzählt hatte, sagte die Älteste Wen: "Mit Euren aktuellen Beitragspunkten könnte ich Euch ein paar Optionen empfehlen. Kommt." Die Älteste Wen schritt zum Mittelpunkt der Wartehalle und kam vor einem Tisch zum Stehen, ehe sie den wartenden Rezeptionisten ein Zeichen gab. "Bringt mir die Azurdonnerseide, die Strahlenden Flammentalismane und den Brillanten Lockblüten-Armschutz."

Nach kurzer Zeit kehrten die Rezeptionisten zurück. In der Zwischenzeit hatte die Älteste Wen Platz genommen und gestattete Wu Ying, ihr den Tee zu servieren, der aufgebrüht auf dem Tisch bereitstand. Auf die zustimmende Geste der Ältesten Wen hin zogen die Rezeptionisten die Stoffe zur Seite, die neugierige Blicke auf die Waren abhielten. Das erste, das enthüllt wurde, waren ein paar aus Azurdonnerseide gefertigte Unterröcke. Als Wu Ying mit den Fingern über die Seide fuhr, spürte er das Chi, das direkt in die Seide eingewoben worden war.

"Donnerseide wird von Donnerseidenraupen produziert. Es ist zweimal so stark wie gewobener Stahl derselben Breite und das Naturell der Seide absorbiert Schläge und widersteht Schnitten. Sie ist außerdem in jeder Wetterlage angenehm zu tragen und hilft dabei, die Temperatur des Trägers zu regulieren", erklärte die Älteste Wen. "Sie ist teuer, aber Donnerseide wird vom Großteil unserer inneren Sektenmitglieder getragen, die entschlossen sind, sich gefährlichen Situationen auszusetzen."

"Zählt die Seide zum Material auf Seelengrad?"

"Nein. Aber sie befindet sich an der Grenze vom Sterblichen- zum Seelengrad", antwortete die Älteste Wen. "Wahres Material auf Seelengrad befindet sich außerhalb Eures Budgets. Ihr tut besser daran, dies und ordentliche Rüstung bei den Schmieden zu kaufen."

Wu Ying nickte und nahm seine Finger von den Roben. "Wie viel zusätzlichen Schutz würde sie bieten?"

"Einigen", sagte die Älteste Wen. "Überwiegend gegen Kreaturen, die wind- oder erdaspektiertes Chi besitzen. Bestimmte Arten von stumpfen Schlägen können ebenfalls verringert werden."

"Und die Talismane?"

Die Älteste Wen wandte sich den Talismanen zu, einfache Streifen aus gelbem Papier, auf denen Wörter geschrieben standen. Allerdings waren es keine gewöhnlichen Wörter, sondern von Chi durchzogene Kritzeleien, die mit dem Chi des Schreibers erfüllt waren. "Die Strahlenden

Flammentalismane wurden von einem Flammenkultivator verfasst. Mächtige Talismane für die Offensive. Ein einziger offensiver Talisman genügt, um eine Bestie unterhalb des Pendants zur Körperreinigungsstufe zu verlezten, wenn nicht sogar zu töten. Er wird diejenigen auf der Energiespeicherungsstufe verletzen und zerstreuen."

Wu Ying schaute sich die fünf offensiven Talismane an, bevor er sich den anderen fünf zuwandte.

Drei davon lagen abseits und die Älteste Wen zeigte als nächstes auf sie. "Defensive Sprüche. Nicht sehr effektiv, da sie flammenaspektiert sind, aber sie bilden eine einfache Flammenwand, die ausreicht, um die meisten Bestien zu verscheuchen.

Die letzten beiden sind Schutztalismane. Wenn man sie einsetzt, bilden sie einen Schutz und alarmieren Euch, wenn jene mit feindlicher Absicht die Barriere passieren."

"Nützlich, aber ihr Gebrauch ist begrenzt", stellte Wu Ying fest.

"Natürlich. Wären sie unbegrenzt einsetzbar, wären sie bedeutend teurer", bestätigte die Älteste Wen. "Zu guter Letzt hätten wir da noch den Lockblüten-Armschutz."

Wu Ying nahm den Armschutz in die Hand. Der Armschutz war filigran aus Jade geschnitzt und die Blütenblätter verschiedenster Blumenarten besaßen viel Liebe zum Detail. Als Wu Ying den Armschutz umdrehte, schimmerte das Holz des Tisches, an dem sie saßen, durch die Lücken zwischen den Blütenblättern. "Da ist eine Verformung ..."

"Zwischen den Blütenblättern", bestätigte die Älteste Wen. "Der Armschutz sammelt das Chi aus der Umgebung und lagert es zwischen den Blütenblättern und im Jade selbst ein. Ein Nektar der Kraft. Sein Erschaffer war metallaspektiert und wenn Ihr ihn zusammen mit Eurem Jian benutzt, könnt Ihr metallenes Schwert-Chi projizieren."

"Ein Chi-Angriff?", fragte Wu Ying überrascht. Er drehte den Armschutz etwas schneller herum. Dies war ein mächtiges und wertvolles Artefakt.

"Ja. Ihr habt zwei Anwendungen, bevor der Armschutz aufgeladen werden muss", sagte die Älteste Wen. "Dennoch ist er mächtig."

"Kann ich ihn mir leisten?"

"Gerade so", antwortete die Älteste Wen. "Ich muss Euch warnen. Sofern Ihr Euch nicht für den Metallaspekt entscheidet, wird dieser Armschutz Euch abstoßen, sobald Ihr einen Aspekt erlangt. Sein Erschaffer war äußerst metallaspektiert und hat dies in seine Schöpfung gelegt. Selbst jene mit Holz- oder Erdaspekt sind nicht imstande, ihn zu verwenden."

Das würde den geringeren Preis des Armschutzes erklären. Für diejenigen auf der Energiespeicherungsstufe war dieses Ausrüstungsteil nützlich, aber nicht notwendig, da sie ihr eigenes Chi projizieren konnten. Diejenigen auf der Körperreinigungsstufe begehrten den Armschutz, empfanden ihn aber als risikoreiche Investition, es sei denn, sie waren bereits metallaspektiert.

Andererseits wiederum ... Wu Ying berührte seinen Ring. Er besaß die Kultivaitonsanleitung des Gelben Herrschers für die Energiespeicherungsstufe. Er hatte vor, die Kultivationsmethode des Gelben Herrschers fortzusetzen und sich von Aspekten fernzuhalten, bis er einen Kultivationsstil fand, der zu ihm passte. Wu Ying wusste, dass das nicht die beste oder effizienteste Entscheidung war. Aber es hielt ihm Möglichkeiten offen und das war wichtig. Das konnte er spüren.

"Defensive, Offensive und Anpassungsfähigkeit", zählte Wu Ying alle Eigenschaften der drei Gegenstände auf, die sie ihm gebracht hatte. Er zögerte, verwarf jedoch einen verirrten Gedanken. Es war nutzlos, nach etwas zu fragen, das ihn leichtfüßiger oder schneller machte. Gegenstände, die die Schnelligkeit unterstützten, hatten nicht nur eine hohe Nachfrage,

246

sondern er würde auch auf einer Expedition reisen. Es war unwahrscheinlich, dass er je wegrennen musste.

"Ihr müsst über vieles nachdenken." Die Älteste Wen trank ihre Tasse Tee aus und stand auf. "Sagt meinen Rezeptionisten Bescheid, wenn Ihr fertig seid. Sie werden die nötigen Punkte abziehen und Euch Euer Sektenabzeichen zurückgeben."

"Ich danke Euch, Älteste", sagte Wu Ying, während er ebenfalls aufstand und sich verbeugte.

"Passt auf Euch auf. Und denkt daran: Es besteht keine Schande darin, auf Eurer ersten Expedition Vorsicht walten zu lassen", verabschiedete sich die Älteste Wen, bevor sie ging.

Wu Ying setzte sich wieder hin, um über seine Entscheidung und ihre Abschiedsworte nachzudenken. Deutete sie an, dass er sich für die Seidenroben entscheiden sollte?

Kapitel 17

Für Wu Yings Geschmack kam der Tag der Expedition viel zu schnell. Als Ru Ping erkannte, dass Wu Ying an der Expedition teilnehmen würde, hatte er mit einem noch intensiveren Lehrplan begonnen. Dadurch war Wu Ying dazu gezwungen gewesen, auf den Feldern zu arbeiten und wiederholt die Pflanzen zu ernten, auf welche sie vermutlich stoßen würden. In der wenigen Freizeit, die ihm blieb, kaufte Wu Ying ein Set leichter, gebundener Rüstung und stürzte sich in die Kultivation und in das Training mit den Kampfkunstspezialisten. Die Pillenverfeinerung rückte zugunsten der Erhöhung seiner Überlebenschancen in den Hintergrund.

Am Hauptpaifang, der die Grenze zur Sekte markierte, ließ Wu Ying seinen Blick über die Expeditionsgruppe schweifen. Der Älteste Lu, der Torwächter, sprach mit den anderen Ältesten, während sich die übrigen Mitglieder des Expeditionskorps miteinander unterhielten.

"Warum warten wir?", fragte Tou He, der über die versammelte Truppe schaute. "Sind wir nicht vollzählig?"

"Das sind wir, aber es ist noch keine günstige Zeit, um aufzubrechen. Meines Wissens nach hat die Älteste Li für eine Lesung bezahlt, um sicherzugehen, dass das Glück uns gewogen ist", sagte Chao Kun.

"Har. Das ist alles abergläubischer Unsinn", meinte Li Yao, als sie sich ihnen anschloss. Sie hatte ihren Stab auf ihre Schulter gelehnt.

Alle drei Männer drehten sich mit missbilligenden und enttäuschten Blicken zu ihr um.

"Willst du damit sagen, die Weissagungen des Ältesten Kim seien Unsinn?", fragte Chao Kun.

"Ah ... nicht des Ältesten Kim", zog Li Yao zurück. "Aber die meisten Weissagungen sind falsch."

"Weissager von der Straße und Scharlatane sind nicht der Älteste Kim. Er ist sehr bekannt für seine Fähigkeit, den Willen des Himmels lesen zu können", erklärte Chao Kun.

"Ja, natürlich. Ich habe nie verstanden, was eine Verzögerung unserer Reise auslösen würde. Wir könnten jetzt gehen und schneller bei der Blume ankommen", meinte Li Yao.

"Die Reise dauert mindestens zwei Wochen", erwiderte Chao Kun. "Und das nur, wenn wir direkt zur Kurinjiblume gehen. Aber keine Sorge. Wir haben eine Woche Puffer."

Wu Ying lächelte zustimmend und erinnerte sich an die zusätzliche Information, die Ru Ping ihm mitgegeben hatte. Die Blume war das erste Mal vor einem Jahrzehnt aufgefunden worden. Kurz danach war die Älteste Li zur Lichtung gereist, um den Fund zu verifizieren und zu ermitteln, wann die Kurinjiblume das nächste Mal blühen würde. Seitdem war diese Expedition, wenn auch hinter verschlossenen Türen, geplant worden. Immerhin wollte niemand in der Sekte, dass ein anderer Kultivator oder eine andere Sekte von diesem glückseligen Fund erfuhr.

"Herzlichen Glückwunsch zu deinem Durchbruch", sagte Wu Ying zu Li Yao. "Das Timing war gut."

"Das war es in der Tat, nicht wahr?", schmunzelte Li Yao.

"Du bist jetzt auf Energiespeicherungsstufe 4?", fragte Wu Ying, der sich an vorherige Gespräche zurückerinnerte.

"Ja! Ich bin jetzt viel stärker."

"Natürlich bist du das", sagte Tou He.

Das war offensichtlich. Nur ein einziger Anstieg in der Kultivation auf den höheren Leveln brachte einen beachtlichen Anstieg an Kampfkraft mit sich, ganz anders als auf der Stufe der Körperreinigung.

"Was? Glaubst du mir nicht? Komm, ich lasse dich an meiner Latte lecken!", drohte Li Yao, die ihren Stab von der Schulter nahm und Tou He damit entgegenfuchtelte.

Ihre Worte brachten die Gruppe zum Husten und sie wandten die Blicke ab. Li Yao wurde immer griesgrämiger, da sie sich weigerten, mit ihr zu kämpfen.

"Ich danke euch für euer Kommen", drang die Stimme der Ältesten Li durch das Geschnatter und lenkte ihrer aller Aufmerksamkeit auf die Ältesten.

Wu Ying war überrascht, als er feststellte, dass sich ein weiterer Ältester ihnen angeschlossen hatte, der in die traditionellen schwarzen Roben der Ältesten gekleidet war, aber einen noch kunstvolleren Kopfschmuck trug. Er ähnelte dem, den die Hallenmeister trugen, hatte aber goldene und grüne Einfassungen.

"Der Älteste Kim wird uns verabschieden und diese Reise segnen. Bitte." Bei ihren letzten Worten wies die Älteste Li auf die Gruppe.

Alle, mit Ausnahme der Ältesten, fielen auf die Knie. Der Älteste Kim zog einen kleinen Bambusbesen aus seinem Ring der Aufbewahrung. In seiner anderen Hand befand sich eine Urne mit Weihwasser. Der Älteste Kim skandierte esoterische und verwirrende Worte, während er sich durch die Gruppe bewegte. Es war ein melodisches Flüstern, das die Gruppe einhüllte und stillhalten ließ. Seine Melodie harmonisierte mit dem Dao des Universums und sog das Chi aus der Umgebung heran. Jeder Wasserspritzer brachte Segnung und Reinigung mit sich, während sich das Chi um die Körper der Expeditionsmitglieder legte. Als das Chi Wu Ying wie Wasser ummantelte, verband es sich mit seinem Fleisch, seinen Knochen und Meridianen.

Die Sekunden wurden zu Minuten und die Kraft sickerte in ihre Körper. Als der Älteste Kim die Prozedur abgeschlossen hatte, befand er sich wieder an der Spitze der Gruppe. Die Älteste Li machte eine Geste, woraufhin sich die Sektenmitglieder erhoben. Wu Ying untersuchte sich im Stillen selbst und fühlte nach der Segnung, die in seinen Knochen saß, nach den Spuren des himmlischen Chi, welches das Glück zu seinen Gunsten verschob. Es war nicht viel, lediglich ein Silbersplitter, der die Waage des Schicksals zu seinen Gunsten neigte. Andererseits wiederum existierte und änderte sich so vieles in dieser Welt durch die kleinsten Dinge.

"Vielen Dank, Ältester Kim", sagte die Älteste Li.

Ein Dankeschor erklang aus der Gruppe, ehe die Älteste Wei eine Handbewegung machte und die Gruppe den Hügel hinunterging. Als Wu Ying sich dem Lauf anschloss, trafen sich seine und Xi Qis Blicke. Der Torwächter warf ihm ein kurzes Lächeln und ein Nicken zu. Seine eigene, stille Segnung, bevor der Rhythmus der Expedition sie mit sich riss.

***

Sie wanderten den Berg hinunter und dann um diesen herum, indem sie die erste Abzweigung auf der Hauptstraße nahmen. Die Expedition hätte auch einen anderen Ausgang nehmen und ihre Reise so um einige Stunden verkürzen können, aber der Älteste Kim hatte ihnen empfohlen, das Haupttor zu nehmen. Es machte für die Gruppe von Kultivatoren nicht wirklich einen Unterschied. Kaum hatten sie die Abzweigung genommen, beschleunigte die Gruppe auf ein Tempo, mit dem sie mit Leichtigkeit jeden Kultivator auf niedrigem Level abgehängt hätten. Diesmal reisten sie ohne Pferde – die Tiere wurden zu schnell durch die Monster in den Seelenlanden verängstigt. Es war besser, sich zu Fuß fortzubewegen.

Wu Ying, der zu den Kultivatoren auf dem niedrigsten Level in der Gruppe zählte, musste in voller Geschwindigkeit rennen, um mit dem leichten Gang der anderen mithalten zu können. Er trug die leichte Rüstung, die er für die Reise gekauft hatte, und empfand das zusätzliche Gewicht als leicht frustrierend. Die Bewegungseinschränkung störte ihn sogar noch mehr.

Wieder einmal verfluchte Wu Ying in Gedanken die Tatsache, dass er keine Qinggong-Fähigkeiten beherrschte. Wu Ying fragte sich geistesabwesend, ob der Armschutz, den er bei sich trug, vielleicht angepasst oder sogar transformiert werden konnte, um ihn einzulagern und sein Chi zu erweitern, damit er schneller rennen konnte. Es war ein unnützer Gedanke, da dies ein himmlischer Konstrukteur und Verzauberer durchführen müsste, wenn es denn möglich wäre. Und Wu Ying konnte sich keinen von beiden leisten.

Das Einzige, was Wu Ying tun konnte, war zu rennen und sich zu kultivieren, das Chi aus der Umgebung einzusaugen, um seinen Körper zu erfrischen, während er hinter der Gruppe hertrabte. Neben Wu Ying rannte Tou He ohne Mühen und hatte sich der Geschwindigkeit seines Freundes angepasst, während er sich mit einem schwachen Lächeln umschaute. Hinter ihnen folgten zwei Gepäckträger, die mit der Aufgabe betraut waren, diverse profane Gegenstände zu transportieren, die die Ältesten entweder nicht in ihren Ringen der Aufbewahrung transportieren konnten oder wollten. Sie liefen mit Leichtigkeit und ihre langen Beine streckten sich in einem leichten Galopp, mit dem die Li nur so dahinflogen. Und ganz hinten hielten Chao Kun und einige weitere Kampfkunstspezialisten ihre Rückseite im Blick und achteten auf Hinterhalte.

Zunächst rannte Wu Ying einfach. Das Land, das sie umgab, war wohlbekannt und abgegrast. Es gab wenig, was für einen Ernter oder

Kultivator von Interesse wäre. Hin und wieder tauchten Tiere auf, aber überwiegend war das Land ringsherum so gut gepflegt, wie die Wildnis, die sich nahe der Zivilisation befand, dazu neigte. Es war an einigen Stellen immer noch verwildert, aber gepflegt. Pfade, die von Rotwild genutzt wurden, wurden zu ausgetretenen Wegen, denn die Erde war von unablässigen Wanderungen der Menschen plattgedrückt. Hin und wieder erblickte Wu Ying Spuren von Holzfällerei und Ernten. Bäume und Pflanzen waren entfernt worden, als jemand die Notwendigkeit dazu verspürte. Wu Ying wusste, dass der Wald hier kahl gewesen wäre, wäre da nicht der Wunsch der Sekte, das Land um sie herum grün zu halten.

Während der ersten paar Stunden war die Welt normal und friedlich. An einem Punkt, als sie sich ihren Weg den Berg hinunter bahnten und das Tal in der Bergkette betraten, änderte sich das. Das erste Anzeichen der Änderung war der Pfad, auf dem sie liefen. Der Pfad, der nicht mehr länger durch unzählige Füße festgetrampelt worden war, wurde licht und von gerade erst zerdrückten Pflanzen gespickt, auf welche die Kultivatoren vor Wu Ying getreten waren.

Als nächstes war da der Wechsel der Flora. Die Vegetation wurde grüner und üppiger. Vom Regen genährt und von Menschenhand unberührt waren mehrere Bäume höher und größer gewachsen. Unter ihnen wurde das Gestrüpp, das sich von den spärlichen Sonnenstrahlen nährte, das durch die Blätter drang, dünner, aber nicht weniger saftig.

Zu guter Letzt spürte Wu Ying die Veränderung im Chi. Das Chi, das die Sekte umgab, war dicht und reichlich. Es wurde aus der Umgebung und der Drachenlinie, die unter der Gebirgskette verlief, gezogen. Das Chi im Wald, der sie umgab, war beinahe ebenso reichlich, wenn auch roher und ungezähmter. Der Aspekt von Holz, Erde und Wasser war in ihm auch stärker als beim Chi in der Sekte. Während Wu Ying rannte, bemerkte er, wie bestimmte Mitglieder der Expedition stärker und sorgloser wurden, wohingegen andere langsamer wurden, da ihr natürlicher Aspekt mit der Umgebung zu kämpfen hatte.

Nach endlosen Stunden des Laufens erreichte die Expedition schließlich eine Lichtung. Die Gepäckträger entfernten sich zur Mitte der Lichtung, um eine Kochstelle aufzubauen und mit den Essensvorbereitungen zu beginnen. Die Ältesten nahmen entfernt von den anderen Platz und unterhielten sich leise oder kultivierten sich. Als Wu Ying nach Luft schnappte, kam Ru Ping lächelnd auf den Kultivator zu. Das Lächeln veränderte sich, als er sich ihm näherte.

"Du kultivierst dich?", fragte Ru Ping und rümpfte die Nase.

"Nur so kann ich mithalten." Wu Ying atmete hörbar durch die Nase aus. "Ihr seid schnell."

"Nun, natürlich." Ru Ping schüttelte seinen Kopf. "Achte darauf, jeden Tag zu baden."

"Selbstverständlich", antwortete Wu Ying, der die Augen zusammenkniff. Was für eine Aussage war das denn?

"Komm. Die Älteste Li möchte, dass wir den Wald einer kurzen Untersuchung unterziehen. Da könnte es etwas geben, das sich zu ernten lohnt", sagte Ru Ping und wies um sie.

Wu Ying runzelte die Stirn. "Jetzt gleich?"

"Ja. Keine Sorge, wir haben Schutz", beruhigte Ru Ping ihn und deutete auf Chao Kun, der nicht weit von ihnen entfernt stand.

"Also gut." Wu Ying seufzte, leistete seinen Worten aber Folge. Immerhin war das der Grund, warum er mitgekommen war.

Nach vierzig Minuten kamen die beiden mit ein paar wenigen Pflanzen und einigen Stecklingen in den Händen zurück. Die Älteste Li inspizierte die Pflanzen und fuhr dann mit der Hand über sie, wodurch sie verschwanden.

Sie tat dasselbe mit den Stecklingen, bevor sie die zwei zum Essen wegschickte.

"Ich dachte, es sei nicht möglich, lebende Pflanzen in Ringen der Lagerung aufzubewahren?", sagte Wu Ying zu Ru Ping, als sie getoastetes Brot nahmen.

"Für gewöhnlich ist es das nicht", bestätigte Ru Ping. "Aber die Älteste Li hat einen tragbaren Kräutergarten. Dahin wurden diese Pflanzen geschickt."

Wu Ying klappte die Kinnlade herunter. "Ein tragbarer Garten? Aber muss sie die Kräuter nicht immer noch anpflanzen?"

Ru Ping zuckte mit den Schultern. Er war sich der Eigenheiten des Gartens ebenso wenig bewusst wie Wu Ying. Anstatt zu versuchen, auf Fragen zu antworten, auf die er die Antworten nicht kannte, wies Ru Ping ihn an, aufzuessen. "Wir haben einen langen Weg vor uns."

***

Entsprechend Ru Pings Worten ging die Expeditionsgruppe bis spät in den Tag hinein weiter. Die Stunden vergingen wie im Flug und wurden nur durch die gelegentlichen Halte unterbrochen, in denen sie sich um angriffslustige Bestien kümmerten. Als das zum ersten Mal passierte, bekam Wu Ying nicht einmal etwas von dem Angriff mit, bis er an Tou He vorbeikam, der über die Kadaver ihrer Angreifer, einer Gruppe Dämonenbestien, gebeugt stand. Er häutete und weidete die Kreaturen aus.

Bis die Gruppe ihr Nachtlager aufschlug, hatte die Expedition vier Kämpfe hinter sich gebracht. Das schloss den Angriff mit ein, bei dem alle Mitglieder der Expedition involviert worden waren, als sie von gigantischen, fliegenden Ameisen angegriffen wurden. Die Kreaturen, die aus einem gestörten Ameisennest emporgestiegen waren, hatten die Expedition auf der Suche nach Lebendmasse umschwärmt. Zum Glück hatte der Älteste Dong eine Reihe von Handflächenschlägen mit Feuer-Chi losgelassen, wodurch er die empfindlichen Flügel der Ameisen verbrannt und zerstört hatte, sodass die bedrängte Expedition sich ohne schwere Verletzungen um ihre Angreifer kümmern konnte.

Später am Abend, als Wu Ying aus der provisorischen Dusche zurückkehrte, die sie aufgestellt hatten, fing Ru Ping den jungen Kultivator ab. "Da bist du ja. Sei in zehn Minuten bereit. Wir sollten weitere Kräuter ernten, bevor es zu dunkel wird."

"Werden wir das jede Nacht machen?", fragte Wu Ying mit gerunzelter Stirn. Bisher hatten sie einige ungewöhnliche und seltene Kräuter beschafft, darunter befand sich aber nichts, was so wertvoll wie ihr Expeditionsziel war.

"Natürlich. Was glaubst du, wie die Älteste Li vorhat, für diese Expedition zu bezahlen?", fragte Ru Ping zurück. "Wenn du schon einmal da bist, können wir dich auch voll einspannen."

"Ist das der Grund, warum du mich dabeihaben wolltest? Um das zu ernten, was wir auf unserer Reise finden?", fragte Wu Ying.

"Hauptsächlich", antwortete Ru Ping. "Die Älteste Li wird ein zusätzliches Paar Hände benötigen, wenn sie die Kurinjiblume erntet. Ich werde sie natürlich unterstützen, aber sollte es zu einem Unfall kommen, ist es das Beste, das weitere Paar Hände zu haben."

Wu Ying verzog das Gesicht, das er rasch vor Ru Ping verbarg. Sich vorzustellen, dass er bedroht und beleidigt wurde, weil sie einen Ersatzmann gebraucht hatten. Selbst nach all der Zeit, selbst für jemanden, den er für einen Freund gehalten hatte, war er nicht mehr als ein zusätzliches Paar nützlicher Hände.

Ru Ping, der entweder Wu Yings Missfallen ignorierte oder dieses nicht wahrnahm, wiederholte ihren Zeitplan, bevor er sich entfernte.

Kurz, nachdem sich Wu Ying nahe des Feuers niedergelassen hatte, kam Li Yao und setzte sich neben ihn. Sie bot Wu Ying eine Schale mit gerösteten Erdnüssen an.

"Danke sehr." Wu Ying nahm die Schüssel und knabberte aus ihrem Inhalt.

"Warum machst du so ein mürrisches Gesicht? Hast du an etwas Ekligem gelutscht?"

Wu Ying warf Li Yao ein Lächeln zu, dann seufzte er. "Ich bin einfach nur frustriert. Wie es scheint, bin ich nur als mobiler Ernter hier."

"Und?", entgegnete Li Yao mit gerunzelter Stirn. "Wir werden mit einer fürstlichen Summe an Beitragspunkten entlohnt, um hier zu sein."

"Es ist gefährlich", bemerkte Wu Ying und schaute sich um.

"Pah. Große Geflügelte Waldameisen sind ein Kinderspiel", meinte Li Yao, die ihren Kopf schüttelte. "Und der verehrte Ge und die anderen Ältesten sind hier. Das hier ist die sicherste Expedition in diese Lande, welche die Sekte seit Jahren durchgeführt hat."

"Dennoch ..."

"Kultivation–"

"Ist eine gefährliche Tätigkeit", beendete Wu Ying das gängige Sprichwort. "Ich weiß. Aber das ist mein zweites Jahr in der Sekte und das zweite Jahr, in dem ich sie verlasse."

"Tu nicht so, als würdest du den Lauf nicht genießen. Oder das Ernten", sagte Li Yao. "Ich habe dein Gesicht während der Reise gesehen. Du hast gelacht und warst so entspannt, wie ich dich noch nie gesehen habe. Nun, außer wir sind nicht in der Sekte."

"Das liegt daran, weil ..." Wu Ying schloss den Mund. Das, was er eben sagen wollte, hätte Li Yao beleidigt. Er war entspannter, weil es hier draußen keine Adeligen gab. Oder zumindest weniger. Es gab keine willkürlichen sozialen Einschränkungen oder Regeln, die er nicht kannte. Keine versnobten, reichen Kinder, die mit dem neuesten Geschenk ihrer Eltern angaben. Oder ihn in ihrer Kultivation überholten, weil sie in der Lage waren, die neuesten Pillen zu kaufen. Nein. Hier draußen, selbst als Teil der Expedition, musste sich Wu Ying keine Sorgen um solcherlei Dinge machen.

"Weil?"

"Nichts", sagte Wu Ying.

Li Yao schaute Wu Ying mit zusammengekniffenen Augen an, aber er lächelte sie nur an. Sie schnaubte und stand auf. Als sie Wu Ying mit seinen Nüssen alleine ließ, murmelte sie etwas vor sich hin, das sich wie ein Fluch anhörte. Wu Ying wischte sich kurz die fettigen Finger ab, da er das Salz der Erdnüsse darauf spürte, und beobachtete Li Yao, wie sie davonstolzierte.

Dennoch, Wu Ying musste zugeben, dass der Snack und Li Yaos Erinnerung, dass er außerhalb der Sekte war, seine Stimmung aufhellten. Selbst wenn er hier war und ihm mehr Gefahr drohte, als ihm lieb war, genoss Wu Ying es trotzdem und verdiente sich einen Haufen Beitragspunkte.

Vielleicht musste Wu Ying einfach seine Einstellung ändern, wie es immer der Fall war. Und, das musste er zugeben, vermutlich über seinen Schatten springen. Selbst auf dem Hof hatte es oft Momente gegeben, in denen er Dinge machen musste, die er nicht mochte.

***

"Das sind Violette Nachtschimmerpilze", erklärte Ru Ping, als Wu Ying die treffend benannten Pilze begutachtete. Die Ernter, die von Tou He und einem weiteren Paar Kultivatoren begleitet wurden, die als Wachen dienten, bahnten sich ihren Weg durch den umliegenden Wald. "Äußerst giftig, wenn man sie verzehrt. Das Gift befindet sich in den Lamellen unter dem Hut."

"Ernten wir sie?" Wu Ying hatte das noch nie zuvor gemacht, aber er kannte die Grundlagen und griff bereits nach seinen Handschuhen.

"Gewissermaßen. Besorge ein Gefäß, schneide die Pilze heraus und kratze die Lamellen vollständig aus. Pass auf, dass du währenddessen nichts einatmest", unterrichtete ihn Ru Ping. "Lass den Rest zurück. Die Pillenverfeinerer haben wenig Nutzen für das Gift, aber die Mediziner benutzen es ab und zu, um Infektionen auszubrennen."

Wu Ying senkte den Kopf, bevor er ein Stück Stoff aus seinem Ring der Aufbewahrung nahm und es um sein Gesicht band. Während Ru Ping wegging, um andere Pflanzen zu ernten, beäugte Wu Ying die Pilze und schätzte die Größe des Gefäßes ab, das er benötigen würde.

"Gefährliche Arbeit", bemerkte Tou He, der an Wu Yings Seite blieb. Der Mönch hatte seinen Stab gegen ein paar Tonfas eingetauscht. Er bevorzugte die kürzeren Waffen für den Einsatz im Wald.

"Das ist es manchmal", gab Wu Ying zu. Es war kaum verwunderlich, dass viele spirituellen Kräuter Verteidigungsmechanismen besaßen. Manchmal waren es einfach nur große und aggressive Dornen. Die meisten hatten jedoch ausgefeiltere und gefährlichere Schutzeinrichtungen. "Bitte geh zurück. Wir wollen ja nicht, dass du es aus Versehen einatmest."

"Jawohl." Tou He kicherte und ging ein Stück zurück, während er seinen Blick über die Umgebung schweifen ließ.

Bei Neumond und einem wolkenlosen Himmel waren die Lampen, die sie bei sich trugen, die hauptsächliche Lichtquelle. Sicher, die Beleuchtung verminderte ihre Fähigkeit, mögliche Gefahren zu erkennen, aber das Licht war nötig, damit die Ernter ihre heikle Arbeit durchführen konnten.

Mit dem Erntemesser in der Hand schnitt Wu Ying die Stiele der Pilze ab und riss sie von dem toten Baum ab, an dem sie wuchsen. Wu Yings Bewegungen waren langsam, aber sicher. Jeder Pilz, den er pflückte, platzierte er auf dem braunen Wachspapier, das er vor sich ausgelegt hatte. Wu Ying nahm sich die Zeit, alle Pilze zu pflücken, ehe er zum nächsten Schritt überging. Er platzierte die Pilze mit einem kleinen, ovalen Drahtwerzkeug auf dem Wachspapier und kratzte die Lamellen aus, bevor er die sauberen Pilze wegwarf. Kurze Zeit später hatte Wu Ying einen Haufen gelb-grüner Rückstände vor sich, die er mithilfe eines Trichters aus Wachspapier in eine Lehmflasche gab. Sobald er die Flasche verschlossen hatte, atmete Wu Ying endlich auf.

"Und jetzt?", fragte Tou He.

"Suchen wir Ru Ping und schauen, was wir noch für ihn ernten sollen", sagte Wu Ying. Für den Moment verstaute er das geerntete Gut nicht in seinem Ring der Aufbewahrung.

Die beiden gingen gemeinsam in die Richtung, in die der andere Ernter verschwunden war. Wu Ying drehte auf der Suche nach mehr spirituellen Kräutern, die sie sammeln konnten, den Kopf hin und her.

Kapitel 18

Spät in der vierten Nacht in den Seelenlanden ernteten Wu Ying und die Wächter Kräuter, wie es beinahe schon zur Routine geworden war. In der tiefen Dunkelheit einer bewölkten Nacht verzog Wu Ying das Gesicht, als er die Laterne hochhielt und über den Boden leuchtete. Er sah noch immer nichts und drehte sich zu Ru Ping.

"Verehrter Go, es scheint so, als wären wir weiter vom Lager abgekommen als üblich", sagte Wu Ying.

"Das sind wir. Die Yu-Feuerspritzgurke[24] kann ihre Samen bis zu sechzig Meter weit schießen", erklärte Ru Ping. "Wenn du besser aufgepasst hättest, müssten wir nicht nach ihnen suchen. Also, leuchte weiter. Wenn die Samen angeleuchtet werden, glühen sie."

"Es tut mir leid. Meine Hand ist ausgerutscht", entschuldigte sich Wu Ying.

Die Dunkelheit, der fahrende Wind und die Erschöpfung hatten dafür gesorgt, dass Wu Yings Handrücken die Gurkenschote gestreift hatte, wodurch die Pflanze explodiert war und ihre Samen verstreut hatte. Wu Ying hatte es geschafft, ein paar davon zu fangen, aber sie reichten für Ru Ping nicht aus, was dazu geführt hatte, dass sie durch das Unterholz wanderten und nach den feueraspektierten Samen suchten.

"Jeder dieser Samen ist einhundert Tael wert", sagte Ru Ping.

"Einhundert Tael! Liu, du könntest sogar–", stieß einer der Wachen aus. Er drehte sich in die Richtung, in der sein Freund gewesen war, um festzustellen, dass er fehlte. "Liu? *Liu*!"

"Still", blaffte Li Yao, während sie ihren Speer näher an ihren Körper zog. Sie sah sich vorsichtig um und bewegte sich dorthin, wo sie die Wache zuletzt gesehen hatten. Sie hockte sich tief hin, als sie etwas entdeckte. "Licht!"

---

[24] Spritzgurken sind auch real. Und essbar.

Wu Ying kam der Aufforderung nach und lenkte den Lichtstrahl in die Richtung, in die Li Yao blickte. Das Licht reflektierte etwas Dunkles, Feuchtes.

Li Yao berührte den Fleck. Ihre Finger sanken in das tiefrote Etwas, bevor sie ihren beschmutzten Finger hob und mit dem Daumen rieb. "Blut."

Wu Ying fühlte, wie die Furcht seinen Magen zuschnürte. Während er sie beobachtete, fiel ein weiterer Tropfen auf den Fleck. Li Yao zischte und sprang zurück, während sie ihren Kopf hob, um zu dem dichten Blattwerk über sich zu schauen. Da sie nichts sah, gestikulierte sie nach mehr Licht, führte die Handbewegung aber nicht zu Ende, da Wu Ying sich bereits in Bewegung gesetzt hatte.

In der Baumkrone befanden sich die Überreste der vermissten Wache. Sein Körper war zerstückelt und halb gegessen worden. Zu Wu Yings Überraschung war da wenig Blut, obwohl Gedärm und andere Eingeweide aus seinem Körper quollen. Sein Blick verfinsterte sich und er nahm einen tieferen Atemzug. Ihm fiel auf, dass der Geruch von verschmortem und geätztem Fleisch nicht von den Kochstellen in der Ferne, sondern von der Leiche herrührte.

"Was könnte so etwas getan haben?", fragte Wu Ying leise.

Li Yao, die Praktischere unter ihnen, wies das Team an, näher zu kommen und bedeutete den Wachen, ebenfalls mit ihren Lampen in die Baumkrone zu leuchten. Dennoch war die Kreatur, die es geschafft hatte, ihren Freund direkt über ihnen zu verschleppen, zu töten und zu fressen, nirgends zu sehen.

Als Li Yao das Team zurück zum Lager führte, erschauderte Wu Ying ob des unedlen Todes des Kampfkünstlers. Soweit Wu Ying sich erinnern konnte, war er auf den unteren Stufen der Energiespeicherung gewesen und dennoch lautlos gestorben. Wu Ying konnte sich nicht vorstellen, dass er besser davongekommen wäre, wenn er an seiner Statt gewesen wäre.

Die Gefahr in den Seelenlanden durfte nicht unterschätzt werden.

***

Die nächsten Tage über verfolgte der ungeheure Angreifer die Gruppe. Die Wachen und Ältesten erspähten mehrmals die Silhouette der Kreatur, wenn es dunkler wurde. Jedes Mal war es ein Knäuel schwarzen Fells, das sich auf allen Vieren durch die Baumkronen bewegte, während es sich an die Expedition heranschlich.

Selbst mit dieser lauernden Gefahr bestand die Älteste Li darauf, dass sie auf ihrer Reise weiter ernteten. Obwohl niemand die Kreatur bei Tag erspähte, konnte sich niemand sicher sein, dass sie nur nachts jagte. Daher war die Zahl der Wachen, die sie auf ihren Ernteexpeditionen begleiteten, selbst tagsüber höher. Wu Ying unterliefen in diesem Spalier von achtsamen Wächtern immer mehr Fehler.

"Hör auf, dir über die Dämonenbestie Sorgen zu machen", schalt Ru Ping ihn später im Lager.

"Dämonen?"

"Natürlich. Hast du geglaubt, eine gewöhnliche Seelenbestie würde uns so jagen?" Ru Ping schüttelte den Kopf. "Es muss eine Dämonenbestie sein. Aber das ist nicht der Punkt."

"Entschuldige. Es ist nur ... schwer", sagte Wu Ying.

"Es ist nicht deine Aufgabe, Wache zu halten", merkte Ru Ping an. "Deine Aufgabe ist es, die Kräuter fachgerecht zu ernten. Es ist deine Aufgabe, mit dafür zu sorgen, dass die Älteste Li für diese Expedition aufkommen kann."

"Wir können sie nicht bezahlen?", fragte Wu Ying entsetzt.

Ru Ping riss die Augen auf und schlug seine Hand parallel zum Boden, als würde er seine Worte zerhacken. "Nein, nein. Wir können die Expedition bezahlen. Das haben wir bereits. Aber wir wollen Profit aus der Expedition schlagen, nicht auf Null herauskommen. Verstehst du?"

Wu Ying kniff die Augen zusammen, entschloss sich aber, nichts zu sagen. Die Profitabilität der Expedition, oder ihre Abwesenheit, war nicht sein Problem. "Ich werde mir mehr Mühe geben."

"Sorge besser dafür."

Je tiefer die Expedition in die Seelenlande vordrang, desto mannigfaltiger wurden die spirituellen Kräuter. Zum ersten Mal wurde Ru Ping wählerisch, was sie ernteten. Während sie durch das Unterholz gingen und ihre Umgebung erhellten, hielten die Wachen argwöhnisch nach ihrem unsichtbaren Jäger Ausschau.

Zwei Stunden angespannter Nahrungssuche endeten damit, dass die Gruppe zum Lager und den hastig konstruierten Formationsflaggen zurückkehrte. Die Kultivatoren entspannten sich, als sie sich den Flaggen näherten – etwas zu früh. Die Dämonenbestie sprang von einem Baum außerhalb der Grenze, die durch die Formationsflaggen festgelegt wurde, und visierte die zweite Wache an.

Wu Ying erhaschte seinen ersten deutlichen Blick auf die Kreatur, als sie auf sie sprang. Eine katzenartige Gestalt, größer als alle, die er zuvor gesehen hatte. Kurzes, schwarzes Fell und ein aufgeschlitztes Ohr schossen an ihm vorbei, als sie auf die Wache stieß und sich ihre scharfen Krallen durch die Rüstung des Kultivators bohrten. Wu Ying, der direkt hinter dem Mann stand, war zur Seite getreten, als die Kreatur ihre Beute auf den Boden drückte. Seine Hand wanderte zu seinem Jian.

Der Drache fährt die Klauen aus.

Der Schnitt traf die Dämonenkatze quer über den Rücken und glitt durch drahtiges Fell. Aber das Monster ignorierte den Angriff und schloss sein Maul um den Hals des Kultivators. Er ging in die Hocke und sprang, als die Kreatur mit der Wache im Maul nach vorne schoss. Das Blut des Kultivators tropfte auf den Boden.

Wu Ying warf ihr einen weiteren Schnitt entgegen. Das Jian fuhr über das hintere Viertel des Monsters, als es vorbeischoss. Vor der Dämonenbestie hatte Chao Kun seine Waffe fallen gelassen und warf dem Monster einen Faustschlag entgegen. Der Angriff zwang das Monster, zur Seite zu zucken und die plötzliche Bewegung riss die Wunden des Kultivators noch weiter auf. Ein Folgeschlag prallte am Körper der Bestie ab und ließ seinen Kiefer aufklappen. Ein Speerstoß von der Seite traf die Kreatur an der Brust, ehe sie ihre Beute fallen ließ und in der Dunkelheit verschwand.

Der ganze Angriff hatte nur wenige Sekunden gedauert und war so schnell vorüber, dass die Kultivatoren im Lager keine Zeit gehabt hatten, zu reagieren. Chao Kun fletschte die Zähne und schaute in die Richtung, in die das Monster verschwunden war, während Ru Ping auf seine Knie fiel und Verbände auf die Wunden der Wache drückte. Wu Ying eilte zu ihm hinüber, während er sein Jian wegsteckte, und kramte ebenfalls nach Verbänden.

"Alles unter Kontrolle. Ihr da!", rief Ru Ping nach einer anderen Wache, die gerade erst ihr Dao herausgefummelt hatte. "Helft uns, Euren Freund ins Lager zu tragen."

Die Lichter im Lager wurden heller, als sie den Körper anhoben. Wippende Laternen und Fackeln näherten sich der Erntegruppe. Wu Ying und die Wache mit dem Dao trugen den verletzten Kultivator ins Lager, wo sie von der Ältesten Li in Empfang genommen wurden. Der Stock der alten Frau dirigierte sie in die Nähe des Feuers, wo sie den blutenden Mann ablegten und ein weiterer Kultivator kochendes Wasser vorbereitete. Die

Älteste Li schnautzte Ru Ping Befehle entgegen. Dieser löste seine Hände von den Wunden und kramte Nadel und Faden für die Älteste hervor. Die beiden machten sich gemeinsam daran, die Wunden der sterbenden Wache zu reinigen und zu nähen.

Die unendlichen Minuten verzweifelter Arbeit, die durch eine mächtige Heilpille ergänzt wurden, zahlten sich aus, als sich der Kultivator stabilisierte. Sein zuvor bleiches Gesicht bekam Farbe und das Blut an seinen ausgefransten Wunden an seiner Kehle und auf der Brust verklumpte. Die zufriedene Älteste Li, die ihre blutigen Hände vor sich hielt, ließ den Kultivator alleine. Ru Ping winkte nach zusätzlicher Hilfe, um die Säuberung und Bandagierung des Mannes abzuschließen. Wu Yings Atmung beruhigte sich, als ihm klar wurde, dass die Wache überleben würde, und er entfernte sich ein kleines Stück, um sich hinzusetzen. Seine Beine gaben nach, als er sich senkte.

"Das war knapp", sagte Tou He, als er sich zu seinem Freund setzte.

"Ja." Wu Ying drehte seine Hände vor sich um. Das verkrustete Blut löste sich von seiner Haut, als er die Finger beugte. "Wenn ich vor ihm gewesen wäre ..."

"Wenn, wenn, wenn", sagte Tou He und schüttelte seinen Kopf. "Schwelge nicht in der Vergangenheit und träume nicht von der Zukunft, sondern richte deinen Geist auf den Augenblick."

"Etwas zu weise für dich, findest du nicht auch?"

"Habe ich gesagt, dass das von mir kommt?" Tou He warf ihm ein Lächeln zu. "Ich habe die meiste Zeit meines Lebens in einem Kloster verbracht."

Wu Ying schenkte seinem Freund ein müdes Lächeln, dann ballte er erneut seine blutigen Hände zu Fäusten. Er erhob sich mit einem

Kopfschütteln. "Ich sollte mich waschen. Und der Ältesten Li die Ernte übergeben."

"Natürlich. Sei vorsichtig."

***

Die nächsten Tage verliefen ruhig und die Gruppe fuhr trotz der Proteste der Wachen mit ihrer Ernte fort. Die Zahl der Mitglieder der Erntegruppe erhöhte sich erneut, nahm aber schließlich ab, als der Älteste Po verkündete, dass die Kreatur sie nicht länger verfolgte.

"Das ist gut", merkte Wu Ying gegenüber Liu Tsong an, während sie durch die Seelenlande trabten. Obwohl Wu Ying seinen Alltag mit Trainieren verbrachte, hatte die stete Bewegung über die letzte Woche seine physische Kondition sogar noch weiter gesteigert, wodurch er ab und zu einfach rannte.

"Nicht zwangsläufig", entgegnete Liu Tsong. "Dämonenbestien, die ihre Beute verfolgen und jagen, lassen nur aus wenigen Gründen von ihr ab. Ich glaube nicht, dass wir sie ausreichend verwundet haben, um sie davonzuscheuchen. Was bedeutet, dass wir vermutlich die Jagdgründe eines Raubtiers betreten haben, vor dem sich die Dämonenbestie fürchtet."

Wu Ying stolperte über eine herausstehende Wurzel, da er von den Andeutungen ihrer beunruhigenden Nachrichten abgelenkt war. Während Wu Ying sein Gleichgewicht wieder fing, seufzte er und lächelte steif. Wenn noch größere Gefahr sie erwartete, musste er seine dürftige Kultivation ausbauen. Nachdem er ihr das mitgeteilt hatte, verzog Liu Tsong das Gesicht und winkte ihm zum Abschied, ehe sie eine Position windwärts des Kultivators einnahm.

Wu Ying ignorierte das und atmete tiefer ein. Er fokussierte sich auf sein Inneres und nahm das Chi wahr, das durch die Umgebung floss. Er zog es zu seinem Dantian, reinigte es und machte es zu seinem eigenen, während er einen Teil des Chis nutzte, um seine Ausdauer zu fördern. Während er einatmete, sog er das wilde Chi aus der Umgebung ein und während er ausatmete, stieß er den Bodensatz, die Rückstände und die Unreinheiten aus seinem Körper aus.

Stunde um Stunde stapften Wu Yings Füße über den Boden, während er sich kultivierte. Alles nur, um stark zu werden.

***

Einen Tag später wurde Wu Ying aus seinem Lauf gerüttelt, als die Gruppe vor ihm langsamer wurde und schließlich zum Stehen kam. Wu Ying runzelte die Stirn und ließ seine Kultivation abebben, während er sein Chi beruhigte. Nachdem Wu Ying wieder komplett bei Sinnen war, bemerkte er, dass die Wachen sich über die kleine Lichtung verteilt hatten, auf der sie angehalten hatten.

Vor der Verteidigungslinie und den Ältesten stand eine Gruppe aus sechs Xingtian und blockierte ihnen den Weg. Jede der kopflosen, acht Fuß großen Gestalten hielt eine Axt in der einen und einen Korbschild in der anderen Hand. Die Xingtian schauten die Kultivatoren wutentbrannt an und schüttelten ihre Äxte, während die Augen, die dort waren, wo eigentlich ihre Brustwarzen sein sollten, von Ziel zu Ziel flackerten und die Münder in den Bauchregionen der Kreaturen wortlos schrien.

"Bleib zurück", warnte Liu Tsong Wu Ying, als sie sich zurückfallen ließ, um sich ihm anzuschließen. "Lass die Wachen und die Ältesten kämpfen."

Wu Ying wusste, dass sie das um seinetwillen sagte. Selbst aus dieser Distanz spürte Wu Ying den Druck der Kultivation der Monster und wie sie das Chi aus der Umgebung mit ihrer Präsenz verzerrten. Mindestens eine Handvoll dieser Xingtian befanden sich auf der Stufe der Kernkultivaiton, während die anderen alle auf der Stufe der Energiespeicherung waren. Ihr ureigener Stammbaum machte die Monster von vornherein stärker, auch wenn sie schwer damit zu kämpfen hatten, ihre Kultivation zu verstärken, sobald sie die Grenzen der Stärke ihres Stammbaumes erreicht hatten.

Während Wu Ying sein Jian zog, hielt er seinen Blick auf die Ältesten gerichtet, die die Monster in der Kernkultivation konfrontierten. Die Älteste Li stand gebeugt und mit ihrem Stock in der Hand da, während sie sich ihnen entgegenstellte. Neben ihr stand die Älteste Wei vor einem leuchtenden Pillenkessel, der sich durch ihr Chi drehte. Der Älteste Po stand mit bloßen Fäusten an der Front der Gruppe. Sein Körper war von Kopf bis Fuß in einen metallisch-goldenen Schimmer gehüllt, während er sein metallaspektiertes Chi kanalisierte. Und neben dem Ältesten Po stand der Älteste Dong, der mit zwei rotglühenden Äxten bewaffnet war.

Der Kampf begann damit, dass die schwächeren Xingtian auf die Kultivatoren losstürmten. Die Wachen hielten die Monster auf, während die Ältesten die Gruppe der Monster in der Kernkultivation im Auge behielten. Die Kombattanten tauschten Schläge kompromittierten und aspektierten Chis aus Schwertern, Äxten, Fäusten und Füßen aus, als sie aufeinanderstießen. Die Luft wirbelte und wogte im Aufprall des kollidierenden Chi und wurde von diesem auseinandergetrieben. Die Windböe schlug gegen Wu Yings Gesicht und trug das Stechen verbrannter Erde und den Gestank korrumpierten Dämonen-Chis mit sich.

In einer Ecke kämpfte Chao Kun alleine gegen zwei Xingtian. Seine Fäuste flogen und schlugen wie herabfahrende Meteoriten. Jeder Schlag auf ihre hölzernen Schilde hallte durch die Lichtung. Jeder seiner Schläge war so kraftvoll, dass die Monster, denen er gegenüberstand, gezwungen waren, in der Verteidigung zu verharren.

An einer anderen Stelle des Schlachtfelds kämpften Li Yao und Tou He gemeinsam. Ihre Kombination aus Speer und Stab brachten drei der Dämonenbestien aus dem Gleichgewicht und zum Stolpern. In der Nähe der beiden unterdrückte eine Gruppe aus fünf Kampfkunstspezialisten, die mit Daos bewaffnet waren, ein halbes Dutzend Xingtian auf höherer Kultivationsstufe. Sie gaben einander Sicherheit und Schutz, während sie kämpften.

Als der Kampf hitzig wurde, brüllten zwei der Xingtian in der Kernkultivation und setzten sich in Bewegung. Als hätten sie es geplant, verbanden sie ihre Angriffe und schlugen wild mit ihren Äxten um sich, wodurch sie einen kreischenden Schlag von kompromittiertem feuer- und metallaspektierten Chi in Richtung der Ältesten sandten. Das Chi wurde vom Ältesten Po aufgehalten. Seine Roben rissen unter dem Angriff, aber sein goldener Metallkörper blieb unversehrt. Der Älteste Po stürmte auf sie zu, während die anderen Ältesten ihre Vorbereitungen abschlossen.

Die Älteste Li flüsterte vor sich hin und stieß ihren Stock auf den Boden. Der Rhythmus schickte kleine Kraftfragmente an Wu Yings Fußsohlen entlang. Während die Älteste Li ihren Angriff aufbaute, schloss der Älteste Dong sich dem Ältesten Po in seinem Ansturm an, nur um von einem wirbelnden und flammenden Kessel überholt zu werden. Einer der Xingtian versuchte, den Kessel mit seinem Schild abzublocken, ehe er zurückgedrängt wurde. Als die beiden heranstürmenden Ältesten die Xingtian erreichten, erschütterte der widerhallende Aufprall des Kessels auf dem Schild Wu Yings Brust.

Je inbrünstiger der Kampf wurde, desto mehr Staub wurde aufgewirbelt. Eisige Schneeflocken sammelten sich dank Li Yao in einer Ecke. Als wasseraspektierte Kulitvatorin legte sie die Kälte des Winters und die Tiefe des Ozeans in ihre Angriffe und formte Schnee, während sie kämpfte. Als sich die Schneeflocken mit der abrupten Gicht aus Flammen und Rauch der anderen Kultivatoren vermischten und auf dem Boden zerstieben, verlor Wu Ying schnell den Überblick über den Kampf. Er trat unbewusst nach vorne, wurde aber von Liu Tsong zurückgehalten.

"Warte. Wir sind die Verstärkung. Und wir müssen sicherstellen, dass wir nicht aus dem Hinterhalt angegriffen werden", rief ihm Liu Tsong in Erinnerung.

Wu Ying biss sich frustriert auf die Lippe, trat aber zurück, um ihre Umgebung zu untersuchen. Bisher konnte er keine Verstärkung entdecken.

Als der Kampfeslärm anschwoll, erklang ein knarrendes Getöse auf der Lichtung, als würden tausend Felsen zerbrechen. Gerade, als sich Wu Yings Geduld dem Ende zuneigte, wirbelte der Wind erneut gezielt auf und trug den losen Schmutz, die schwebenden Eiskristalle und den Dunst davon, um die Überreste des Kampfes zu enthüllen.

Um die Leichen eines Viertels der Xingtian herum befand sich frische Erde, die ihre Füße und Schenkel umklammerte. Viele dieser Monster wiesen Defensivwunden auf, Verletzungen, die ihnen zugefügt worden waren, nachdem sie in die Falle gelockt wurden. Selbst einer der Xingtian in der Kernformation war eingefangen worden, allerdings hatte er einen Fuß befreien können, bevor seine Brust von einem fliegenden Kessel eingedrückt worden war. Der Kessel drehte sich noch immer locker um das tote Monster herum.

Der zweite Xingtian in der Kernformation lag ein Stück weiter entfernt, ein Arm war ausgerenkt, seine Beine waren gebrochen und wo eigentlich sein

Nacken sein sollte, war nun eine tiefe Einkerbung von einem Tritt. Unzählige, ausgebrannte Schnitte zierten seinen Körper. Es waren tiefe Wunden, die ihm durch die Äxte des Ältesten Dong beigebracht worden waren.

Überall waren Anzeichen des verzweifelten Kampfes der Xingtian. Wu Ying bewegte sich vorwärts und starrte auf die Leichen der einst so imposanten Monster. Kreaturen ohne Kopf, mit zertrümmerten Körpern und Gliedmaßen, zerstückelt und verbrannt. Während Wu Ying die Szenerie betrachtete, wühlten die anderen Kultivatoren in den Körpern, extrahierten die Seelensteine und übergaben sie den Ältesten.

"Beeilt euch. Wir sollten nicht zu lange hierbleiben", sagte der Älteste Po. "Das müssen die Jagdgründe der Xingtian sein. Wenn sie sich hier niedergelassen haben, werden da noch mehr sein."

Die Kultivatoren beeilten sich auf die Warnung des Ältesten Po hin. Niemand wollte diesen Kampf wiederholen. Auch wenn sie ihn mit Leichtigkeit gewonnen hatten, lag das nur daran, dass sie den Xingtian zahlenmäßig überlegen gewesen waren. Der Ausgang des Kampfes konnte sich schnell ändern, wenn die Expeditionsgruppe zahlenmäßig unterlag. Sie sollten die Jagdgründe der Xingtian besser schnell verlassen und, hoffentlich, einen sichereren Ort erreichen.

***

Die Gruppe rannte und hielt gerade lange genung an, um zu essen. Es gab keine gekochten Mahlzeiten mehr, nur noch vorbereitetes Essen, das manchmal von jenen mit feueraspektiertem Chi aufgewärmt wurde, aber überwiegend kalt verspeist wurde. Die Wachen schwärmten aus und behielten die Flanken und ihren Rücken ihm Auge, während die Ältesten auf Probleme vor ihnen achteten.

Als es in dem Wald, durch den sie gingen, komplett finster wurde, hatten sie über dreißig Li zurückgelegt. Während sie ihr Nachtlager aufschlugen, ergriffen die Wachen noch weitere Vorsichtsmaßnahmen und legten Schutztalismane sowie provisorische Fallen aus. Der Älteste Dong errichtete eine Schutzformation auf niederem Level, die dazu gedacht war, zu verwirren und sie zu verbergen, anstatt mögliche Angreifer zu verletzen. Das Abendessen bestand wieder aus kalten Rationen – ein Rest aus abgestandenem Reisbrei und gummiartigen, trockenen und salzigen Würsten.

Anstatt sich zu den anderen zu setzen und sie mit seinem Gestank zu belästigen, setzte Wu Ying sich in Windrichtung nahe der Schutzgrenzen und hinter dem einzigen Zelt hin. Zu seiner Überraschung stellte Wu Ying fest, dass er das Gespräch im Zelt mithören konnte, während er sein abgestandenes Essen zu sich nahm.

"Vor sieben Jahren waren hier keine Xingtian", insistierte die Älteste Li. "Genauso wenig vor zehn Jahren, als Po hier durchgekommen ist."

"Das sagt Ihr zwar, aber die Zeichen deuten auf einen recht großen Klan hin", erwiderte der Älteste Dong.

"Sie könnten von einem anderen Ort hierher verdrängt worden sein", meinte der Älteste Po.

"Macht das einen Unterschied?", fragte die Ältste Wei. "Wir müssen ihre Jagdgründe immer noch so schnell wie möglich hinter uns lassen."

"Es macht einen Unterschied, wenn sie verdrängt worden sind. Jede Dämonen- oder Seelenbestie, die sie verscheucht haben könnte, ist womöglich zu stark für uns", sagte der Älteste Po. "Diese Expedition ist um einiges gefährlicher geworden."

"Wollt Ihr umkehren?", fragte die Älteste Li in herausforderndem Ton.

"Nein. Aber wir sollten uns der erhöhten Gefahren bewusst sein." Der Älteste Po senkte seine Stimme noch weiter. Wu Ying musste sich anstrengen, um seine nächsten Worte zu verstehen. "Wir werden wahrscheinlich noch mehr Tote zu beklagen haben, ehe dies vorbei ist."

Jemand schnaubte.

Dann erklang die Stimme der Ältesten Wei, kalt und unbarmherzig. "Nur unter den Unwichtigen. Ich bin mir sicher, ihr habt alle Absicherungen, so wie ich."

"Und diese sind unwichtig?", fragte der Älteste Dong, dessen Stimme vor Zorn zitterte. "Ich dachte, Ihr habt eine Eurer direkten Schülerinnen mitgenommen, Ye Fan."

"Meine direkte Schülerin, die am wenigsten vielversprechend ist", antwortete die Älteste Wei. "Obwohl es eine Schande wäre, sie und Chao Kun zu verlieren. Sie haben ein klein wenig Talent."

Wu Ying zuckte zusammen. Er fragte sich, wie Liu Tsong sich wohl fühlen würde, wenn sie ihre Meisterin hören könnte, wie sie ihren möglichen Tod so gleichgültig abtat. Eine Sekunde später bemerkte Wu Ying, dass sein eigenes Leben es nicht einmal wert war, erwähnt zu werden. Während sein Gesicht vor Wut rot wurde, biss Wu Ying sich versehentlich auf die Zunge und stieß ein leises Jaulen aus. Die Stimmen im Zelt verstummten, und Wu Ying sprang auf die Füße, als der Älteste Dong seinen Kopf aus dem Zelt steckte.

"Ihr da. Was macht Ihr da? Was war das für ein Geräusch?", fragte er.

"Ähh ... ich mache meine Schüssel sauber, Ältester", antwortete Wu Ying hastig und verbeugte sich. "Ich habe mir beim Essen und Gehen auf die Zunge gebissen. Entschuldigt die Störung."

"Ihr könnt nicht einmal gleichzeitig gehen und essen. Idiot." Der Älteste Dong schnaubte. "Ihr seid der Stinkende, oder? Geht die Schüssel und Euch selbst waschen. Und kommt nicht mehr in die Nähe dieses Zeltes."

"Ja, Ältester! Ich entschuldige mich, Ältester", sagte Wu Ying und verbeugte sich noch einmal, bevor er davoneilte.

Als er sich etwas entfernt hatte, tastete Wu Ying vorsichtig nach seiner Zunge und stieß einen Seufzer der Erleichterung aus. Beim Lauschen erwischt zu werden, würde ihm keinen Gefallen tun.

Dennoch konnte Wu Ying das, was er gehört hatte, nicht vergessen. Und wie gleichgültig die Ältesten, die die Pflicht hatten, auf sie aufzupassen, ihre Leben betrachteten.

***

Am nächsten Tag rannte die Expedition bei den ersten Sonnenstrahlen los. Die Stunden vergingen, ehe sie auf den ersten Spähtrupp stießen. Anders als zuvor zogen sich die Xingtian zurück, anstatt sich mit den Kultivatoren anzulegen, und verfolgten die Gruppe aus der Entfernung. Während die Gruppe rannte, hörten sie das Schlagen von Äxten auf Schilden, das durch den stillen Wald hallte.

"Warum machen sie das?", knurrte Tou He, als die Xingtian sie schon zwei Stunden lang verfolgten.

"Kannst du dir das nicht denken?", fragte Wu Ying, der seinen Kopf in die Richtung drehte, aus der der letzte Schlag ertönte. "Kannst du es nicht spüren?"

"Was spüren?", fragte Tou He zurück.

"Der Anstieg im Dämonen-Chi. Sie trommeln ihre Leute zusammen", antwortete Wu Ying.

Da die Xingtian stumm waren, musste das Schlagen mit den Äxten auf die Schilde ihre Art sein, wie sie mit ihrem Klan kommunizierten.

"Dann sollten wir sie töten."

"Und wie hast du vor, sie einzufangen?", entgegnete Li Yao, als sie sich zu ihnen drehte. "Sie sind mindestens auf der Stufe der Energiespeicherung, vielleicht sogar auf der Kernformation. Sobald du dich aus der Gruppe entfernst, werden sie vor dir fliehen. Der verehrte Ge und die Ältesten sind vielleicht in der Lage, sie zu fangen, aber das würde es den Xingtian ermöglichen, sie alleine anzutreffen. Und wenn sie gehen, wer beschützt uns dann?"

Tou He sprang über eine kniehohe Wurzel und landete sanft, während Wu Ying sich um sie herumbewegte. Während Wu Ying rannte, fühlte er sein Chi wirbeln und durch seine Meridiane drängen. Wenn das ganze Rennen und der ständige Wiedergebrauch seines Chi einen Vorteil hatte, dann, dass seine geöffneten Meridiane äußerst sauber waren. Es half nicht gegen die unreinen Meridiane, die noch immer durch Verunreinigungen verstopft waren, aber er hatte festgestellt, dass sich der Gestank, über den sich die anderen beklagt hatten, extrem reduziert hatte. Wenn sie die nächsten Wochen so weitermachten, könnte er vielleicht in der Lage sein, sich zu bewegen und zu kultivieren, ohne so zu stinken. Möglicherweise könnte er sogar zur nächsten Stufe durchbrechen.

"Also, was machen wir?", fragte Tou He, nachdem die Gruppe weitere hundert Fuß gelaufen war.

"Rennen. Wir rennen und hoffen, dass wir ihre Jagdgründe verlassen", antwortete Li Yao.

"Wird ihnen das nicht ermöglichen, ihre Leute zu sammeln? Wenn wir alle in dieselbe Richtung gehen und gegen sie kämpfen ...", schlug Wu Ying vor.

"Ich bin mir sicher, die Ältesten haben einen Plan", sagte Li Yao.

Wu Ying runzelte die Stirn. Er erinnerte sich an das Gespräch, das er letzte Nacht mitgehört hatte. Vielleicht hatten die Ältesten einen Plan, aber als er zu dem müden und verletzten Kultivator und den sich abquälenden Gepäckträgern zurückschaute, fragte er sich, ob der Plan war, Lockvögel zurückzulassen. Er schüttelte den Kopf und verwarf den Gedanken. Er konnte sich darum Sorgen machen, wenn es so kommen würde. Falls es so kommen würde. Er konnte nicht viel tun, um sie aufzuhalten.

Sie rannten und rannten. Mit der Zeit konnten sogar die weniger sensiblen Kultivatoren die bedrohliche Präsenz des Dämonen-Chi in der Entfernung spüren, das die Gruppe umzingelte. Die Expeditionsgruppe bewegte sich zwei Mal so schnell, sodass sie die Xingtian, die vor ihnen aufgestellt waren, überholte und auf ihre Spähtrupps stieß. Jeder Kampf war schnell und stürmisch und jeder in der Expeditionsgruppe beteiligte sich daran.

"Wir haben gewonnen, oder?", fragte Tou He fröhlich nach dem zweiten Kampf und schaute nach vorne, wo die Ältesten mit leisen Stimmen miteinander redeten. "Warum sehen sie noch besorgter aus?"

"Die Masse", keuchte Wu Ying. Er war in den Kämpfen nutzlos gewesen und hatte geradeso zum Ableben eines einzelnen Xingtian auf der Energiespeicherungsstufe beigetragen. Und selbst dann hatte er ihn mit einer Attacke angreifen müssen, die durch den Armschutz verstärkt worden war, während er durch seinen Freund abgelenkt wurde. Nun fiel es Wu Ying schwer, mitzuhalten. Seine Atmung war unregelmäßig und seine Chi-Vorräte waren dramatisch gefallen.

"Ich verstehe nicht", beschwerte sich Tou He.

"Er meint, dass es zu viele Xingtian sind. Wir haben mehr als zwanzig erledigt, aber da sind immer noch mehr. Was für einen großen Klan haben wir nur gefunden?", erklärte Chao Kun, als er sich zurückfallen ließ, um mit ihnen zu sprechen. Der ältere Kampfkunstspezialist änderte seine Position entlang ihrer Kolonne, während sie rannten, und stellte sicher, dass niemand zurückgelassen wurde.

"Oh. Ohhh ... bei den Tränen des Buddhas", sagte Tou He, der sich in der unheilvollen Umgebung umschaute. Er schluckte und umklammerte seine Tonfas, die kurzen, T-förmigen Stöcke aus geschliffenem Burgundholz, fester. "Wir sollten schneller rennen."

"Versuche ich", sagte Wu Ying und verstummte dann, um seinen Atem aufzusparen.

***

Sie nahmen das Mittagessen während des Laufs ein, das von einem Kultivator zum nächsten gereicht wurde. Die Fleischstücke und der geronnene, klebrige Reis waren in grüne Blätter gehüllt, um sie frisch zu halten. Das Essen schmeckte komisch, da es in den verzauberten Ringen der Lagerung aufbewahrt worden war, aber unter diesen Umständen war es die ideale Nahrung. Schließlich tauchte Chao Kun mit einer Flasche voll Pillen erneut auf, während Wu Ying und die anderen Kultivatoren auf den niederen Leveln weiter und weiter zurückfielen.

"Das sind Pillen der Chi-Wiederherstellung", erklärte Chao Kun. "Legt sie unter eure Zungen. Kaut sie nicht. Lasst sie langsam zergehen und saugt die Energie in euch auf. In jeder Flasche befinden sich drei Pillen. Benutzt sie erst, wenn euch das Chi ausgeht."

"Vielen Dank, verehrter Ge", riefen Wu Ying und die anderen Kultivatoren im Chor.

"Nichts zu danken. Das ist von der Ältesten Wei."

Wu Ying zögerte, nahm aber eine Pille heraus und benutzte sie, nachdem er sah, wie die anderen Kultivatoren munter wurden, sobald sie die Pille unter ihre Zunge gelegt hatten. Das erste, was ihm auffiel, als er seinen Mund schloss, war, wie bitter die Medizin war. Er verzog das Gesicht. Das nächste war der überraschend fruchtige Duft, der sich in seinem Mund entfaltete. Wu Ying rannte weiter, als Chao Kun sie antrieb, atmete durch seine Nase und zog das Chi aus der Pille heran, das in seinem Körper freigesetzt wurde. Das Chi aus der Pille war unaspektiert und stellte so sicher, dass jeder von ihnen es voll ausnutzen konnte. Wu Ying wusste, dass aspektierte Kultivatoren weniger optimalen Nutzen aus der Pille zogen als er, andererseits waren sie aber auch auf einem höheren Level der Kultivation. Es hielt sich also vermutlich alles die Waage.

Mit neuem Aufwind beschleunigte die Gruppe und ließ ihre überraschten Verfolger eine Stunde lang hinter sich zurück, aber schon bald umgab die Gruppe erneut das Schlagen von Waffen auf Schilden. Diesmal hatte sich das Tempo der Schläge erhöht und synchronisiert. Jeder Schlag erfüllte den Wald und hämmerte mit voller Wucht auf Wu Yings Brust.

"Macht euch bereit", warnte Li Yao die Kultivatoren, da sie nun an der Reihe war, neben der langsamsten Gruppe herzulaufen. "Sie kommen bald."

Wu Ying nickte und presste die Lippen fest zusammen. Er sah, wie sich die Wachen ringsherum näherten.

"Beeilt euch. Wir sind fast da!", erklang die Stimme des Ältesten Po von vorne und zog ihre Aufmerksamkeit auf sich.

Als Wu Ying die Frage "Wo?" mit den Lippen in Richtung Li Yao formte, zuckte diese mit den Schultern.

Aber als Reaktion auf die Verkündung des Ältesten Po beschleunigte die gesamte Expeditionsgruppe ein weiteres Mal. Wu Ying tastete einen Moment herum und warf die zweite Pille aus dem Vorrat der Ältesten Wei ein, dann verstaute er das Pillenfläschchen. Auf gewisse Weise war es eine Verschwendung, denn Wu Ying merkte, dass er die erste Pille nicht komplett aufgenommen hatte. Noch schlimmer, der kontinuierliche Gebrauch von Pillen würde Giftstoffe und Unreinheiten in seinen Meridianen hinterlassen und ihn zwingen, seine Kultivationszeit zu verlängern.

Aber eine längere Körperreinigung war besser, als tot zu sein.

Der erste Angriff kam von rechts. Es war ein Trio aus ungeduldigen Xingtian, die aus dem Unterholz hervorschossen. Tou He und die anderen beiden Kultivatoren an der rechten Flanke bekamen den Angriff frontal ab, unterbrachen ihren Gang aber nicht. Einer von ihnen warf eine Metallscheibe, die über einem Schild vorbeiflog und das Ohr eines Xingtians abschnitt, während sie ihr Ziel blendete. Eine andere Wache schoss Bolzen mit einer Repetierarmbrust[25] und übersäte einen Xingtian damit, der alle Bolzen bis auf zwei abblocken konnte. Zum Leidwesen des Monsters hatte der Kultivator die Bolzen in Gift getränkt und der Dämon taumelte, als das Gift in seine Blutbahn drang. Tou He fing die herabfahrende Axt des letzten Dämons weit oben mit einem Tonfa ab, bevor er die Waffe verhakte und sie mit seiner anderen Waffe aus der Hand des Dämons riss. Mit einer Reihe schneller Angriffe wurde das Knie der Kreatur gebrochen, was es Tou He erlaubte, sich von dem Monster zu lösen und wieder zur Expedition aufzuschließen.

Als wäre dieser erste Angriff ein Zeichen gewesen, gingen weitere prüfende Angriffe auf die Gruppe nieder. Sie waren gezwungen, ihren wilden Lauf zu verlangsamen, als die Angriffe sich verschärften. Wu Ying stand schon bald zwei Xingtian gegenüber, sein Schwert fuhr in einer defensiven Formation herum, während er die Axtschläge abwehrte. Die Schilde, die die

---

[25] Wusstet ihr, dass es Repetierarmbrüste in China bereits schon in der Zeit der Streitenden Reiche (475 - 220 v. Chr.) gab?

Monster trugen, blockten alle Angriffe ab, die er ihnen entgegenwerfen konnte, sodass Wu Ying nichts anderes tun konnte, als kontinuierlich zurückzuweichen und eine Lücke in ihre Formation zu reißen.

Wu Ying nahm wahr, wie um ihn herum andere Kultivatoren ebenfalls in Kämpfe verwickelt wurden. Ein Gepäckträger, der mit einem Schild auf den Boden geschmettert wurde, tat seinen letzten Atemzug, als sich eine Axt in seine Brust grub. Li Yao kämpfte gegen drei Xingtian, indem sie ihren Speer über ihrem Kopf wirbelte und eine Reihe Eiszapfen beschwörte, die sich in ihre Feinde gruben und sie festsetzte. So schnell, wie ein Dämon fiel, nahm ein neuer seinen Platz ein.

Als ihre Linie zu zerbrechen drohte, erschien der Älteste Dong, der hoch über ihren Köpfen entlangsprang. Er warf gelbe, beschriftete Talismane, während er in der Luft herumwirbelte. Die Talismane trafen zielsicher die Stirne der Xingtian und trieben die Dämonen aus der Linie heraus, ehe sie explodierten und ihre Ziele in Flammen hüllten. Die Kultivatoren formierten sich während der kurzen Atempause neu. Sie atmeten schwer und kümmerten sich um ihre Wunden.

"Hört nicht auf. Ich werde sie aufhalten!", wies der Älteste Dong die Gruppe an.

Die Äxte des Ältesten Dong erschienen in seiner Hand, bevor er sie warf, damit sie die Xingtian trafen und verletzten, die bereits wieder voranstürmten. Die verbleibenden Mitglieder der Expedition entfernten sich als Einheit, als sie den Worten des Ältesten Folge leisteten. Mit einem letzten Blick zurück sah Wu Ying, wie der Älteste Dong sich langsam zurückzog. Seine Äxte flogen noch immer brennend aus seinen Händen.

"Wird er es schaffen?", japste Wu Ying.

"Halt die Klappe und lauf", befahl Chao Kun knurrend. Doch auch er warf einen besorgten Blick zurück.

***

Da die Ältesten direkt in den anhaltenden Kampf eingriffen, verliefen die nächsten Minuten einfacher. Innerhalb kürzester Zeit bemerkte Wu Ying, wie die Gruppe langsamer wurde und sich zusammenzog. Der Älteste Po blieb zurück, um Wache zu stehen. Wu Ying erkannte den Grund, warum die Expedition angehalten hatte. Vor ihnen erstreckte sich eine tiefe Schlucht, die einen Berghang vom anderen trennte. Zwischen den Hängen erklang von tief unten das sanfte Rauschen des Wassers.

"Was sollen wir tun?", fragte einer der Kultivatoren.

Das rhythmische Trommeln der Xingtian näherte sich ihnen bereits. Wu Ying schaute hinter sich, wo er nichts weiter als Gestrüpp und die schwachen Silhouetten der kämpfenden Kultivatoren erblickte.

"Bleibt ruhig. Sobald wir auf der anderen Seite sind, werden die Xingtian uns nichts mehr anhaben können", sagte Liu Tsong.

"Aber wie kommen wir auf die andere Seite?!", rief derselbe Pessimist aus.

Liu Tsongs Antwort bestand darin, auf den Abhang zu zeigen, wo die Älteste Li und Ru Ping standen. Die Älteste Li klopfte wiederholt mit ihrem Stab auf den Boden und während Wu Ying das Geschehen beobachtete, verformte sich die Erde und vermehrte den Schmutz zu Ru Pings Füßen. Der Mann schritt voran und verstreute Samen vor sich, die zu Boden fielen und wuchsen. Sie verankerten die verformte Erde und schufen eine grüne Brücke. Während die beiden weitergingen, bildete sie sich unter ihren Füßen.

Die restlichen Mitglieder der Gruppe beobachteten dies ehrfürchtig für mehrere Sekunden, bis Chao Kuns Stimme sie unterbrach. "Das ist nicht der richtige Zeitpunkt dafür. Passt auf. Die Xingtian werden uns diesmal richtig angreifen, sobald sie merken, dass wir in der Falle sitzen."

"Und wir haben bereits einen Ältesten weniger", fügte Tou He hinzu.

Wie zur Verstärkung seiner Worte stieben plötzlich Explosionen an den Baumwipfeln empor. Der Älteste Dong stolperte aus dem Wald und hinter die Verteidigungslinie aus Wachen, die zur Seite gingen, um ihn durchzulassen. Li Yao hielt den Ältesten fest und platzierte ihre kalten Hände über seinen Wunden, um das Blut gefrieren zu lassen, das daraus sickerte.

"Macht Euch keine Sorgen, Kind. Sie sind überwiegend oberflächlich", sagte der Älteste Dong. Seine Brust hob sich, als er die Luft einsog.

Der Älteste machte jedoch keine Anstalten, Li Yao aufzuhalten, sondern erlaubte es ihr, mit ihrer Pflege forzufahren. Sobald der Älteste Dong zu Atem gekommen war, kramte er eine Heilpille hervor und schluckte sie. Er schloss die Augen, um sich zu kultivieren und zu heilen.

Wu Ying machte eine Kopfbewegung zu Tou He und gemeinsam schlossen sie sich der dünnen Linie an Wächtern in Chao Kuns Nähe an. Während sie ihre jeweiligen Waffen bereitmachten, verstummte das Knistern der Flammen im Wald und das Klopfen auf Schilden wurde schneller.

Und hörte dann auf.

"Macht euch bereit", warnte Chao Kun.

Die Xingtian barsten in Wellen aus dem Wald. Wu Ying beanspruchte den Brillanten Lockblüten-Armschutz und sandte das Metall-Chi in sein Schwert. Mit *Die Wolken mit dem Schwanz verdecken* zapfte Wu Ying sein Verständnis des *Drachenatems* und des Metall-Chi an, um den Xingtian entgegenzuschlagen. Sofern der Angriff traf, riss er Haut und Muskeln auf, legte Knochen frei und verletzte die Dämonen, die es nicht schafften, den Angriff des Kultivators abzublocken. Neben Wu Yings erstem Ziel zerbrach die Verteidigung zweier Dämonen, deren Schilde nicht ordentlich gepflegt worden waren, und ließ sie ungeschützt.

Andere schlossen sich Wu Yings projizierter Attacke an. Neben ihm ließ der verehrte Ge seine Fäuste in solch einem Tempo fliegen, dass nur die Schatten seiner Faustschläge zu sehen waren. Die projizierten Faustschläge zwangen diejenigen zurück, die sich ihm entgegenstellten. Viele fielen blutig und erschüttert zu Boden. Die Dämonen, die das Pech hatten, dem Ältesten Po gegenüberzustehen, konnten nicht einmal einem einzigen Schlag standhalten.

Aber nicht alle in ihrer Verteidigungslinie waren so vom Glück begünstigt.

Tou He, der keine Energie projizieren konnte – nicht einmal künstlich, wie Wu Ying – stellte sich seinen Angreifern direkt gegenüber. Der ehemalige Mönch schwang und stieß das stumpfe Ende seiner Waffe um sich. Er erwischte, schlug und brachte jene Dämonen aus dem Gleichgewicht, die sich in seine Reichweite wagten. Aber die begrenzte Reichweite seiner Angriffe zwangen ihn, sich zurückzuziehen, als Äxte und Schilde ihn bedrängten.

Als immer mehr Xingtian auftauchten, gaben ihre Reihen nach.

Wu Ying wurde von einem der Xingtian bedrängt, der aus der Gruppe ausgebrochen war, um ihn anzugreifen. Er musste seine Aufmerksamkeit dem Dämon zuwenden, und so hatten andere ebenfalls die Möglichkeit, durch ihre Verteidigung zu brechen. Dennoch hatte er keine andere Wahl, denn die überwältigenden Schläge des Dämons erforderten seine gesamte Aufmerksamkeit. Wenn er sie zu nachlässig abblockte, würde ihm die Waffe aus der Hand geschlagen werden und ihm weitere Verletzungen zufügen.

Mit einer Drehung trat Wu Ying aus und stieß ihn nach hinten, obwohl er den Tritt blockte. Ein weiterer Schlag, der durch die Lücke zwischen

Schild und Axt glitt, riss die Innenseite seines Oberschenkels auf. Wu Ying duckte sich und schlug mit einem aufwärts gewundenen Folgeschlag einen weiteren Angreifer zurück.

Die Linie aus Kultivatoren wurde nach hinten gedrängt und stützte sich immer mehr auf Chao Kun, Li Yao, den Ältesten Po und einige andere, mächtige Kampfkunstspezialisten. Wu Ying kämpfte so hart er konnte, musste aber häufig stärkere Gegner zu Chao Kun umleiten.

"Das ist zwecklos."

Die Älteste Wei sprach diese Worte leise, dennoch drangen sie irgendwie an ihrer aller Ohren. Hinter den Kultivatoren hallte ein gedämpfter Schlag von Holz, das auf Metall stieß, während grünlich-violetter Rauch um ihre Füße kroch. Wu Ying, den diese Veränderung überraschte, übersah einen Angriff und konnte in letzter Sekunde gerade noch ausweichen, indem er nach hinten schnellte. Die Axt zerteilte die leichte Rüstung, die er für die Expedition gekauft hatte, und hinterließ einen oberflächlichen Schnitt über seine Brust. Als der Xingtian sich bewegte, um Wu Ying zu erledigen, schlängelte sich der Rauch an seinen Beinen nach oben, als wäre er lebendig, und erschreckte die Kreatur.

Als das Monster den Mund öffnete, der sich an seinem Bauchnabel befand, drang der Rauch dort hinein. Der Dämon klopfte sofort in dem Versuch, den Rauch herauszutreiben, auf seinen Rumpf. Alle Xingtian entlang der Reihe von Kultivatoren wurden von dem Rauch angegriffen. Diejenigen, die dahinter standen, wichen argwöhnisch vor dem lebendigen Rauch zurück.

"Zieht euch zurück", sagte der Älteste Po, der das Blut von seinen Fäusten abschüttelte.

Die Kultivatoren wichen im Schutz des hüfthohen Rauchs zurück. Als Wu Ying sich zurückzog, schaute er nach hinten, wo er sah, wie der Rauch weiter aus dem Kessel floss, an dem die Älteste Wei und Liu Tsong standen. Er sah dabei zu, wie die Älteste den Rauch, der in Richtung der Xingtian zuckte und strömte, mit ihren Handbewegungen aus dem Kessel leitete. Während er dem Schauspiel zusah, bemerkte Wu Ying, wie die Menge des Rauchs, der sich formte, abnahm und wie der Rauch, der sich über der Lichtung verteilte, sich auflöste.

"Wie lange kann sie das durchhalten?", fragte Tou He.

"Lange genug", antwortete Liu Tsong mit einem finsteren Lächeln. "Wir haben viele seltene Materialien hierfür benutzt, aber es sollte standhalten."

Wu Ying atmete erleichtert auf, dann schaute er auf die Stelle zurück, wo die Älteste Li und Ru Ping waren. Es erstaunte Wu Ying, wie Ru Ping die Samen sprießen und wachsen ließ, wodurch sie die Erde zusammenhielten, sodass das Chi der Ältesten Li weniger erschöpft wurde. Wu Ying wusste, dass die Älteste die ganze Brücke mit ihrem Chi stützen musste. Mit Chi, das erschöpft wurde, je weiter sie über den Abgrund gingen.

Als Wu Ying zurück auf den Kessel, den Rauch und die Xingtian, die um den Rand des Rauchs herumstreiften, der ihre Kumpane vergiftet und getötet hatte, blickte, konnte er die Ältesten nur bewundern. Mit vereinten Kräften hatten sie einen Klan von Xingtian aufgehalten.

"Kernkultivatoren sind unglaublich", sagte Wu Ying.

"Ja. Aber die Xingtian haben auch welche", entgegnete Chao Kun. "Sie haben sich noch nicht gezeigt."

"Warum nicht?", fragte Tou He.

"Ich weiß nicht. Sie halten sich weit hinter den Klippen zurück. Es ist fast so, als ob ...", sagte Chao Kun.

"Als ob was?", hakte Wu Ying nach.

"Als ob sie befürchteten, sie könnten die Kreatur verärgern, die auf der anderen Seite der Klippe lauert", sagte der Älteste Po, der ihr Gespräch mitgehört hatte.

Seine Worte brachten Wu Ying und die anderen Kultivatoren zum Schweigen, bis die Älteste Li damit fertig war, die grüne Erdbrücke zu formen. Die Gruppe überquerte geschlossen und schweigend die Brücke, die Älteste Wei schlenderte hinter ihnen her. Die erlöschende Glut des Feuers unter dem Kessel zerstäubte und verschwand. Der Rauch verzog sich. Als die Älteste Wei die Brücke überquerte, zerbröckelte sie hinter ihren Füßen.

Als wäre er empört über den schlendernden Gang der Ältesten Wei, rannte einer der Xingtian auf den Abgrund zu und sprang. Die Kultivatoren stießen entsetzte Schreie aus. Nur, um vom spöttischen Lächeln der Ältesten Wei verstummt zu werden, als ihr Pillenkessel hinter der Kreatur auftauchte und es am Rücken traf, wodurch das Monster in den Abgrund der Schlucht rauschte.

Dann drehte sich die Älteste Wei um, der Kessel schwebte vor ihr. Sie stand nur da und verspottete für mehrere Sekunden die Dämonen, ehe sie ihren Kopf herumschwenkte und ihr schwarzes Haar hinter ihr wogte. Mit einer eleganten Drehung auf dem Absatz wandte sich die Älteste zu den Kultivatoren um, bevor sie voranschritt. Kaum hatte sie ihre Füße auf die andere Seite des Abgrunds gesetzt, zerfiel der Rest der Brücke und trennte die Kultivatoren von den Xingtian.

"Angeberin", beschwerte sich die Älteste Li. Die alte Frau trommelte mit ihrem Stock auf dem Boden. "Ihr, Gepäckträger. Und Wu Ying. Schlagt das Lager auf. Wir werden heute hier rasten."

Die ächzenden Gepäckträger standen wieder auf und holten die Zelte und andere Ausrüstung hervor. Wu Ying taumelte zu ihnen herüber, um ihnen zu helfen. Das geronnene Blut auf seiner Brust ließ ihn zusammenzucken und er fragte sich, wie viele sie wohl in diesem verzweifelten Kampf verloren hatten. Zu viele, vermutlich.

Kapitel 19

Die Gruppe verweilte für einen einzigen Tag, erholte sich und versorgte die zugezogenen Wunden. Jedenfalls die meisten. Ru Ping weckte Wu Ying spät in dieser Nacht auf und schleppte den verletzten und müden Kultivator auf eine Erntetour entlang der Klippen mit. Wu Ying und Ru Ping, die an zwei Tauen über der Klippe hingen, schwangen vor und zurück. Hin und wieder passten sie die Höhe an, während sie Pflanzen von der blanken Klippenwand pflückten. Ein drittes Tau, das an ihrer Seite befestigt war, hielt die Sammeltaschen, die regelmäßig hochgezogen wurden, wenn sie voll waren. Und wie voll sie waren, denn die beiden fanden unzählige seltene und ungewöhnliche Kräuter, die nur an solchen Orten wuchsen.

Als Wu Ying am nächsten Morgen endlich aus seiner Schlafstätte kroch, um sich der Expeditionsgruppe anzuschließen, die das Frühstück zu sich nahm, fragte Li Yao: "Wann bist du zurückgekommen?"

"Spät." Wu Ying hatte keinen Schimmer, wie lange sie gearbeitet hatten. Nachdem Wu Ying zum dritten Mal vorgeschlagen hatte, aufzuhören, und Ru Ping energisch widersprach, hatte er kapituliert.

"Wirst du mithalten können?", fragte Li Yao.

"Ru Ping hat gesagt, die Expedition wird langsamer weitergehen", antwortete Wu Ying, während er sich sein Frühstück nahm. Er verzog das Gesicht, als er mit der Zunge über seine Zähne fuhr, und überlegte sich, ob er seine Zahnbürste aus Pferdehaar vor oder nach dem Frühstück hervorholen sollte. Als sein Magen knurrte, verwarf Wu Ying die Idee und konzentrierte sich stattdessen darauf, seinen Hunger zu stillen.

Nach kurzer Zeit hatte die Gruppe alles zusammengepackt und war zum Aufbruch bereit. Wie Ru Ping bereits gesagt hatte, bewegte sich die Expedition in langsamerem Tempo voran, was es den verletzten Kultivatoren und jenen, die noch immer vom Kampf erschöpft waren, erlaubte, Schritt zu halten. Die Wachen verteilten sich erneut, um die

Umgebung auszukundschaften, sodass nur Wu Ying und die anderen Nichtkombattanten weiter auf dem Pfad entlangstapften.

Es vergingen Stunden, unterbrochen von einer Pause für ein gemütliches Mittagessen, bevor sich die Anspannung wieder unter die Gruppe schlich. Als Wu Ying an einem nahen, umgestürzten Baum vorbeitrabte, kräuselten sich seine Lippen. Wu Ying erspähte lange Furchen entlang des Baumstammes, die von Klauen hinterlassen worden waren, die so groß wie seine Handgelenke waren. Der zerbrochene Teil des Stammes trug weitere Klauenspuren. Sie waren mit solch einer Wucht auf dem Baum eingeschlagen, dass er komplett entzweigebrochen war.

"Eine Katze", sagte Wu Ying zu Li Yao, die neben ihm trabte.

"Oder etwas mit einem katzenartigen Körper", korrigierte Li Yao.

"Oder etwas mit einem katzenartigen Körper", stimmte Wu Ying zu.

Er fragte sich, was es bedeutete, dass so viele Kreaturen eine Mischung verschiedener Wesen waren. Fehlgeleitetes Dämonenblut? Ein bestimmtes himmlisches Mandat, das festlegte, dass die Kreaturen nur eine gewisse Anzahl an Formen haben konnten? Immerhin hatte selbst Sun Wukong[26], der Meister der Gestaltwandlung, es nie geschafft, seinen Schwanz loszuwerden. Mit solch müßigen Gedanken vertrieb er sich die Zeit, während er rannte und sich kultivierte, Gedanken, die keine Antwort verlangten oder boten.

Die Gruppe rannte weiter und weiter. Wenn die Nacht heranbrach, ging Wu Ying wieder hinaus, um zu ernten. Es vergingen Tage ohne jegliche Zwischenfälle, eine Tatsache, die die gesamte Expedition nur noch mehr beunruhigte. Schließlich gingen warnende Worte durch die Reihen, als sie sich ihrem Ziel näherten. Die Gruppe wurde langsamer, als sie auf eine Lichtung traten.

---

[26] Besser als der König der Affen bekannt.

Vor ihnen starrte ein Pixiu auf die Eindringlinge, der so groß und auch so breit wie ein Gebäude vor ihnen stand. Der Pixiu war eine Kreatur mit dem Körper eines Löwen, aus dessen Kopf lange, verzweigte Hörner sprossen und weiche, flaumige Flügel hatte, die entlang seines Rumpfes zusammengeklappt waren. Gelb-goldenes Fell mit leuchtend roten und hellgelben Streifen überzog den Körper des Monsters. Zunächst starrte die Kreatur die Gruppe still an, bis der Älteste Po mit der Ältesten Li vortrat.

"Seid gegrüßt, ehrwürdiger Pixiu", sagte der Älteste Po und verbeugte sich tief. "Und wir bitten aufrichtig um Verzeihung. Wir haben nicht gewusst, dass dies Eure Domäne ist."

"Ihr seht eure Fehler ein. Das ist gut." Die Stimme des Pixiu war ein tiefes, kehliges Brummen, katzenartig und doch gebildet. "Kehrt um und ich werde nur einen von euch verspeisen."

"Das können wir nicht tun, ehrenwerter Pixiu", sagte der Älteste Po. Als der Pixiu sich sträubte, schüttelte der Älteste Po die Hand und ein schlichter, hölzerner Tisch erschien, gefolgt von seidenen Bündeln. Ein halbes Dutzend Bündel erschien auf dem Tisch, während der Älteste Po sich tief verbeugte. "Wir bitten Euch um Erlaubnis, unsere Reise durch Eure Lande fortsetzen zu dürfen. Wir sind nicht weit weg von unserem Ziel – eine Weide hoch oben auf dem Berg mit drei Ringen."

"Ich kenne den Ort. Er befindet sich außerhalb meiner Gefilde", sagte der Pixiu.

Er schlich vorwärts, um an den Bündeln zu schnüffeln und sein katzenartiges Gesicht legte sich in Falten. Die gigantischen Pfoten erhoben sich, um die Bündel aufzureißen und deren Inhalt zu offenbaren. Der Geruch von geräucherten und marinierten Fleischstreifen aus Dämoneneberfleisch drang aus dem ersten Bündel. Geröstete Seelenente, die in Reiswein eingelegt war, befand sich im nächsten Bündel. In jedem

Bündel befand sich eine andere Delikatesse und ihre Aromen ließen Wu Ying das Wasser im Mund zusammenlaufen und brachten seinen Magen zum Knurren.

"Ich habe noch nie irgendwas davon gekostet", sagte Tou He neidisch. "Zumindest nicht in dieser Zubereitung."

"Ich schätze, das haben die wenigsten unter uns", antwortete Wu Ying. "Ich erkenne die Verpackung. Sie ist aus dem Jadegarten-Restaurant."

"Mmmhmmm …", Li Yao schluckte hörbar den angesammelten Speichel herunter.

Der Pixiu neigte seinen Kopf, nahm einen Bissen aus jedem dargebotenen Bündel und kostete das Essen. Er stieß ein fröhliches Brüllen aus, bevor er sich auf das Essen stürzte. Zufriedenes Grollen entstieg seiner Brust, während er aß. Der Pixiu verschlang die Hälfte der Speisen, bevor er sich den wartenden Ältesten zuwandte. "Das genügt, um euch so weit eindringen zu lassen. Ein weiteres Dutzend, damit ihr weitergehen dürft. Und dasselbe bei eurer Rückkehr. Und die fünf Kerndämonenkerne, die ihr von den Xingtian gesammelt habt."

Wu Ying zuckte auf diese Aussage hin unwillkürlich zusammen, während die Ältesten sich tief vor der Kreatur verbeugten. Das dargebrachte Mahl kostete mehrere Hundert Tael. Zusammen mit den Dämonenkernen und den zusätzlichen Speisen sowie der Kosten für die Passage waren das Tausende von Tael. Andererseits zog Wu Ying seine ausgeweiteten Sinne sofort wieder zurück, als er auf die Aura des Pixiu stieß. Das brennende Gefühl in seiner Wahrnehmung ließ ihn erschaudern. Der Pixiu glühte vor unterdrückter Kraft.

"Was ist das?", fragte er Li Yao und wies mit dem Kopf zur Kreatur. "Ich habe noch nie zuvor so etwas Mächtiges gefühlt."

"Der Pixiu ist eine Ursprungsbestie mit Aufkeimender Seele. Sie ist auf die grundlegendste Stufe der Unsterblichkeit aufgestiegen", flüsterte Li Yao.

"Aufkeimende Seele? Aber–"

"Pixiu sind Abkömmlinge des ursprünglichen Long[27]. Sie tragen die Blutlinie der Drachen in sich. Natürlich sind sie stark", bemerkte Tou He. "Für sie ist das Erreichen von Unsterblichkeit so leicht wie für uns das Atmen. Nur die Zeit steht ihnen im Weg."

Die Ältesten entfernten sich von der speisenden Kreatur und gruppierten sich neu, um kurz zu diskutieren. Gleich darauf kehrte der Älteste Po mit einem Ring der Aufbewahrung zum Pixiu zurück. Der Pixiu ließ den Ring mithilfe von geschickt eingesetztem Chi in seine Richtung schweben und ließ ihn auf sein Geweih gleiten, wo er zwei weiteren Ringen Gesellschaft leistete.

"Geht. Aber seid vorsichtig", sagte der Pixiu. "Etwas stimmt mit dem Berg nicht."

"Etwas, ehrenwerter Pixiu?"

"Etwas." Der Pixiu stieß einen lauten Puffton aus. "Meine Instinkte sagen mir, dass ich mich nicht nähern sollte. Außerdem ist es für mich nicht von Interesse."

Nachdem er laut gegähnt hatte, verschlang der Pixiu den Rest der Delikatessen und legte sich neben dem Tisch nieder, bevor der Älteste Po diesen in seinem Ring verschwinden ließ. Der Pixiu streckte sich gemächlich auf der Lichtung aus und badete im Sonnenlicht. Er war nicht länger an den Menschen oder ihrer Expedition interessiert.

"Kommt schnell. Und denkt daran, euch beim ehrenwerten Pixiu zu bedanken", befahl Chao Kun der übrigen Gruppe.

---

[27] Zur Erinnerung: Long = Drache

Die Gruppe ging am rastenden Pixiu vorbei und verbeugte sich tief, während sie über die Lichtung gingen. Die Kreatur schenkte der Schlange an sich verbeugenden Sektenmitgliedern keine Beachtung.

Bis Wu Ying kam. Ein einzelnes, geschlitztes Auge, gold wie Brillanten, öffnete sich, als Wu Ying vorbeiging. Er betrachtete Wu Ying mit raubtierhafter Rücksicht, wodurch Wu Ying in der Verbeugung erstarrte.

"Ihr. Ihr riecht vertraut."

"Ehrenwerter Pixiu?", sagte Wu Ying.

"Euer Name."

"Long Wu Ying, ehrenwerter Pixiu", antwortete er.

"Ah. Das ist der Grund." Das Auge schloss sich und Wu Ying entfernte sich, da seine Neugier befriedigt war.

Wu Ying verweilte in der Verbeugung, bis er sich sicher war, dass der Pixiu das Interesse an ihm verloren hatte. Gemeinsam mit der Expeditionsgruppe verließ er die Lichtung. Der Pixiu badete noch immer im Sonnenlicht und schwelgte in den Delikatessen, die er verspeist hatte. Das letzte, was Wu Ying vom Pixiu sah, war das goldene Fell und wie er sich im Sonnenlicht entspannte. Zufrieden, wie nur eine Katze es sein konnte.

***

Als die Gruppe einen angemessenen Abstand zwischen sich und der faulenzenden Kreatur gebracht hatte, wurde Wu Ying von seinen Freunden und Chao Kun angesprochen.

"Was hat er damit gemeint, dass du vertraut riechst?", fing Chao Kun an.

"Das weiß ich nicht, verehrter Ge."

"Hast du Drachenblut in dir?", fragte Tou He.

"Nein."

"Hast du schon einmal Drachen getroffen?", sagte Li Yao.

"Nein."

"Warum würde er dann 'das ist der Grund' sagen?", hakte Chao Kun nach.

"Ich weiß es nicht!"

"Kann ich etwas von deinem Blut haben?", erkundigte sich Liu Tsong.

"Nein!"

"Ich will es nur testen", versuchte Liu Tsong es erneut und klimperte mit den Augen.

Li Yao warf Liu Tsong einen bösen Blick zu, als sie das tat.

"Nein!"

"Gut, gut", sagte Liu Tsong. "Aber wenn du das Blut eines Drachen hast, wäre eine saftige Unterstützungszahlung an deine Familie fällig. Diese Blutlinien, selbst die abgeschwächten, sind wertvolle Ressourcen für das Königreich."

"Haben wir nicht!" Wu Ying blaffte sie an, als die Ungewissheit, die die Kreatur in ihm erzeugt hatte, und die hartnäckigen Fragen ihn aus der Fassung brachten. Er erhob seine Stimme, obwohl er wusste, dass die Ältesten auch zuhörten, auch wenn sie das verborgen hielten. "Wenn wir Drachenblut hätten, meinst du nicht, dass wir dann mehr als eine einfache Bauernfamilie wären? Dass wir es ausnutzen würden, sodass wir nicht ständig die Menge an Tassen mit Reis abzählen müssen, bis der Winter vorüber ist? Dass wir untereinander ein einziges Stück Fleisch teilen, das in der Suppe gekocht wurde, bis es nach nichts mehr schmeckt? Glaubst du, wir mögen es, arm zu sein?"

Als sich die Stille in die Länge zog, die von den stapfenden Füßen unterbrochen wurde, sagte Li Yao: "Entschuldige."

Die Ältesten in der Ferne lenkten ihre Aufmerksamkeit von ihnen ab. Sie gaben sich damit zufrieden, die Angelegenheit ihnen selbst zu überlassen.

"Schon gut. Ich weiß wirklich nicht, warum der Pixiu das gesagt hat." Wu Ying kratzte sich am Kopf, als ihn die Scham über den Ausbruch überkam.

"Alles gut", sagte Chao Kun.

Die Gruppe lief für eine Weile schweigend weiter, bevor Tou He etwas sagte. "Er hat das Temperament eines Drachen ... auuu! Verdammt, Wu Ying, du hättest mich nicht schlagen ... auuu!"

***

Die restliche Reise zum Basislager verlief ohne weitere Überraschungen. Tatsächlich wurden die Dinge zur Routine und beinahe schon langweilig. Da es keine weiteren Gefahren gab, musste Wu Ying die Stunden mit der Ernte von Kräutern und Seelenpflanzen verbringen, die sie fanden. Selbst als sie das Erntegebiet eingrenzten, sorgte der Mangel an Zivilisation dafür, dass die Ernter immer etwas zu tun hatten. Wenn andere Zeit zum Rasten, Essen und Durchschlafen hatten, musste Wu Ying sein Essen hinunterschlingen und dann bis kurz vor Sonnenaufgang ernten. Die Wachen leisteten den Erntern zwar Gesellschaft, aber wenigstens konnten sie sich abwechseln. Als sie die Lichtung erreichten, von der aus sie agieren würden, spürte selbst Ru Ping die Strapazen der nicht endenden Arbeit.

Wenn es einen Vorteil bei der ganzen Arbeit gab, dann, dass das ständige Rennen und Kämpfen Wu Ying weitere Impulse für die Verstärkung seiner Kultivation gab. Als Wu Ying an der Kochstelle zusammensackte, spürte er, wie seine Augenlider sich schlossen und seine Atmung sich entspannte. Ein Schlag auf den Rücken riss ihn aus seinem Dämmerzustand.

"Wach auf. Noch keine Zeit für Kultivation", sagte Tou He, während er sich neben Wu Ying setzte.

"Ich habe mich nicht kultiviert", sagte Wu Ying.

"Ich wollte dir einen Vertrauensvorschuss geben", meinte Tou He.

Wu Ying schüttelte seinen Kopf und schaute sich im lebhaften Lager um. Die Gepäckträger waren bereits mit der Arbeit beschäftigt. Einer von ihnen kümmerte sich um das aufkeimende Feuer. Der andere Gepäckträger stellte die Zelte aus den Rucksäcken, die sie den ganzen Weg über getragen hatten, auf. Da dies ihr Basislager für die nächsten Wochen werden sollte, investierten die Gepäckträger mehr Mühen in den Aufbau.

Selbst die anderen Mitglieder der Expedition beteiligten sich ausnahmsweise bei dieser Tätigkeit. Liu Tsong stand neben der Ältesten Wei und räumte sorgfältig den Boden an der Stelle, die ihr als würdig erschien. Der Älteste Dong ging mit seinem Kompass durch das Lager und beurteilte die Landschaftslage, während er den Aufbau ihrer defensiven und seelensammelnden Formationen plante. Er zählte zwar nur zum zweiten Ring der Formationsmeister, aber seine Formationen reichten aus, um die Gruppe gegen die meisten Bedrohungen zu schützen und vor ihnen zu warnen, solange er genügend Zeit hatte, um sie aufzustellen. Abgesehen von diesen Gruppen wurden einige der Wachen vom Ältesten Po höchstselbst angewiesen, während sie ein paar Bäumchen um das Lager herum entfernten.

Wu Ying fiel auf, dass die einzigen, die nichts taten, er selbst, Ru Ping und ein paar Wachen waren. Als Wu Ying Ru Ping faulenzend unter einem günstig gelegenen Baum entdeckte, wies der ältere Kultivator ihn an, sitzen zu bleiben.

"Sollte ich aushelfen?", murmelte Wu Ying.

"Nein", sagte Tou He bestimmt. "Du wirst sicher bald ernten müssen. Aber es scheint, dass dies keine Eile hat, da wir eine Weile hierbleiben werden."

"Was ist mit dir?", fragte Wu Ying, den es unter den Fingernägeln juckte, warum Tou He nicht aushelfen musste.

"Die Älteste Li ist besorgt darüber, dass die Blume bereits geblüht haben könnte", antwortete Tou He. "Daher wird eine kleine Gruppe ausziehen, um nach der Blume zu sehen, sobald wir uns ausgeruht haben."

"Und du wurdest ausgewählt", schloss Wu Ying.

"Gemeinsam mit dem verehrten Ge", bestätigte Tou He. "Wir nehmen den Großteil der Wachen mit uns."

Wu Ying runzelte die Stirn. Er fragte sich, ob er wohl auch mitgeschleppt werden würde und das der Grund für Ru Pings Geste gewesen war. Andererseits hatte keiner mit ihm über den Ausflug gesprochen. Nach einem kurzen Augenblick zuckte Wu Ying mit den Schultern und ließ die Angelegenheit ruhen. Es verlangte ihn nicht danach, sich freiwillig für mehr Arbeit zu melden.

Nach nur zwanzig Minuten kam Ru Ping zu ihnen herüber und blickte auf Tou He. "Hat dein Freund darüber gesprochen, was wir tun werden?"

"Ja", sagte Wu Ying. "Muss ich mitgehen?"

"Nein. Wir beide reichen aus", antwortete Ru Ping. "Wir werden dich früher oder später dorthin bringen, aber es ist unwahrscheinlich, dass du gebraucht wirst. Ruh dich fürs Erste aus. Nimm vielleicht eine Dusche."

Innerhalb kürzester Zeit versammelten sich die Wachen und die Älteste Li und brachen in Richtung Westen auf. Wu Ying blickte der Gruppe nach. Er wusste, dass sie nicht vorhatten, zum Gipfel zu gehen, sondern auf eine Lichtung direkt darunter. Während Wu Ying sie beobachtete, verschwand die kleine Gruppe im Gestrüpp. Die dichte Vegetation verschlang sie beinahe übergangslos.

Wu Ying seufzte und schloss seine Augen, um sich zu entspannen. Zum ersten Mal seit langem konnte der Kultivator sich unbesorgt ausruhen. Zumindest, bis die Gruppe in ein paar Stunden zurück war.

***

Später am Tag, als Wu Ying aus seinem kurzen, aber erholsamen Nickerchen erwachte, pulsierte das Lager vor Geschäftigkeit. Ein Topf hing über der Kochstelle vor ihm. Der Geruch von durchgekochtem Reisbrei schlug ihm entgegen und weckte seinen knurrenden Magen. Um ihn herum gingen, redeten oder kultivierten sich Grüppchen von Kultivatoren, die meisten flüsterten einander leise zu. Als Wu Ying aufschaute, war er überrascht, dass es schon später Nachmittag war. Die Sonne blinzelte hinter den Bergwipfeln hervor.

"Endlich wach?", sagte Liu Tsong, als sie sich neben ihn setzte. Wu Ying fiel unwillkürlich auf, dass sie automatisch einen Platz gegen den Wind gerichtet wählte. Eine weitere Erinnerung daran, dass er nach dem Kultivationslauf am Vormittag noch duschen musste.

"Ja", sagte Wu Ying und entschied dann, dass das Waschen noch Zeit hatte. Er beschwor eine Schüssel aus seinem Ring der Aufbewahrung und schöpfte etwas Reisbrei hinein. Dann zog er einen Löffel hervor und rührte den Brei um, damit er schneller abkühlte. "Ich wundere mich, dass mich nicht schon längst jemand geweckt hat."

"Dazu gab es keinen Grund." Liu Tsong wies in die Richtung, in der die Älteste Wei ohne Unterlass mit ihrem Pillenkessel beschäftigt war. Neben der Ältesten stand ein Mitglied der inneren Sekte mit Putztüchern, einem

Krug mit Quellwasser und unendlicher Geduld. Dann wandte sich Liu Tsong zum Ältesten Dong um, der noch immer über das Gelände ging und Stellen für die Formationsflaggen markierte. "Niemand hat Arbeit für dich. Wir wollen keine weitere Aufmerksamkeit auf uns ziehen, bis die Formationsflaggen vollendet sind."

Das ergab Sinn. Obwohl er überrascht war, dass die Älteste Li ihm solch eine lange Ruhepause gönnte, auch wenn das einfühlsam von ihr war. Als er seinen Kopf in Richtung ihres Zeltes drehte, war er überrascht, es dunkel und leer vorzufinden. Genauso wie Ru Pings. Ein schneller Blick über das Lager verriet, dass es zwar geschäftig war, aber einige Leute fehlten.

"Sind sie noch nicht wieder zurück?", fragte Wu Ying.

"Nein. Die Älteste Li hat gegenüber der Ältesten Wei erwähnt, dass sie ihre Rückkehr vielleicht hinauszögern wird, um sich die Zeit zu nehmen, die Umgebung zu verändern", erklärte Liu Tsong. "Du solltest heute Nacht gut schlafen können."

Wu Ying lächelte. Diese Aussage war zutreffend. Es hatte wenig Sinn, Pflanzen zu ernten, wenn er bis zur Rückkehr der Ältesten Li warten musste, damit sie richtig verstaut wurden. Wu Ying schüttelte einen Funken von Bedenken ab und konzentrierte sich stattdessen auf die Tatsache, dass er sich endlich ausruhen konnte. Das ganze Rennen und Kultivieren hatte seinen Dantian ausgedehnt und ihn seinem nächsten Durchbruch so nah wie noch nie gebracht, aber es hatte ihn auch genauso sehr erschöpft.

"Gut. Wie geht es dir so mit der Reise? Wir hatten nicht viele Gelegenheiten, miteinander zu sprechen", sagte Wu Ying.

"Es ist interessant", antwortete Liu Tsong. Sie senkte ihre Stimme, damit niemand mithören konnte. "Ich mag es nicht besonders, draußen zu schlafen. Zu viele Insekten. Und ich verstehe immer noch nicht, warum wir nicht früher losgehen und auf Pferden reiten konnten."

"Seelenbestien. Dämonenbestien."

"Herbstwind ist darauf trainiert, nicht zu galoppieren", meinte Liu Tsong.

"Ist das dein Pferd?", fragte Wu Ying überrascht.

"Ja. Ich habe sie gemeinsam mit meinem Vater trainiert, seit ich klein war", bestätigte Liu Tsong. "Sie würde nicht rennen."

"Nicht jeder kann sich ein seelentrainiertes Tier leisten, weißt du", sagte Wu Ying.

"Seelenpferd", korrigierte Liu Tsong. "Herbstwind ist auf der fünften Stufe."

"Ah, natürlich", sagte Wu Ying und verzog das Gesicht.

Liu Tsong kniff die Augen zusammen, während sie Wu Yings Reaktion beobachtete. "Was ist?"

"Es ist ... ach, egal."

"Nein. Was ist?", beharrte Liu Tsong.

"Nichts. Wie leicht ihr Adeligen es habt, nichts weiter."

Liu Tsong zog eine Augenbraue hoch. "Adelige?"

"Nun, ihr und eure Pferde. Nicht jeder kann sich ein gezähmtes Seelentier leisten."

"Nein. Natürlich nicht", gab Liu Tsong zu. "Glaubst du wirklich, dass wir alle gleich sind?"

"Naja –"

Liu Tsong schnaubte und schüttelte den Kopf. "Ich dachte, du wärst schon längst darüber hinweg. Fühlst du dich immer noch schickaniert?"

"Yin Xue –"

"Ja, ja. Ich habe von ihm gehört", unterbrach Liu Tsong. "Aber hast du je darüber nachgedacht, warum die Adeligen auf dich reagiert haben und nicht, sagen wir, auf Tou He?"

"Nun, Tou He ist ein ehemaliger Mönch –"

"Ehemalig", betonte Liu Tsong. "Und es mag zwar selten sein, aber du bist nicht der einzige gewöhnliche Bürger in der Sekte. Warum also du?"

"Ich ..."

"Es ist dein Gesichtsausdruck, wie du dich präsentierst." Liu Tsong rümpfte die Nase. "Du tust so, als wärst du besser als wir. Als wären wir weniger wert als du, weil wir als Adelige geboren wurden."

"Ich denke nicht –"

"Wirklich? Willst du wirklich sagen, dass du nicht denkst, Adelige sind faul und mit allem gesegnet?"

"Ich –"

"Und dass wir wegen unseres Geldes und Standes da sind, wo wir sind?"

"Ich schätze ja", gab Wu Ying zu. "Aber in der äußeren Sekte –"

"Ach ja, die äußere Sekte. Deswegen habe ich damals nichts gesagt. Es gibt Leute in der äußeren Sekte, die sich auf ihren Rang und ihr Geld, auf ihre Verhältnisse verlassen und hoffen, dass es ausreicht. Aber du bist jetzt nicht mehr in der äußeren Sekte, oder?" Sie fixierte Wu Ying mit einem ausdruckslosen Blick, bis er zögerlich seinen Kopf schüttelte. "Und siehst du irgendein Mitglied der inneren Sekte, das faul ist? Das sich auf seinen Status verlässt, um voranzukommen?"

"Faul ..." Wu Ying verstummte und Liu Tsong ließ es zu.

Er dachte an seine kürzlichen Auseinandersetzungen zurück. Wie Bao Cong stundenlang in der Schmiede arbeitete und manchmal so weit ging, Stücke neu zu schmieden, die er selbst als inakzeptabel empfand. Oder Li Yao, die jeden einzelnen Tag auf dem Trainingsgelände war und hart arbeitete, um ihre Kampfkunststile zu verbessern. Oder selbst Liu Tsong, die neben ihm saß, die die Absicht hatte, eine bessere Lehrerin zu werden und ihn wieder und wieder besuchte. Selbst die Ältesten und seine Rangälteren, die Wu Ying getroffen hatte und die keine guten Lehrmeister waren, waren keine schlechten Kultivatoren. Sie hatten lediglich kein Interesse am Unterrichten.

Wu Ying saß neben seiner Freundin und dachte an die Leute, die er kannte, an den Kontakt mit ihnen und an seine eigenen Reaktionen. Wie er die Adeligen ständig verfluchte, wie er ihnen ihre Erziehung vorwarf – und das, obwohl er sich selbst darüber beklagte, dass sie ihn für seine eigene Erziehung verurteilten. Wu Ying ging in Gedanken durch, was er getan hatte, wie er mit ihnen gesprochen hatte, mit wem er gesprochen hatte, und kam zu einer Erkenntnis. Über sich selbst. Und die Sekte.

"Ich war irgendwie ein Arsch", gab Wu Ying zu.

"Irgendwie?"

Wu Ying schüttelte seinen Kopf und lehnte sich zurück, als sich etwas in seiner Brust öffnete. Er öffnete den Mund, um Liu Tsong etwas anderes zu sagen, aber die Bitterkeit, die sich dadurch in ihm eingenistet hatte, dass er von Yin Xue und seinen Gönnern schickaniert worden war, verflog. Der Zorn, der Groll und der Schmerz entwichen und öffneten dadurch bisher blockierte Meridiane. Die Erleuchtung – nur eine kurze Berührung, ein Moment, in dem er den Dao erfasste – durchdrang Wu Yings Geist.

Um sie herum wirbelte das Chi, als Wu Yings Erleuchtung von den Himmeln anerkannt wurde. Das Chi brummte und floss und Wu Ying saß aufrecht da, seine Aura lockerte sich, als er nach dem plötzlich ansteigendem Chi in der Umgebung griff. Während das Chi in seinen Dantian floss, tat Wu Ying sein Bestes, es einzuzäunen und es in seinem Inneren mit der Absicht kreisen zu lassen, es zu seinem eigenen zu machen und, vielleicht, auf einen Durchbruch zu drängen.

Liu Tsong beobachtete ihn für einen Moment, ehe sie aufstand. Auf ihren Lippen lag ein reumütiges, halbherziges Lächeln, als sie sich vom Lagerfeuer entfernte. Überall um Wu Yings reglose Gestalt herum blickten die

Kultivatoren auf das Kind, das Erleuchtung erlangte, bevor sie zur Seite schauten und ihn alleine ließen, damit er die Gelegenheit auskosten konnte.

Liu Tsong murmelte im Weggehen unbedacht etwas vor sich hin. "Vielleicht sollte ich mir überlegen, den ein oder anderen Groll zu hegen."

***

"Sobald ich mit dieser Stufe fertig bin, werde ich so glücklich sein", sagte Wu Ying, während ihn der Gestank zum Würgen brachte, der von seinem Körper ausging, als er die Kultivation beendete. Doch selbst der Geruch konnte Wu Ying nicht davon abhalten, sich seiner Errungenschaft, auf die Körperreinigungsstufe 11 durchgebrochen zu sein, zu erfreuen. Einen Moment später jedoch errötete Wu Ying vor Scham, als ihm bewusst wurde, warum er diesen Durchbruch geschafft hatte. "Ich werde mich bei einer Menge Leute entschuldigen müssen, nicht?"

"Ihr könntet mir mir anfangen", sagte der Gepäckträger aus der äußeren Sekte mit verschränkten Armen. "Ich musste eine neue Feuerstelle aufstellen und das Abendessen neu zubereiten, da Ihr Euch dazu entschieden habt, Euch direkt neben meiner alten zu kultivieren."

Wu Ying zuckte zusammen und schaute auf den verbrannten Reisbrei, der auf dem erlöschenden Feuer vor ihm stand. Er entschuldigte sich bei dem Gepäckträger und versprach ihm, das verdorbene Essen aufzuessen, nachdem er mit seiner Dusche fertig war. Der Gepäckträger gab erst nach, als Wu Ying sich einige weitere Male entschuldigt hatte, obwohl Wu Ying sich fragte, ob er sie letzten Endes nur angenommen hatte, weil er wollte, dass er endlich ging.

Wu Ying zuckte mit den Schultern und stand auf. Er lenkte seine Gedanken zurück auf die kurzzeitige Erleuchtung, die er erlangt hatte. Und auf die Entschuldigungen, die er aussprechen musste. Die Entschuldigung, auf die er sich am wenigsten freute, war die bei Yin Xue. Obwohl es böses Blut zwischen ihnen gab, obwohl Wu Ying triftige Gründe für seine Abneigung, seine Feindseligkeit hatte. An dem Groll festzuhalten, hatte ihm nur verstopfte Meridiane eingebracht. In der Vergangenheit zu leben und in ihr zu schwelgen war nicht gut für den persönlichen Dao. Für die meisten Dao nicht.

Einige dunklere Dao, jene, über die Menschen in gesitteten Kreisen nicht sprachen, nutzten solche negativen Emotionen. Sie hielten daran fest und hegten sie. Machten sie zu einem Teil ihres Glaubenssystems, ihrer Mentalität. Nutzten sie, um stärker zu werden, auch wenn das bedeutete, dass es schwerer war, sich durch die Stufen der Körperreinigung und Energiespeicherung zu arbeiten. Diese Stufen mochten zwar durch die Erleuchtung unterstützt werden, aber letzten Endes waren die physische Reinigung und Kultivation ausschlaggebend. Selbst die Kernformation war überwiegend physischer Natur. Nur, wenn man eine Aufkeimende Seele formen musste, war eine aufrichtige Dao-Ideologie von Bedeutung. Und zu diesem Zeitpunkt konnten jene, die einen dunkleren Dao hatten und an diesen glaubten, handeln. Sie konnten ihre unsterblichen Seelen basierend auf einem Glauben aus Hass und Zorn, aus Rache und Neid formen.

Über diese Gruppen, diese Kulte, diese Individuen wurde in anständigen Kultivationskreisen nicht gesprochen. Die dunklen Sekten waren gefürchtet und von ihnen redete man nur mit guten Freunden in heimlichen Gesprächen spät in der Nacht. Kreaturen, die Jagd auf Schwächere machten und die ihre unsterblichen Seelen in die Flammen ihrer niederen Instinkte warfen, neigten zu Gewaltausbrüchen und Eifersüchteleien. Gedämpfte Gespräche über ganze Familien oder gar ganze Sekten, die aufgrund einer unbedachten Bemerkung ausgelöscht worden waren, schürten die Angst nur noch weiter.

Wu Ying verdrängte diese Gedanken und lenkte seine Aufmerksamkeit wieder auf das Hier und Jetzt. Es war weder die Zeit noch der Ort für so etwas. Ganz besonders dann, wenn er im Begriff war, sich auszuziehen. Wu Ying kicherte und ging zur Dusche.

Duschen. Abendessen. Dann bei Liu Tsong entschuldigen. Und bei seinen anderen Freunden, sobald sie zurück waren.

Kapitel 20

Am nächsten Morgen führte Wu Ying gerade seine Formen zu Ende, als Liu Tsong auf ihn und die anderen Kampfkunstspezialisten zukam. Die junge Pillenverfeinerin trug einen äußerst besorgten Gesichtsausdruck, der die anderen Kampfkunstspezialisten ebenfalls in ihren Übungen innehalten ließ.

"Verehrte Lee?", fragte Wu Ying.

"Sie sind immer noch nicht zurück", sagte Liu Tsong und sprach damit das Offensichtliche aus.

"Du hattest erwähnt, dass sie später kommen könnten."

"Später. Aber sie müssten schon zurück sein, oder hätten zumindest einen Boten schicken müssen."

"Gibt es etwas, das wir tun können?", fragte Li Yao, als sie vortrat. Da sie die rangälteste im Lager verbliebene Kampfkunstspezialistin war, übernahm sie das Gespräch.

Wu Ying kratzte sich am Kopf, beließ es aber dabei. Er wusste, dass er nicht in der Position war, das Wort zu ergreifen.

"Noch nicht. Die Ältesten debattieren über die Angelegenheit, aber ich wollte es euch wissen lassen." Liu Tsong schaute sich erneut um. Ihr Blick fiel auf die Formationsflaggen, die über das Lager verteilt waren. "So, wie ich es verstehe, möchte der Älteste Dong die Formation verstärken, bevor wir weitere Leute entsenden."

"Also gut. Wir werden auf unsere Befehle warten", sagte Li Yao, obwohl sie besorgt aussah.

Da die Älteste Li Ru Ping und den Großteil der Kampfkunstspezialisten mit sich genommen hatte, blieben nur eine handvoll Wachen übrig. Und einer davon war noch immer verletzt. So wie die Dinge standen, war die verletzte Wache gezwungen gewesen, sich mit ihrer Kultivation anzustrengen, um mit ihnen mithalten zu können, was, zusätzlich zu ihren äußeren, auch innere Verletzungen verursacht hatte. Die Ruhepause von einer Woche war dazu gedacht gewesen, dem Mann die Zeit zu geben, sich zu erholen.

"Was glaubst du, worüber sie reden?", fragte Wu Ying.

Für ihn war es einfach. Die Älteste Li war in Schwierigkeiten. Sie sollten ihr helfen. War das nicht das, wovon Liu Tsong gesprochen hatte? Die Bande zwischen Sektenmitgliedern? Was die Kommentare der Ältesten Wei betraf, sie zurückzulassen, waren das nur leere Worte gewesen. Schließlich war niemand zurückgelassen worden.

"Das weiß ich nicht", sagte Li Yao und nickte in Richtung des Zeltes, in dem die Ältesten sich berieten. "Aber es ist unwahrscheinlich, dass sie die Älteste Li zurücklassen. Sie mag vielleicht nicht so geschätzt sein wie der Älteste Wang, aber ihre Fähigkeiten haben viele mit dringend benötigter Medizin und Pillenzutaten versorgt. Sie zu verlieren wäre schädlich für die Sekte."

Wu Ying berührte den Griff seines Schwertes, während er sich abwandte und in die Richtung starrte, in welche die Gruppe vor einem Tag aufgebrochen war. Er konnte nicht anders, als sich zu fragen, was sie wohl aufgehalten haben könnte. Was es war, das die Gruppe getötet haben könnte, falls sie tot wären. Die unheilvollen Worte des Pixiu hallten erneut in Wu Yings Kopf wider und er fürchtete sich unwillkürlich vor dem, was sie finden würden.

Eine Stunde später hatten die drei Ältesten ihre Sitzung beendet. Der Älteste Po ging auf Wu Ying zu, der dasaß und seine Kultivation verstärkte. Als der Älteste sich ihm näherte, beruhigte Wu Ying sein Chi und stand auf.

"Long Wu Ying?", fragte der Älteste Po.

"Ja, Ältester."

"Hat die Älteste Li Euch beigebracht, wie man die Kurinjiblume erntet?", fragte der Älteste Po und kam sofort zum Punkt. Wu Ying nickte. "Wie sicher seid Ihr Euch, dass Ihr die Pflanze erfolgreich ernten könnt?"

"Nicht im geringsten, Ältester", gestand Wu Ying. "Die Blume ist raffiniert und verlangt, dass man seine Aura und den Chi-Fluss peinlich genau kontrolliert. Zwar ist meine Aura gut unter Kontrolle, aber es ist immer noch neu für mich. Schwankungen in meiner Aura und meinem Chi während der Ernte der Kurinji wird ihre Wirkstärke beeinflussen. Um die Aufgabe so gut wie möglich abzuschließen, werden zudem zwei Personen benötigt."

"Könnt Ihr einen zweiten unterrichten, oder zumindest anleiten?"

Wu Ying runzelte die Stirn. "Das könnte ich, aber auch ich habe erst mit Lernen begonnen."

"Verstanden", sagte der Älteste Po. "Einer von uns wird Euch wenn nötig unterstützen. Ihr werdet es dennoch uns Ältesten beibrigen müssen."

"Suchen wir nicht nach der Ältesten Li?"

"Natürlich. Aber wir müssen auch auf die Möglichkeit vorbereitet sein, dass sie nicht mehr am Leben sind. Wir wollen – nein, wir brauchen – die Kurinjiblume. Selbst wenn sie nicht so wirksam ist, wenn Ihr sie erntet, müssen wir die Expedition zu Ende führen", erklärte der Älteste Po.

"Ja, Ältester", sagte Wu Ying. "Ältester ...?"

"Sprecht."

"Warum ist sie so wichtig?" Wu Yings Blick verfinsterte sich. Er schaute sich um und dachte an die Gefallenen. So viele waren gefallen.

Der Älteste Po zögerte, dann kam er näher und senkte seine Stimme. "Sprecht nicht mit den anderen darüber. Die Sekte hat erfahren, dass die Sekte der Sechs Jade drei Älteste hat, die über den Winter auf die obersten Stufen der Kernkultivation durchgebrochen sind."

"Drei?" Wu Ying klappte der Kiefer herunter. Die Sekte der Sechs Jade war ihre rivalisierende Sekte aus dem Staat der Wei. Die beiden Sekten bekämpften sich auf den Schlachtfeldern, wenn die beiden Staaten im Krieg miteinander waren. Und falls sie alle drei Ältesten auf den obersten Stufen entsandten, würde sich das Gleichgewicht des Krieges stark zugunsten der Wei verschieben.

"Ja. Die Armeen werden dieses Jahr wie immer aufeinandertreffen, aber es wird geheim gehalten werden. Die Ältesten müssen ihre Kultivation verstärken. Nächstes Jahr jedoch ..." Der Älteste Po schüttelte den Kopf. "Deshalb müssen wir die Pillen haben. Wir sind dem Durchbruch nahe. Wir alle. Aber die Erleuchtung muss uns noch treffen. Unsere Kultivation befindet sich an einem Engpass."

Wu Ying senkte den Kopf. Endlich verstand er es. Bei all dem, bei dieser Expedition, ging es um mehr als Geld oder Beitragspunkte oder die eigennützige Weiterentwicklung einer Gruppe Ältester. Bei dieser Expedition ging es ums Überleben. Um das Überleben der Sekte und des Staates.

"Ich werde mein Bestes geben, Ältester." Er fügte unwillkürlich hinzu: "Aber ich hoffe, dass das nicht nötig sein wird."

"Wir ebenso." Der Älteste Po legte eine Hand auf Wu Yings Schulter, dann zog er sie zurück, bevor er gestikulierte. "Packt Eure Sachen und macht Euch bereit. Wir brechen nach dem Mittagessen auf."

***

Die Gruppe, die nach dem Mittagessen aufbrach, bestand aus dem Ältesten Po, der wusste, wo sich die Blume befand, der Ältesten Wei, die ihren Kessel mit sich brachte, Liu Tsong, Li Yao und zwei Drittel der verbleibenden

Kampfkunstspezialisten. Zusammen mit Wu Ying waren es neun Mitglieder, und somit blieben nur der Älteste Dong, die Gepäckträger, Köche und übrigen Kampfkunstspezialisten zurück, um sich um das Hauptlager zu kümmern.

Sie wussten, dass sie schnell reisen mussten, daher nahm die Gruppe leicht konsumierbares Essen und ein Minimum an Lagerausrüstung mit sich. Theoretisch lag die Stelle eine halbe Tagesreise für Nicht-Kultivatoren entfernt. Für die Gruppe war es ein Lauf über wenige Stunden. Wieder einmal musste sich Wu Ying eingestehen, dass sein niedrigeres Kultivationslevel die Gruppe ausbremsen würde. Auch wenn er ein neues Kultivationslevel erreicht hatte, war der Unterschied zwischen ihnen groß. Aber Wu Ying tröstete sich selbst damit, dass sie die Aufgabe wenigstens nicht ohne ihn abschließen konnten.

Sobald sie das Lager verlassen hatten, winkte der Älteste Po Wu Ying zu sich herüber, wo er mit der Ältesten Wei wartete. Liu Tsong, die zwischen den beiden dahinglitt, lächelte Wu Ying zu, als er näherkam.

"Ihr werdet uns sagen, wie wir die Kurinjiblume ernten müssen", forderte der Älteste Po ihn auf. "Jetzt."

Wu Ying schluckte. Er bemerkte, wie ernst die beiden Ältesten schauten. Er nahm einen tiefen Atemzug, unterdrückte die Zurückhaltung und fing an.

Einige Minuten später blaffte die Älteste Wei: "Schluss mit den Bedingungen und demütigen Worten. Wir haben verstanden. Das ist noch neu für Euch. Wir werden Euch nicht die Schuld geben, sollten wir scheitern." Die nächsten Worte der Ältesten, die sie leise vor sich hin murmelte, hätte Wu Ying vermutlich nicht hören sollen. "Nicht sehr."

Wu Ying schluckte erneut, verdrängte aber die Furcht in seinem Inneren und konzentrierte sich lieber darauf, das zu wiederholen, was die Ältesten wissen mussten. Nach einer weiteren halben Stunde der Erklärung klatschte der Älteste Po in die Hände, um das Gespräch zu beenden.

"Gut. Das genügt. Wenn ich es richtig verstehe, habt Ihr erst kürzlich einen weiteren Durchbruch geschafft?", fragte der Älteste.

"Ja, Ältester."

"Ein ungünstiges Timing", bemerkte die Älteste Wei. "Die Kontrolle Eurer Aura ist erneut nachlässig geworden."

"Ja, Älteste."

"Geht. Übt."

"Jawohl, Älteste."

Wu Ying nutzte ihre plötzliche Auffoderung aus und ließ sich zurückfallen, um sich auf seine Aura zu konzentrieren. Er hatte in letzter Zeit selten seine Auraverstärkungstechnik geübt, daher wusste er, dass die strengen Worte der Ältesten der Wahrheit entsprachen. Auch wenn sie etwas verletztend waren.

***

Während die Gruppe über den Berg ging und die steilen Hänge erklomm, nahm die Masse an Vegetation in beunruhigendem Ausmaß ab. Irgendwann hielt der Älteste Po an und zeigte wortlos auf einen Baumstamm. Die Älteste Wei trat vor und benutzte eine beschworene Kelle, um gegen den zerborstenen Baum zu drücken. Wu Ying kam näher und seine Miene verfinsterte sich, als er feststellte, dass scheinbar nicht Klauen oder Klingen, sondern Zähne den Stumpf zerbrochen hatten. Rindenreste hingen noch immer von dem sterbenden Baum herunter. Kleine Risse von Klauen zeugten davon, wie selbst die Rinde vom Baum gerissen worden war.

Die beiden Ältesten tauschten einen wissenden Blick aus, ehe sie die Gruppe anleiteten, weiterzugehen. Während sie weiter hinaufkletterten, waren immer mehr der Bäume kahl gerissen und ihrer Rinde, ihres Laubs und oftmals selbst ihrer Stämme beraubt. Büsche waren aus der Erde herausgerissen und zerkaute Klumpen ihrer Blätter und Äste lagen überall verstreut. Wu Ying beäugte das grüne Massaker und war froh, anhand der vertrockneten Überreste zu sehen, dass dies Wochen zurückliegen musste.

Die Gruppe kletterte weiter und weiter nach oben. Schließlich wurde der Anstieg flacher und sie nahmen an Geschwindigkeit auf. Schwaden tiefhängender Wolken schwebten um die Berge, verbargen und offenbarten schroffe Klippen und bloße Felsen in der Ferne. Vor ihnen waberte Nebel, der die Lichtung, auf die sie zugingen, verhüllte. Während sie vorangingen, spürte Wu Ying, wie das Chi sich veränderte. Irgendetwas. Irgendwie ...

"Was ist das?", fragte er Li Yao, die neben ihm ging.

Li Yao schüttelte den Kopf. Sie war sich ebenfalls nicht sicher. "Der Druck?"

"Das ist eine Formation", sagte Liu Tsong mit einem Stirnrunzeln.

Während sie sprach, bemerkte Wu Ying, wie die Ältesten immer besorgter aussahen. Doch anstatt schneller zu werden, bewegten sie sich immer langsamer voran, bis die Ältesten schließlich zum Stehen kamen.

Wu Ying atmete aus. Er spürte, wie die Enge in seiner Brust und die Unruhe in ihm anstieg, als sie anhielten. Während sie stillstanden, zog ein kalter Windstoß vorbei und Wu Ying fröstelte es, als er spürte, dass die Rückseite seiner Roben schweißgetränkt war. "Was ...?"

"Eine Furcht- und Täuschungsformation", erklärte der Älteste Po mit zusammengekniffenen Augen. "Das ist die Furcht- und Täuschungsformation der Sieben Sterne aus der Sekte."

"Was macht sie hier?", fragte Li Yao.

"Das Team", sagte Wu Ying, als es ihm klar wurde. "Sie leben. Und benutzen sie. Aber—"

Ein Heulen zerschnitt die Stille, die über dem Berg lag und ließ Wu Ying erschaudern, als sein Mut instinktiv sank. In dem Heulen lag die Spur eines unstillbaren Hungers, einer verzweifelten Not, einen unendlichen Abgrund zu füllen. Seine Hand schloss sich so fest um sein Jian, dass seine Knöchel weiß wurden.

"Was war das?", fragte Liu Tsong.

"Der Taotei", sagte Chao Kun, der aus dem Nebel neben der Gruppe auftauchte. Das sonst so gepflegte Mitglied der inneren Sekte war nass und schmutzig. Unter seinen Augen hatten sich tiefe Augenringe gebildet, sein langes Haar war zerzaust, ein Teil davon war abgeschoren. Unter einem zerrissenen Ärmel schaute sein blutender linker Arm hervor. "Kommt. Wir müssen gehen. Legt eine Hand auf meine Schulter. Ich werde euch durch die Formation führen."

***

Sobald der Rettungstrupp die Täuschungsformation passiert hatte, fanden sie einen stark minimierten Spähtrupp vor. Sieben Mitglieder der ursprünglichen Gruppe saßen in sieben Ecken verteilt. Jeder von ihnen kultivierte sich und speiste Chi über die Formationsflaggen vor ihnen in die Formation ein. Selbst Wu Ying konnte erkennen, dass die Formation überstürzt errichtet worden war, indem vorbereitete Formationsflaggen genutzt worden waren. Als er seine Sinne auf die Formation und die Individuen, die sie unterstützten, ausweitete, kam Wu Ying nicht umhin, zu bemerken, dass eine nicht unmerkliche Menge des Chi, das sie abgaben, sich in der Luft zerstreute anstatt die Formation zu verstärken.

Was noch schockierender war, war die Verfassung und die Mitgliederzahl des Spähtrupps. Vor der Ältesten Li, die in der Mitte der Formation saß, lag ein Stock, den Wu Ying allerdings noch nie gesehen hatte. Die überlebenden Mitglieder des Spähtrupps lagen verstreut auf dem Boden, um sich auszuruhen, oder saßen aufrecht, um sich zu kultivieren. Sie alle waren verletzt. Selbst Tou He sah leicht lädiert aus und saß mit entblößter Brust, auf deren einer Seite starke Prellungen prangten, vor einer Formationsflagge.

"Was ist passiert?", fragte Wu Ying.

"Der Taotei hat uns überrumpelt", antwortete Chao Kun. "Ruht euch ein wenig aus. Ich werde die Ältesten zur Ältesten Li geleiten, danach werde ich dem Rest von euch zeigen, wie ihr uns an den Formationsflaggen ablösen könnt."

"Ich kenne diese Formation", meldete sich Li Yao freiwillig.

"Gut. Bei Khoo ist am meisten erschöpft", sagte Chao Kun.

Li Yao nickte und trabte zum Kultivator, um ihn abzulösen.

Die anderen Kultivatoren gingen los, um sich auszuruhen, kurz mit ihren Freunden zu reden, oder, in einigen Fällen, um die anderen Kultivatoren an den Formationsflaggen abzulösen. Wu Ying blieb alleine zurück und konnte die Lichtung ausgiebig betrachten. Das erste, was ihm auffiel, waren die Kurinjipflanzen, welche die Lichtung übersäten. Die Kurinji waren nur wenige Fuß große Sträucher, die in unregelmäßigen Abständen wuchsen. Als sich Wu Ying hinkniete, um einen Strauch zu begutachten, bemerkte er unwillkürlich, wie kurz vor dem Blühen die Blütenknospen standen. Die Blütenblätter hatten eine violett-bläuliche Färbung, die Schattierungen reichten bis hin zu einer himmelblauen Farbe. Wu Ying brauchte nicht lange, um zu bemerken, dass die Pflanze, die er anschaute, zur gemeinen Art zählte, die einmal alle zwölf Jahre Blüten trug. Wonach sie suchten, war die viel seltenere, seelenverstärkte Pflanze, die einmal in einem halben Jahrhundert blühte.

"Wunderschön, nicht?", sagte Ru Ping, als er sich zu ihm herabbeugte.

Wu Ying erschrak, als er sah, wie einbandagiert der Kultivator war. Eine gesamte Seite seines Gesichts war verbunden.

Als Ru Ping bemerkte, wie Wu Yings Blick in die Richtung, wo sein Ohr sein sollte, und weiter zur Bandage wanderte, die eines seiner Augen verdeckte, warf der Kultivator ihm ein halbherziges Lächeln zu. "Ich hatte noch Glück. Er hat nur ein Ohr abgebissen. Früher oder später erlange ich mein Augenlicht zurück."

"Was ist ein Taotei?", fragte Wu Ying. Er verstummte, während er sich umsah. "Jeder redet davon, aber ich habe noch nie von ihm gehört."

"Ich vergesse immer wieder, dass du neu in der Sekte bist", sagte Ru Ping. "Der Taotei sucht diese Lande seit Jahrzehnten heim. Er bewegt sich ständig durch die Seelenlande, sodass wir nicht wissen, ob es nur eines oder ein Dutzend dieser Kreaturen gibt. Aber wir glauben, dass es mindestens drei sind – sein Kultivationslevel ändert sich ständig."

"Und der Level dieses Taotei?"

"Die Spitze der Kernkultivation", antwortete Ru Ping. "Es ist eine Dämonenbestie, die direkt aus der Unterwelt freigelassen wurde. Der Taotei hat vier Beine und seine Kraft steckt in den vorderen Beinen. Sein Maul ist mit Zähnen gespickt, über seinen ganzen Körper ziehen sich Hörner, die ihn schützen, und er hat glänzende, immer hungrige Augen und eine flache Schnauze. Die Kreatur zieht Menschen mit Chi als Beute vor, aber es hört nie auf, zu essen."

"Die Bäume."

"Ja. Wir hätten es wissen müssen. Wir hätten bemerken müssen, dass es in diese Lande gekommen ist." Ru Ping senkte die Stimme, bevor er fortfuhr.

"Vielleicht hat sie das und wollte trotzdem die Blumen. Als wir angekommen sind, hat die Älteste Li umgehend die Formation aufgestellt. Aber da war es schon zu spät.

Er hat uns erwischt, als wir fast fertig waren. Hat seine Zähne in Ah Bei geschlagen. Seinen Arm abgebissen. Und dann seinen Rumpf. Und seine Beine." Ru Pings Blick fiel in eine Ecke, bevor er ihn zurück auf Wu Ying richtete. Wu Ying hätte schwören können, dass er dort, im Schatten des Nebels, einen dunklen Fleck sah. "Er hat zwei weitere getötet und gefressen, ehe er sich auf mich gestürzt hat. Hätte der verehrte Ge nicht angegriffen und seinen Arm geopfert, wäre ich vermutlich auch gefressen worden. Er hat ihn an der Seite erwischt. Und dann ..."

"Und dann?", fragte Liu Tsong, die bei ihnen geblieben war, außer Atem.

"Dann hat die Älteste Li ihn mit ihrem Stock geschlagen. Sie hat ihn zerbrochen und das Chi darin freigesetzt, wodurch er weggeschleudert wurde. Sie hat ihn ausreichend verletzt, um ihn zu vertreiben. Und als er außerhalb unserer Formation war, haben wir sie gewaltsam aktiviert", schloss Ru Ping, der in Richtung der Gruppe nickte.

"Deswegen ist sie so schlampig", bemerkte Liu Tsong.

"Ja. Sie hat uns das Leben gerettet. Aber wir stecken hier fest", sagte Ru Ping.

"Ich verstehe nicht. Wenn er auf der Spitze der Kernkultivation ist, sollten die Ältesten ihn dann nicht bezwingen können?", fragte Wu Ying mit erhobenen Augenbrauen. Er schaute zu den Ältesten hinüber, die mit gedämpften Stimmen miteinander sprachen. Von ihnen ging Anspannung und Sorge aus.

"Nicht alles kann nur aufgrund von Kultivationsleveln beurteilt werden", erklärte Chao Kun, als er zu ihnen zurückkam. Obwohl er nicht lange weg gewesen war, sah es so aus, als ob sein Arm neu verbunden worden wäre.

"Genauso, wie es einem Kultivator möglich ist, jemanden zu besiegen, der einen Level über ihm ist." Chao Kun blickte gezielt auf Wu Ying. "Bei bestimmten Arten von Kreaturen ist es möglich – sogar wahrscheinlich – dass sie stärker als ihr eigentliches Level sind. Der Älteste Po ist der einzige Kampfkunstspezialist unter den Ältesten. Und der Taotei ist eine mächtige Bestie, die Level umgeht. Er schöpft Kraft aus seiner Nahrung und wird stärker, je mehr er frisst. Oder wenn er ausgehungert ist."

"Was sollen wir dann tun?", fragte Wu Ying.

"Das müssen die Ältesten entscheiden. Fürs Erste musst du trainieren. Auch du wirst an die Reihe kommen", sagte Chao Kun und drehte seinen Kopf zu den Formationspunkten.

"Jawohl."

***

Die Grundlagen der Formationsunterstützung waren einfach – alles, was Wu Ying tun musste, war, den Platz des Kultivators einzunehmen, sich hinzusetzen und sein Chi in die Formationsflagge vor ihm zu leiten. Die Kunst bestand darin, dass Wu Ying sein Chi gleichmäßig in die Formation leiten musste, um es dem Energieverbrauch anzupassen. Dies war unglücklicherweise recht kompliziert, was dem übereilten Aufbau der ineffizienten Formation, der sich ändernden benötigten Menge wegen unregelmäßigen Windstößen, die den Nebel hinwegbliesen und der sich ändernden Anzahl an Lebenwesen in der Formation geschuldet war.

All das bedeutete, dass es günstiger war, zu viel anstatt zu wenig Chi in die Formation zu lenken. Verschwendetes Chi beeinflusste die Formation nicht, aber zu wenig Chi konnte sie schwächen. Während Wu Ying atmete und sich auf die Formationsflagge vor sich konzentrierte, verlangsamte sich sein Puls und er schickte mehr Chi aus seinem Dantian in seine Meridiane und leitete es durch seine Hände in die Flagge. Wu Ying kultivierte sich zur selben Zeit und zog zusätzliches Chi aus der Umgebung hinzu, um seine Belastbarkeit zu erhöhen. Mit jeder Sekunde, jedem Atemzug stieß er Kraft aus, floss das Chi in seinem Körper durch seine Meridiane und in die Formation. Der Prozess war ermüdend, als würde Wu Ying an einem rasanten Marathon teilnehmen. Ein Marathon, der von ihm verlangte, langsam und gleichmäßig zu atmen.

Einige Stunden später wurde Wu Ying aus seiner Kultivation geweckt und sanft von der Formationsflagge weggezogen. Wu Ying war zu müde, um wegzugehen, rollte sich auf den Rücken und lag mit ausgestreckten Armen und Beinen auf dem Boden. Er war schweißnass.

"Es wäre toll, wenn Ihr woanders hingehen könntet", grummelte der Kultivator, der seinen Platz eingenommen hatte, bevor er seine Augen schloss. Er hielt die Hände locker zusammengefaltet und atmete tiefer ein, dann übernahm er die Verstärkung der Formation.

Wu Ying ignorierte den Kultivator. Er war zu müde, um zu sprechen, während er sich darauf fokussierte, wieder zu Kräften zu kommen. Schließlich schaffte es Wu Ying, sich taumelnd aufzurichten und einen einigermaßen ruhigen Ort zu finden, um sich abzuwaschen, seine Kleidung zu wechseln und seine Haare zu bürsten. Nachdem er endlich vorzeigbar war, schritt der Kultivator zu der kleinen Feuerstelle hinüber, wo eine sättigende Mahlzeit auf ihn wartete.

"Wie lange war ich an der Formation?", flüsterte Wu Ying, als er bemerkte, dass sowohl Li Yao als auch Liu Tsong noch immer auf ihren Plätzen an der Formation saßen.

"Etwa vier Stunden", beantwortete Tou He hinter Wu Ying seine Frage.

"Tou He!", rief Wu Ying aus, während er sich umdrehte und seinen Freund umarmte. Er machte einen Schritt zurück, als Tou He seinen Unmut kundtat und sich von ihm löste. "Du siehst besser aus."

"Wir haben uns so gut wie möglich an der Formation abgewechselt. Aber" – Tou He zuckte mit den Schultern – "es ist schwer. Ich habe nicht dieselbe Menge an Chi wie die anderen."

"Wie lange hast du durchgehalten?"

"Jedes Mal etwa drei Stunden", sagte Tou He. "Wir mussten meditieren und unser Chi so schnell wie möglich wieder auffüllen, bevor die nächste Person ausfiel."

Wu Ying konnte nicht anders, als einen Schub von Wärme bei dem Gedanken, seinen Freund bei etwas übertrumpft zu haben, zu verspüren. Dann strafte er sich selbst in Gedanken dafür. "Wurdest du verletzt?"

"Eine gebrochene Rippe und ein verstauchtes Handgelenk", sagte Tou He und hielt seine linke Hand hoch. Wu Ying konnte sehen, dass die Entzündung fast vollständig abgeklungen und nur eine leichte Verfärbung am Handgelenk zurückgeblieben war. Was Tou Hes Brust betraf, so konnte Wu Ying die restlichen Prellungen erkennen. "Ich war weit vom Taotei entfernt, als er eintraf. Ich wurde kaum getroffen. Mein Tonfa ist aber trotzdem zerbrochen."

Noch bevor er weitere Fragen stellten konnte, knurrte Wu Yings Magen und erinnerte ihn an sein ursprüngliches Vorhaben. Kurz darauf saßen die beiden mit Schüsseln gefüllt mit geschmortem Fleisch, Süßkartoffeln, Wildpilzen und Kohl ein kleines Stückchen entfernt.

"Wir müssen uns vorhin nur knapp verpasst haben", meinte Wu Ying, nachdem er die halbe Schüssel leer gegessen hatte.

"Scheint so."

"Dieser Taotei. Wie schlimm ist er?", fragte Wu Ying, der seine Stimme senkte, um die anderen nicht zu stören.

Tou He nahm einen geplagten Gesichtsausdruck an. Der Ex-Mönch fuhr mit einer Hand über seinen kahlen Kopf und hielt inne, als er seinen Nacken spürte, ehe er die Bewegung wiederholte. "Furchtbar. Er ist stark. Schnell. Aber vor allem ist er hungrig."

"Was ist daran schlimm?"

"Er will Menschen. Ihr Chi. Ihre Seele. Er schaut dich an und du weißt, dass er dich fressen will. Dass er dich in Stücke reißen und dich verschlingen will. Er jagt mir Angst ein", gestand Tou He.

Wu Ying runzelte die Stirn. Er verstand es noch immer nicht, aber verstummte, als Tou He den Anschein machte, dass er nicht weiter darüber sprechen wollte. Nachdem er einen Löffel Eintopf in seinen Mund gestopft hatte, kaute Wu Ying und überlegte sich ein anderes Thema. Oder zumindest ein verwandtes Thema. "Haben die Ältesten entschieden, was wir tun werden?"

"Nichts", sagte Tou He.

"Wie bitte?"

"Wir sollen hier warten und die Formation verstärken, bis die Blumen blühen. Dann wird die Älteste Li die Blumen ernten und die Älteste Wei wird wie geplant die Pillen zubereiten."

"Aber der Taotei–"

"Kommt nicht rein, solange die Formation standhält. Die Ältesten glauben, dass wir dank eurer Verstärkung lange genug durchhalten können, bis die Kurinjiblumen blühen. Sobald die Ältesten die Pillen eingenommen haben, werden sie noch stärker werden und sich dann dem Dämon entgegenstellen", erklärte Tou He.

Wu Ying schaute in das besorgte Gesicht seines sonst so fröhlichen Freundes. "Du klingst besorgt."

"Das bin ich. Es vergehen noch mindestens sechs Tage, bis die Blumen voraussichtlich blühen. Vielleicht sogar länger", sagte Tou He. "Und wir sind bereits erschöpft. Was ist, wenn wir die Formation nicht halten können?"

"Dann sterben wir alle", knisterte die kühle Stimme der Ältesten Wei durch die Nachtluft. Die alte Pillenverfeinerin schaute Wu Ying, dann Tou He an und schnaubte. "Seid Ihr nicht Buddhist?"

"Ja–"

"Worum sorgt Ihr Euch dann? Ihr werdet wiedergeboren. Oder macht Ihr Euch Sorgen darum, dass das ganze Fleisch, das Ihr gegessen habt, Euch zu einer Mahlzeit werden lässt?" Die Älteste Wei lachte hämisch, nachdem sie ihren Satz beendet hatte. "Bei der Kultivation gibt es keine Sicherheit."

"Ja, Älteste", sagten beide im Einklang.

"Glaubt ihr, ein Kampf zwischen uns und dem Monster wäre harmlos? Wie viele von diesen Blumen würden beschädigt werden? Was, wenn die Blumen beschädigt werden, die wir brauchen?", merkte die Älteste Wei verächtlich an. "Wenn wir die Blumen verlieren, wäre dann das alles hier nicht umsonst gewesen?"

Tou He sagte: "Aber wenn wir sterben –"

"Dann sterben wir."

Tou He hielt seinen Mund, während Wu Ying zwischen den beiden hin und her schaute. Die Älteste Wei blickte zu Wu Ying. Er durchbohrte den Kultivator förmlich. Er nickte ihr ehrfürchtig zu. Ganz gleich, was er dachte, Wu Ying verstand die Absicht hinter der Entscheidung. Keine der Optionen war optimal. Und da die Entscheidung gefallen war, konnte er sie nicht ändern. Alles, was er tun konnte ...

"Iss lieber auf, Tou He", forderte Wu Ying ihn auf und stupste ihn mit der Schulter an. "Wir werden die Energie brauchen."

Die Älteste Wei nickte Wu Ying schroff zu, bevor sie wegging und durch das kleine Lager patrouillierte. Während Wu Ying sie beobachtete, hielt sie bei Chao Kun an, löste den Verband an seinem Arm, trug eine Salbe auf und verband die verletzte Gliedmaße wieder, ehe sie weiterging.

Wu Ying und Tou He atmeten beide resigniert aus und holten sich mehr zu Essen. Die nächsten Tage würden lang und anstrengend werden.

Kapitel 21

Eine Hand legte sich auf Wu Yings Schulter und riss ihn aus seiner Kultivation. Vier Tage später war die Prozedur für Wu Ying zur Routine geworden. Hinsetzen, Chi in dem Mindestmaß umleiten, das benötigt wurde, damit die Formation nicht zerbrach. Zur Seite gehen, wenn man die Hand auf der Schulter spürte, und Platz für den Nächsten machen. Ausruhen, essen. Sich kultivieren, um das Chi aufzufüllen. Weiter ausruhen. Übernehmen, wenn man wieder an der Reihe war.

Einfach. Aber nicht leicht. Wu Ying rollte sich schwungvoll aus dem Weg und blieb dann neben dem Kultivator, der seinen Platz eingenommen hatte, auf dem Boden liegen. Zu seiner Überraschung war es diesmal Li Yao. Die Kampfkunstspezialistin war zu müde, um zu sprechen, aber sie warf ihm ein flüchtiges Lächeln zu. Sie alle waren zu müde.

Bei jedem Wechsel traten die Kultivatoren etwas erschöpfter an die Formationsankerpunkte heran. Jedes Mal kämpften sie darum, konzentriert zu bleiben, die richtige Menge an Chi beizubehalten, ohne etwas zu verschwenden. Obwohl sie alle an Erfahrung gewannen, entglitten ihnen ihre erschöpften Geister und Seelen. Als die Formation um ein Haar zerstört worden wäre, nachdem Tou He am dritten Tag zusammengebrochen war, wechselten auch die Ältesten ein. Mithilfe der Ältesten stabilisierte sich die Formation, was den Kultivatoren mehr Zeit gab, sich zu erholen, denn die Ältesten mit ihrer höheren Menge an Chi konnten länger in der Formation verweilen.

Der Taotei hatte zweimal versucht, durch die Formation zu brechen. Jedes Mal hatte seine Präsenz zu einem erheblichen und schmerzhaft ansteigenden Chi-Verbrauch geführt. Jedes Mal, wenn er die Formation auf die Probe stellte, erschöpften sich die Kultivatoren umso schneller. Die Formation wäre schon längst zusammengebrochen, wären die Gier und

Ungeduld des Taotei, gepaart mit seinem Mangel an taktischem Denken, nicht gewesen.

Wu Ying taumelte, als er sich aufrappelte. Ihm wurde von der plötzlichen Bewegung schwindelig. Er wankte ungleichmäßig, bis er seine Balance wiederfand und zu der nie erlöschenden Kochstelle hinüberstrauchelte. Nachdem er sich Essen aus dem scheinbar bodenlosen Topf mit Eintopf und Reis in seine Schüssel geschöpft hatte, setzte er sich kraftlos hin. Er betrachtete mit verschwommenen Augen den einfachen, feueraspektierten Dämonenstein, den die Älteste Wei zur Verfügung gestellt hatte, um das Kochfeuer zu entfachen. Der arme Bürger in seinem Inneren wunderte sich über diese Verschwendung an Tael. Der erschöpfte Kultivator, der Herr über seinen Körper war, brachte den Bürger mit einem Löffel voll Essen zum Schweigen.

Während Wu Ying aufaß und sich eine weitere Schüssel voll Essen holte, erschien Ru Ping neben ihm. Sein bandagiertes Gesicht war finster. "Wie fühlst du dich?"

"Müde."

"Streck deine Hand aus."

"Was?"

"Strecke deine Hand aus und halte sie still", befahl Ru Ping erneut.

Wu Ying, der zu erschöpft war, um zu protestieren, nahm eine Hand von seiner Schüssel und hielt sie Ru Ping entgegen. Ru Ping starrte sie an und seine Augenbrauen zogen sich zusammen, bevor er Wu Ying erlaubte, sie zurückzunehmen und sich mehr Essen zu holen.

Als Wu Ying sich wieder mit seinem Essen hinsetzte, sprach Ru Ping. "Deine Hand zittert."

"Ein wenig", gab Wu Ying zu.

Die Kultivation und die Kanalisierung von Chi waren eigentlich keine physisch anstrengende Arbeit. Aber beides ohne Unterbrechung und mit nur wenig Pause vier Tage lang durchzuhalten, würde so gut wie jeden strapazieren. Das ständige Wirbeln von Chi durch die Meridiane und den Dantian beeinflusste den physischen Körper auf dieselbe Weise, wie seine Kanalisierung die körperliche Stärke oder Beweglichkeit direkt steigern konnte.

"Du wirst nicht an der nächsten Rotation teilnehmen", sagte Ru Ping.

"Nicht?"

"Nein. Die Älteste Li hat beschlossen, dass sie jemanden mit zwei gesunden Augen braucht. Iss, ruh dich aus, kultiviere dich." Ru Ping fummelte in seiner Robe und holte eine Pille hervor. "Nimm die hier, wenn du mit essen fertig bist. Sie wird sich auflösen, während du schläfst, deinem Körper Nährstoffe liefern und deine passive Absorptionsrate erhöhen."

"Was ist das?", fragte Wu Ying, der die Flasche mit beiden Händen entgegennahm und sie herumdrehte, nur um festzustellen, dass sie kein Etikett trug.

"Eine Wasserkastanienpille mit Yang-Metall-Chi", erklärte Ru Ping. "Ihr Yang-Chi erhöht deine passive Chi-Absorption, während der Metallaspekt dabei hilft, deinen Körper zu reinigen."

"Und die Wasserkastanie?"

"Gibt den Geschmack."

Wu Ying blinzelte und schaute Ru Ping an. Das Gesicht des anderen Kultivators war ausdruckslos und ließ keine Aufschlüsse darüber zu, ob er scherzte. Schließlich bedankte Wu Ying sich bei ihm für seine Hilfe und wandte sich wieder seinem Essen zu. Selbst der kurzzeitige Energieschub aus seinem vollen Magen war verblasst, als sein Körper hungrig nach jeder

Energiequelle griff, die er finden konnte, um das gähnende Loch in seinem Dantian zu füllen.

Kurze Zeit später taumelte Wu Ying vollgestopft vom Kochtopf weg. Er schluckte die Pille, ehe er auf seiner Schlafstätte zusammenbrach. Ein Teil von ihm war dankbar über die milden Sommerabende, bevor er einschlief.

***

Am nächsten Tag wachte Wu Ying von der hochstehenden Morgensonne auf, die auf seine Augenlider schien. Wu Ying hielt eine Hand vor sein Gesicht, dann kehrte die Erinnerung zurück. Er sprang von seiner Schlafstätte auf und war überrascht, dass seine Muskeln sich ohne die üblichen Schmerzen bewegen ließen, die ihn die letzten Tage über gequält hatten. Noch überraschender war, wie sehr sich sein Dantian über Nacht gefüllt hatte. Er war beinahe halb voll. Das war die größte Menge, die er in einer Nacht angesammelt hatte, seit sie mit diesem Prozess begonnen hatten.

Nachdem er seine Morgentoilette hinter sich gebracht und sich um seine überfüllte Blase gekümmert hatte, kehrte Wu Ying zum Lagerfeuer zurück. Zu seiner Verwunderung sah Wu Ying, dass die Älteste Li am Lagerfeuer beschäftigt war. Sie backte Teigstangen aus und wärmte einen Topf mit Sojabohnen auf. Wu Ying kratzte sich am Kopf. Er war überrascht, so ein kultiviertes Mahl zu sehen, und noch überraschter, als die Älteste Li einen Stock mit mariniertem Fleisch in ihrer Hand erscheinen ließ, um es über dem Feuer zu braten.

"Kommt. Helft mir, die hier zu wenden", sagte die Älteste Li, ohne sich umzudrehen.

"Ja, Älteste", antwortete Wu Ying und eilte zu ihr.

Die beiden kochten zusammen und teilten dann die gebackenen Brotstangen, ein Getränk aus warmen Sojabohnen und das gegrillte Fleisch aus, als dieses fertig war.

Als der erste Ansturm vorüber war, drehte sich die Älteste Li zu Wu Ying um. "Esst. Dann reden wir."

Wu Ying tat, wozu sie ihn aufgefordert hatte, und schlang sein Frühstück herunter, bevor er schon wieder seine Hände heben und sie der Ältesten Li zeigen musste. Als nächstes spielte sie mit ihm seine Übungen zur Auraunterdrückung durch. Die Älteste blickte finster, während Wu Ying sein Bestes gab, um sein Chi zu zügeln.

"Erbärmlich", merkte die Älteste Li an. "Wenn Eure Kultivation nicht so gering wäre, würde ich lieber Ru Ping nehmen. Kultiviert Euch nicht weiter. Je weniger Chi Ihr habt, desto weniger werdet Ihr die Kurinji beeinflussen. Feilt an Eurer Auraunterdrückung, bis es an der Zeit ist. Wenn Ihr nach Eurer Aura greift, um sie zu verstärken, stellt sicher, dass Ihr Euch nicht übernehmt. Ihr müsst Euch die Aura vorstellen ..."

Die nächsten Minuten über erörterte die Älteste Li im Detail die unzähligen Dinge, die Wu Ying falsch gemacht hatte. Die Älteste bot Kritik und Lösungen an, von seinem Übermut bis hin zu der ungeschickten Weise, wie er seine Aura geebnet hatte. Als die Älteste Li fertig war und Wu Ying Zeit hatte, um über ihre Worte nachzudenken, fiel ihm auf, dass er vermutlich den Größeren Erfolg in der Übung erlangen würde, wenn er sowohl ihr als auch sein Wissen nutzte.

Wu Ying war über diese Errungenschaft so aufgeregt, dass er zu den anderen drei Ältesten schaute, die ein wenig entfernt standen. Ganz in ihrer Nähe befand sich der Grund der Expedition – ein einzelner Busch, der sein eigenes Schicksal verändert hatte. Der Busch stand isoliert. Die anderen

Kurinjipflanzen in der Nähe waren wegen der mutierten Pflanze, die sich alles Chi aus der Umgebung unter den Nagel gerissen hatte, abgestorben.

Wu Ying kniff die Augen zusammen, um die Pflanze besser zu sehen und starrte auf die noch immer geschlossenen Blüten. Er schaute sich um und bemerkte, dass die anderen Pflanzen kurz davor waren, zu blühen, und manche sogar bereits geblüht hatten. Wenn die mutierte Pflanze denselben Zeitrhythmus hatte, blieben ihm weniger als sechs Stunden, bis er das Gelernte unter Beweis stellen musste.

Wu Ying ging etwas vom Lagerfeuer weg, setzte sich und ließ seine Atmung zirkulieren, bis er sich beruhigt hatte. Dann übte er, indem er das berücksichtigte, was die Älteste Li gesagt hatte. Er schnürte seine Aura zusammen und merzte die Makel aus. Er arbeitete daran, seine Präsenz noch schwächer, noch banaler zu machen. Immer ... sterblicher.

***

Die Stunden vergingen wie im Flug und Wu Ying erlangte währenddessen kleinere Erfolge. Egal, ob er ein umfassenderes Verständnis hatte oder nicht, konnte Wu Ying nur durch Übung ein angemessenes Verständnis erlangen und, was noch wichtiger war, die Veränderungen in seiner Aura beeinflussen. Mit jeder Minute und jedem Durchlauf seiner Aura machte sich ein Fortschritt, eine sukzessive Verengung, die seine Präsenz und die Undichtheit reduzierte, bemerkbar. Zu Wu Yings Überraschung brachten die zusätzlichen und anstrengenden vier Tage, in denen er die Kanalisierung übte, weitere Fortschritte. Der ständige Fluss an Chi durch seinen Körper und aus diesem hinaus erlaubte es ihm, seine Akupunkturpunkte noch präziser fühlen zu können. Dadurch konnte er diese Akupunkturpunkte weiter verengen und den Ausfluss von Chi in die Auramembran spüren.

Nach einigen Stunden wurde Wu Ying aus seinem Training geweckt. Ru Ping nickte in die Richtung, in der die Ältesten um die mutierte Kurinjiblume herum standen. Selbst von hier aus konnte Wu Ying den Unterschied spüren, wie der Chi-Fluss auf der Lichtung sich verändert hatte. Als Wu Ying seinen Kopf drehte, erblickte er einige der anderen Blumen auf der Weide, die erblüht waren. Andere waren kurz davor, zu blühen.

"Geh. Halte deine Aura fest im Griff", sagte Ru Ping.

"Was wirst du tun, verehrter Goh?", fragte Wu Ying.

"Ernten. Die anderen Kurinjiblumen sind weniger wert, aber sie sind immer noch selten. Wir können sie für verschiedene Pillen benutzen."

"Natürlich", sagte Wu Ying. "Es wird viel zu tun geben."

"Ich weiß. Ich habe bereits angefangen. Ich gehe besser wieder an die Arbeit. Die Blumen sind nur wertvoll, solange sie blühen."

"Viel Glück, verehrter Goh", verabschiedete sich Wu Ying. Er ging los und ließ seinen Blick über die Lichtung schweifen.

Die meisten Kultivatoren an den sieben Formationsflaggen zählten zu ihren stärksten Mitgliedern. Dies schloss Chao Kun, Liu Tsong und Li Yao mit ein. Tou He saß neben dem Feuer und kultivierte sich gemeinsam mit einigen anderen. Ein anderer Kultivator lag schlafend auf dem Boden. Nur die Ältesten standen und waren geschäftig.

"Verehrte Älteste", sagte Wu Ying, während er sich vor ihnen verbeugte, als er vor ihnen stand.

"Wu Ying. Ihr habt Euch verbessert", bemerkte die Älteste Li, die den Jungen begutachtete. "Gut."

"Ich danke Euch, Älteste."

"Ich weiß, dass wir zuvor schon darüber gesprochen haben, aber lasst es mich wiederholen. Wir gehen einige Minuten, bevor sie erblüht, an sie heran und halten unsere Auren dicht an unseren Körpern", sagte die Älteste Li.

"Sobald wir bei ihr sind, werde ich das Erntewerkzeug vorbereiten, das wir benötigen werden. Ich werde den gesamten Ernteprozess vornehmen, aber Ihr werdet mir dabei helfen, die Äste zur Seite zu schieben, sowie ich es Euch anweise. Wir werden die Blumen in den kalten Jadebehälter, der Chi auffängt, legen, den ich vorbereitet habe, um sie zu lagern. Danach werdet Ihr den Behälter zur Ältesten Wei bringen, während sie die Pillen vorbereitet."

"Jawohl, Älteste."

"Gut. Also, denkt daran. Um mit der Ernte zu beginnen, müssen wir zunächst das Chi aus jedem Ast isolieren", erklärte die Älteste Li.

Wu Ying lehnte sich vor und hörte aufmerksam zu. Er hatte das alles bereits gelernt, aber die Älteste Li war darauf konzentriert, sicherzustellen, dass er jeden Schritt verinnerlicht hatte.

Die Minuten vergingen und die Blütenblätter der Blume öffneten sich wie in Zeitlupe. Nachdem sie sich sicher war, dass Wu Ying genau wusste, wie sein Part des Plans aussah, hörte die Älteste Li auf, zu sprechen. Als sich die Spannung steigerte, konnte Wu Ying nicht anders, als sich nervös zu bewegen und umzusehen, um nach einem Fluchtweg zu suchen. Dadurch erhaschte er einen Blick auf Tou He, der sorglos am Feuer saß und an den Resten von gegrilltem Schweinefleisch nagte. Der ehemalige Mönch winkte Wu Ying mit dem Spieß zu und brachte den Kultivator zum Lächeln.

Die Älteste Li tippte Wu Ying mit ihrem Stock auf die Zehenspitzen und ging zu den Blumen. Wu Ying beruhigte seine Atmung und fokussierte sich auf seine Aura. Er stellte nochmals sicher, dass sie so eng gezogen war, wie er sie ziehen konnte. Zufrieden folgte er der Ältesten Li.

Die mutierte Kurinjiblume hatte grelle, blaue Blütenblätter mit goldenen Akzenten und einen hellrosa Stempel. Es war eine wunderschöne Blume und an jedem Ast blühten mehrere Blumen dicht aneinander. Der Strauch, dem sie sich näherten, pulsierte, während er Chi aus der Umgebung aufsaugte und die Blumen mit erd- und wasseraspektiertem Chi erfüllte.

Die Älteste Li hockte sich neben der Pflanze hin, ehe sie Wu Ying die Box übergab und ihre Werkzeuge ausbreitete, inklusive eines Talismans, den sie an den Stamm des Strauchs legte und der die natürlichen Verteidigungsmechanismen der Pflanze einlullen würde. Sie saß für lange Zeit gegenüber der Pflanze und beurteilte den Fluss des Chi. Wu Ying brauchte niemanden, der ihm sagte, dass die Pflanze voll erblüht war, denn die plötzliche Veränderung im Chi-Fluss war offensichtlich. Als hätte man einen Bewässerungskanal versiegelt, wurde der Fluss zur Pflanze unterbrochen. Wu Ying war so perplex, dass er nicht bemerkte, wie die Älteste Li sich bewegte, aber kurz darauf befand sich eine Blume in ihrer Hand, die sie ihm entgegenstreckte.

Wu Ying öffnete hastig die Box, damit sie die Blume hineinlegen konnte. Die Älteste Li machte sich wieder und wieder an die Arbeit, erntete die Blumen mit ihrem Messer und ihrer Pinzette, die sie bereitgelegt hatte, während Wu Ying dabei half, die Äste, wenn nötig, beiseitezuschieben. Sie berührte niemals direkt die Pflanze.

Als die Box voll war, stellte Wu Ying die zweite Box nahe der Ältesten Li ab, ehe er schnell und sicher zu den wartenden Ältesten ging. In einer abgelegenen und ruhigen Ecke hatte die Älteste Wei damit begonnen, die Pillen zu verfeinern. Der Kessel glühte von der Hitze der Erdflamme, die sie unter ihm entfacht hatte.

"Gut. Die Qualität ist sehr gut", bemerkte die Älteste Wei, als Wu Ying ihr die Box überreichte. Sie stellte die Box zur Seite, nachdem sie den Inhalt begutachtet hatte, und konzentrierte sich vollkommen auf ihren Kessel.

Neben ihr stand der Älteste Po bereit, um ihr zu assistieren, da Liu Tsong mit einer Formationsflagge beschäftigt war.

Die Zeit verging und Wu Ying ging zwischen dem Kessel und der Pflanze hin und her. Jedes Mal verweilte er länger am Kessel und beobachtete die Älteste Wei, wie sie frisches Quellwasser, Seelenkräuter, Bestienteile und sogar zermalmte Seelensteine hinzufügte. Sie kochte das ganze Gebräu mehrmals ein und konzentrierte so die Energien der Materialien und entfernte mit einem Schwung ihrer Kelle den Bodensatz. Der Älteste Po fing den Bodensatz in einem Behälter auf, den er beiseite stellte, damit die Umgebung nicht damit kontaminiert wurde.

Als fast der gesamte Busch abgeerntet war, kehrte die Älteste Li mit Wu Ying zurück.

Nachdem sie die unmittelbare Umgebung des Strauchs verlassen hatten, bemerkte Wu Ying: "Ihr habt einige Blumen zurückgelassen."

"Wir haben genügend. Wenn es das Schicksal so will, werden weitere Büsche auftauchen", sagte die Älteste Li. "Kommt. Lasst uns diese Blüten entsprechend lagern und der Ältesten Wei zusehen."

Die Älteste Wei hantierte stundenlang mit höchster Konzentration mit ihrem Pillenkessel. Jede Bewegung und Handlung, die sie ausführte, sollte dazu dienen, die produzierte Pille zu verbessern. Angefangen mit der Rührmethode der Ältesten Wei bis hin zur Hinzugabe von Chi oder der Einrichtung der Umgebung um den Kessel herum war die Verfeinerung dieser Pille ein komplexer Tanz aus Chi und Intention. Es war unendliche Li davon entfernt, wie Wu Ying seine Pillen mischte. Diese Vorführung, der er beiwohnen durfte, verdeutlichte ihm Prinzipien der Pillenverfeinerung, die er zuvor zwar gelernt, aber kaum verstanden hatte.

Es war bereits spät in der Nacht, als die Pillen endlich fertiggestellt waren. Die Älteste Wei klopfte ein letztes Mal an die Seite des Pillenkessels, wodurch erstarrte Pillen aus dem Kessel flogen und in der bereitgestellten Schüssel landeten. Alle drei Ältesten beäugten die Pillen und atmeten gleichzeitig erleichtert aus, als sie fünf perfekt geformte, schillernd rote Pillen erblickten.

"Pillen auf Heiligenlevel", sagte die Älteste Wei mit stolzerfüllter Stimme. "Wenn einer von euch den Durchbruch mit diesen Pillen nicht schafft, dann hat der Himmel keinen Platz für euch."

"Ja ..." Der Älteste Po griff nach einer Pille, nur, um von der Ältesten Wei einen Schlag auf die Hand zu bekommen.

"Steckt Eure schmierigen Finger nicht in meine Schüssel. Ich werde sie euch übergeben." Ihren Worten folgten Taten und die Älteste Wei schnippte dem Ältesten Po eine Pille entgegen, dann wiederholte sie den Vorgang mit der Ältesten Li.

Die beiden nahmen die Pille mit einer leichten Verbeugung entgegen, ehe sie sich mit Abstand zueinander auf der Lichtung niedersetzten. Um sie herum wurden kleinere Defensivformationen aufgestellt, damit die Kultivatoren ungestört bleiben und das Chi besser sammeln konnten. Innerhalb von Sekunden hatten die zwei ihre Atmung verlangsamt und ihren Geist beruhigt, bevor sie die Pillen einnahmen.

"Älteste Wei?" Wu Ying neigte den Kopf zur Seite, während er sie beobachtete, wie sie die verbleibenden drei Pillen in ein Pillenfläschchen gleiten ließ.

"Der Älteste Dong und ich werden unsere Pillen in der Sekte zu uns nehmen", erklärte die Älteste Wei. "Wir sind kurz davor, von der Kernkultivationsstufe aus aufzusteigen. Wenn wir aufsteigen, werden wir von den Himmeln anerkannt und müssen uns einer Himmlischen Sorge stellen. Das ist nicht der geeignete Ort hierfür."

Wu Ying nickte. Himmlische Sorgen waren wohlbekannte Katastrophen und Stolpersteine auf dem Weg der Kultivation. Die erste größere Sorge war entstanden, als ein Kultivator eine Aufkeimende Seele geformt hatte. Die

Aufkeimende Seele selbst war eine wiedergeborene, unberührte und unbefleckte Seele, die vom Moment ihrer Formung an im Dao des Kultivators getränkt war. Die neugeborene Seele musste sich dann dem Missfallen des Himmels stellen und wurde nur von der Stärke, die der Kultivator angesammelt hatte, geschützt.

Sollte der Kultivator überleben, wuchs die Aufkeimende Seele im Laufe seiner Reise zur Unsterblichkeit und nahm die Erleuchtung und den Sinn aus der Existenz des Kultivators auf. Am Ende würde die Aufkeimende Seele des Kultivators voll ausgewachsen sein und sich einer letzten Himmlischen Sorge stellen. Wenn sie das überlebte, stieg der Kultivator als neuer Unsterblicher in die Himmel auf. Jene unglücklichen Seelen, die auf einem falschen Dao wandelten, jene, denen es nicht gelang, ihren Dao vollkommen anzunehmen oder jene, deren Dao zu klein und eng war, würden an diesem letzten Schritt scheitern und vom Zorn des Himmels selbst vernichtet werden.

Eine Veränderung im Fluss des Chi der Umgebung ließ Wu Ying seinen Kopf drehen. Er öffnete perplex den Mund, als er fühlte, wie die Umgebung aufgewühlt wurde. Chi, das in einem Strudel aus Energie wirbelte und zerstreut wurde, floss direkt zu den beiden Ältesten in ihren Formationen.

"Wie lange ...?", fragte Wu Ying, bevor er innehielt, als er den bleichen Gesichtsausdruck der Ältesten Wei erblickte. "Älteste?"

"Oh nein", keuchte die Älteste Wei. "Beim Zorn des Himmels. Die Formation wird nicht halten, wenn sie sich hier kultivieren. Das hätten wir bemerken müssen ..."

"Was bemerken?", fragte Wu Ying, aber die Erkenntnis ließ auch ihn verstummen.

Die Ältesten zogen das Chi aus der Umgebung zu sich und verstärkten ihre Kultivation, während sie versuchten, die Barriere zwischen zwei

Kultivationsleveln zu durchbrechen. Die Natur verabscheute ein Vakuum, und daher erhöhte sich der Fluss an Chi von Außerhalb der Formation, je mehr sich die beiden kultivierten. Der Wechsel im Chi drückte immer mehr auf den täuschenden Nebel, den die Formation schuf, sodass die Kultivatoren an der Formation gezwungen waren, mehr Chi hineinfließen zu lassen, um die gesamte Formation zu stabiliseren.

Während die Älteste Wei zauderte, drehte Wu Ying sich um und schaute nach seinen Freunden und Mit-Kultivatoren. Ein Kultivator fing an zu zittern, dann ein weiterer. Ihre Chi-Speicher leerten sich und ihre Körper reagierten auf den Mangel an Chi in ihnen. Wu Yings Kopf drehte sich, doch dann klärten sich seine Gedanken.

"Verehrter Ge. Tou He. Ihr müsst die Formation loslassen", sagte Wu Ying. "Wir können sie nicht halten. Reißt die Formation nieder, ihr alle! Der Rest von euch, formiert euch. Wir müssen den Taotei bekämpfen und aufhalten, sobald er auftaucht."

"Aufhalten?", rief die Älteste Wei schrill. "Seid Ihr wahnsinnig? Ihr seid nicht einmal auf der Stufe der Energiespeicherung!"

"Was für eine Wahl haben wir denn? Weglaufen?" Wu Ying schüttelte den Kopf und lenkte seinen Blick auf die reglosen Gestalten zurück. "Nein. Wir bleiben standhaft und kämpfen. Falls wir lange genug durchhalten können, bis die Ältesten den Durchbruch geschafft haben, sollten wir in der Lage sein, zu gewinnen."

"Und was, wenn nicht?", fragte die Älteste Wei.

"Dann scheint es, dass unser Weg hier endet", antwortete Tou He, der sich gerade erst erhoben hatte, an Wu Yings statt. Der Mönch schwang seinen Stab und drehte den Kopf von links nach rechts, während die Nebel hinter der Formation wirbelten und brodelten. "Warum haben sie noch nicht losgelassen?"

"Weil ich ihnen das nicht befehlen kann." Wu Ying drehte sich zur Ältesten Wei. "Bitte. Wenn sie erschöpft sind, wenn der Taotei kommt, nützen sie uns nichts. Wenn es scheitern sollte, dann wenigstens zu unseren Bedingungen."

Die Älteste Wei kräuselte ihre Lippen und presste sie so fest zusammen, dass sie weiß wurden. Nachdem sie ein frustriertes *hmmph* ausgestoßen hatte, erhob sie ihre Stimme. "Lasst die Formation fallen. Zieht euch zurück und erholt euch. Wir werden uns dem Taotei entgegenstellen und ihn aufhalten."

Innerhalb kürzester Zeit lösten sich die Kultivatoren von den Formationsflaggen und strauchelten zur Ältesten Wei. Wu Ying und Tou He halfen ihren Kollegen und teilten die Reste des Frühstücks an die hungrige und müde Gruppe aus. Sobald sie mit essen fertig waren, setzten sie sich in einem verstreuten Kreis zusammen und kultivierten sich, um ihr erschöpftes Chi zu regenerieren.

Ohne stetige Chi-Zufuhr fiel die Formation in sich zusammen. Die Nebel, die sie verborgen und Feinde verwirrt hatten, lösten sich in der Abendluft auf und entblößten ihre Umgebung. Dank des zunehmenden Mondes und des klaren Nachthimmels hatten die wachsamen Kultivatoren einen guten Blick auf diese.

"Ruht euch alle gut aus. Wenn der Taotei kommt, wird er Lärm machen", sagte die Älteste Wei.

Sie entfernte sich etwas, kehrte zu ihrem Pillenverfeinerungskessel zurück und begann damit, diesen zu säubern. Wu Ying seufzte und ging auf der Weide umher, wo er einige Lagerfeuer für den Fall entzündete, dass das Monster kam. Glücklicherweise schien es, als hätte der Taotei die unmittelbare Umgebung verlassen.

Aber als Wu Ying seine Sinne ausweitete, fühlte er unwillkürlich die immense Veränderung im Chi, die die kultivierenden Ältesten verursachten. Es würde nicht lange dauern, bis das Monster diese Veränderung bemerkte. Und dann würde es zurückkommen.

Kapitel 22

In der Ferne blinzelte ein sommerlicher Sonnenaufgang hinter den Bergspitzen hervor. Wu Ying gähnte und nippte an der Tasse Tee, die er sich gemacht hatte, um sich in der nächtlichen Kälte wachzuhalten. Er drehte eine weitere Runde um das Lager und nickte den anderen Kultivatoren, die wach waren, aufmunternd zu. Da er zu den ausgeruhtesten unter ihnen zählte, hatte Wu Ying es sich selbst zur Aufgabe gemacht, wachsam zu bleiben und den anderen zu ermöglichen, ihre Stärke zurückzuerlangen. Jede Minute, jede Stunde hatte Wu Ying erwartet, dass der Taotei auftauchen würde. Und doch war immer noch alles ruhig.

Das Heulen, das über die Weide streifte, ließ ihn zusammenzucken. Selbst jetzt noch, nachdem er den Taotei die letzte Woche wiederholt gehört hatte, spürte er die tiefgründige Angst, die vom Näherkommen der Dämonenbestie erzeugt wurde. Der Taotei war ein legendärer Dämon, eine Kreatur mit unersättlicher Gier, ein Monster, das selbst die Himmel ablehnten. Ein Monster, dessen Existenz eine Beleidigung für die Himmel und den Dao aller Dinge war.

Das Heulen war eine ausreichende Warnung für die Kultivatoren. Sie alle standen im Einklang auf und zogen ihre Waffen. Liu Tsong ließ sich bis neben den riesigen Pillenkessel der Ältesten Wei zurückfallen, um ihre Meisterin zu beschützen. Sie beschwor ihre Waffe aus ihrem Ring der Aufbewahrung, einen unterteilten, dreigliedrigen Stab, der sich klackend zusammensetzte, als sie an der innenliegenden Kette zerrte, um die Waffe einzurasten.

Chao Kun stand an der Spitze der Gruppe, unbewaffnet wie immer. Der langharige Kultivator war in neue Roben gekleidet und hatte sein Haar zu einem Dutt zusammengebunden, um bereit für den Kampf zu sein. Im Laufe der Woche war sein linker Arm etwas geheilt, hing jedoch immer noch verbunden an seiner Seite herunter. Neben Chao Kun stand Tou He, der seinen Lieblingsstab hielt. Die Waffe stand fest auf dem Boden, während er sich dagegenlehnte. Li Yao flankierte Chao Kun mit ihrem Speer auf der anderen Seite. Als sie sah, wie Wu Ying zu ihnen schaute, warf sie ihm ein Lächeln zu und erhielt ihrerseits ein zaghaftes Lächeln zurück.

"Pah!" Li Yao löste sich aus der Gruppe, ging zurück und trat Wu Ying gegen das Schienbein. Er heulte auf und sprang auf einem Bein, während er sein verletztes Bein umklammert hielt. "Hör auf, so düster zu schauen. Du machst uns alle traurig."

"Du hättest mich nicht schlagen müssen!", knurrte Wu Ying.

"Das hätte ich nicht. Aber ich wollte." Als Li Yao sah, dass er seinen Fuß absetzte, warf sie ihm erneut ein Lächeln zu. "Wenn wir zurück in der Sekte sind, darfst du mir als Entschuldigung ein Abendessen spendieren."

"Wenn ... das klingt gut", antwortete Wu Ying, der ihr ein noch zögerliches Lächeln schenkte.

"Gut." Li Yao lächelte und ging dann auf ihren Platz zurück.

Erst dann realisierte Wu Ying, was Li Yao gesagt hatte. "Warte. Ich spendiere dir ein Abendessen?"

Wu Ying schaute sich verwirrt um, aber keiner der anderen Kultivatoren schenkten ihm ihre Aufmerksamkeit. Oder sie schauten ihn nicht an, sollten sie es doch tun. Ein weiteres Heulen, das diesmal näher war, lenkte Wu Yings Aufmerksamkeit zurück auf das Wesentliche.

"Später. Ich mache mir später Gedanken darüber. Vielleicht, nachdem wir den Dämon getötet haben ..."

***

Sie erhaschten ihren ersten Blick auf den Taotei, als dieser auf einem kleinen Hügel auftauchte und er auf seine unnatürliche Art angerannt kam. Die kräftigen Vorderläufe stießen sich vom Boden ab und ließen das Monster vorwärts springen, während es die Hinterläufe nachzog. Auf diese Weise bewegte sich der Taotei auf eine seltsame, halb hüpfende Art fort. Es sah aus wie ein Frosch, der rückwärts sprang.

"Li Yao, Tou He und ich werden die Front bilden", sagte Chao Kun. "Wir werden versuchen, seine Aufmerksamkeit auf uns zu ziehen und ihn zu zwingen, sich an uns auszulassen. Der Rest von euch muss ihn nacheinander flankieren und versuchen, seine Beine lahmzulegen. Die Kreatur ist schnell und gefährlich. Die Hörner an seinem Körper sind scharf und energiegeladen. Greift an und zieht euch sofort zurück. Habt ihr das verstanden?"

Eine Welle der Zustimmung ging durch die Gruppe.

Chao Kun runzelte die Stirn und drehte sich zu Wu Ying. "Du nicht. Und Ihr auch nicht, Liu Tsong. Diejenigen, die nicht in unserer Formation trainiert haben, sollten sich im Hintergrund halten. Ihr werdet gemeinsam mit der Ältesten Wei unsere letzte Verteidigung bilden. Ru Ping, schaut nach den Verletzten."

Wu Ying ballte die Hände zu Fäusten. Der Frust, ausgeschlossen zu werden, brannte in seiner Brust.

Chao Kun wartete nicht auf seine Bestätigung, sondern drehte sich um und ging von ihm weg. Er dehnte und kreiste mit seinen Schultern, um verspannte Muskeln zu lockern. Während der Taotei weiter vorpreschte, machte sich auch der Kampfkunstspezialist auf. Seine bloßen Füße gruben sich in die Erde. Je näher Chao Kun dem Monster kam, desto mehr wirbelte der Wind um ihn herum, umschloss sein zusammengebundenes Haar und zerrte an diesem. Ein paar Schritte hinter Chao Kun rannten Li Yao und Tou He. Die übrigen Kultivatoren verteilten sich.

Als Chao Kun zu dem Monster aufschloss, sprang er mit einer nach hinten gezogenen Hand, um zuzuschlagen. Der Taotei drückte sich mit seinen Vorderläufen nach oben und sprang, um den Kultivator aus der Luft zu schnappen. Ein plötzlich aufkommender Windstoß erfasste Chao Kun, trieb ihn weiter in der Luft nach oben und ermöglichte es ihm, dem Angriff auszuweichen und seinen eigenen Schlag zu landen. Der Aufprall der Faust auf die grün-graue Haut klang wie ein Hammer, der auf Hartholz schlug: Er war gedämpft und laut und brachte den Taotei zum Stehen. Da er holz- und windaspektiert war, waren Chao Kuns Fähigkeiten äußerst flexibel.

Während der Taotei stillhielt, schnellte Li Yao mit einem Stoß nach vorne, der an einem Horn abprallte. Die Speerspitze kratzte an der Haut des Monsters und mit ihrem Angriff zog sie seine Aufmerksamkeit auf sich. Ein Sprung erwischte Li Yao um ein Haar und schleuderte die ausweichende Kultivatorin in die Höhe. Ehe das Monster seinen Angriff fortführen konnte, war ihm Chao Kun bereits auf den Fersen und warf ihm eine Reihe schneller, windumhüllter Wirbelwindfäuste in seine Seite entgegen, bevor Chao Kun zurücksprang.

Während das Monster die Beine anspannte, um ihm zu folgen, stieß Tou He, der bisher ignoriert worden war, seinen Stab in die Haut des Monsters, wodurch dieses ins Wanken geriet und erneut innehielt. Der Mönch bremste den Stab, als er zurückgeschleudert wurde, und drehte die Waffe in einem aufwärts gerichteten Schwung nach oben, der das vorschnellende Monster erwischte, als es sich erholte. Während das Monster herumgewirbelt wurde, ließ Tou He sich nach hinten gleiten. Seine Füße gruben tiefe Furchen in die Erde, während sich die Energie des Angriffs zerstreute. Tou Hes Stil, der Standhafte Berg, mochte vielleicht nicht besonders stark sein, tat sich aber in seiner Verteidigung hervor.

Während die drei Kultivatoren kämpften und nacheinander die Aufmerksamkeit des Dämons auf sich zogen, erreichten die anderen Kultivatoren seine Flanken. Ein Kämpfer mit einem Dao ließ seinen Säbel auf dessen hinteren Schenkel niederfallen und hinterließ einen tiefen Schnitt. Der Schlag eines anderen mit einer Hellebarde verfehlte sein Ziel und schlug stattdessen ein Horn ab. Während der Taotei um sie herumstreifte, schlug Tou He mit seinem Stab auf dessen Körper und die Flanken und zog die Aufmerksamkeit erneut auf sich – und sein Stab wurde in zwei Hälften gebissen. Ehe das Monster die Sache zu Ende brachte, tauchte Li Yao mit ihrem Stab auf und schlug mit dessen Spitze nach den Augen des Monsters.

Die Kultivatoren kämpften und lenkten das Monster als die gut trainierten Kampfkunstspezialisten, die sie waren, ab. Da er diesmal nicht den Überraschungsmoment hatte, fiel es dem Taotei schwerer, mit den Kampfkunstspezialisten fertig zu werden. Wu Ying, Liu Tsong und die Älteste Wei, die zurückgeblieben waren, beobachteten den Kampf.

"Sie schlagen sich gut", bemerkte Wu Ying und brach das Schweigen.

"Für den Moment. Sie verbrennen ihr Chi in einem unglaublichen Maß, um mit dem Taotei mitzuhalten", äußerte die Älteste Wei kühl. "Euer Freund, der Mönch, verbrennt sogar seine Lebenskraft."

Wu Ying zuckte bei diesen Worten zusammen und behielt Tou He im Auge. Sein Freund war in eine schillernde Hitzewelle gehüllt. Es sollte nur auf der Energiespeicherungsstufe möglich sein, seine Lebenskraft zu verbrauchen – aber jene, die feueraspektiert waren, hatten die Fähigkeit, dies auch auf den untersten Leveln durchzuführen. Schließlich brannte Feuer ja auch.

"Du Idiot", flüsterte Wu Ying schockiert.

Menschen hatten eine begrenzte Menge an Lebenskraft, an Lebensblut. Einige Kräuter und Medizin konnten Lebensblut bis zu einem gewissen Grad regenerieren, aber es konnte nie vollkommen ersetzt werden. Sterbliche hatten eine begrenzte Lebensspanne. Sein Lebensblut zu verbrennen war gleichbedeutend damit, seine Zeit auf Erden zu verkürzen und seine Chance auf Unsterblichkeit zu verringern.

"Er tut das Richtige", sagte Liu Tsong, während sie ihre Hand auf Wu Yings Schulter legte. "Das ist nicht der richtige Zeitpunkt für Halbheiten. Wenn wir den Ältesten nicht genügend Zeit verschaffen, werden wir alle fallen."

Noch während Liu Tsong sprach, sah Wu Ying, wie eine weitere Waffe zerbrach. Der unglückliche Kultivator wurde in letzter Sekunde durch eine Windexplosion gerettet, die Chao Kun rechtzeitig mit seiner Faust ausgelöst hatte. Das erschöpfte den geschwächten Kultivator noch mehr und brachte ihn zum Taumeln. Nur das Eingreifen eines anderen Kultivators, der mit einem in Flammen gehüllten Streitkolben auf den Taotei einschlug, rettete Chao Kun, während er sich zurückzog und seine Faust hielt. Die Wache, die sein Schwert verloren hatte und eine andere Waffe aus seinem Ring der Aufbewahrung zog, stürzte sich zurück in den Kampf, als der Taotei sich auf einen anderen Kultivator fokussierte. Wu Ying konnte selbst aus der Entfernung erkennen, dass die neue Waffe weniger stark und schnittig war. Eine Ersatzwaffe.

"Wenn er durchbricht, greife ich ihn mit meinem Kessel an", sagte die Älteste Wei. Ihre Stimme war immer noch so nüchtern, als würde sie eine Pillenformel beschreiben. "Die Attacke sollte uns etwas Schutz gewähren. Liu Tsong, Wu Ying, ihr müsst euer Bestes geben, um ihm den Garaus zu machen."

Wu Ying zuckte zusammen. Es schien unmöglich für sie, den Kampf zu gewinnen. Denn was konnten sie drei schon ausrichten, wenn fast ein Dutzend Kampfkunstspezialisten, die zusammenarbeiteten, es gerade mal schafften, den Taotei zu bedrängen und nur leicht zu verletzen?

"Älteste, vielleicht sollten wir es sein, die für Ablenkung sorgen?", bot Liu Tsong an.

"Nein. Mein Kessel hält mehr Schaden aus als ihr", widersprach die Älteste Wei. "Obwohl ich den Pillenkessel kontrollieren kann, um mich zu verteidigen und anzugreifen, sind seine Angriffe schwächer und weniger fokussiert. In den meisten Fällen ist das genug, aber gegen den Taotei wird das kaum ausreichen."

Während die drei sich berieten, neigte sich der Kampf zwischen den Kampfkunstspezialisten und dem Monster dem Ende zu. Mit einer plötzlichen Drehung des Rückens, während die Kreatur ihre Vorderläufe in den Boden rammte, schlug der hintere, mit Stacheln besetzte Teil des Dämons in einen ahnungslosen Kultivator. Der aufgespießte Kampfkunstspezialist stieß sein kurzes Jian in die Hinterläufe des Dämons, bevor er verschied.

In der Ferne unterstützten sich zwei Kampfkunstspezialisten beim Rückzug. Einer hinkte mit einem zerschmetterten Bein, das Gesicht des anderen war blutüberströmt und ein Fetzen Fleisch hing an seiner Schläfe herab. Von den zwölf Kultivatoren zu Beginn hielten noch sieben Stand, die letzten Beiden lagen reglos auf dem aufgewühlten Boden. Als einer der Kultivatoren fiel, stieß der Taotei ein Heulen aus und verbreitete seinen unreinen und übelriechenden Atem auf der Lichtung.

"Tou He, Jin Ya, Ou Shen, zieht euch zurück. Wir vier werden die Formation des Grünen Yin-Blattes anwenden", befahl Chao Kun und formierte die verbliebene Gruppe um.

Noch während er sprach, schoss Chao Kun voran, um sich dem Ansturm des Taotei entgegenzuwerfen. Ein rechtzeitiger Schnitt nach oben fing den schnappenden Kiefer ab. Die durch Wind verstärkte Attacke warf das Monster zurück und ließ es auf seinem schiefen Rücken zappeln, bevor es wieder auf die Beine kam. Chao Kun schüttelte seine rechte Faust aus, während er sich zurückzog. Blut tropfte an seiner Faust herunter und befleckte den wirbelden Tornado um seine Hand.

Als die angesprochenen Kultivatoren sich zurückzogen, lenkte Wu Ying seinen Blick auf die stillsitzenden Ältesten. Beide saßen stumm da und das Chi in der Atmosphäre um sie war so dicht, dass man es mit bloßem Auge sehen konnte. Ein silbern-weißer Heiligenschein drehte sich um den Ältesten Po, der aus dem Boden und dem Himmel auftauchte. Die Älteste Li war gleichermaßen in das dunklere, braun-gelbliche Chi der Erde gehüllt. Im Schimmer des konzentrierten Chi der Atmosphäre bemerkte Wu Ying unwillkürlich, dass die aurische Präsenz der beiden noch weiter angestiegen war.

"Wu Ying."

"Ja, Älteste Wei?", fragte Wu Ying und schaute wieder zu ihr.

"Eure Aurakontrolle. Setzt sie maximal ein. Haltet Euch zurück und lasst Euren Angriff los, wenn Ihr die Gelegenheit dazu habt. Wenn Ihr keine Aura preisgebt, ignoriert die Kreatur Euch vielleicht", sagte die Älteste Wei.

"Jawohl, Älteste."

Liu Tsong warf Wu Yin ein halbzerziges Lächeln zu, während er sich von ihnen entfernte. Wenn er einen hinterhältigen Angriff ausführen sollte, brauchte er bestenfalls mehr Platz. Als nächstes kontrollierte Wu Ying seine Atmung, schnürte seine Aura eng um seinen Körper und verschloss die Lücken, so gut er konnte.

Tou He, der sich gemeinsam mit den anderen zurückzog, runzelte die Stirn, als er an seinem Freund vorbeiging. Der ehemalige Mönch war so bleich als hätte er stundenlang am Grund eines eiskalten Sees gelegen. Seine Augen, die sonst mit Lachen und Leben gefüllt waren, schienen tot und unkoordiniert, als Tou He wankend zum Stehen kam und er sinnlos mit einer Hand fuchtelte. Tou He starrte stumpf auf seine leere Hand, ehe er wortlos einen Stab nahm, der ihm angeboten wurde.

Nach einem weiteren Brüllen drehte Wu Ying sich um und sah schockiert dabei zu, wie Li Yao zur Seite gestoßen wurde. Der Schnee, der sich um ihren Körper gesammelt hatte, verflüchtigte sich, als Li Yao die Kontrolle über ihr Chi verlor. Die in grüne Roben gekleidete Kultivatorin strauchelte durch Sträucher und Dreck, bevor sie abrupt liegen blieb. Der Taotei brüllte triumphierend und schüttelte seinen Körper. Das Eis, das sich durch einen Schlag direkt unter seiner Rippe angesammelt hatte, zersplitterte und fiel ab. Dies hinterließ eine klaffende Wunde, aus der Blut strömte. Der erste erfolgreiche Schlag in diesem Kampf.

Ein Flackern im Himmel. Als Chao Kun fiel, ummantelte er seine Faust mit einem Stachel aus Luft und Blut. Darunter blitzte Holz hervor, da sich die Armschützer, die er trug, durch seine Chi-Kontrolle vergrößerten. Sein Schlag traf den Taotei über seiner eingefallenen Stirn und sein mit Wind verstärktes Chi zerstreute sich, als es auf die verhärtete Haut traf. Der Holzstachel zerbarst am Knochen darunter. Aber Chao Kuns Faust drückte nach diesem anfänglichen Angriff noch weiter. Der Boden unter dem Taotei wurde vom Schlag zerdrückt. Gras und andere Pflanzen stieben um das Monster nach oben. Der daraus resultierende Rückstoß schleuderte Chao Kuns kraftlosen Körper gnadenlos durch die Luft.

Der Taotei, der in den Boden gepresst wurde, blinzelte verwirrt mit wässrigen Augen. Das Monster bewegte seine Vorderläufe und zog einen

Fuß aus dem schlammigen Boden, ehe er ihn wieder kraftlos auf die aufgewühlte Erde plumpsen ließ. Ein schwaches, jämmerliches Winseln entwich seinem Maul. Eine schmale Blutspur rann aus seiner Schnauze.

"Der verehrte Ge hat ihn erwischt!", rief einer der zurückgekehrten Kultivatoren in überschwänglicher Bewunderung aus.

Die verbleibenden beiden Kultivatoren um den Taotei, die durch den Erfolg ihres Anführers angespornt wurden, griffen an. Ein Armbrustbolzen, der mit Chi verstärkt war, grub sich in einen der Hinterläufe, während sich der Bolzenkopf durch die metallaspektierte Attacke drehte. Der andere Angreifer entschied sich, seinen Angriff auf den Boden zu lenken, in dem der Taotei feststeckte. Wasser überflutete die Erde, vermischte sich mit ihr und ließ die Kreatur tiefer einsinken.

Der gefangene Taotei versuchte mehrmals, sich zu befreien. Die erzürnte Kreatur reckte ihr gigantisches Maul gen Himmel und öffnete es. Wu Ying erwartete ein weiteres Brüllen und war überrascht, stattdessen einen schwarzen Energieball zu sehen, der sich vor seinem Maul formte.

"Was ...?"

"Haltet eure Auren fest!", befahl die Älteste Wei, während ihre Finger vor ihr zuckten und sich wanden.

Anstatt zu explodieren, kollabierte der schwarze Chi-Ball zu einem kleineren Ball. Chi, das zunächst in die Richtung der kultivierenden Ältesten schwebte, änderte seine Richtung und strömte in den Ball. Die beiden angreifenden Kultivatoren schrien auf, als aspektiertes Chi aus ihren Körpern brach und gestohlen wurde. Selbst Wu Ying, der in einiger Entfernung stand, spürte, wie der Angriff des Monsters an seiner Aura zerrte und versuchte, sein Chi zu stehlen.

Der Angriff dauerte drei Atemzüge, bevor der Taotei mit seinem Maul zuschnappte und den nun größeren Ball aus schwarzem Chi schluckte. Der

Taotei, der das Chi verschlungen hatte, glühte für einen Moment auf, dann zog er sich mit seinen Vorderläufen in einem rückwärts gewandten Sprung aus dem Schlammloch. Erde und Schlamm explodierten und bespritzten die zuckenden Gestalten der Kultivatoren in seiner Nähe.

"Er kommt", sprach die Älteste Wei mit noch immer kühler Stimme.

Während Wu Ying sie beobachtete, ließ sie ihren Kessel schweben, während sich die übrigen verletzten, erschöpften und ihres Chi beraubten Kultivatoren bereitmachten.

***

Ein geiferndes, mit Reißzähnen gespicktes Maul. Ein vierbeiniges, grün-graues Monster. Fleischgewordener Hunger. Schwarzes Blut tropfte aus mehreren oberflächlichen Wunden und einer größeren Stichwunde und vergifteten die Erde, auf der das Monster vorwärts stürmte. Selbst sein Blut saugte hungrig das Chi aus dem Boden, auf dem es landete. Die Bewegungen des Taotei waren ungleichmäßig, während er sich näherte. Seine Vorder- und Hinterläufe bewegten sich in unterschiedlichen Intervallen, denn die Kreatur litt unter der Gehirnerschütterung, die ihm beigebracht wurde.

Wu Ying duckte sich tief, seine Hand ruhte auf seinem noch immer in der Scheide steckenden Schwert und seine Aura war so eng wie möglich geschnürt. Er beobachtete, wie das Monster an ihm vorbeitrabte und die Gefahr ignorierte, deren Kultivation so gering war. Bessere Beute lag voraus. Wu Yings Freunde, seine Kollegen, und die Ältesten. Alle, die in einer kürzeren Reihe hinter einem schwebenden, metallischen Pillenkessel standen.

Der Dämon sprang und der Kessel flog ihm entgegen. Als die Kreatur versuchte, die Richtung zu ändern, schnipste die Älteste Wei mit den

Fingern. Sie hatte die Absicht des Taotei gekonnt vorausgeahnt. Der widerhallende Aufprall warf den Kessel zurück auf den Boden, wo er eine Furche hinterließ. Die Klauen des Taotei wühlten in der losen Erde, als er nach Halt suchte.

Die verbliebenen Kultivatoren griffen an und konzentriertes Chi prallte auf den Körper des Monsters. Feuer versengte, Eis fror ein, Luft durchbohrte, Erde und Metall fixierten und tasteten nach lebenswichtigen Organen. Das Monster schüttelte den Kopf. Die schwachen Angriffe richteten nichts weiter aus, als es zu nerven. Es sprang vorwärts, wo es von einem Speer, einem Stab und einem Schwert in Empfang genommen wurde. Die Kultivatoren kämpften weiter, um das Monster im Zaum zu halten.

Und Wu Ying schlich sich näher heran und wartete auf den perfekten Moment, um zuzuschlagen.

"Haltet Stand!", schrie die Älteste Wei, als sie sah, wie ein weiterer Kultivator zur Seite gestoßen wurde.

Der Kultivator landete ungünstig und sein Oberschenkelknochen brach hörbar. Die Älteste ließ ihre Finger nach oben zucken, wodurch der Kessel gen Himmel flog und dann auf die Stirn des Taotei krachte.

"*Jetzt!*", rief Wu Ying, der zu aufgeregt war, um ruhig zu bleiben. Er zog sein Jian, als er nach vorn stieß und die letzten Meter überbrückte, während er das Chi aus dem Armschutz zog. Seine Augen fixierten die offene Wunde, die Li Yao verursacht hatte, während der Taotei stillhielt.

Die Wahrheit des Schwertes.

Wu Ying spürte, wie sich seine Lippen zu einem diabolischen Grinsen verzogen, als sich sein Schwert, das durch die Macht in ihm leuchtete, dem Körper des Taotei und der offenen Wunde näherte. Er sah die Öffnung, den Spalt. Und dann verschwand sie, als sich ein Schlund voller Reißzähne in sein Blickfeld schob.

"Nein!", knurrte Wu Ying.

Er setzte instinktiv den aufgebauten Chi-Angriff frei. Der Strahl von metallaspektiertem Chi schlug in das weichere Fleisch im Maul des Dämons ein, wodurch er es zuschnappen ließ. Die Bewegung zerschmetterte Wu Yings Schwert, das im Maul eingeschlossen wurde, und ließ ihn gegen das nun geschlossene Maul krachen. Als er zu Boden fiel, stieß Wu Ying ein leises Ächzen aus.

"Wu Ying!", rief Tou He, als er seinem Freund zu Hilfe eilte.

Der Taotei senkte erneut seinen Kopf und beabsichtigte, das unverschämte Insekt zu verschlingen, das es gewagt hatte, ihn anzugreifen. Wu Ying sprang hoch und bereitete instinktiv seinen nächsten Angriff vor. *Die Erste Faust* – ein einzelner, konzentrierter Schlag, in den Wu Yings ganzer Körper gelegt wurde. All seine Wut, all sein Zorn, all seine Absicht. Er fokussierte sich auf einen einzigen Punkt und wurde durch zwei Knöchel geschickt.

Der Schlag traf den Taotei am Zahnfleischrand und traf sowohl Zähne als auch Zahnfleisch. Er stieß Wu Ying zurück, der über die aufgewühlte Erde schlitterte. Er zog die Füße auseinander und entkam nur knapp dem zuschnappenden Maul des Taotei, während rasiermesserscharfe Zähne an seinen Schienbeinen und Fußrücken entlangstreiften. Als Wu Ying schlitternd zum Stehen kam, packte ihn eine Hand am Kragen und zog ihn zurück.

"Danke!", sagte Wu Ying, als er sich aufrappelte.

Seiner Beute beraubt setzte der Taotei zur Jagd an, wurde aber von einem wirbelnden, halbierten Stab aufgehalten. Liu Tsongs metallaspektierte Angriffe schlugen aus seltsamen Winkeln zu und trieben das Monster zurück, während sie ihren Stab mit Chi bedeckte. Für einen kurzen Moment zog sich die Kreatur unter ihrem plötzlichen Ansturm zurück.

Dann fuhr der verbeulte Pillenkessel wieder auf sie nieder. Der Taotei wich der ungeschickten Attacke aus und konnte den Großteil seines Körpers zur Seite ziehen. Während der Taotei das Gleichgewicht wiederfand, hustete die Älteste Wei und Blut benetzte ihre Lippen. Die unzähligen, anstrengenden Angriffe forderten ihren Tribut.

"Wie lange noch?", fragte Tou He, während er sich gegen seinen geborgten Stab lehnte. Der Kultivator war viel zu bleich und Wu Ying wusste, dass es ihn all seine Kraft kostete, überhaupt zu stehen.

"Ich weiß es nicht." Wu Ying schaute auf den Boden und spürte die Erde unter einem Fuß. Ihm fiel auf, dass er einen Schuh verloren hatte. Wu Ying schleuderte auch den anderen von seinem Fuß und zuckte zusammen, als der Schmerz aus seinen verletzten Beinen durch seinen Körper schoss. Er schüttelte ihn ab, als er ein anderes Schwert hervorholte. "Kannst du weitermachen?"

"Kannst du?"

Wu Ying warf seinem Freund ein halbherziges Lächeln zu, ehe er dem Taotei hinterher rannte. Der Kampf zwischen den übrigen Kultivatoren hatte ihnen bereits die beiden anderen, noch kampffähigen Kultivatoren geraubt. Nur Liu Tsong und die Älteste Wei hielten noch Stand, obwohl Wu Ying die humpelnde Gestalt Chao Kuns sah, die sich aus der Ferne näherte.

Zu lange.

Zu spät.

Wu Ying versuchte, das Monster abzuschätzen, während er rannte. Die Wunde in seinem Rachen hatte sich bereits geschlossen. Aus der Wunde in seiner Flanke floss ein Rinnsal von Blut, wenn es sich bewegte. Die anderen Wunden, außer der Gehirnerschütterung, waren rein oberflächlich. Mindestens vier Tote, viele weitere verletzt und vielleicht ebenfalls tot. Und gemeinsam hatten sie es geschafft, die Kreatur zu verärgern.

Ein Knall. Ein Schrei. Liu Tsong taumelte zurück. Ihr Arm blutete, während sie ihn aus dem Maul der Kreatur zog, bevor diese komplett zubeißen konnte. Sie fiel nach hinten, Blut schoss aus ihrem zerfleischten linken Arm, während sie auf die Akupunkturpunkte schlug, die zu ihm führten und ihren Blutstrom versiegelte.

Der Pillenkessel fiel nieder, aber anstatt das Monster zu treffen, fiel er kopfüber auf Liu Tsong und bedeckte sie. Einen Moment später rammte der Taotei den Kessel und stieß ihn und Liu Tsong wirbelnd davon. Ein Aufschrei hinter Wu Ying zeugte von den Verletzungen der Ältesten Wei, wodurch nur Wu Ying und Tou He blieben, die dem Monster gegenüberstanden.

In diesem Moment der Ruhe schaute der Taotei von einer Seite zur anderen, als wäre er verwirrt. Frei von unmittelbarer Bedrohung übernahm der Urinstinkt des Taotei und er wandte sich der köstlichsten Beute zu – den reglosen Gestalten der Ältesten. Wu Ying drehte seinen Körper und stellte sich zwischen den Taotei und die Ältesten. Während die Gruppe gegen das Monster kämpfte, erhöhte sich die Konzentration an Chi um die kultivierenden Ältesten noch weiter.

"Nur noch ein kleines bisschen", sagte Wu Ying. Er war sich nicht sicher, zu wem er das sagte. Vielleicht versuchte er, sich selbst zu beruhigen.

"Ich werde ihn aufhalten", verkündete Tou He, der an seiner Seite stand. Der Ex-Mönch senkte seinen geborgten Stab und wankte vor, ehe er seinen Stand festigte.

Bevor Wu Ying widersprechen konnte, warf sich der Taotei auf sie. Auch Tou He stürzte voran, sein Stab glitt zunächst seinen Unterarm entlang, bevor er damit fertig war, seine Rückhand nach vorn zu schleudern. Seine beiden Arme tauschten die Position, während der Mönch seinen Körper reckte. Es war eine makellose Bewegung, ein perfekter Angriff. Er traf die untere Körperhälfte der springenden Kreatur und schleuderte Tou He mit seinem Rückschlag zurück und in den Boden.

Die Bewegung des Monsters stockte für einen kurzen Moment, was Wu Ying die Zeit verschaffte, sich auf seinen nächsten Angriff zu konzentrieren. Die zweite Form der *Wahrheit des Schwertes*, ein Angriff, der den Vorstoß mit dem *Atem des Drachen* kombinierte. Physikalisch war es derselbe Angriff, dieselbe Bewegung. Was dem Auge verborgen blieb, war die Art, wie Wu Ying sein Chi kanalisierte. Genau wie bei den Formationsflaggen floss es aus seinem Körper und in das Schwert in seiner Hand und verband sich mit dem Metall-Chi im Armschutz. Es wurde konzentriert, auf die Schwertspitze fokussiert und von Wu Yings Aura, die sich auf das Schwert ausweitete, festgehalten.

Der Angriff überstieg das, was ein bloßer Körperkultivator ausführen konnte. Er war für jene auf der Stufe der Energiespeicherung gedacht. Er verstand und führte die tiefere Bedeutung der Waffe, kombinierte sie mit dem Chi seines Körpers und leitete sie in einen einzigen, fokussierten Strahl an Energie.

Der Angriff zerriss die Luft, als er die Distanz zum Taotei schloss und sich in seine verletzte Flanke grub. Die Wunde riss auf, der Strahl aus Schwert-Chi schnitt durch Haut und Muskeln, durchtrennte Venen und Sehnen. Dann versiegte er, als Wu Ying und der Armschutz keine Energie mehr übrighatten. Der Kultivator schwankte, während der Taotei überrascht zurückwich und sein Ziel verfehlte.

Ein Knie gab nach, dann das andere, und Wu Ying fing sich selbst mit der Schwertspitze ab. Er stützte sich auf der Waffe ab und hob mit Mühe den Kopf, um zu sehen, wie das blutende und verärgerte Monster wieder auf die Beine kam.

"Nicht genug", sagte Wu Ying entmutigt zu sich selbst. "Nicht stark genug."

Der Taotei schüttelte sich und drehte sich zu Wu Ying. Er fixierte ihn mit einem bösartigen Blick. Er brüllte dem unbedeutenden Insekt entgegen, das durch den faulen Atem schwankte. Anstatt auf Knien zu sterben, versuchte Wu Ying, sich aufzurichten. Beim ersten und zweiten Versuch scheiterte er, ehe er es schaffte, sich hochzudrücken, während er sich auf die im Boden steckende Waffe stützte.

"Vielleicht könnte ich dafür sorgen, dass er an mir erstickt?", fragte Wu Ying sich gleichgültig.

Er schaute sich um. Chao Kun taumelte, schon beinahe leblos, noch immer zu ihnen hinüber. Tou He lag zuckend am Boden, sein Körper litt unter den Angriffen. Der Kessel lag reglos da, Liu Tsong in ihm eingesperrt. Die Älteste Wei hustete Blut. Ihr Körper und ihre Meridiane waren geschädigt. Alle anderen Kultivatoren waren zu Fall gebracht worden oder waren wie Wu Ying kaum in der Lage, zu stehen.

Wu Ying, der sich erneut zu dem geifernden Monster drehte, das sich mit seinem plumpen Gang heranpirschte, fand tief in sich noch einen Hauch Sturheit und zog sein Schwert aus dem Boden.

Zeit, zu sterben.

Kapitel 23

Zeit, zu sterben. Die Worte hallten in Wu Yings Kopf wider, während er auf den Dämon starrte, der mit weit aufgerissenem Maul auf ihn sprang. Rasiermesserscharfe Fänge, von denen einige von Wu Yings Schlag verbogen waren, näherten sich ihm. Der Kultivator hob seine Waffe. Die Klinge seines Jian schwebte vor seinen Augen, als er sich bereitmachte, das *Drachenrecken* in umgekehrter Reihenfolge anzuwenden. Ein rückwärtsgewandter Vorstoß, um sein Jian in den Hals des Monsters gleiten zu lassen. Es war nicht wahrscheinlich, dass er den Angriff überleben würde, aber vielleicht konnte er den Taotei verjagen. Es war schwer, zu essen, wenn man einen Metallstab im Hals stecken hatte.

Die Zeit verging wie in Zeitlupe und Bruchteile von Sekunden dehnten sich bis zur Unendlichkeit aus, während die Kreatur näherkam. Die Unendlichkeit in einem Atemzug. Wu Ying starrte in die Nüstern der Kreatur und erblickte die schwarzen Haare darin. Spucke fiel und die Schwerkraft brauchte ewig, um einzusetzen, während schwarzes Blut hinter dem Monster verspritzt wurde. Die Zeit dehnte sich aus, bis sie damit aufhörte.

Jetzt.

Wu Ying streckte sein hinteres Bein aus und die Schwerkraft zog ihn schneller herunter, als es jeder Muskel getan hätte. Seine führende Hand reckte sich nach vorn, um in das Maul des Dämons zu stechen. Sie streckte sich in das Maul aus, während sich dieses schloss.

Dann drehte sich der Körper. Das Maul, das sich um Wu Ying hätte schließen müssen, bewegte sich zur Seite. Eine Welle aus Fleisch und Zähnen schob sich zur Seite, während Wu Ying zusah. Obwohl sich alles anfühlte, als bewegte es sich so zäh wie Sirup, blieb Wu Ying keine Zeit, keine Gelegenheit, um den Winkel seines Schwertes zu ändern. Er fluchte in Gedanken, als er sah, wie sein abschließender Angriff fehlschlug.

Und dann beschleunigte sich die Zeit.

Der Taotei, der im Begriff war, zu landen und ihn mit Haut und Haar zu verschlingen, wurde hinweggefegt. Eine goldene Gestalt schoss infolge der Faust, die den Dämon getroffen hatte, vorbei. Die beiden stürzten zusammen in die Ferne, wirbelten Schmutz auf und zerstörten die wertvollen Kurinjibüsche.

Wu Ying, der seinen Geist und seine Energie mit dieser letzten Bewegung erschöpft hatte, brach zusammen. Er lag einfach da, zu schwach, um sich zu bewegen, während der Kampflärm über die Weide hallte. Da er seinen Körper und Geist überstrapaziert hatte, verlor er für einige Minuten das Bewusstsein.

Als er erwachte, spürte Wu Ying, dass ein Fünkchen Energie zurückgekehrt war. Er kämpfte sich auf die Knie und eine zierliche Hand half ihm, aufzustehen. Wu Ying schaute auf die Hand und sah einen Arm, der komplett in vertrauten, grünen Stoff gehüllt war.

"Wir haben es geschafft", sagte Wu Ying, nachdem er zu Atem gekommen war. Er bemerkte beiläufig, dass seine nackten Füße nicht mehr bluteten, es hatten sich Krusten darüber gebildet. Es strahlte Schmerz von ihnen aus, aber es war nicht schlimmer als die Spannung in seinen Meridianen.

"Das haben wir", bestätigte Liu Tsong und blickte in die Ferne.

Wu Ying folgte ihrem Blick und sah den Kampf. Ein vertrauter verbeulter und asymmetrischer Kessel schwebte in der Luft und schoss hin und wieder hinunter, um auf das torkelnde Monster einzuschlagen. Dornen aus verhärteter Erde und Stein sprossen aus dem Boden und gruben sich in den Körper des Dämons, während sich Gruben unter ihm öffneten und ihn aus dem Gleichgewicht brachten. Der Älteste Po, der solch kleinliche Taktiken verachtete, stand vor dem Dämonengeist und schlug mit Fäusten und Füßen um sich. Jeder seiner Schläge war so mächtig, dass sie sich nach außen kräuselten und lose Erde zum Tanzen brachten.

Wu Ying sah, dass der Kampf unter Kontrolle war, und suchte nach Li Yao. Sein Blick verfinsterte sich. Er sah sie nicht dort, wo sie hingefallen war. Er tat einen schwankenden Schritt, aber Liu Tsong ergriff ihn am Arm und drehte ihn zu sich. Ein provisorisches Erste-Hilfe-Lager war an den Überresten des Lagerfeuers errichtet worden. Ru Ping, Chao Kun und einige weniger schwer verletzte Kultivatoren kümmerten sich um die noch immer bewusstlosen. Zu Wu Yings Erleichterung befanden sich unter diesen sowohl Tou He als auch Li Yao. Da Liu Tsong ihn in die richtige Richtung verwiesen hatte, führte sie den erschöpften Kultivator hinüber.

"Sollten wir ihnen nicht helfen?", fragte Wu Ying, der versuchte, seinen Kopf zum Kampf zurückzuwenden.

"Ihnen helfen?", erwiderte Liu Tsong lachend. "Wie?"

Wie zur Untermalung ihrer Worte fuhr ein weiterer, erschütternder Windstoß über sie hinweg, der sie stolpern ließ. Ein schmerzerfülltes Brüllen erklang von dem belagerten Taotei, ehe ein abgehacktes, feuchtes Husten folgte.

"Ein guter Punkt. Waren sie schon immer so stark?", fragte Wu Ying.

Der Unterschied zwischen den Ältesten Po, Li und Wei war nun noch stärker ausgeprägt. Die Älteste Wei konnte im Moment nur Unterstützung bieten. Ihr wackelnder Kessel schlug auf den Taotei ein, sobald sich eine günstige Gelegenheit ergab.

"Der Älteste Po ist ein halber Kampfkunstspezialist. Ähnlich wie du und Tou He", erklärte Liu Tsong. "Nachdem sie zur Spitze des Kerns durchgebrochen waren, war es das Schicksal meiner Meisterin, abgehängt zu werden. Genauso wie ich ist sie nicht darauf spezialisiert, Leute zu schlagen."

"Und ein einziger Kultivationsanstieg in dieser Stufe war so groß?"

"Natürlich. Jede Stufe fügt dem Kern eines Kultivators eine neue Schicht hinzu. Jede Schicht im Kern eines Kultivators schützt seine Seele und verstärkt die Meridiane, sodass er die Menge an Chi erhöhen kann, die er mit sich führt. Da sich jede Schicht über die nächste legt, werden die Anstiege graduell größer."

"Genau ...", sagte Wu Ying. In der Theorie war ihm das sehr wohl bekannt, aber es erklärt zu bekommen und die Auswirkungen zu sehen, war irgendwie anders.

Stärke.

Sie besaßen sie. Und ihm fehlte sie noch immer. Wu Ying wollte unbedingt Stärke, das spürte er. Nicht, weil er jemanden verletzen wollte, nicht, weil er einen Wettkampf gewinnen musste oder gar jemanden beschützen musste. Wu Ying sehnte sich nach Stärke, um die Wahl zu haben. Um mehr Möglichkeiten zu haben, als ihm im Moment zur Verfügung standen. Wie gefressen zu werden, während man dem Monster ins Antlitz blickt, das sich auf einen selbst und seine Freunde stürzte. Oder zu rennen und trotzdem gefressen zu werden. Dies waren schlechte Optionen.

Stärke. Stärke bedeutete, die Wahl zu haben.

"Wu Ying?" Liu Tsong drückte seinen Arm und brachte seine Gedanken zurück in das Jetzt. "Ist dir etwas klar geworden?"

"Ja", bestätigte Wu Ying.

Es war keine Erleuchtung. Er sah keinen größeren Abschnitt des Dao. Oder vielleicht tat er das, aber es reichte nicht aus. Aber es war Klarheit, ein Entschluss. Wu Ying wusste, dass es nicht genug war, um all seine Sorgen und Gedanken über die Kultivation zu lösen. Nicht genug, um seinen Dao zu präzisieren. Aber wenigstens wurde Wu Ying klar, dass er es wollte. Nicht nur die Kultivation um der Kultivation Willen, sondern um zu erhalten. Um ... etwas zu erhalten. Dieses Etwas, das wusste Wu Ying, musste er noch finden. Zu lernen, was es war, war Teil seiner Reise, Teil seiner Suche nach seinem Dao.

"Aber es ist nichts, worum ich mich nicht auch später kümmern kann", sagte er. "Komm, lassen wir deinen Arm anständig untersuchen. Und schauen, ob es noch was zu Essen gibt."

Liu Tsong brach in leises Gelächter aus, das von einem weiteren, erschütternden Schlag der kämpfenden Ältesten unterstrichen wurde. Wu Ying und Liu Tsong humpelten gemeinsam zu den anderen Kultivatoren.

***

Der restliche Kampf zwischen den Ältesten und dem Taotei war enttäuschend. Kurz nacheinander verschwanden die Ältesten aus dem Sichtfeld der Gruppe und zerrissen förmlich den Berg, als sie dem Monster nachsetzten. Wu Ying schenkte dem gar keine Beachtung. Allein die Kampftechniken, die die Ältesten benutzten, befanden sich weit außerhalb von Wu Yings und der Kenntnis der anderen Kultivatoren. Es war, als würde man von einem Dreijährigen verlangen, den Reisanbau zu erlernen, indem er seine Familie beobachtete. Der Dreijährige würde eher Schaden anrichten, als eine ordentliche Reispflanze zu züchten – er würde die Reispflanze entweder überwässern, in die falsche Richtung pflanzen oder zerquetschen. Alles zu seiner Zeit und in der richtigen Reihenfolge.

Wu Ying wusste darum und half dabei, das Erste-Hilfe-Lager zu koordinieren, Wasser zu kochen, Wunden zu säubern und Essen vorzubereiten. Ganz gleich, ob er erschöpft war, Wu Ying war einer der glücklicheren Kultivatoren, ganz besonders, nachdem er seine eigenen Wunden gesäubert und versorgt hatte. Eine zusätzliche Pille der

Fleischheilung half dabei und die schmerzlindernden Eigenschaften gaben ihm Beistand.

Die Ältesten kehrten zu einer organisierten und erschöpften Gruppe zurück. Sie lachten und rissen Witze. Allein die Älteste Wei sah unglücklich aus. Der Verlust ihres geliebten Pillenkessels drückte auf ihre Stimmung.

"Gut, sehr gut. Entfacht ein weiteres Feuer. Ich habe eine Keule des Taotei. Lasst uns essen, Wein trinken und heiter sein", sagte der Älteste Po. In seinem Gesicht strahlte der Triumph.

"Wir sollten uns ausruhen, heilen und wieder zur Hauptgruppe aufschließen. Der Älteste Dong macht sich sicher Sorgen", ermahnte die Älteste Wei stattdessen.

"Pah! Soll er sich Sorgen machen. Wir können einen Botentalisman schicken, wenn es Euch so kümmert", entgegnete der Älteste Po. "Da die Formation nicht mehr steht, sollte das kein Problem sein."

"Ah Li?", fragte die Älteste Wei und drehte sich zur Ältesten Li um.

"Lasst uns bleiben. Ich habe noch ein Set Formationsflaggen, das wir aufstellen können. Weniger kompliziert, wenn auch weniger stark. Sie sollten allein durch das Chi der Umgebung standhalten", sagte die Älteste Li.

"Na schön." Die Älteste Wei ging zur Seite und holte einen Talisman aus ihrem Ring der Aufbewahrung hervor.

Sie flüsterte einige Worte, dann faltete sie den Talisman zu einem Papierkranich, den sie in die Luft warf. Der Papierkranich schlug mit den Flügeln und flog in einer geraden Linie zu ihrem Hauptlager.

"Wo ist mein Feuer!", rief der Älteste Po und stampfte auf der Lichtung umher, bis er einen geeigneten Platz fand. "Ye Fan, bringt Eure Erdflamme hierher. Damit wird sie umso besser schmecken."

***

Einige Stunden später musste Wu Ying zustimmen, als sich die Gruppe die gebratene Taotei-Keule schmecken ließ. Das saftige und von Chi erfüllte Fleisch schmeckte etwas nach Wild und der Geschmack von Knoblauchzehen und gemahlenen Kräutern erfüllte das Fleisch. Die Haut des Taotei war kross und hatte Blasen geschlagen, als die Feuchtigkeit aus dem fetten Fleisch geflossen war, wodurch ein leichtes und bauschiges Knacken entstand, die mit jedem Bissen im Mund platzten und das trockene Fett freisetzten.

"So, hmpff, gut!" Li Yao, die endlich wach geworden war, saß gegen aufgestellte Klingen gelehnt. Sie hatte ein Stück Fleisch in der Hand, in das sie hineinbiss.

Neben ihr saß Liu Tsong, die ihre sonst so vornehme Art abgelegt hatte und es Li Yao gleichtat.

"Unfair", sagte Tou He, der auf dem Boden saß. Wegen seiner Verletzungen konnte er nichts von der festen Nahrung zu sich nehmen. Wu Ying schaute seinen Freund nochmals besorgt an, der ihm ein Lächeln zuwarf. "Hör auf, dir Sorgen zu machen. Du bist schlimmer als mein alter Meister."

"Aber deine Verletzungen–"

"Werden verheilen", antwortete Liu Tsong für Tou He. "Sie werden ein paar bleibende Schäden hinterlassen, besonders an seiner Wirbelsäule und Hüfte. Aber diese können in der Sekte behandelt werden."

"Das hättest du nicht tun sollen." Wu Ying schaute nach unten. Das Stück Fleisch in seiner Hand schmeckte plötzlich wie Asche.

"Du brauchtest eine Öffnung. Und du hast uns nicht enttäuscht", sagte Tou He.

"Erzähl keinen Mist. Ich konnte ihm nichts anhaben", widersprach Wu Ying und dachte an seinen Angriff zurück. Wie er alles, was er hatte, in einen Schlag gelegt hatte und der Taotei es einfach abgeschüttelt hatte.

"Du hast dich trotzdem gut geschlagen", meinte Chao Kun, der sich neben ihn plumpsen ließ. Der Kampfkunstspezialist zuckte dadurch zusammen, da geprellte und gezerrte Muskeln sich beschwerten. "Du hast gegen ein Kernkultivations-Monster gekämpft und es geschafft, es zu verletzten und zu verlangsamen. Darauf kannst du stolz sein."

Als Wu Ying weiterhin auf den Boden starrte, warf ihm Li Yao ein Stück Fleisch ins Gesicht. Es klatschte auf seine Wange und glitt auf den Boden. Der verärgerte Wu Ying hielt nach dem Werfer Ausschau und sah Li Yao, die als nächstes einen kleinen Stein bereithielt.

"Finger weg von meinen Lorbeeren. Die Wunde in seiner Flanke war ursprünglich mein Werk", sagte Li Yao.

"Ich habe nicht–"

"Und nicht niedergeschlagen sein. Wir sind am Leben. Viele andere sind das nicht. Wir zünden einige Räucherstäbchen an und verbrennen Papiergeld, wenn wir zurück sind. Und werden stärker. Das ist alles, was du als Kampfkunstspezialist tun kannst", erklärte Li Yao.

"Ich bin kein Kampfkunstspezialist", antwortete Wu Ying, aber als er sah, dass Li Yao den Stein neben sich fallen ließ, lächelte er.

"Nein. Aber du kämpfst wie ein schlecht ausgebildeter Kampfkunstspezialist", bemerkte Chao Kun und klopfte Wu Ying auf den Rücken. "Womit du besser als manch anderer bist."

"Hey!"

"Entschuldige, Liu Tsong. Du warst ... in Ordnung. Du bist nicht besonders gut", gab Chao Kun zu und nun war Liu Tsong an der Reihe, ihn mit Fleisch zu bewerfen. Natürlich war der ältere Kampfkunstspezialist geübter als Wu Ying und fing das fliegende Stück Fleisch mit Leichtigkeit und aß es.

"Besser als du. Dem Taotei auf den Kopf zu schlagen. Was? Hast du nicht damit gerechnet, dass er einen genauso dicken Schädel hat wie du?", spottete Liu Tsong.

Wu Ying lächelte und beobachtete seine Freunde, die im Essen und der Tatsache schwelgten, dass sie lebten. Selbst Tou He, der schwer verletzt war und nichts essen durfte, lächelte. Als Wu Ying seinen Kopf drehte, sah er Li Yao, die ihn anlächelte. Er wurde rot und zog seinen Kopf ein. Nun. Sie hatten überlebt. Und es schien, als würde er der Dame ein Abendessen schulden. Wu Ying verdrängte den Kummer in seinem Herzen und konzentrierte sich auf das Essen und den leichten Wind, der über die Weide blies und über seine Haut streifte. Er fokussierte sich auf das Essen und die andere, wesentliche Tatsache.

Sie lebten.

***

Eineinhalb Wochen später kehrte der Expeditionstrupp zur Sekte zurück. Sie mieden die Haupttore und traten durch einen kleineren Seitenweg ein. Die Verletzten wurden in die Ärztehalle gebracht und die Gehilfen setzten die verletzten Kultivatoren ab, bevor sie hinausgescheucht wurden. Die meisten der leichter Verletzten hatten den kurzen Rückweg dazu genutzt, ihre eigenen Wunden zu heilen.

Während sie vor der Ärztehalle standen, schaute Chao Kun zwischen Li Yao und Wu Ying hin und her, bevor er sich entschuldigte, indem er zusätzliche Arbeit erwähnte, die erledigt werden musste.

Der zurückgelassene Wu Ying schaute einen Moment zu der jungen Dame. "Auftragshalle?"

"Klar. Du wirst die Tael für mein Essen brauchen", sagte Li Yao.

"Jetzt?"

"Was dachtest du denn? Irgendwann anders?", fragte Li Yao und schüttelte den Kopf. "Jetzt ist der beste Zeitpunkt dafür."

Wu Ying ließ sich ihre Worte auf der Zunge zergehen. Nach kurzem Zögern hielt er ihr seine Hand entgegen, bevor er sie zur Auftragshalle führte.

Zeit.

Zeit, ihr Leben als Kultivatoren zu genießen. Das Leben zu genießen. Zeit, das zu erhalten, was ihnen zustand. Zu trainieren und ihre Kultivation zu verbessern. Zeit, an Stärke zu gewinnen.

Denn wenn sich Wu Ying einer Sache sicher war, dann, dass ein weiterer Zwischenfall kommen würde. Eine weitere Zeit atemberaubenden Schreckens.

Das gehörte auch zum Leben eines unsterblichen Kultivators.

Ende

Wu Ying wird in Buch drei von Ein Tausend Li: Der erste Krieg zurückkehren, wenn der Krieg seinen langen Schatten wirft.

Hinweis des Autors

Und damit wären wir am Ende von Buch 2. Wie ihr sicher schon ahnt, wird sich Buch 3 mit dem fortwährenden Krieg zwischen den Staaten Wei und Shen beschäftigen.

Wie immer habe ich es voll und ganz genossen, die Geschichte weiterzuführen. Wenn euch das Buch gefallen hat, bitte lasst eine Rezension und eine Bewertung da. Die Bewertungen beeinflussen den Verkauf maßgeblich und damit verdiene ich meinen Lebensunterhalt. Folgt auch weiterhin Wu Yings Abenteuern in:

- Ein Tausend Li: Der erste Krieg (Ein Tausend Li Buch 3)
  https://www.mylifemytao.com/foreign-language-editions/german/ein-tausend-li/

Bitte schaue dir auch meine anderen Serien an, die System-Apocalypse (eine post-apokalyptische LitRPG), Ein Tausend Li (eine Wuxia-Kultivation Story), Abenteuers in Brad (traditionellere LitRPG-Fantasy), und die Hidden Wishes (ein Urban Fantasy GameLit) Buchserien geschrieben:

- Das Leben im Norden (System-Apokalypse Buch 1)
  https://books2read.com/das-leben-im-norden
- Das Geschenk eines Heilers (Abenteuer in Brad Buch 1)
  https://books2read.com/das-geschenk-eines-heilers
- Eines Gamers Wunsch (Verborgene Wünsche Buch 1)
  https://books2read.com/eines-gamers-wunsch

Bitte schau dir auch andere Serien/Bücher an, an denen ich mitgeschrieben habe:

- Leveled up Love! von Tao Wong & A. G. Marshall
  https://books2read.com/leveled-up-love

- A Fist Full of Credits von Tao Wong & Craig Hamilton (System Apocalypse: Relentless Buch 1)

  https://readerlinks.com/l/2202673

- Town Under von Tao Wong & K.T. Hanna (System Apocalypse: Australia Buch 1)

  https://readerlinks.com/l/2202672

Sie können mich über mein Patreon-Konto direkt unterstützen:

https://www.patreon.com/taowong

Ich leite ebenfalls eine Facebook-Gruppe zu den Themen Wuxia, Xianxia und insbesondere zum Thema Kultivationsromane. Wir würden uns freuen, wenn du uns beitrittst:

- https://www.facebook.com/groups/kultivationsundlitrpgromane/
- https://www.facebook.com/groups/cultivationnovels/

Weitere tolle Informationen über LitRPG-Serien findest du in den Facebook-Gruppen:

- Deutschsprachige LitRPG

  https://www.facebook.com/groups/deutsche.litrpg/

- Progression Fantasy-, Kultivations- und LitRPG-Romane auf Deutsch

  https://www.facebook.com/groups/891113055086052

Über den Autor

Tao Wong ist ein begeisterter Leser von Fantasy und Science Fiction, der im Norden Kanadas wohnt und dort schreibt. Er hat viel zu viele Jahre damit verbracht, alle möglichen Kampfsportarten zu trainieren. Da sich dabei zu oft verletzt hat, verbringt er nun seine Zeit mit der Erschaffung von Fantasy-Welten.

Informationen über diese Serie und andere Bücher von Tao Wong (sowie besondere Kurzgeschichten) finden Sie auf der Website des Autors: http://www.mylifemytao.com

https://www.mylifemytao.com/foreign-language-editions/german/

Abonnenten von Taos Mailingliste erhalten exklusiven Zugriff auf Kurzgeschichten in den fiktionalen Universen Thousand Li und System-Apokalypse.

Oder besuchen Sie seine Facebook-Seite:
https://www.facebook.com/taowongauthor

Über den Verlag

Tao Wong ist der alleinige Eigentümer und Betreiber von Starlit Publishing. Dieser Verlag für Science Fiction und Fantasy konzentriert sich auf die Genres LitRPG & „Cultivation". Er will neue, vielversprechende Autoren in diesen Genres fördern, deren Texte die existierenden Stereotypen herausfordern, dabei aber dennoch ein fantastisches Lesevergnügen bieten.

Weitere Informationen über Starlit Publishing finden Sie auf unserer Website! https://www.starlitpublishing.com/

Sie können sich auch bei der Mailingliste von Starlit Publishing anmelden, um über neue, aufregende Autoren und Bücher informiert zu werden.

Glossar

Auraverstärkungsübung – Kultivationsübung, die es Wu Ying ermöglicht, seine Aura zu kontrollieren und sein Chi in sich zu halten, was seine Kultivation effizienter macht und den meisten den Eindruck vermittelt, dass seine Kultivation auf einem niedrigeren Level als tatsächlich ist.

Körperreinigung – Die erste Stufe der Kultivation, in der der Kultivator seinen Körper von angesammelten Verunreinigungen reinigen muss. Insgesamt hat sie zwölf Stufen.

Cao – Fuck

Kätti – Eine Gewichtseinheit. Ein Kätti entspricht etwa eineinhalb Pfund oder 604 Gramm. Ein Tael ist 1/16tel eines Kättis.

Chi (oder Qi) – Ich benutze hier das kantonesische Pinyin anstelle des üblicheren Mandarin-Pinyin. Chi ist Lebenskraft/-energie und durchdringt alle Dinge im Universum, ganz besonders fließt es durch Lebewesen.

Chipunkte (auch bekannt als Akupunkturpunkte) – Stellen im Körper, die, wenn sie getroffen, gedrückt oder anderweitig berührt werden, den Fluss des Chi beeinflussen können. Die traditionelle Akupunktur nutzt diese Punkte im positiven Sinne.

Kernformung – Die dritte Stufe der Kultivation. Wenn der Kultivator genügend Chi angesammelt hat, muss er einen "Kern" komprimierten Chis bilden. Die einzelnen Stufen der Kernformung reinigen und stärken den Kern.

Kultivationsübung – Eine ergänzende Übung, die die Handhabung von Chi im Körper eines Individuums verbessert. Kultivationsübungen sind den Kultivationsstilen untergeordnet.

Kultivationsstil – Eine Methode, um Chi im Körper eines Individuums zu manipulieren. Es gibt tausende Kultivationsübungen, die sich für unterschiedliche Konstitutionen, Meridiane und Blutlinien eignen.

Dao – Ein chinesischer Säbel. Es ähnelt mehr einem westlichen Kavalleriesäbel, ist aber dicker und oftmals einschneidig. Es ist an seinem Ende gebogen, wo es dicker wird, was der Waffe zusätzliche Effizienz beim Schneiden verleiht.

Dantian – Der menschliche Körper hat insgesamt drei Dantian. Der am meisten bekannte ist der untere Dantian, der direkt über der Blase und ein Zoll tief im Körper liegt. Die anderen beiden befinden sich hinter der Brust und der Stirn, diese werden allerdings weniger oft genutzt. Man sagt, der Dantian ist das Zentrum des Chi.

Drachenatem – Eine Chi-Projektionsattacke aus dem Familienstil der Long.

Elemente – Die Chinesen kennen traditionell fünf Elemente: Holz, Feuer, Erde, Metall und Wasser. Innerhalb dieser Elemente können zusätzliche Subelemente auftauchen (Beispiel – Luft bei Chao Kun und Eis bei Li Yao).

Energiespeicherung – Die zweite Stufe der Kultivation, bei der die kreisenden Meridiane der Energiespeicherung geöffnet werden. Diese Stufe erlaubt es Kultivatoren, ihr Chi zu projizieren, wobei die Menge des gespeicherten Chi und die projizierte Menge vom Level abhängig ist. Es gibt insgesamt acht Level.

Huài dàn – faules Ei

Hún dàn – Bastard

Jian – Ein geradliniges, zweischneidiges Schwert. In der Moderne als "Taichi-Schwet" bekannt. Es wird zumeist als Stichwaffe verwendet, obwohl es auch als Schnittwaffe verwendet werden kann.

Li – Ein Li entspricht in etwa einem halben Kilometer. Eine traditionelle chinesische Maßeinheit zur Distanzmessung.

Der Jian-Stil der Familie Long – Eine Schwertform, die in Wu Yings Familie weitergegeben wird. Sie besteht aus vielen Schnitten, dem Kämpfen im vollen Maße und schnellen Richtungsänderungen.

Meridiane – In den traditionellen chinesischen Kampfkünsten und der Medizin sind die Meridiane die Flussbahnen des Chi durch den Körper. In der Traditionellen Chinesischen Medizin gibt es zwölf primäre Meridianflussbahnen und acht sekundäre Energieflüsse. Ich habe diese Meridiane für die ersten beiden Stufen der Kultivation eingesetzt.

Die Bergbrechende Faust – Die erste Form, die Wu Ying in der Bibliothek der inneren Sekte erhalten hat. Sie zeichnet sich durch konzentrierte und einzelne mächtige Schläge aus.

Aufkeimende Seele – Die vierte und letzte bekannte Stufe der Kultivation. Kultivatoren formen eine neue, unberührte Seele, die in den Dao getaucht werden, den sie gestaltet haben. Diese neue Seele muss in den Himmel aufsteigen und sich auf jeder Stufe dem Himmlischen Kummer stellen.

Der Trittstil der nördlichen Shen – Eine Trittform, die Wu Ying in der Bibliothek der Sekte erlernt hat. Es ist sowohl ein Griff- als auch Trittstil für den Nahkampf.

Qinggong – Wörtlich "leichte Fähigkeit". Es kommt aus dem Baguazhang und ist im Prinzip "wire fu" (ein Kofferwort aus wire work und Kung Fu) – über Wasser rennen, auf Bäume klettern, auf Bambus entlanggleiten etc.

Eisenverstärkte Knochen – Defensive, physikalische Kultivationstechnik, die Wu Ying trainiert und die Stärke und Verteidigung seines Körpers steigern soll.

Sekte – Eine Gruppe gleichgesinnter Kampfkünstler oder Kultivatoren. Generell herrscht innerhalb der Sekten eine Hierarchie. In einer Sekte teilen sich die Schüler oftmals in zentrale, innere und äußere Schüler auf, mit den Sektenältesten über ihnen und den Patriarchen der Sekte über allen.

Die Sekte der Sechs Jade – Rivalisierende Sekte der Sekte des Sattgrünen Wassers, die sich im Staat der Wei befindet.

Der Staat der Shen – Der Staat, in dem das erste Buch spielt. Er wird von einem König und lokal von Lords regiert. Der Staat der Shen besteht aus unzähligen Grafschaften, die von lokalen Lords beherrscht werden und von Ministern verwaltet werden. Es ist ein gemäßigtes Königreich mit starken Regenfällen und einer Vielzahl an Flüssen, die durch Kanäle miteinander verbunden sind.

Der Staat der Wei – Das feindliche Königreich, das an den Staat der Shen grenzt. Die beiden Staaten befinden sich im Krieg miteinander.

Tael – Eine Währung. Eintausend Kupfermünzen entsprechen einem Tael.

Tai Kor – älterer Bruder

Die Sekte des Sattgrünen Wassers – Die mächtigste Sekte im Staat der Shen. Die Sekte, der Wu Ying derzeit angehört.